哈佛纪念堂

加拿大路易斯湖

作者与谈大师会面

华盛顿街头

杜邦花园喷泉广场一角

卡尔加里的云

在落基山

丹佛埃文斯山

雪漠游记系列

雪漠

堂吉诃德在北美

雪漠 作品

中国大百科全书出版社

图书在版编目（CIP）数据

堂吉诃德在北美 / 雪漠著 . —北京：中国大百科全书出版社，2019.4

ISBN 978-7-5202-0466-8

Ⅰ . ①堂… Ⅱ . ①雪… Ⅲ . ①游记—作品集—中国—当代
Ⅳ . ① I267.4

中国版本图书馆 CIP 数据核字（2019）第 043550 号

出 版 人　刘国辉

策划编辑　李默耘

责任编辑　姚常龄

责任印制　李宝丰

出版发行　中国大百科全书出版社

地　　址　北京市西城区阜成门北大街 17 号

邮　　编　100037

网　　址　http://www.ecph.com.cn

电　　话　010-88390739

印　　刷　阳谷毕升印务有限公司

开　　本　880 毫米 × 1230 毫米　1/32

字　　数　355 千字

印　　张　15.375

版　　次　2019 年 4 月第 1 版

印　　次　2021 年 5 月第 3 次印刷

定　　价　68.00 元

喜与雪漠见面 | 谈锡永大师 | 代序

| 作者按 |

谈锡永大师是北美汉藏佛学研究会创始人，中国人民大学国学院客座教授，是当代研究中国传统文化的集大成者，著书甚多，德高望重，影响很大。他是真正的一代大德，名不虚传。北美一行，能见谈上师，不虚此行了。他展示了什么是完美人生和完美人格。感恩沈为荣教授的引荐。现发表谈锡永上师妙文一篇，从中可见一代大德之风范。

作家雪漠来北美一行，首站即来多伦多（Toronto）与笔者见面。

雪漠出版过几本小说，甚为畅销，粉丝甚多，其实他不拘于此。他曾闭关二十年，又由凉州移居东莞樟木头镇，闭门研究中国传统宗教文化，期间读过笔者几本书，因此很想跟笔者见面，后来找到沈卫荣教授作沟通，于是跟笔者定下见面的日期，笔者对雪漠先生甚为欢迎。及至见面，但见雪漠先生是温和淡然的面貌，立即生出好感。

陪同雪漠来访的，有一位名叫文韬。他对笔者说，雪漠先生生活得非常朴素，独自一人住在樟木头一家旧楼的第七层，只每天中午回妻儿住处中饭，再回楼后即不外出，有时晚上只吃些水果或米饼，便当是晚餐。这次来北美，雪漠先生居然带了一包糙米饼，由此即可见其生活风格。他不是没钱，他是著名作家，又是中国作家协会会员、甘肃省作家协会副主席，有不错的工资。他的朴素，令我十分敬佩。

那天晚饭，笔者订在百福酒楼。说句题外话，如今多伦多的酒家，大概只有百福与鱼乐轩两家有真正的上汤，所以笔者外膳必选此二家，余外便不敢希望太大，只祈求一滴香火腿精等东西不要下得太多，如果有真正的鱼汤、鱼骨汤、牛骨汤，那便已经可以称为美食。

因为雪漠先生是凉州人，所以笔者在百福特别定下阿拉斯加鲜蟹与新鲜象拔蚌，让这西北人一尝海产风味。现在一听雪漠先生生活朴素，不禁心中一跳，担心他不吃海产，然而雪漠却很随和，他点点头说，也可以吃，如若不然，笔者便要另订蒙古烤肉。

此次我们二人相见，可谓交谈甚欢，关于我们研究的学术问题，只须一言半语便彼此心照，因为我们都植根于中国传统宗教文化，所以一个眼神一个手势，便彼此心心相照。

笔者晚年，能跟雪漠这样知见、观修都正派的上师见面，可以说是有甚深缘分，他还年纪不大，要走的路还很长，祝他一路顺利，能引导学人走上解脱道。

目录

Washington Monument

Harvard University

Manhattan

The Rocky Mountains

Hoover Dam

| 对话篇 |

–游记篇–

America

第一章

雄心壮志
赴北美

华盛顿州—美国

马萨诸塞州—美国

吉祥启程

写于2015年5月12日，美国西雅图

今天的天气格外晴朗，是梅雨季节过后广东难得的好天气。太阳初升时，月亮仍挂在天边，淡淡的、白色的圆盘若隐若现，远处是橙黄的朝阳和海浪般的云海，很是壮美。日月同辉，大家都说这是一种瑞相，预示着我们今天的旅程会非常吉祥——今天，我们出发去北美，开始为期一个多月的北美文化考察之旅。看来，缘起很好，此行定会大有收获。

我们在北美的第一站是西雅图，去的过程有点曲折，我们先开车到虎门坐轮渡到香港机场，然后在香港坐飞机到台北，再从台北坐飞机到西雅图。

中午十二点，我们从樟木头翠景花园出发，开了一个多小时车，到了虎门一个叫狮子洋飞航的地方，这里的特点是海空联运，我们可以直接坐船到香港国际机场，用现代人的话，就是“无缝连接”。这样走的好处是，不用把行李搬来搬去，也不用多次过关，误点的几率很小，省去了不少麻烦。这个港口客运项目为大珠三角——甚至包括台湾的经济融合与文化交流做出了很大的贡献，有了它，没有机场的东莞就像有了机场，离全球一百五十多个国家就更“近”了。它的存在，充分体现了虎门的开放性和国际化眼光。

虎门的位置非常重要，这里是珠江入海口，也是中国南大门的海防要塞，同时还是珠江三角洲最重要的商品集散地。它比樟木头大很多，相当于西部的一个地级市，它的财政收入也非常可观，据说比西部一个省的总收入还要高。至于是不是真的，我没有考证，也不在乎，我更关心的还是文化。

很多年前，我来过这里，当时不是为了出国，而是为了参观这里的林则徐纪念馆。对于林则徐，大家都不会陌生，小学课本里就有他的事迹。他是一个很了不起的人，在中国非常黑暗腐败的时期，他为中国的独立和强大付出了巨大的努力。在他的经历之中，最重要的就是禁烟。1839年6月，正是在虎门，林则徐销毁了在英美船只上收缴的上百万公斤鸦片。直到今天，这里还保存着当年的销烟池等东西。我印象很深的是鸦片战争用过的炮，那种炮很笨，是用铁铸造的，所谓的炮弹是一个巨大的实心铁球，点燃火药的目的是把它发射出去，砸穿敌方船只的甲板，形成巨大的破坏力。而且，这种大炮的炮头不能转动瞄准，只能估算时间定点放炮。就是说，当时打仗，必须估算好敌军军舰路过的大概时间，到了时间就点燃火药，如果军舰改道，或是角度不对、时间估算不准，炮弹就白打了。当时，我取笑过老祖宗，说他们实在太愚蠢，为什么不能让大炮转动方向呢？同行者却说，你不可以这么说，不能用当代人的思维嘲笑那个时代的智慧，在那个年代，有这种大炮已经非常厉害了。现在想想，是的，虽然我们现在的国防力量非常强大，但那毕竟是两百年前。鸦片战争早期，中国军民就是靠这样的武器战胜敌人的，虽然最后的结果还是失败，但他们那种视死如归、为国捐躯的勇气还是令人感动。这个纪念馆、这个名字“林则徐”承载了一段沉重却令人敬畏的历史。正是林则徐的虎门销烟，让中国人民意识到鸦片的危害性，以及外国人向中国贩卖鸦片的真正目的，而英国以虎门销烟为借口发动的战争，也让“天朝上国”的时代结束了。鸦片战争之后，中国逐渐从封建国家变成了半封建半殖民地国家，丧失了国家的尊严和主权，以一种不太美好的姿态进入了新的历史阶段……虎门是推动那一历史巨变的重要一环。

至今，一切都变了，唯一能提醒人们那段往事的，就是这个纪念馆，还有那两个不算太大的销烟池。就像苏武山一样，它本身没什么特别，只是一个方形的池子，因为着意地保护，所以水面很干净，就像一块墨绿色的玉石。我去参观的那天，正好也有今天这样的阳光，水面反射着阳光，清风拂过，碎玉般的波光像是在诉说那个不老的故事……当然，这只是我的一段回忆。你知道，我是一个有着跳跃性思维的人。

回想起来，对于虎门这个地方，我印象最深的就是林则徐纪念馆和狮子洋飞航，前者象征了中国和西方的对抗，后者却象征了中国与西方的“联谊”，非常有趣。时移世易，当年鸦片战争的战场，已变成中国的一扇南大门，闭关锁国的中华，也敞开了它的怀抱。林则徐的魂灵如果还留在这块土地上，还没有得到解脱，对这百年来的变化，他会有怎样的感想？我们不得而知。和平的日子毕竟是美好的，我一直很感恩自己生活在和平年代，能相对自由地做些该做的事情。如果我生活在林则徐的那个年代，即使有所抱负，或许也无法实现。客观条件还是很重要的。

所以，我们这个年代虽然充满了欲望，被佛教称为“末法时代”，但仍然有它好的一面，关键是你如何看待、如何面对。至少，它给了我考察另一个世界的机会。

这是我第一次前往北美，也是我第一次以个人身份出国。过去到法国等国家考察，都是参加中国作家协会举办的活动。但这次不同，此行的目的也不太一样。我希望借此机会开拓自己的眼界，通过接触、体会、感悟多领域的文化气息，让我承载的文化能得到新的发展。所以，此行意义非比寻常。

我们的生命其实有许多种可能性，当我们放下一些执著、面对一些未知、走向一些新的领域时，世界就会在我们面前展开。所以，我们不要局限于一个小小的地方和一个小小的自我，要让自己尽可能地发现一种新的可能性，去看看更多的活法，去看看更多的文化，去感受更加精彩的世界。

生活处处充满神奇，当你接触到一些真正优秀精彩的人和物时，你才会知道人生该如何努力、该走哪个方向、该如何自我完善。我们此行的意义，就是融入、了解这个世界，了解如何用优秀的传统文化慢慢地影响这个世界。在这个时代，这种可能性还是存在的。这种影响就像此刻的海面，轮船匀速前进，在平静的海面上划出一道巨大的痕迹，浪花向船体两侧扑去，又拍起一群新的浪花……

坐渡轮去香港机场果然是好主意，因为沿途的海景很美。明朗的天空上飘着鱼鳞状的云，海面很平静，只有航船行驶时激起的波澜在荡漾。行程的惬意让我们忘记了时间，仿佛才过了一小会儿，香港机场就在眼前了。此时，大约是下午五点。

香港机场跟北京机场很不一样，这里就像一个巨大的超市，里面有各种各样的商铺，人流量很大，购物的人非常多，也许因为这里有免税区。但我们没有去购物，而是直接找地方候机。向导和本次北美行的策划文韬说，他是某家航空公司的金卡会员，能享受贵宾服务，于是带着我们去了那家航空公司的贵宾室，我们因此享受了一次一流的服务。不过，对我来说，其实哪儿都差不多，人少些，有地方坐，安静一点当然更好。这里还有免费Wi-Fi和各种饮料美食，但我只要了一碗相对朴素的云吞面。能自主选择时，我一般都会吃得非常简单，我常说"世界，我不迎合你"，在饮食态度上也是这样，我不会因为穿了西装就点西餐，也不会因为进了高档餐厅就点鹅肝，我随身带的还是糙米饼（志愿者买给我的零食），绝不会因为受到礼遇，进入更大的世界，就沾沾自喜、忘乎所以。这种性格总是让人觉得很有意思。

到台北机场的时候，已经是北京时间晚上十点了，这里比广东凉爽很多，机场的感觉跟香港的有点像，也很大，购物中心一个挨一个，香水、巧克力、瓷器等商品琳琅满目，刺激着过往旅客的购物欲，这一点也跟香港机场很像。不过，这两个机场的风格还是有所不同的——它们的书店不一样。

大家都知道，我去任何地方都必逛书店，包括机场，之所以我在香港机场没有逛书店，而是直接找地方候机，是因为香港机场的书店里没啥可看的书。里面大多是一些关于大陆政治方面的图书，也可以说是新闻或杜撰类的图书，很少看到艺术类、文学类或经典性的作品。但是，在台北的机场书店里，书籍种类相对丰富很多，无论是传统文化书籍还是经典丛书，这里都有。在台北的机场书店里，我会心甘情愿地“耗”上一段时间，但香港机场的书店没有这种吸引力。

我还在台北机场的书店里买了一本书，书里写了很多1958年到1962年之间发生在中国的故事。我很早就开始收集这方面的资料，至今已收藏了很多，但这本书是一位外国学者写的，书中涉及的资料、素材等内容比较新，我没有不买的理由。不过，这里买书确实很贵，一本书就要三百九十九新台币，折合成人民币将近八十九块钱。可见，台湾人对文化确实很重视。相反，内地的一些城市却有很多书店将图书论斤卖——在他们的眼里，书籍也许等同于猪肉了。如果他们的意思是，文化、图书就像食物一样重要，那么也说得过去，但真实原因大概不是这样，甚至刚好相反，图书对他们来说就像一堆垃圾，他们看着心烦，想尽快清理出去。看到类似的现象，我总会有些心酸。因为，在那些论斤称的书籍之中，有时仍会出现几本好书，但即使是很好的书，在不看书的人眼中，还是一钱不值，多么可悲。这其实不仅仅是写作者的可悲，更是一个民族的可悲。因为，在台北，估计我们不会看到这样的现象，在美国也许更不会。听一个学生说，很久很久以前，美国有一部非常受欢迎的电视剧，专门反应美国人的日常生活，那部电视剧中几乎所有人都看书，包括那些有可能被人觉得“浅薄”的人物也看书，而且他们看的不是关于如何赚钱、如何锻炼口才、如何尽快积累大量财富的书，而是经典文学作品。如果这真是美国人的生活，那么我们在文化素养方面跟他们实在有着太大的差距了。

香港机场和台北机场在商品方面也有不同，香港机场销售的衣服、香水、皮包等商品都是名牌，可见香港人很注重名牌，或者说去香港购物的人很注重名牌。而台北机场的商店里更多的是工艺品，包括一些传统文化的工艺品等。从这个小小的细节，就可以看出两座城市的文化底蕴之间的差距。台北是一个有底蕴的城市。

我想，这些差距也许跟两地的背景有很大关系：香港过去是殖民地，一直被英国人统治，传统的中国文化已经逐渐消逝，所以香港人的思想跟西方非常接近。听说，在香港，传统新年相对冷寂，圣诞节才是一年中最喜庆的日子。而台湾，虽然是一个独自飘零的小岛，却将传统文化相对完整地保留了下来，在文化底蕴上更接中国本有的地气。

这次只是路过台湾，在这里转机去西雅图，所以我们没有多待，按点上了开往西雅图的航班。在大约十一个小时的飞行之后，我们抵达美国西雅图。当时，已是昨天当地时间的晚上七点多。时差是个很有意思的东西，从数据上看，我们似乎多活了好几个小时（因为我们“回到”了昨天），但事实上还是一样。所以，时差的存在，证明时间只是一个幻觉，是人类赋予自己的一个概念。

在西雅图醒来

写于2015年5月13日，美国西雅图

“西雅图”是个熟悉的名字，因为电影里老是出现“西雅图”。我没有看过那些电影，因此不知道西雅图到底是什么样子，但因为它位于美国，所以我认为它定然像香港、上海等大都市那样五光十色。因此，真实的西雅图让我吃了一惊，虽然不至于大惊失色，但也足以引起我的注意——西雅图很朴素，并不绚烂，映入眼帘的，只有灰色、铁色、水泥色等冷色调，完全没有香港机场和台北机场那样的商业气息。

这就是西雅图。

来到这里的第一个瞬间，我就被这座朴素的城市吸引了。而且，听说不但很多电影场景都有西雅图的影子，微软、谷歌、亚马逊、波音公司也都在西雅图，这是什么原因？这座城市到底有什么独特之处？我对它充满了好奇。可惜行程早就安排好了，第二天下午就要坐飞机前往波士顿，我们只会在西雅图待半天，短短半天，根本不足以了解一个城市的灵魂，所以我们就在机场附近的酒店住下，决定在所有行程结束之后，再来好好地感受它、了解它，听听它的故事。

到达北美的第一个早晨，我醒得很早，看了看表，西雅图时间三点多。因为再无睡意，我便索性起床，先喝上一杯水，然后叫醒陈亦新，教他禅修。陈亦新是我的儿子，所以很多人都以为他占尽了便宜，实际上根本不是这样。我们很少住在一起，他一般是跟着母亲学习禅修的，很多东西，我教大家的时候，他也是第一次听。趁着这次出国有两个多月的时间，我打算教他一些他过去没学过的修行方法，那么哪怕出了国，他每日的禅修也是雷打不动的。要想在修行上成功，这一点是必须做到的，倘若任何理由都可以阻挡修行，那修行就没有意义了。

修到上午九点，我们下楼吃早餐。跟国内的一些酒店一样，这里的早餐也是酒店的免费自助餐，有烤面包、酸奶、水果、咖啡等，还有各种酱，比如花生酱、番茄酱、沙拉酱等。蔬菜很少，品种也很单一，但营养还算全面。没关系，既然来了，我们就需要习惯这里的饮食。

吃完早饭，我们照旧在酒店附近散步，这也是我的习惯。我告诉陈亦新，即使要在国外待上两个月，也必须坚持禅修和散步，不能中断。

走在西雅图的街上，我们感觉不到一点夏天的气息。虽然已经入夏了，这里却仍然凉爽，迎面吹来的风中有一丝丝凉意，空气也很清透。在广东，这几乎是不可能的。这份灿烂和清爽，有些像北京的秋天——当然，前提是没有雾霾。在北京，只要没有雾霾，天空一片晴朗，秋天就会很美。那时，天是蔚蓝的，配上红墙、金黄的叶子，光线也清冽透亮，想不心旷神怡，也由不得你。此时，我们也有这种感觉，因为西雅图的绿化很好，四处都是精心培育的植被，充满了生命力，也很干净，植被表面见不到什么尘滓，颜色很鲜艳。它们的那份自在、舒服，让观者心中也充满了喜悦。

除了青草绿树，眼前的一切都让我觉得陌生。陌生的街道，陌生的人群，陌生的语言、陌生的气息……我有一种被抛入另一个空间的孤独，一种强大的梦幻感笼罩着我，此刻，一切都显得不真实。但不真实就不真实吧，这才是世界的本来面目。假如你是个有心人，就会发现，生活本身就充满不真实感，一切都在变，言语、情绪、情感、关系、际遇……如果你把这些看得太实在，你就会被所谓的现实抓住、裹挟、束缚，很容易就会迷失、执著、痛苦，不如时时品味那点点滴滴的不真实感，时时观察那点点滴滴的梦幻感。

街上的车很多，来来往往，但一切都似乎处于一个跟我不相干的世界，跟我有关的，只有此刻的觉悟和明白。这份明白，让我心中充满诗意，又不像多愁善感的书生那样，因虚幻孤独而平添愁怀。

温度太低了，我们只好回酒店加件衣服再出来。我裹了一块平时禅修时常用的羊毛毯，这不大的毯子便成了披风，倒也合适，既暖和，又方便。不过，这身打扮有点怪异，经过的人都会看我几眼，大概我有点像那些搞行为艺术的人吧。当然，也可能是大胡子惹眼，让我成了异国街头的一道风景。但那些黄头发高鼻子的美国人，又何尝不是我眼里的风景呢?

走到十字路口，我发现了一个奇怪的现象：假如有人要过马路，那么他过马路之前就要按一个指示牌，然后奇怪的事情就发生了——正在行驶的车辆突然集体停了下来，同时给行人让路。我很好奇，便走过去看那指示牌，原来上面有几个按钮，最上面的按钮是“Start crossing”，意思是开始过马路，来往车辆就会像看到红灯一样停下来。跟红灯一样，“Start crossing”也是有时限的，到了限定的时间，停下的车辆就会启动。跟红绿灯不同的是，这里不会定时转红灯，如果没有人按“Start crossing”的按钮，车辆便可畅通无阻地行驶。

同行者说，这也不算什么奇怪现象，对西雅图人来说，中国的红绿灯才奇怪呢，明明没人过马路，那么多车却停着不动；明明有很多人要过马路，却因为没到转红灯的时间，所以大家都在等待。所以，奇怪不奇怪也是相对的。他说得对，所以我决定换一种说法：我发现了一个跟中国不一样的细节。不过，这么人性化的、有趣的细节，在人流密集的中国恐怕是不可能实现的。你想，来几个人就按一下红灯按钮，什么时候才轮到汽车行驶呢？

我很享受这种惬意又漫无目的的行走，因为可以发现很多自己感兴趣的、有趣的细节，这些细节都是当地人日常生活的真实显现。假如你有一颗好奇的心，走路的时候，就能了解当地的很多东西。

好奇的人心里有一个丰富的世界，其中充满了让人开心的色彩，一切都非常有趣。所以，人不能丢掉对生活、对世界的好奇，只要保护好这颗充满好奇的心，你就不会失去灵感和爱的能力，我们也可以称之为激情。如果有一天，你失去了好奇心，你就会失去对世界和生活的爱，失去灵感和激情，你的生命就会失去色彩和意义，你也会失去生活对你的爱。因为，生活只爱那些真正热爱生活的人。

所以，每到一个地方，我都会四处走走看看，留下一些照片，留下一些记忆，再将记忆变成文字，留给世界。这是我珍惜生命的一种方式。最近我拍了很多照片，也保存了一些语音记录，每天都会及时发给雷贻婷，请她替我整理保存。这个时代太好了，酒店里都有免费Wi-Fi，这让地球显得格外小，我们可以随时通过视频、语音和微信与世界进行联系，这为文化传播提供了巨大的方便、节省了很大的力气，否则，我不知道要带多少移动硬盘或记忆卡。不过，一离开酒店，就没那么方便了，因为大街上没有免费

Wi-Fi，国内电话卡的流量收费很高，一张图片发送出去，可以消耗好几兆的流量。为了省钱，在外我一般不轻易打开网络，而是用微信记录沿途的点点滴滴，等回到酒店，这些未发送的信息便可以自动发送到国内。

这里的鸟很多，而且根本不怕人。我们回到酒店时，有只小鸟一路轻跳地跟着我们，完全觉不出它有警惕心，估计它确实对人没有戒备。这里的小鸟好像都是这样，人在旁边，它们也不会飞走，不会像国内的一些小鸟那样，飞到一个不远不近的地方看着你。它们很自在地飞来飞去，形成了酒店里的一道风景，人们似乎也习以为常了。人和小鸟就这样和谐共存着，构成了一幅特别美好的画面。因为，这里没有任何伤害，没有任何干扰，也没有任何隔阂。当然，能够形成这样的关系是有理由的，当地人一定懂得保护动物，久而久之，小鸟便认定人类不会伤害它们，更不会对它们的生命产生威胁。这种无声的信任和友好，让人心里暖洋洋的。这个小细节也作为西雅图的名片，留在了我的心里。

另一个小细节仍然是街上的见闻：西雅图街道两旁的建筑和商铺都很有个性，若是不懂英文，真的很难猜到小店里到底在售卖什么。比如，一个店铺的牌子上写着“Jack in the box”，引起了我们的好奇。“杰克在盒子里”是什么意思？它到底在卖什么呢？走近一看，才知道它是个西式快餐店，比国内的肯德基和麦当劳的食物品种多，还有一个叫drive-thru的服务，意思是驾驶员可以驾车在这里购买外卖。听说，这家快餐店在美国很有名，看起来也确实很不错，但我们还是没有进去尝试。后来上百度查了一下，才知道“Jack in the box”是一种玩具，Jack是藏在小盒子里的小丑，你一打开盒子，Jack就会弹出来吓你一跳。挺有意思的。据说，在美国，这样的幽默无处不在。

可惜，我们很快就要飞往波士顿了，短暂地游历之后，我们回到酒店收拾好行装，办好退房手续准备出发。还有一点时间，我们就到附近一家餐厅随便吃了点东西，主要是沙拉，还有生菜和烧鸡。环顾周围，我们的饭量似乎是最“秀气”的，因为当地人都点了很多食物，那些食物的热量远远超过他们身体所需的热量，难怪这里有很多人都很胖。听说，西方人的体型跟他们的身份地位有着直接关系：高端知识分子上流人士非常注重健康、注重运动、懂得合理饮食；普通老百姓则大多无法在饮食上节制，又喜欢高热量食物，所以他们的体型……你懂的。

午餐之后，我们坐上了前往波士顿的飞机，聊起在西雅图渡过的十几个小时，大家都显得很开心。开心是个好缘起，希望波士顿能给我们同样的惊喜。对那座美国历史中非常重要的城市，我充满期待。

Massachusetts-USA

马萨诸塞州—美国

波士顿之行的小插曲

写于2015年5月13日，美国波士顿

了解美国历史的人一定知道波士顿，它是美国最古老、最有文化价值的城市之一。美国独立战争的第一枪是在这里打响的——1773年，这里发生了著名的“波士顿倾茶事件”，六十个波士顿人化装成印第安人，潜入英国人的船只，销毁了三百四十二箱茶叶。美国人称他们为“自由之子”。意思是，他们对抗的不仅仅是英国人对茶叶的垄断，还有英国人对殖民地人民的控制和压榨。美国是在独立战争胜利之后诞生的，而美国独立战争的导火索就是“波士顿倾茶事件”，因此，整个世界都认为是倾茶事件导致了美国的诞生。

至于这件事是否合理，跟其他一切事件一样，人们有很多种说法，有人认可，有人不认可，有人觉得这只是某些走私商人因为一己私利挑起的争端，甚至将美国视为走私商人建立的国家。这种说法有它的道理，也有它的局限。因为，商人的机心也许能让民众把英国人的茶叶倒进海里，却很难让北美殖民地人民发动独立战争。毕竟，商人之间的纷争跟老百姓是没有关系的，激发老百姓的抵抗情绪的，并不仅仅是商人的口才，而是英国殖民统治对北美老百姓的挤压。换句话说，如果英国人没有欺负过殖民地老百姓，老百姓就不会为了一些茶商的利益与他们抗争。所有事件都是多种原因造成的，我们不能简单地评价它。

但是，围绕茶叶发生的纷争导致了一个国家的诞生，这终究是一件有趣的事情。从中，我们便可看出波士顿文化中的一种基因。不知道两百多年的岁月有没有改变波士顿人？

下飞机的时候，已是当地时间晚上九点多了。美国和中国有十二个小时的时差，那么这时应该是北京时间上午九点多，大部分中国人刚准备开始一天的工作，我们却又要准备入睡了。真是有趣。

这些天一直在飞机上，每到一处，总是晚上，飞机上也睡，下飞机也睡，真有点不习惯。所以，最近最重要的事，就是倒时差。恍惚之间，时间过得飞快，生命在迅速地流逝着。不过，这本身就是一种重要的经历，所以倒也没有关系。

波士顿的机场跟西雅图一样，非常朴素寻常，规模相当于中国一个中等城市的机场，跟深圳机场根本没法比。深圳机场太豪华了。从这个细节上，就可以看出中美之间的文化差异，中国人讲究排场，美国人则崇尚实用主义，他们的一切都以实用朴素为主，不事奢华，这是实用主义哲学可爱的一面。

因为波士顿很大，我们要去的地方也多，同行的当地朋友在我们到达之前就预租了一辆车，方便我们这几天的考察使用。租金据说不贵，大概一天七十美元，而且非常方便，只要用信用卡预定即可。听说，在美国，你几乎不需要随身带现金，信用卡就可以完成一切消费。所以，对美国人来说，信用卡实在太重要了，信用也太重要了，他们通常不会做损害信用的事情。这是超前消费好的一面，但它也有不好的一面，美国成为世界上最大的债务国，就跟超前消费的习惯有一定关系。

当地时间深夜一点四十分，我们到达宾馆。宾馆也是提前订好的，内部装修非常精致，也很漂亮。把行李拿进预订的房间之后，我们的首要任务就是找地方吃饭。从中午到现在，我们一直没有正儿八经地吃过饭，大家都饿了。国内的麦当劳、肯德基都是二十四小时营业的，所以，我们的首选就是麦当劳、肯德基，谁知道沿途的好几家麦当劳都打烊了，令我们大失所望。觅食失败，饥饿的我们只好回酒店休息，倒也睡得香甜。

睡醒睁眼时，窗外阳光明媚。看一看表，已是当地时间早上七点，我们很少睡到这个时候，但事实上也就睡了三个多小时。昨晚，放好行李时便已两点多，再加上寻找食物用去一个多小时，睡时已将近四点。幸好，我的睡眠质量一向很高，也就弥补了睡眠时间的不足。

拉开窗帘，我看到一片雪白的花海，也许是杏花吧。阳光照耀下的它们显得生机勃勃，像是在对我微笑。它们是在说“Good morning”吗？要知道，这可是英语的世界，连动物都只能听懂英文。于是，语言不通的我们只能相视一笑，倒也有另一种默契和温馨。这是在宾馆里安顿下来之后，波士顿给我留下的第一个好印象。

我抓紧时间洗漱更衣，陈亦新也很快准备好了，我们快步往宾馆的餐厅走去，计划吃过早餐之后，好好观赏这迷人的杏花园。但计划总是赶不上变化，到了餐厅门口，我们才发现懂英文的朋友还没起来，没有他们，我们怎么点餐，怎么跟服务生沟通呢？你知道，我的心里总是了无牵挂，这直接导致我记不住英文单词，陈亦新比我也好不了多少。如果我只记得“Coffee”是咖啡，那么他也只知道“Coffee or tea？”是咖啡和茶而已。所以，我们只能临时调整计划，先进餐厅找个位置坐下，等朋友们来了再说。

服务生看我们坐下了，就微笑着递来菜单，然后微笑着等待我们点餐，整个过程都很有礼貌。我们不知道如何告诉他迟点再来，只好翻开菜单，看看有没有我们能看懂的食物。这时，我看到了一个熟悉的单词，“Coffee”，对，这是咖啡，虽然咖啡前面的单词我看不懂，但它肯定就是某种咖啡。好吧，我们就点两杯咖啡，剩下的等他们来了再说。服务生微笑着点了点头，转身往厨房的方向走去。当然，我看不到厨房，这只是我的一种猜测。等待咖啡的我们，就像完成了一项艰难的任务，轻松了许多。但是，当我们看到服务生又端着咖啡向我们走来，而懂英语的朋友还没来时，我们知道事情不会这么简单。正在这时，陈亦新接到电话，那几位朋友竟然让我们先点餐，他们迟点才到。没办法，我们只能硬着头皮从服务生手中接过菜单，寻找自己觉得眼熟的单词，这个美国孩子显然经过专业培训，他肯定看出我们的不知所措，却仍然在礼貌地微笑，看不出一点嘲弄的味道，但也看不出想要帮忙的意思，大概不懂中文。我们于是拿出手机，打开手机里面的翻译软件，对着菜单查询每一个单词，只要查到菜名中的一个单词，我们就可以大概猜一下是什么食物，然后做出决定。就这样，我们终于点了两个菜。不懂英文，在异国他乡果然很不方便。要是此刻有人抓拍，我们的表情一定非常滑稽。

关于吃饭，还有一件事也很有意思。熟悉我们的朋友都知道，我们外出吃饭必然会随身带上碗筷——我们称之为“钵”——即使到了北美，我们依旧保持着这种习惯。之所以这么坚持，是因为考虑到饮食卫生的问题。你知道，中国有很多人就是不注意卫生，喜欢偷懒，又经常在外面吃饭，结果得了肝炎。有时不是乙肝，常规体检验不出来，但同样会严重危害身体健康，还会传染，所以，我们奉行的宗旨是，宁可麻烦一点，也要保证饮食卫生。否则，我们经常在外考察，身体健康就没有任何保障。有人喜欢买保险，像重大疾病险等，这也很好，也是一种保障，但我更愿意在生活细节上谨慎一些，毕竟，就算得到了巨额赔偿，有时也治不好病。所以，最好的不是谋求财富，让自己能看得起病，而是调整自己的各种习惯，让身心健康一些，尽量少生病。中医称之为“上工治未病”。中国人的老祖宗确实了不起，只要学好老祖宗传下的宝贝，很多人生中的灾祸都能避免。

但美国人显然没有这个意识，在美国，我们的卫生习惯变得非常扎眼。刚开始，我和陈亦新还能非常自然地拿出碗筷，后来实在经不住所有人疑惑的眼神，就默默地把它们收起来——我们总不能告诉他们，我们怕你们这里的卫生不过关吧。而且美国的街道很干净，大街上都那么干净，何况饮食场所？国内的麦当劳和肯德基对卫生很是讲究，拖地擦桌都用消毒药水，厨房也准备了消毒药水，方便员工们随时使用。那么，它们的“老祖宗”美国人估计会更加讲究吧？但不管答案如何，我们都只能入乡随俗，免得让别人生起烦恼。有人问我们为啥要带“钵”出来吃饭时，我们也不好直说，只能胡诌一个理由：在乡下吃炒面时可以用。问题是，一路走来，我们没有看到哪个地方在卖炒面。这或许也是中美文化差异之一。

不过，不好意思归不好意思，却不会影响我们吃早餐的心情。我们一边享用早餐，一边透过餐厅的玻璃窗欣赏外面的风景。

波士顿的天空是透明的蓝，没有一丝云，更没有雾霾，空气非常爽利，能让人的心境豁然开朗，就像阳光照进了黑屋子，屋里再也没有一点阴霾，充满了灿烂的阳光。这样的天气太美好了，在广东，几乎没出现过。广东很少能看到这么好的天空，因为空气污染很厉害，虽然比国内的一些重工业地区好些，但也好不了多少。听说，某年的某一天，广州被巨大的雾霾笼罩，空气质量被评为“不适宜人类居住”。这种说法虽然很幽默，但它代表的事实却一点都不幽默，让人有一种绝望的感觉。因为，在这个时代，随着科技的高度发展，能源的消耗越来越大，为了节省时间和体力，让一切都变得更方便，人类向自然掠夺的东西越来越多，尤其是大城市。所以，大城市很难有好天气。繁华对人的生存本身来说，其实不一定是好事。

来到朴素的波士顿，我们就像来到了另一个世界——这个世界闻名的城市竟然如此简朴，如此干净，竟然有这么清澈的蓝天，有这样洁净的空气，有这样清新的风，还有洁白如雪的杏花——餐厅的落地玻璃窗外也有杏花林，在这里，我们离它们更近了，可惜隔了一道玻璃，触不到那些洁白的花瓣，但这样远观也很好，有了距离，反而会觉得它们更美。

杏花很好，它们就像活在另一个世界里，没有一点喧嚣，没有一点纷争，没有一点吵闹，自顾自地灿烂开放，开败了，就轻轻落到地下，于是树下也洁白一片。陈亦新说起《红楼梦》中葬花的黛玉，窗外的景致顿时多了一种味道，但我们都觉得，在崇尚实用主义的美国，也许不会出现一个黛玉那样的女子。因为，这里的女子也许不会为落花而流泪，更不会有“尔今死去侬收葬，未卜侬身何日丧？侬今葬花人笑痴，他年葬侬知是谁”的感叹。那样细腻的、多愁善感的女子，似乎只能活在东方人的心里。

正是暮春时分，窗外的杏花林正好是“花谢花飞花满天，红消香断有谁怜？”，我也终于明白，无论走到哪里，一个人的文化之根都是他骨子里的东西，这个东西会时刻提醒他，自己人在他乡身是客。

吃完早餐，已是当地时间九点，我没有往远处去，只在宾馆周围散步。

宾馆周围的街道上也有很多花，各式各样的鲜花一起盛开，让这个干净的城市有了一种人间仙境般的美好和温馨。波士顿确实很好，这里有青藏高原那样的高海拔地区才能看见的天空，却没有很强的紫外线。阳光很柔和，虽然明媚灿烂，但不伤皮肤，沐浴在这样的阳光中很舒服。我深深地吸了口气，意外地闻到了海洋的气息，这才想起，位于美国东北部大西洋沿岸的波士顿是港口城市，它就在大西洋边上。所以，我闻到的也许正是海风的味道。

这里的一切都显得纯粹简单，跟我心中的觉悟很是相契，或许，这也是一种缘分。也好，我们将要签约的翻译家就是波士顿人，希望我们的合作能成为我们传承的文化走向世界的一个很好的缘起。

美国的老年公寓

写于2015年5月14日，美国波士顿

今天，我们正式开始对北美的考察。第一站是波士顿的一家老年公寓。

所谓的老年公寓，就是私人或教会经办、美国政府给予部分补贴的养老机构，相当于中国的养老院。但经过了解，我们发现美国的养老公寓和中国的养老院有着本质的不同。中国的养老院有一种凄凉的色彩，在中国，凡进入养老院的老人，大多是无儿无女或是儿女不愿赡养的孤苦老人。因此，中国的养老院更像接济老人的福利院，而美国的养老院——尤其是老年公寓——却绝非如此。在美国，住进老年公寓的老人既可以拥有个人空间，享受个人生活，也可以享受公共生活——比如，老年公寓都有适合老年人的公共活动场所，而且大部分老年公寓都会经常举行集体活动，有些老年公寓有每天下午喝咖啡聊天的习惯，愿意参加的老人可以直接到咖啡厅碰面，还有其他的很多活动，老人们可以根据自己的爱好参加。这样，就算子女不能经常陪伴自己，老人也不会觉得寂寞。而且老年公寓的条件一般都比较好，里面都是单元房，有自己的厨房、家具及所有日用品，还有餐厅、洗衣房、游泳池、健身房、图书馆、俱乐部等公共设施。所以，在美国，老年公寓就像业主都是老人的社区，它不是封闭的，跟医院般压抑的养老院很不一样。

我的一个朋友就把父母送进了老年公寓，我们这次去考察还专门拜访了二老。他们住着一套二居室的单元房，还有一个大厅，看起来过得很好，不像中国一些独居老人、空巢老人那么憔悴。中国的任何一个城市都有独居老人和空巢老人，他们的子女或去外地工作、成家，或不在人世，也可能他们本来就没有结婚，没有生儿育女。这些老人都需要照顾，尤其需要有人在自己突然得病时及时赶到，但他们的子女不一定能做到这一点。这就是美国非常流行老年公寓的其中一个原因。

有一位专家说过，在中国，各地都有空巢老人或独居老人在家中死亡、多日后才被发现的事情，而空巢老人或独居老人的数量正在日渐增多，比例也越来越高，有些地方甚至达到百分之五十至七十，比如那些年轻人大多外出打工的乡村。所以，如何让老人老有所依是一个急需解决的问题，毕竟每个人都会老去，每个人的父母都在变老，没有人可以回避。

当然，这些年我们国家也在努力，除了公办养老院之外，政府还在鼓励民间力量进入养老院领域。前些年，中国也出现了老年公寓，但比起美国，我们国家的老年公寓还有太大的进步空间。

美国确实是一个了不起的国家，他们只有两百多年的历史，但是发展到今天，很多方面都已经非常完善了，比如社会制度、法律体系、公民福利、公益事业等。我们应该向他们学习、借鉴他们的经验，根据我们的国情做出必要的调整。因为，直到今天，中国的老人仍然面临着民办养老院价格太高、公办养老院进不去的困境，他们怎么办？现在，我们仍然能看到一些孤苦老人露宿街头，流落四处，为什么？因为没有能赡养他们的儿女。只要我们想象一下，如果自己的父母也面临这个问题，而自己又没有办法给他们很好的照顾，自己或者父母会有怎样的心情，就一定能理解那些等待中的老人和他们的孩子。

美国的老年公寓分为生活自助型、生活援助型和持续护理型三种。第一种专门为有自理能力的老人设计，不提供任何与日常生活和医疗相关的服务。第二种主要为日常生活需要帮助、不需要专业医疗护理的老人设计，他们除了提供前者所提供的服务之外，还提供与日常生活有关的各种服务，包括做饭、帮助洗澡、喂饭、洗衣服、体检、喂药和其他的一些个人生活需求。据说，这种公寓在美国比较流行，住进这类公寓的老人平均年龄是八十五岁，平均居住时间是三十个月。第三种公寓除了提供上面两种公寓的服务之外，还提供全面的医疗健康服务，包括护士服务、康复护理等。但如果老人已经失能失智了，一般就会被送往护理型养老院，而不会住进老年公寓。

朋友说，美国的老人只要符合条件，就可以住进老年公寓，而且老年公寓的收费非常合理。比如，高收入的老人可以申请住进高级的老年公寓，每月交三千到五千美元；年收入低于二万美元的老人可以申请住平价公寓，他们只需要拿出收入的三分之一（或百分之三十）交租，剩下的费用由政府支付；没有收入和存款的老人同样可以申请住平价公寓，政府会为他支付费用，还会给他一笔满足基本生活需要的零花钱，美国名之为社会安全生活补助金，四百到八百美元不等，而且，低收入老人如果享受不到医疗保险，可以享受联邦和州的免费医疗照顾。这就是美国政府为赡养老人所作出的努力。所以，在美国，有些老人会选择把房子卖掉，用卖房子的钱支付老年公寓的开支；有些老人会选择不住老年公寓，享受政府提供的保障金。总之，美国的养老保障已经实现了普及，老人的晚年可以过得充实而健康。相应的，美国的很多老人也懂得感恩社会，很多住进老年公寓的老人不会闲着不做事，他们会为自己居住的公寓做义工，进行一些力所能及的贡献。有一位百岁老人分享自己的长寿心得时说："不要让自己闲着，一定要做事！"他指的就是贡献社会、帮助别人的事情。对这些老人来说，自己还有能力帮助别人、贡献社会，是最开心的事情，因为这代表着他们的生命还有价值，并不是社会的包袱。有些老年公寓正是因为有义工帮忙，所以减少了工作人员的数量，节省了大量的开支。

美国的养老制度还有一个了不起的地方，就是平等对待所有老人，不会嫌贫爱富，低价公寓和高价公寓的设施大多差不多，大家都可以享受独立套间，包括卧室、起居室、小厨房、储藏室、洗澡间及全天候供应的热水，老人还可以添置自己喜欢的家具或电器，而且每户都配备了紧急呼救系统。所以，有一位专家说过，美国老人的生活舒适度和经济安全几乎是世界上独一无二的。

接触美国的老年公寓之后，我对养老院的固有认知完全被打破了，或许，这才是真正的养老院，这样对待老人才是真正的赡养老人、让老人安度晚年。我想，如果中国的养老院和老年公寓也是这样，很多老年人就会心甘情愿地住在里面，儿女也会放心，不会过多地牵挂。但中国的现状是，很多老年人还在为年轻人做牛做马，比如抚养孩子、操持家务等。作为一个发展中国家，中国人的幸福指数与经济水平还没有完全同步，我们必须接受这样的现实，也必须允许这样的现实，因为，这是我们不能略过的一个发展阶段。

我相信，懂得如何照顾父母，懂得如何陪伴父母的子女会越来越多，懂得让自己安度晚年的老人也会越来越多，因为一切都在变化，中国一直都在进步。

初遇中国元素

写于 2015 年 5 月 14 日，美国波士顿

此刻，波士顿的街头没什么人，空荡荡的，非常安静，到处都是大片的芳草地，绿草如茵，高大的树木也遮蔽成荫。走在这样的街道上，人会感到非常惬意。

中国也有这样的地方，但大多是农村。记得敦煌也很安静——但没有这么多的草地和绿树——我们去敦煌的时候住在一间青年旅社里，那旅社是平房，被许许多多的民房所包围。无论什么时候，这一带都很宁静，就像房子里没人似的，但房子里其实有人，只是人们喜欢静静地待在房子里，不事喧哗，也就没有了闹市区的喧嚣。在那样的所在，连空气都像静止了，清澈通透，丝毫感觉不到它的存在。这时，你会不由自主地坦然了心，与大自然融为一体。波士顿也是这样，这里也有一种独特的静谧。这种静谧中没有荒凉，没有孤独，只有祥和、闲适和温馨。

波士顿似乎是由一个又一个集镇串联而成的，这一点和中国岭南镇镇相连的模式很是接近。除了市中心之外，这里似乎没有什么高大奢华的建筑，也没有北京、上海那样熙熙攘攘的人流，整个城市显得非常质朴。很多地方还留有工业时代的建筑——包括波士顿市中心，也仍然可以看到跟美国独立战争有关——甚至年代更早——的建筑，有点老城区的味道。这些充满了年代感和历史感的存在提醒着我们，这是一座有历史的城市。

至于房屋的低矮，据说是因为这里的土地不贵，而高建筑的造价成本又相对较高，所以人们大多住在低矮的别墅型房屋里，房

屋和房屋之间有很大的距离，一点都不拥挤。这跟美国地广人稀有直接关系，要是在一些小国，土地比黄金还贵，根本不可能让你拥有任何私密性。

在这个偌大的城市里生活，没有车显然是很不方便的，才来了一天，我们就有深刻的体会。或许正是这个原因，这里的汽车租赁行业发展得很完善，只要有一张信用卡，你就可以租到合适的车子，而且价格不算太贵，油费则由自己支付，用多少给多少。一切都显得非常方便和人性化。不知道美国人为了走到这一步，付出了多少心血和努力？但不管怎么样，美国都只有两百多年的历史。

波士顿又是充满活力的，因为大波士顿地区有一百多所大学，每年有二十五万学子在这里接受教育，因此，波士顿是美国受教育程度最高的城市，据说这里的经济水平也很高，是美国的顶级金融城市之一。在美国，很多城市的市中心下班之后就没什么人了，但波士顿还是很热闹。这里还有美国第三大唐人街，是波士顿人口最密集的地方。

朋友开车带着我们到周围游历，途中，我们路过了一个中国功夫——比如少林功夫——的教学中心。这是我们进入美国之后，看见的第一座跟中国有关的建筑。

中国功夫在国外的影响力非常大，每年都有大批外国人到中国的少林寺去习武，他们对李小龙的熟悉程度远远超过了对孟子和庄子。记得，有一次我在上海坐飞机去郑州，登机时发现一起排队的都是老外，我以为自己找错登机口了，确认之后，才知道自己没错，这些老外都是到郑州去的。坐在我旁边的就是一个老外，飞机起飞后，他用蹩脚的中文和我聊天，告诉我他们是去少林寺学功夫的。这个满脸胡子的金发男人谈到中国功夫和李小龙、孙悟空时，就像年幼的孩子一样兴奋，脸上洋溢着激动的神采，让我非常感动。当然，我也理解他，我也喜欢过孙悟空，很小的时候，我就喜欢坐在马背上幻想，自己要是能够变成孙悟空，学会七十二变，懂得驾跟斗云上天，那该多好！我总是向往白云背后的事情，就像眼前的老外向往千里之外的中国，以及对他来说非常神秘的中国武术。不知道他有没有看过中国的武侠小说，也许有，否则，他也许不会这么痴迷中国武术。许多孩子和大人对武术的热爱，都是从武侠小说开始的——当然，也有很多人是从李小龙、成龙、李连杰的电影开始的。他们向往的，也许不只是强身健体，也不只是帅气的动作和惊人的强大，还有一种英雄气和一种神秘的气息。归根到底，他们向往的东西都源于中国的传统文化。

我对中国的传统文化充满了希望，因为它是可以超越国界的。在全球化的今天，积淀数千年的中国传统文化应该被世界所认知。

我们还路过了一个教堂。它建得很有意思，看起来就像童话故事里的石头房子，严肃之中透着一丝温馨可爱，但我们没有进去参观。我们更关心东方宗教在西方的传播情况，所以停车参观了附近的一座佛教寺院。

那座寺院叫千佛寺，坐落在住宅区里，占地面积估计有十几亩地，很大，也很豪华，有一座类似于大雄宝殿的建筑，但严格地说，它跟大雄宝殿还有一定距离，更像念佛堂。不过，不管它的外形如何，是不是符合真正的寺院建筑标准，只要它能为当地信众提供一个清净的道场，让他们的灵魂受到佛教文化的熏染便足矣。但是，我们在这里只看到了一个尼姑，此外没有见到什么香客或修行人。听说，这个尼姑是专门看守寺院的。

寺院堂内的墙上挂着一些往生牌位，是子孙为了给祖宗积累功德、超度祖宗所设的。但牌位不多，只占了其中一面墙的一部分，大部分墙面都空着，说明来这里的香客确实不多。我们专门咨询了当地人，他们告诉我们，这里平时没什么人，只有每逢周六周日或是寺院里办法会时，来的人才会比较多。周六周日一般是家长带着孩子来，因为这里每逢周六日都会教当地孩子学汉语，还会提供斋饭；做法事时来的大多是华人老太太，西方人几乎不来，但往往也有两三百人，有时甚至有三四百人。从中，我们能大概看出当地佛教的发展情况。

佛教在西方的传播就是这样，几乎跟西方人发生不了什么关系，因为西方人大多有自己的宗教信仰。他们的宗教信仰非常坚定，从出生起，他们就按这种信仰方式生活，宗教已经渗入了他们的生命，形成了他们的思维和本能，他们的一切都跟宗教信仰紧密相连——当然，其中还有更多的原因。至于那些原因，我大多是通过看书进行研究的，它只是知识，即使我研究得非常深入，也只能作为一种参考。要想真正明白宗教信仰之间的差异和碰撞，必须亲身去感受，这也是我此行的目的和意义之一。

有趣的是，在千佛寺的一本杂志上，我竟然看到了自己的一篇文章，它出自我的心灵随笔集《世界是心的倒影》，说明这里有我的读者——即使他们没有看过《世界是心的倒影》，也必然通过微信好友圈或其他网络渠道读过我的文章。同行的朋友也很惊讶，大家都想不到，在我本人踏足波士顿之前，我的文章就已经刊登在当地的杂志上了。大家都说，这或许是一个很好的缘起。

与翻译家柯利瑞见面

写于2015年5月14日，美国波士顿

在美国，手机依然是使用频率最高的工具。比如，每天我都要用手机的语音功能记录所到之地的点点滴滴，同时拍摄沿途的各种画面，发送给志愿者保存，并整理成文字，然后我再根据这些资料写文章。这样非常方便，缺点是需要太多的手机流量，超出了我的通讯套餐，按流量收费又很贵，所以，当地朋友就带我去超市买当地的电话卡。

在一家看起来很寻常的超市里，我们找到了两种电话卡：一种全额四十五美元，使用期限一个月，流量和话费没有限制，但国际长途不包括在这个套餐里面，要另外收费，倒也不算太贵，十美元即可；另一种使用期限两年，费用每月平均四十五美元，流量和话费同样没有限制，国际长途同样要另外收费。

买了电话卡已是下午四点左右，我们回到宾馆，准备休息一下，六点左右跟一位翻译家见面。下车时，却有一位白发老人远远地向我走来。我觉得他是来找我的，于是就叫朋友们等一下，那位老人果然走到我的面前，问我是不是雪漠老师。我说是的，然后才发现，他就是我们约好的那位翻译家。他竟然提前了两个小时来等我，虽然刚回来，稍微有点疲惫，但我还是很感动，于是找了个相对安静的地方坐下，和他聊天。

这位翻译家很有意思，他的胡子头发都白了，但人却很有激情。他在我身边坐下之后，就拿出几本我的作品，并向我们讲起他的故事。

他的名字叫Cleary，翻译成中文就是柯利瑞，今年六十八岁，目前在一家太阳能公司上班。令我吃惊的是，他的工作跟翻译或文字没有任何关系，他只是一名程序员。二十年前，他毕业于哈佛大学，在哈佛大学待了八年。他的专业是佛教研究，也研究过中国文化。他对中国文化很感兴趣，读过庄子、墨子、孟子等先哲的经典著作。中国的大家之中，他最喜欢的就是庄子。他说，读了庄子的作品，一个巨大的世界就在他的眼前被打开了。不过，相比之下，他更喜欢佛教文化，所以一直在研究佛教。他还说，自己有个同名的弟弟，也是一个优秀的翻译家，也喜欢佛教文化，曾经翻译过《华严经》等佛教经典，其影响力比他大，但身体不太好，得了肺结核。

柯利瑞总共翻译过二十多部佛教作品，可惜没有出版社愿意出他翻译的作品——并不是他翻译得不好。我曾把他翻译的《观无量寿经》给一位教授看，那位教授对他的评价很高，认为他是真正的翻译家，翻译功力非常深厚，能够完全把握佛陀思想的精髓，而且，他的英文有一种佛经的韵律。这是非常不容易的，也是我们找他翻译的原因。我们希望中国传统文化图书能有一些很好的译本，在西方世界传播开来，甚至流传下去。

柯利瑞的作品之所以找不到愿意出版的人，是因为佛教经典在美国很难有市场，西方很少有人看佛经，大部分西方人都信奉基督教或天主教，信仰佛教的人相对来说并不多，出版社自然不愿意出版柯利瑞翻译的作品。出版社是商人，他们出书是为了赚钱，而柯利瑞却希望自己的同胞也能看看佛经——我能感受到这一点，也能感受到他的老实和教徒般的虔诚心。他的身上有一种非常纯粹的学者味道，而且他特别喜欢佛教，有着极高的佛教学养。我的《光明大手印：实修心髓》与《光明大手印：实修顿入》正好需要这种风格的翻译家。我希望他能翻译这两部作品。

交谈结束之后，我们邀请他跟我们一起用餐，他却拒绝了，说自己身体疲惫，想早点回去休息。他还告诉我们，因为要养家糊口，自己每天早晨六点便开始工作了。这让我有点惊讶。他是一位哈佛大学的毕业生，而且翻译了二十多部佛教经典，是一位优秀的翻译家，却要这么艰难地维持生计。但另一方面，他也让我感到敬畏。他的工作是编程，跟翻译没有一点关系，如果没有刻骨的热爱，他的激情早就被生活消磨得什么都不剩了。但是，在艰苦谋生的同时，他翻译了二十多部佛经，而且仍然在继续着对佛教文化的研究。他的热忱、他的追求、他的坚守，都让我对他生起了敬意。我觉得，只有这样的人，才能真正理解我所传承的传统文化和我的创作。

晚上，我们找了一家餐厅吃中餐。餐厅老板是台湾人。用餐之前，他让每一位客人都随机抽了一份台湾小吃，据说这是台湾的习俗。每个小吃里都夹了一张纸条，上面写着一些类似于卜辞的文字，很有意思。

文韬的字条上写着："你会遇到一位贵人，他对你的未来会有专业性和前瞻性的帮助。"刚才我们正好在聊如何在西方进行文化传播，我还针对他的公司未来的发展和运营给了一些建议。这张纸条似乎在回应我们的谈话，让他感叹连连，惊讶不已。

另一个朋友的字条上写着："你用爱的光芒照亮别人。"这个朋友是一位女士，她正好在爱恋状态之中，看到这样的一段话，她的心里非常温暖。"用爱照亮别人"，这是一种多么美好的祝福啊！但愿她梦想成真。

陈亦新的字条上写的是："千里之行始于足下。"意思是，他当下要做的事情决定着他的千里之行。换句话说，就是一切才刚刚开始，选择与行动是最重要的。

我的字条上写的是："你此刻用激情做出的决定，将会对未来产生决定性的作用。"这句话很有意思，刚好跟陈亦新的字条互相呼应。因为，当时我正好做了一个决定，打算让陈亦新留在波士顿。因为，从文化传播的角度看，波士顿是一个非常重要的地方，这里的人文气息非常浓厚，还有哈佛大学等众多的名校。还有很多种因素都在显示它的重要性。就目前的情况来看，我们非常需要一个这样的据点，踞守在这里，跟这个地方产生一种联系，对文化未来的发展非常重要。哪怕先在这里学习语言、学习如何在西方生活也没关系，慢慢地，随着语言和习惯问题的解决，文化的契机就有可能会出现。这是我临时做出的决定，非常仓促突然，没有经过全面的考虑，正如那张纸条上所说的，是"用激情做出的决定"。那么，我会不会将它付诸实践呢？不一定，有可能会，也有可能不会，随着考察的逐渐深入，我们会有一个确定性的答案，至少有一些新的想法。但是，在这个时候看来，这是一个很好的开端。

我就是这样，总是做一些让人措手不及的事情，总是在激情中做出决定，然后坚定不移地执行它。但我一直没有因为激情而付出什么代价，因为，我的激情不是一时的情绪，而是一种智慧和慈悲。许多时候，人因为惰性而不思进取，总是喜欢沉浸于暂时的安逸，最后，他就会随着生命的流逝一事无成。所以，我不允许自己这样，我一直在进取。我前半生做出的所有决定，都源于生命的激情。激情推动我走到了今天，走到了这一步——因为激情，我产生了诸多关于利众的念想；也是因为激情，我做出了诸多传播上的决定。我从不放过任何传播中国传统文化的可能性。因此，短短几年之内，中国传统文化从没有人知道，渐渐地有了一定的影响力。我总是告诉身边的学生，我们这代人需要完成中国传统文化传向世界的第一步，下一代人有他们该做的事。任何事情的发展，都需要因缘和时机，如果错过时机，有些东西我们的下一代人也未必能实现。所以，我们必须努力。

除了这个决定，我在今天的谈话中还发现了一个非常重要的问题：过去，我们在策划如何向西方传播的时候忽略了一个重要群体——海外的华人。美国大概有四百万美籍华人，这个群体多么庞大啊。他们虽然扎根在国外，但他们骨子里始终认为自己是炎黄子孙，他们对中国传统文化的感知力一定比西方人更强。忽略这样一个群体，实在太不应该了。这个发现，让我有了新的思路，也有了一个新的决定：我们应该在繁体字出版上下功夫，向海外输出我们图书的繁体字版本。作品是现成的，甚至不需要进行翻译，只需要将简体字转换成繁体字即可。我们没有任何犹豫不决的必要。

“千里之行，始于足下”“你此刻用激情做出的决定，将会对未来产生决定性的作用”，多么美好的祝福。

哈佛半日游

写于2015年5月15日，美国波士顿

两点多我就醒了，天还很黑，陈亦新还在睡觉。醒了就醒了吧，我索性翻看在台北机场买的那本书。书的内容很好，讲的是中国1958年到1962年的大饥荒，作者是一位外国学者。书中的资料非常详实，是作者从数以千计的资料中精选出来的。他的写作手法也很特别，不是单纯的直线叙述，而是通过不同领域、不同行业，比如工业、农业、手工业、人群（主要是儿童）等方面进行描写。为了避免笼统的论述，作者用了大量的资料和细节对那场大灾难进行剖析。这本书可以为我提供很多新的视角。看到三点多，我又睡着了，因为时差的关系，我的睡眠还是有些混乱。

吃完早餐，我们要去造访世界最顶尖的大学——哈佛大学。

我之所以知道波士顿，就是因为哈佛大学在波士顿。当然，波士顿还有很多世界知名学府，比如麻省理工学院、波士顿大学、伯克利音乐学院等。因为拥有上百所大学，每年有二十五万大学生在这里接受教育，所以波士顿被誉为“美国的雅典”“美国最聪明的城市”。努力工作、道德正直、重视教育等精神一直是波士顿文化的一部分。波士顿是个了不起的城市。

但是，在我心目中，波士顿的享誉世界，就是因为哈佛大学。据说，哈佛大学出了八位美国总统，有上百位诺贝尔奖获得者曾在这里工作、学习过。在文化、医疗、法学、商学等诸多领域，哈佛大学都有着崇高的学术地位和广泛的影响力。哈佛学子遍布世界，也影响着世界。

来到波士顿之后，你会听到大波士顿和小波士顿的说法。大波士顿指的是波士顿地区，也就是波士顿及周边地区（如剑桥、切尔西、艾弗瑞、萨默维尔、水城、牛顿、布鲁克兰、尼达姆、戴得汉姆、坎顿、米尔顿和昆西等），小波士顿则仅仅是波士顿市，其关系类似于大广州和广州——大广州除了广州市之外还有花都、增城、佛山等，而广州仅仅是广州市。小波士顿是麻省的省府，作为省府的它并不是非常出色的，但作为名校聚集地的大波士顿却非常出色。我们今天去的是哈佛大学的主校区，在剑桥市，也就是大波士顿地区。

去往哈佛大学的路上，我们一直在感叹波士顿的植被之好。当地的草地都非常漂亮，绿油油的非常健康，渗透着蓬勃的生命活力，可见美国人对生态的重视。当然，这跟波士顿的工业不发达也有关系。工业不发达的地区，空气质量才会非常好。工业一旦发达，污染就很严重，空气质量就很糟糕。而以教育享誉世界的波士顿，则有着非常舒适干净的生活环境。或许哈佛大学等名校之所以选择波士顿，正是因为这里的娴静、舒适和干净。这里是天然的学习“氧吧”。

当朋友告诉我“哈佛到了”时，我有点不敢相信，因为眼前的建筑不像大学，倒像是一个不大的村庄，和我见惯的教学楼高大的大学不同，这里的楼房大多低矮——也很精美——很多建筑都以红砖为墙，米白色边角点缀，还有米白的石柱和一些浮雕。偶尔也会见到几栋奶白色或蓝灰色的房子，色调都是偏暖的。这些建筑透着一种沉甸甸的年代感，显得沉稳、安静、庄重，没有一点炫耀的味道。

我们开着车子在校园里走走停停，随机地拍一些照片。忽然，一个当地警察拦住了我们，还讲了一段英语。看到他夸张的表情，我有些不安，也许是美国枪战片看多了，一遇到美国警察，脑海里就不由地浮现出各种可能。作为一个刚踏上美国大地的人，我当然不希望招惹当地警察。就在我们忐忑不安的时候，那个警察却笑了，弄得我和陈亦新一头雾水，马上请朋友为我们翻译。这才知道，原来那位警察看到我们都在拍照，想提醒我们注意安全。但他非常幽默，没有一本正经地、命令式地叫我们注意安全，而是故作不解地问："我不明白，如果所有人都拿着照相机拍照，那么谁来开车呢？"所以，说着说着，他就把自己给逗乐了。这位美国警察充满幽默感，而且笑点很低，让人觉得非常友好。

路旁有一些学生模样的孩子，他们正围在一起聊天。他们的衣着都很随意朴素，但同行的朋友们说，他们的家庭条件一定很好，很多都是富二代。因为哈佛大学的学费很贵，如果家境不殷实——而且不殷实到一定程度——是读不起哈佛的。

对于我们的注视和议论，那些孩子好像没有受到什么干扰。不知道是不是因为他们已经习惯了？哈佛大学不但是世界一流学府，也是美国的著名景点，每天都有很多游客来这里参观。包括今天，除了我们，还有很多人向他们投以"注目礼"。几乎所有游客的眼神之中都充满了羡慕和赞许。毕竟，他们面前站着的，说不定就是未来的美国总统、科学家或某个领域的诺贝尔奖获得者。在这样一个地方，你总会觉得有些故事必然会发生。不过，对这一切，我看得很淡。

把车停好之后，我们就在哈佛的校园里散步。一路上，我的心中充满了一种莫名的喜悦——不是激动、快乐、兴奋，而是静谧中透出的温馨和恬静，非常符合我们眼前的环境，它是从我灵魂深处蔓延出来的。眼前的绿地之中，似乎有些湿润的气息进入了我的生命，赋予了我的生命另一种青春的活力。一切都会让人沉浸其中，无论是灿烂的阳光，还是藏着故事的建筑，漫步在这里，人会轻易地忘掉身边的旅行团、诸多交谈的声音，以及红尘中一切的喧嚣，享受一种与环境融为一体的和谐和温馨。似乎，哈佛的气息也在升华着我们，让我们跟这里的学子们一起成长。

我突然产生了一个天马行空的想法：让陈亦新在这里租个房子，接受一下这里的熏染。很多营养只有身临其境、进入其中，才能体会和吸收。当然，这只是一种突发奇想，不一定会付诸行动的。

朋友说，哈佛的很多建筑都是社会人士捐赠的，比如这里的一个图书馆。那个图书馆的捐赠者是一位哈佛学子的母亲，她的孩子乘坐“泰坦尼克号”邮轮时丧生了，她为了纪念孩子，就在哈佛捐建了这个图书馆。有的资料上提及，她在捐建时曾经提过两个条件：一是哈佛所有卖食物的地方都必须卖雪糕，因为她的儿子爱吃雪糕；二是哈佛的学生必须修游泳课，因为她的儿子是在水中丧命的。当然，她是一片好意，但不一定合理，所以第二点就被取消了。哈佛大学也收残疾人学生，要求学生必须会游泳对残疾人不公平。不知道这种说法是不是真的。

我们偶尔会看到一些雕塑，其中最有名的是约翰·哈佛（John Harvard）的铜像。约翰·哈佛是哈佛大学的捐赠者之一，他临终前将自己的一半财产和所有图书都捐给了哈佛大学，那是哈佛当时收到的最大一笔捐赠，因此哈佛大学以他的名字为自己命名，以示纪念。但据说这个铜像塑错了，塑的不是约翰·哈佛本人，而是哈佛的某个学生。不知道塑像的时候出现了什么错误，也许有人给错了相片，也许发生过更加有趣的故事，我们不得而知。而且雕塑上的建校时间也弄错了，哈佛大学建校于1636年，雕塑上刻的却是1638年。关于雕塑的错误广为流传，成为了一则笑谈，但折损不了哈佛的精神高度，也折损不了捐赠者的精神高度。

哈佛的校园里还有很多小孩子，他们也许是附近小镇幼儿园里的学生吧。他们的出现，为这个环境增添了一种温馨的气息，让人觉得比较容易接近了，也说明哈佛有一种包容开放的气度——它不但接纳观光者，也接纳附近的老百姓，男女老幼都可以分享这个环境，都可以呼吸这里的气息。这一点非常好。

当然，这不仅是哈佛校园文化的特点，也是西方很多文化的特点。长久以来，西方都在巧妙运用着他们的包容和开放，向不同的领域和地区注入他们的文化，比如洋快餐连锁、圣诞节等节日文化、西方的某种直销模式等。西方的直销模式非常迎合目前的市场，前段时间，美国某品牌就用直销打开了中国的大门，一夜之间，中国诞生了无数这个品牌的营销者。还有好莱坞电影，它在很多年前就已融入了中国人的生活，赚取了巨额的财富。圣诞节、情人节、愚人节也是这样，它们用生活化、世俗化的形式，迅速地进入了中国，占领了中国的文化市场，赢得了中国人的心。而西方人对中国文化的了解却非常有限，他们知道李小龙，知道孙悟空，知道少林寺，并且有所向往，但他们不知道庄子和孟子，也不知道中国传统文化的精神与内涵。中国传统文化虽然有着普世性的价值，但是因为标签的局限，没有跟生活相结合，没有进入老百姓的生活，才会逐渐被老百姓抛弃和淡忘。所以，营销让文化广为人知，营销是一种让文化直接契入生活的最有效的方式。这就是西方文化传播的方式。

我们昨天路过的千佛寺就是太像寺院了，很多人才不想进去。所以，我们应该在适当的时候、适当的环境下放弃一些标签。比如，基督教可以不要宗教标签，但保留基督教的精神，这时基督教文化就会具有普世性，他们的传播非常的生活化、非常地接地气，老百姓会觉得他们跟自己是一样的，自己可以接近他们，可以跟他们沟通，这时才会接纳他们，甚至信仰基督教。如果没有这个特点，中国一些非常偏远的乡村里，就不会有那么多人信仰基督教。反过来说，如果远离世俗，找不到与生活的连接点，佛教就很难实现当下的传播。即使为了保持一种威仪，需要保留一些标签、符号或仪式，也不能陷入僵化，必须适时地与时代接轨、与生活相融。因为，传统文化不是自我形象的标榜，而是一个民族举手投足间体现的东西。每个人的身上都承载着某种文化，每个人的行为都在体现本民族的文化涵养，因此，所有对文化的宣传都不能离开自己的人格和行为，不能将生命上的传承、行为上的展示与口头上的宣传分开，不能将文化作为一种脱离于生命的话语，单独地进行宣传。

哈佛大学是个很好的例子，它跟当地人的生活就是融为一体的，它没有将自己隔离于世界之外。因此，它的气息才能蔓延开来，熏染所有接近它的人。而且，它在态度上的开放并不影响它在学术上的严谨，也不影响它的质朴、低调、安静、自由和貌不惊人，它那种浓厚的人文气息不会因为开放而减少。因此，它既能作为旅游景点接纳全球的游客，接纳本地的老人和孩子，与一切都和谐共存，也能培养一流的人才，让人每次提到它，都会心生敬意。其实，美国文化也有相似的特点。

哈佛大学就像一位真正的大师，它不需要任何标签，甚至不需要经济实力，它为社会和国家创造的价值才是它真正的实力。它也像母亲，诞生了一个又一个影响世界的孩子，她的孩子对世界的影响，让她这个母亲也令人肃然起敬。所以，真正的大师必须有包容和奉献的胸怀，必须是托起一个个人才的平台。如果没有这种境界，不能成全别人，把人脉当作自己实现某种目的的资源，就不是大师。换句话说，利他和包容决定了一个人、一个平台、一种文化、一种信仰的成败。因为，没有利他就没有博大，没有包容就没有海纳百川、更没有厚德务实。胸怀决定了格局，格局决定了一切。

我看过一个相亲节目，有一期的参与者是个美籍华人，他在台上的表情非常夸张，有点疯疯癫癫的，很多人都以为他是个狂妄自大的人。经过他的自我介绍，人们才知道他是个天才：他本科毕业于哈佛大学，硕士毕业于剑桥大学，博士毕业于加利福尼亚大学伯克利分校。于是，现场有人就说，天才和疯子只有一线之隔。节目进行到最后，他要在两位姑娘中选择一位作为结婚对象。这时，他出了一个问题："假如有一天你中了一千万的大奖，你打算怎么花这笔钱？"其中一个在美国留过学的华人姑娘说，我想我不会有任何改变，因为我想不到把它用在哪里。另一位姑娘说，我会带妈妈去旅游。听完两位姑娘的回答之后，小伙子放弃选择。别人问他为什么，他说，两个人在一起必须有相同的价值观，哈佛曾经教育他们，人要懂得回报社会、做利益社会的事情，所以，假如他得到这么大的一笔钱，就会用来回报社会。这句话震慑了所有观众，包括那些把他当成疯子的人，也让两位候选的姑娘非常尴尬。其实，这两位姑娘的回答不仅仅代表她们自己，也代表了中国的大部分人。因为，大部分的人们接受的是主流文化的教育，从小就被植入了一种主流的价值观。她们都想把自己打扮得美丽大方，然后拥有高学历、高收入，“达则兼济天下，穷则独善其身。”她们的收入层次和思想境界还没有达到利众、回报社会的概念。所以，这个小伙子给我留下了非常深刻的印象，他代表了美国文化中一种非常优秀的元素——社会责任感和同情心。

又走了一段时间，我们看到了教堂——大学里面竟然有教堂。我在国内的任何一座大学里都没有见过教堂，也没见过寺院，甚至说不清我们的大学生有没有信仰。但哈佛大学里面有教堂——不但有教堂，而且教堂是整个哈佛大学里最精美、最豪华的建筑，可见哈佛对信仰的重视。从这一点上，我们再一次感到了哈佛的独特。

信仰是形而上的，是上层建筑，大学精神也应该建立在精神和信仰的层面上。倘若没有信仰的融入，大学就容易变得功利化、实用化，越来越接近培训机构。国内的很多教育机构都是这样，他们给予孩子的教育跟我们期待中的教育是有距离的。我们认为，真正的大学教育应该把技能放在后面，把人格和信仰排在前面——很多世界知名学府正是这样，它们都把“梦想”“奉献”“回报社会”作为校训的主旨——但国内的很多教育机构刚好相反，它们的教育目的，是让学生们毕业后尽快进入世界五百强企业，得到高薪厚职。因此，诺贝尔奖获得者、科学家、思想家大多诞生于世界知名学府，而不可能诞生于某个功利化的教育机构。

我们还发现了一个很有意思的现象：作为游客的我们，想和哈佛大学的大门合影，但找了半天，却怎么都找不到国内大学那种气派的大门——哈佛大学的每一道门都不大，红砖砌的柱子，中间两扇窄窄的铁栅门，不太起眼，很像别墅的大门。

这些门都是社会人士捐建的，不气派，但充满了历史感，也蕴藏着某种值得品味的意义。或许，哈佛大学不需要标签性的元素来装饰自己，也不需要有排场的建筑来支撑门面，就像真正的大师不需要外相的、造作的东西来衬托自己。即使没有气派的大门，没有豪华的建筑，哈佛大学也散发着一种独特的气息，这种气息不是外物赋予它的，而是岁月的沉淀赋予它的。数百年的岁月过去了，校长换了一任又一任，它一直静静地待在这个角落，毫不浮华，但散发着耀眼的光芒，正如当了二十年哈佛校长的柯南特所说："一个学校的荣誉不在于它的校舍和人数，而在于它一代一代教师的质量。"当了四十年校长的查尔斯·威廉·艾略特也有两句名言被刻在哈佛园的戴克斯特大门上。刻在外侧的是"踏入校门，增长智慧"，刻在内侧的是"迈出校门，尽心尽力报效祖国与人民"。这种质朴无华的教育精神，让哈佛大学的校区无处不蔓延着一种朴素务实的气息，就像笼罩在波士顿大地上的一团灵气，能够滋养这块土地上的人，并依托这块土地上走出去的那些人，影响整个世界。

此时，我顿时理解了那么多中国企业家给哈佛捐款的原因——哈佛绝不会把钱用于面子工程，它只会把钱用来培养人才。

探访麻省理工学院

写于2015年5月15日，美国波士顿

哈佛大学所在的大波士顿地区有很多名校，除哈佛大学之外最出名的应该是麻省理工学院。麻省理工学院是一所私立研究型大学，虽说它一直叫“学院”，没有升级为“大学”，但它的实力早就超过了很多大学。而且它每年只录取两千名学生，以保证来到这里的都是全世界最优秀的人才。无论在美国还是在全世界，麻省理工学院都非常重要，影响力非常大，它培养了众多对世界产生巨大影响的人物，是全球高科技和高等研究的先导力量。在学术成就上，它也一直走在世界前列，很多人都认为它仅次于哈佛大学。不过，从建筑就可以看出，它和哈佛大学完全不同。

也许是理工科学校的缘故，麻省理工学院的建筑偏向于冷色调，跟哈佛大学相比，在造型上有了更多的设计感，有些建筑非常前卫怪异，像是几个巨大的机器人被挤压在一起，造型独特到有点匪夷所思。见到那些歪歪扭扭、奇形怪状的房子，我马上对其内部构造和使用情况产生了好奇。待在这样的楼房里，学生和老师们会有什么样的感受呢？这么古怪的楼房应该不太方便吧？还是说，虽然它的外形非常古怪，但内部结构跟其他楼房没有区别？不过，我虽然好奇，却没有上去一探究竟，我还是对人文的东西更感兴趣。

目前正值毕业季，迎面走来几个毕业生，他们穿着学士服，头戴学士帽，脸上的笑容就像波士顿的阳光一样灿烂，显得健康而且充满朝气，让人好奇他们的未来将会如何。不过，既然毕业于“世界理工大学之最”的麻省理工学院，他们一定是杰出的人才，也必将为社会创造一定的价值。

麻省理工学院跟哈佛大学一样，也是一个了不起的学府，但这里没有哈佛那么浓厚的人文色彩，也没有哈佛那么浓厚的历史感，它的很多建筑都有很强的现代感，甚至有一种张扬的味道。不过，它的张扬不是那种浅薄的张扬，而是充满了好奇心和生命力的那种张扬，是年轻的生命在挥洒它的热情。

当然，麻省理工学院并不年轻，它建校于1861年，虽然比哈佛年轻两百多岁，但创办至今也有一百多年了。它经历过南北战争、二战、冷战，在二战和冷战时期，它为美国的国防事业做出了巨大的贡献。而且，在这一百多年里，它培养了众多影响世界的人物，其中有八十五位（截至2015年）诺贝尔奖得主。它一直是全球高科技和高等研究的先导力量，与哈佛大学、斯坦福大学和加州大学伯克利分校合称为“美国社会不朽的学术脊梁”。

不过，相对于这些荣誉和辉煌，我更在意的是两个小细节：

第一，麻省理工学院的停车场有残疾人的专用停车位，还有残疾人的专用通道，所有人都不会占用——朋友告诉我，不只麻省理工，美国到处都有这样的设施，人们总会为残疾人提供一些帮助，这种人性化的设施和文化让人感到非常温暖。

第二，有些女孩子在校区里的小河边上跑步，她们跑得满身大汗，但精神很好，整个人散发着蓬勃的生命活力。现在正是中午时分，在中国很少有人在这个时候跑步，中国人习惯在早上或傍晚跑步，中午一般都会午休。她们选择了跑步，说明她们有良好的健身意识。或许，这就是麻省理工的精神面貌。

在美国的校园里，我们总能看到一些值得学习的东西——当然，我们今天参观的都是名校，它们之所以会举世闻名，肯定有它们出名的道理。严谨的学术精神定然不是唯一的理由，背后肯定还有某种精神和灵魂层面的理由。可惜，这样匆匆地游历，我们能了解的东西实在有限。不过，我并不遗憾，因为我已经得到了最重要的启迪——关于文化传播的一种新思路。

我仍然希望将波士顿作为未来传播文化的重要据点，甚至希望能依托哈佛大学，对中国传统文化进行一种高端的研究。有些人也许觉得我的“野心”很大，但中国传统文化确实有这样的价值。第一，它经过了千年的积淀，有各个国家和民族都需要的普世性价值；第二，它有着很高的哲学境界，可以摆脱宗教名相的束缚，成为一门直指人心的哲学，被人们运用于日常生活，从而改变命运；第三，它能为当下的生命科学提供一种独特的启迪。我之所以这么卖力地传播这种文化，正是因为它很有价值，它已经处在文化的制高点上了。它缺的仅仅是平台、媒介和传播者的努力。因为，只有让更多的人认识它、学习它、实践它，它才能真正地发挥自己的价值。当然，它更需要与时俱进，需要与世界级的高端文化平台建立联系。当然，这些都是我们未来的发展目标，也是一个美好的心愿。我相信，假如我们一直努力，这个心愿是完全有可能实现的，因为这是一件有益社会、有益世界的事情。

离开麻省理工学院回宾馆的路上，我们看见了温馨的一幕：一个女孩正在自家的庭院里种菜，她弯着腰，沐浴在温暖的阳光之中，身旁有一只小狗作伴。这个画面实在太有诗意了，可惜我的拍摄功力有限，拍不出自己感受到的那种美好。如果我有印象派画家的绘画功力，也可以立刻把它留在画布上，但我的绘画功力同样有限。所以，没办法，我只能把它作为回忆留在心间，温暖我自己了。

去麻省理工学院的路上还发生过一件趣事：我们已经在波士顿大学里面了——波士顿大学和麻省理工学院相隔不远——但我和陈亦新都没看出来，要不是同行的朋友向我们介绍，我们根本想不到，大学校园居然可以和居民区融为一体。波士顿大学比哈佛大学还要低调，连围墙和大门都没有。穿梭在校园里，就等于穿梭在居民区里，如果没有很多学生进进出出，我们根本无法辨别，哪里是教学楼，哪里是居民楼。不过，听朋友说，这里的大门都很低调，最初哈佛大学也没有围墙和大门，在建造第一道大门的时候，他们还受到了当地民众的抗议。

到目前为止，我对美国的感觉一直很好。如果忽略政治的话，美国真是个有趣的国家。

首个翻译项目签约

写于2015年5月16日，美国波士顿

早上起来的第一件事仍然是修行，修完一座大概两个多小时，然后下楼吃早餐。九点左右，有些朋友来宾馆见我，他们都是提前跟我预约了的。

我有个习惯，就是一般只见预约的人。因为，我每天都有各种安排，不一定会有时间。假如有人不经预约就来找我，我不一定有时间陪他们。如果我改变自己的日程去陪他们，那么原定的计划就会被打乱，又会影响其他相关人员的日程，给别人添麻烦。所以，想见我的朋友要记住提前预约，否则，你很可能来了也见不到我。

今天来见我的人大多是华人，其中有些是我的读者，之前就看过我的著作，有些人是第一次接触我，对我、对信仰类文化都没有太多的认识。我向他们简单地介绍了关于信仰的文化，也针对人们关于这种文化的一些误解进行了解答，谈话内容我放在本书的后半部分，有兴趣的朋友可以看一下。

会面结束之后，翻译家柯利瑞如约来宾馆找我。今天，我们正式进行翻译合同的签约，请他为我们翻译《光明大手印：实修顿入（上下）》《光明大手印：实修心髓（上下）》《光明大手印：参透生死》及《无死的金刚心》。这是我们的第一个翻译项目。合同签订之后，柯利瑞会根据约定，每月将翻译好的内容发给我们，我们再根据他的翻译成果按时地支付翻译费。

我见过很多翻译家，柯利瑞是给我印象很好的翻译家之一。他非常质朴，有点像我的长篇小说《野狐岭》中的一个人物——木鱼爸。木鱼爸是个老实质朴的文人，很有抱负，但得不到社会的认可。不过，他虽生活窘迫，却始终保有一种纯粹的文人气息。所以，虽然他在《野狐岭》中是一个近似于昙花一现的人物，却赢得了很多人的关注和好感。柯利瑞有点像木鱼爸，他也是朴素简单的，也保存着一份纯粹的人文气息，与他接触的时候，我能感受到他骨子里渗出的清高。在这个时代，这样的人已经不多了。他的纯粹，让我非常感动。

不过，就像我在前面的游记中说过的，之所以让他来翻译我的书，主要还是因为他能理解东方宗教文化的精髓，而且他的文字就像他的人品一样，非常朴实，没有浮华的修饰，他总是老老实实地将翻译对象内容本真地呈现为英文。这很符合东方宗教文化的特性。佛家文化就是这样。它不需要华丽词汇的点缀，朴素平实地叙述，反而更容易让人感知到它想表达的内涵。

我之所以传播中国传统文化，也是因为它的朴素和简单，它没有艰深的理论、繁杂的概念，不需要你把它看得多么高深，它只有朴素的真理、直接的方法，总是用最简单易懂的语言告诉你，快乐很简单，不需要额外地添加什么，只要你能去掉自己的执著、贪婪和嗔恨，生活就自然会变得非常快乐。我觉得，人类需要的正是这样的文化。因为现代人实在太忙了，没必要在名相上花太多无谓的时间。只要能得到直指人心的智慧，直接洞悉真理和真相，人就能破除烦恼，就能从外部世界和自身念想的束缚中摆脱出来，得到自由。

从某个角度上看，我所传承的中国优秀传统文化跟美国文化有些相似，尤其是两者在精神方面的追求——它们都没有任何虚饰的东西，简单、直接，而且总是明确地知道自己的方向，然后直接奔往那个目标。但美国文化崇尚实用主义，中国优秀传统文化却不是实用主义，它只是有一些实用主义也有的特点而已。中国优秀传统文化是感性、理性与实用相结合的一种独特文化，既直接、务实，又充满了理想主义的浪漫情怀。它有点像一个“闷骚”的人——表面看来寡淡无味，深入其内心，你却会发现一个色彩斑斓的世界。这种人也许会默默地为你撑伞，也许会在你发烧的时候为你煮上一锅热粥，但他不会把自己的热情和温柔表达出来。闷骚的人是内敛的。当然，中国优秀传统文化不是内敛的，它没有内和外的分别。它的一切你都能一览无遗，但能不能体会到个中的精彩和美好、能体会到什么程度，就看你是否有一颗纯净的心灵。

仅仅见过两次面，真实交往的时间不超过十个小时，不足以让我对柯利瑞有确定性的了解，但他身上散发的气息，告诉了我他是什么样的人。

短暂而美好的博物馆之旅

写于2015年5月17日，加拿大多伦多

签完合同之后，我们一起去附近的小镇吃午餐。朋友说那里有一家新疆人开的饭馆，饭菜是典型的西北风味。能在异国他乡吃到地道的家乡菜，我和陈亦新当然很开心，也很感恩朋友的贴心。坦白地说，美国的很多东西都很好，唯独西餐我不太喜欢，相比之下，我还是更喜欢中国的食物。据说，中餐馆在西方很受欢迎，不知道是不是这样。不过，我们去中国餐馆吃饭的时候，也确实见到了很多西方人。

中国的食物定然比西方更加讲究，因为中国的饮食文化跟中医等传统文化联系在一起，在中国谈饮食，会顺带说到地理、气候等各种问题。比如四川人为啥爱吃辣，背后有什么渊源，跟他们的居住环境有什么关系，这种居住环境让他们形成了怎样的生活习惯……当你把吃饭当成一种文化来探究时，就不仅仅是食物美不美味的问题了，你会发现它就像沙漠里的芦芽——对，就是我的小说《白虎关》中，兰兰差点为之送命的那种植物，它生长在水路上，而且是一攒一攒的，你只要找到一根芦芽，顺了那根系，就会扯出好多芦芽——越去探究，内容就越多。不过，单从食物本身，你是看不出那么多讯息的，吃的人也不关心它背后的东西，只关心它的味道，味道很好，便足矣。有时，过多的理性追问，对诗意和美好是一种伤害。所以，为了保护诗意和情感的纯粹，我总是说，做人要“留一点清醒留一点醉”。

关于饮食的话题还没结束，我们就到达目的地了。这个小镇跟波士顿的很多地方一样，也很美丽，很安静，有着非常好的植被和风景。朋友告诉我，北美爆发独立战争的时候，这里是反抗英国殖民统治态度最坚决的地方，发生过很多场战役。但如今的它，已经没有了丝毫战争的痕迹，谁会想到，这个一派祥和的地方有过那样一段血腥的往事？当然，我说的血腥，指的是战争本身。

走进饭馆的时候，我们一眼就认出了餐馆的女主人，因为她长得很像维吾尔人，后来才知道，原来她不是维吾尔人，而是汉人。看来，人的长相也会被环境所同化。很有意思。正如朋友所说，这里是典型的西北味道，而且饭菜很好，来的人很多，其中不乏金发碧眼的西方人。

朋友说，来波士顿一定要参观波士顿美术博物馆。我问他为什么，他说，这座博物馆有很多特点，比如，参观者可以跟展品近距离接触，甚至可以摸到它们——他的意思是，展品离参观者很近，又没有用玻璃罩子罩住，所以，理论上说你可以摸到它们，但你千万不要触摸它们，否则会缩短它们的保存时间——而且这里有大量的亚洲艺术品，尤其是中国和日本的艺术珍品。

谈到这座博物馆的缘起时，朋友告诉我们，它是哈佛大学和麻省理工学院联合筹建的，其初衷是展示自己收藏的艺术品，将自己所拥有的美好回馈社会。这样的缘起再一次让我们感慨。因为，如果中国的大学也能拥有那么多藏品，能筹建对公共开放的博物馆，那说明我们的大学既有实力、也有浓厚的人文气息更具有胸怀，那是以令我们感到由衷地高兴。

朋友还告诉我们，波士顿博物馆有“年费套餐”票，当地居民只要交了年费，一年之中就可以随时进去参观，免收门票。当一个民族把逛博物馆、美术馆作为娱乐消遣时，这会是一个怎样的民族？这样的民族会建立一个怎样的国家？在这块土地上，我们所熟悉的文化与当地文化发生了诸多的撞击，每一次撞击都足以让我们感到震撼。或许，我们真的应该从美国文化中学习一些东西。

到达波士顿博物馆的时候，我们有一种在哈佛大学里见到教堂的感觉。因为博物馆对面是一座非常简陋的地铁站，而博物馆却建得非常豪华、非常庄严，可见美国人对艺术的敬畏。博物馆门口还有一个意味深长的雕像——那是一个骑在马背上的印第安人，他抬头仰视天空，双臂自然展开，似乎在感恩上天所赐予的自由，他的肢体动作有一种喜极而泣的味道。据说，这座博物馆的开馆时间是1876年7月4日，也就是美国建国一百周年纪念日。选在这个日子开馆，还在门口立起一座这样的雕像，一定不是巧合。这个小小的细节打动了我，也许，这就是美国人的浪漫。所以，走进波士顿美术博物馆的时候，我是充满感动的。

博物馆很大，分为美国装饰艺术和雕塑、亚洲艺术、古典艺术、埃及和古代近东艺术、欧洲装饰艺术和雕塑、绘画艺术等部门，展室非常之多，资料上说有一百七十八个。短短一个下午，我们根本参观不完整座博物馆，于是索性只参观亚洲艺术品的展室——这里以收藏东方艺术品著称于世，在所有展室之中，以亚洲艺术品展室的收藏最为丰富，不输于世界各大美术馆，展品包括中国、日本、朝鲜等国的青铜、陶瓷、绘画、书法、纺织品、雕塑等各类艺术珍品，如中国古画唐阎立本《历代帝王图》、宋徽宗摹唐张萱《捣练图》、明张宏《句曲松风图》——据说，这里的亚洲画作有五千多幅之多——等，还有亚洲各地的伊斯兰教、印度教和佛教艺术的珍品。

令我们颇感意外的是，这里竟展出了一幅明清时期的春宫图，其人物形象情绪饱满、栩栩如生，画家对情景的描画也很细致。关于闺房之乐的画作可以精细到这个程度，还得到了流传，可见古人在礼教上并不如我们想象的那样严苛。

这里还有很多日本的艺术珍品，其中有浮世绘七万件，陶瓷器皿好像也有几千件，还有日本的服装、刀剑和脸谱等。那些脸谱看起来非常诡异，透着一股鬼气，大概有着神话背景。我们还见到了古代日本武士的盔甲，它跟中国古代的盔甲不太一样，非常特别，其装饰性更强，更加精美，有很强的戏剧感。这种戏服般的盔甲真的好用吗？它到底有多强的防御性？我们不得而知。使用它的时代已经永远地过去了，这个时代已经没有它的用武之地，它也只能作为艺术品或时代的印记躺在这里，以供全球的人类所观赏和研究了。制造它们的工匠是不是早就猜到这样的结局，因此才做出这样的盔甲？我们同样不得而知。

因为没有参观西方艺术品，只参观了亚洲艺术品，我们有一种浓浓的时空错位之感，在西方体会东方气息，在西方的现代走进东方的古时，这种体验莫可名状，只能勉强说它非常独特。有人问道，它们是如何来到这里的？它们为何会成为哈佛大学和麻省理工学院的藏品？在场没有人可以回答，在网上也没有找到答案。可以肯定的是，它们定然有着某种特殊经历，也定然承载了一段值得追忆的历史。当然，它们也是在履行自己的使命——承载着东方文化来到西方世界，在这个向全世界开放的窗口，展现东方人的思想和艺术。

在这里，时间过得很快，我们只是惊鸿一瞥，却已到了该走的时候。不能参观更多的展品固然是一种遗憾，但我们还是要走，因为，接下来的事情比精神享受更加重要——我要赴一个重要约会，有人在多伦多等我。这个约会象征着两种优秀文化的对话和交流，若干年后回首，它或许会是一个有着历史意义的时刻，也将在我的一生中留下重要的印记。

再一次来到波士顿机场时，我们遇到了一个小小的意外：陈亦新行李箱的钥匙丢了，安检时，他的行李箱偏又超出限重大概五公斤，需要打开箱子取出行李。因为没有钥匙，我们怎么都打不开行李箱，幸好机场工作人员帮了我们，他和有关部门进行了沟通，因此机场没有为难我们，甚至没有额外收取任何费用，这让我们享受到一种非常人性化的服务。

在离开波士顿的最后一刻，这个城市再 次给了我敬畏它的理由。

Canada

第二章

一次转折：在国内扎下文化之根

安大略省—加拿大

Ontario-Canada

安大略省—加拿大

来到北美后的第一轮总结

写于2015年5月17日，加拿大多伦多

到达多伦多的时候，大概是当地时间深夜十二点左右。我对多伦多的第一个印象，就是这里实在太大、太空旷了。尤其是这里的机场电梯，国内的机场电梯只能容纳五个人左右，而这里的机场电梯几乎可以当小型会议室，多么恐怖。对于这个电梯到底能容纳多少人，我感到非常好奇——假如这么大的空间全都用来站人，需要多大的动力才能保证电梯正常工作？这里有没有做过相关的测试，或者说，这个电梯最多承载过多少人？不管答案如何，这个细节都说明了一件事：加拿大文化跟美国文化不一样，前者崇尚的定然不是实用主义。

虽说已接近凌晨了，但我的精神仍然很好，一点都不累。也许因为时差一直没有倒过来，白天的睡眠总是很好，可一到凌晨三点，我就会醒来，根本用不着闹钟。整体上来说，我仍然处于一种日夜颠倒的状态。即便如此，我和陈亦新仍然保持早起禅修的习惯，然后就文化考察的收获进行讨论。

我们此行的目的就是文化考察，一路上要探讨很多问题。在黄金生命阶段，我绝不会把时间用于单纯的旅游观光。如果外出，那么我要么是朝圣，要么是演讲、交流、宣传和考察，或者在朝圣的同时演讲、交流、宣传和考察，当然，还有一种可能是，我会把任何一次旅行变成朝圣、演讲、交流、宣传和考察。因为我的心就是这样。

我们首先谈到了这些天发现的一些问题。

过去，我们总是希望我所传承的中国传统文化可以走向世界，这次来到国外，才发现现实世界跟我们的想象有一定差距。首先，基督教文化已深深融入西方人的日常生活，因此，东方宗教文化很难以宗教的形式进入西方。其次，国外虽然有一个非常庞大的华人群体，但他们对东方宗教文化的认知程度普遍比较低。他们的所有认知，都源于国内的传播，换句话说，国内流行什么，他们就会认可什么。所以，如果在国内没有深入地扎根，想在国外发展是很难的。就像竹子，它在刚开始的五年内只长出地面三厘米，看起来比任何植物都长得慢，实际上，这五年里它一直在扎根，当它的根系扎得足够深了，它就会以每年几十厘米的速度生长，窜出丛林，登上其他植物所不及的高峰。人也是这样，文化更是这样。所谓的厚积薄发，就是这个意思。

中国是我们的文化之根，目前我们在国外的诸多影响，都源于在国内做出的成绩，比如这些年出版的书籍，发表的文章，举办的各种论坛、活动，以及我们建立的网站等。当然，我们的影响力目前还非常有限。今后，我们应该把文化发展的重点放在国内，把根扎得牢固、深入。要知道，任何文化都不可以离开培育它的土壤，也都不能没有一个强大的根系，否则，它就很难走向更高的山峰。

我们还发现，向全世界传播文化的时候，最妥当的方式应该是文化和文学。因为，基督教文化和西方人的生活已经紧密联系在一起了，从出生到结婚，再到死亡，信仰伴随着每一个基督教教徒的一生。而且，信仰基督教的人大多生活得很好、很开心，并不觉得人生有多么痛苦，更不会觉得生命是一个痛苦的过程。以佛家文化为例，没有对苦的体验，人就不可能生起出离心，也不容易真正地进入其中。所以，至今为止，其中进入的仍然是西方的华人群体，而这部分华人的信仰层次也不是很高，大部分人的信仰层次还很低。于是，一些邪教组织和外道就依托儒家文化的名相，在西方世界拥有了一定的市场。

真正进入西方文化的是禅宗，但它不是以宗教形式进入的，而是以文化形式进入的。作为一种文化，它对西方世界的影响非常之大。所以，禅宗在西方的发展非常值得我们关注。

以上，是这几天的北美之行我们最大的收获，它直接决定了我们接下来的传播方向和侧重点——既然我们的文化之根在国内还扎得不够深，那么我们就先把国内的传播做好，离开祖国，离开中国文化谈传统文化的传播，就会变成无根之木、无源之水。因此，我们必须加大在国内的传播力度，更努力一些，让传统文化首先在国内拥有更大的影响力。

还有一个重要发现，就是我前面说过的繁体字市场的问题。过去，我们一直忽略了台湾、香港以及海外的华人群体，我们始终把世界认为是西方，把西方认为是西方人，其实不是这样。目前，海外有大量的华人，光是美国就有四百万，加拿大也有一百多万华人。这些人都有他们的影响力，区别是有些人的影响力大一些，有些人的影响力小一些，但没关系。他们都是炎黄子孙，都对中国传统文化有着很深的认可、理解和情感，只要让传统文化进入这个群体，他们就会成为我们在海外的重要传播媒介。我们一定要借助他们的影响力，实现传统文化在海外的传播。当然，海外的高校也很重要，比如哈佛这样的高校。如果能依托哈佛这样的高校，以人文和文化的形式研究传统文化、传播传统文化，西方世界可能会更容易接受。

所以，宗教不是我们目前应该着力的方向，我们应该侧重于文化和文学，尤其是文学。

这几天，我们发现了一个很有意思的现象：面对西方的宗教人士时，我的作家身份原来更为重要。因为，他们不太愿意接触我的文化作品，就算我送文化著作给他们，他们也不一定会看，但他们愿意看我的文学作品——他们有那么宽广的胸怀，可以接纳世界上的各种文化，也可以接纳我的文学，却没有足够的胸怀接纳我们的文化，真是有趣。当然，这也说明了文学的力量。文学不受国界、语言和身份的限制，有着宽广的格局，有着巨大的感染力和影响力。而且，它的影响是深远的，当你认可一个作家的文学观、人生观和世界观时，你就会接纳这个作家本身，并且开始对这个作家所认可的一切产生兴趣，甚至去效仿。托尔斯泰有很多粉丝，他们被称为“托尔斯泰主义者”，他们被托尔斯泰的小说所感动，对托尔斯泰的思想及其憧憬的世界产生向往，因此把托尔斯泰的思想当成自己的信仰。我们固然不追求有很多粉丝，但我们还是希望能有更多的人关注中国传统文化，那么，用文学的形式来传播，定然会是一个很好的方向。今后，我们要对创意写作倾注更多的心力，把它扎扎实实地做好。

而且，我们必须依托西方的营销学，以文化产业的形式传播，而不是以非产业化的形式传播。我的意思是，我们可以借鉴西方现有的营销理念，比如迪士尼和好莱坞电影等。这些都是值得参考的成功案例，我们完全可以吸纳其精华，用以传播文化。

当然，北美之行更重要的还是感受——感受诸多不一样的世界，感受诸多不一样的文化，在形形色色的感受之中，挖掘文化的无数种可能性。比如，昨天参观波士顿美术博物馆时，我们看到了很多带有佛教元素的艺术品，这是除寺院之外，我们在北美见到的第一个佛教元素，可见，除了文学之外，西方人也会因为艺术而接受佛教。所以，艺术和文学都可以承载信仰，也都可以成为很好的传播载体。我们要在这些方面付出更大的努力。

早上的多伦多阳光明媚、空气很好，有点像波士顿——这里也有波士顿那样灿烂无比的阳光——我们吃完早餐，再次开始散步。

轻柔的音乐在酒店大堂里流淌，我在酒店大堂里漫步，借助这里的免费无线网络，向微信的另一端传播着我想说的话。此时此刻的这个场面，其实具有极强的象征意义：我们在传播自己的声音时，完全可以借助别人的平台和网络——别人已经搭建好了现成的平台，我们为什么不用呢？我的意思是，我们必须团结华人中的一些优秀人才，比如帮助一些非常好的文化传播项目，参与他们，协助他们实现传播。因为，帮助他们就是帮助中国文化。我们必须明白这一点，必须拓宽我们的眼界和思路。

美好的一天又要开始了。

传说中的养老天堂

写于2015年5月17日，加拿大多伦多

多伦多是加拿大最大的城市，气候和环境都很好，据说是世界上最适宜居住的城市之一。这里有着加拿大最暖和的春季。走在多伦多的街道上，我觉得凉爽又惬意，因为这里的现代化味道不浓，非常接近大自然，而且地广人稀，除了市中心有些相对较高的建筑之外，我们看不到什么高层建筑，沿途大多是一些低矮的精美小别墅，视野无限宽阔，甚至显得有些空旷，让人感到非常轻松。在国内的东部城市，这是很少有的。

这里跟波士顿有点像。

早晨，朋友带我们去著名的安大略湖边散步。安大略湖是世界第十四大湖，也是世界上最大的淡水湖群。它北靠加拿大安大略省，南邻纽约州，是一个跨国湖泊。当地居民很喜欢到湖边的公园里游玩。

湖边有一片草原般辽阔的草坪，种了很多树。这些树不太高，形状很好看，树影落在碧绿的草地上，形成了斑驳的光影。草坪上偶尔会出现一些金黄色的小花，还有一些小鸟在小草间跳来跳去。空气透明、干净、纯粹。这情景，就像一个童话世界，洒落在草坪上的阳光也显得浪漫和温柔。深深地吸一口气，我似乎嗅到了大海的气息。这种辽阔，让人感到无比自由，它让我想起了中国西部的鄂尔多斯草原。在我的记忆中，恐怕只有那儿，才能看到这样的景象了。

岸边有一些快艇和小船。湖边路上，还有一些长椅。一个西方男人坐在长椅上，沉默地望向湖的方向，不知道是在望那镜子般的湖面、湖面上跳跃的阳光，还是在望湖的对岸。对岸的景物缩得很小，看得不太清楚，有一种悠远的感觉。阳光流泻在男人的脸上、身上、手上、腿上、鞋面上，就像一个女子在轻轻地抚摩着他。他在温柔的阳光中静思，也可能只是在发呆，什么都没想。在这样的氛围之中，时间和空间仿佛都消失了。好不惬意。附近还有一些人在跑步、遛狗、骑自行车，一派平和之象。所有人都沉浸在舒适的氛围中，享受着他们的日常生活。

不远处，有个中国老太太在树影中打太极拳，偌大的空间里只有她一个人，但她一点都不显得孤独，反而有一种自得其乐的味道。这个画面有一种梦幻般的意境。中国人很有意思，走到哪里，就会把骨子里的传统生活韵味带到哪里，总能自得其乐。就像唐人街文化。美国的很多城市里都有唐人街，加拿大的城市也有唐人街。只要一大群中国人聚在一起，就会形成一个独立又独特的中国小世界，生活在其中的人，似乎在集体拒绝外面那个巨大的西方世界。千方百计地加入这个世界，又想方设法地拒绝这个世界，这种心态看起来有点矛盾，但也正好体现了人性中一种微妙的东西。

听说，国内有很多老人都想移民到加拿大，就目前的情况来看，这里确实是一个居住、养老和休闲的佳地。而且，多伦多确实有很多移民，据说有一半人都是移民，其中华人有四十多万，以香港人为主。

我们沿着湖边继续前行，始终沉浸在一种灿烂的意蕴之中。这个城市有一种浪漫的气息，但也非常缓慢。空气中弥漫了它那种独特的味道，让人心旷神怡。

远处有些风车一样的风力发电机，有些人正在沿湖小道上骑车。还有些小鸟欢快地舞蹈，对来来往往的行人丝毫不觉得恐惧。它们让我们想起了在波士顿酒店见到的那些小鸟，如此看来，加拿大也十分注重人与自然的和谐。

我对同行的朋友说，这里像是我七八十岁来打太极拳的地方，不像是年轻时奋斗和学习的地方。我的意思是，这里的一切都非常完美，让人有一种不真实的感觉。待在这里，你自然会忘掉红尘中的很多烦恼，同时也失去奋斗的动力和进取心。这样的地方就像百灵鸟欢唱的天堂，是一个温柔之乡的梦，它不适合雄鹰飞翔，也不适合骏马奔腾。波士顿那样的地方才适合骏马奔腾，甚至适合万马奔腾。那里有浓浓的人文气息，有一种让人积极向上的助力，适合学习与成长。而多伦多，它是个让人享受生活的地方。

听说加拿大的福利非常好，老百姓的所有医疗费用都由国家来承担，这里的公民也有最低的生活保障。我有个学生在加拿大生活，没找到工作的时候，他们一家人没有任何收入来源，加拿大政府就每个月发给他们一笔生活补助，金额相当于七千元人民币。他是加籍华人，不是纯正的本地人，但他享受的福利跟本地人是一样的。加拿大就是这样，只要有绿卡、国籍是加拿大，政府就会给予你同等的福利，为你承担诸多的东西。在这个方面，加拿大政府非常伟大。他们从来不去过问你是个勤劳的人，还是个懒汉，也不管自己的福利赡养着多少懒汉。单凭对老百姓的这种优待，他们就值得我们尊重。因为，活着本身就是目的，没必要让所有人都像我们期待的那样活着。

当然，多伦多的闲适会消磨积极进取的精神，这只是我的一家之言，也许别人会有不同的感受。我们这次来多伦多，最主要的目的就是跟不同观点、不同感受的人交流和学习。今天下午，我们要去参观一个道场，那是一个台湾僧人在多伦多创建的居士林，据说发展得很不错。我们打算去跟他们聊聊天，看看他们如何在西方世界传播东方信仰文化。也许，他们会有跟我不同的理解。也许，他们感受到的多伦多会是另一种气息。我愿意与他们交流，向他们学习。

久违的唐人街

写于 2015 年 5 月 17 日，加拿大多伦多

离开安大略湖后，我们到了多伦多的唐人街。这里跟安大略湖是两个截然不同的世界，这里充满了中国式的热闹，有超市，还有各种小吃，有华人需要的各种生活用品，而且这儿的人说汉语。看起来，这儿非常像一个中国小镇。我们在街边看见了很多老大妈、老太太，她们应该就生活在这里。据说美国的很多城市都有唐人街，非常有意思。

朋友说要带我来唐人街的时候，我心里是充满期待的，因为

唐人街有中文书店。所以，一进唐人街，我所做的第一件事就是四处寻找书店。在很多花花绿绿的商铺之间，我终于发现了一间很小的书店，它的门脸儿很不起眼，如果不仔细看的话，很容易就会把它跟旁边的小商店弄混。其内在也是这样，虽说是书店，但事实上已经不能算是书店了，里面摆满了杂货和文具，没多少书。为数不多的书中，有很多都是香港机场书店的那种类型，也就是政治方面的书籍，还有很多八卦杂志。大陆作家的作品也不多，只有张炜的《家族》和《外省书》、王树增的《解放战争》和高行健的《灵山》——还是节选本——此外，我看不到什么大陆作家的作品，也几乎看不到一本艺术类图书或经典文学作品。虽然没什么好书，但这里的书仍然很贵，因为它们都是从国内送过来的，价格升到了国内出版价格的六倍以上。比如，我随手翻了一本三五百页的书，内容一般，但定价五十加元——相当于三百多元人民币——而且，在这里买书是不打折的，还要额外交纳购置税。

从这个书店的情况就可以看出，这里的华人整体对阅读的需求不是很高，书店是根据顾客的需求进货的，顾客喜欢什么样的书，书店就会进什么样的书。所以，只要看一看当地的书店，你就会对这个地方的整体文化水平一目了然。

朋友告诉我，这里住的大多是一些退休养老的人，也难怪书店不景气。

不过，不仅在唐人街我找不到什么书店，在北美的这些天里，连英文书店我也没有看到多少。非常奇怪。北美有那么大的阅读市场和阅读需求，为什么书店却不多？或许因为，人们对纸质书的需求正在萎缩，对电子书的需求正在上升，实体书店已经逐渐被电子书城所取代了。有朋友跟我谈起加拿大图书行业的情况时，也说到了电子产品对传统书籍和报纸的冲击。他说，加拿大有一个小镇单纯靠造纸业为生，纸媒行业受到冲击之后，很多造纸厂都破产了，小镇的经济情况非常糟糕，估计有很多人都失业了。所以，电子产品冲击传统市场，这是西方的一个明显趋势，也是这个时代必然的趋势，中国的图书市场未来也会如此。

我们还了解到另一个情况：海外的东方宗教文化目前已经和一些地方的土著宗教非常相似了，它不再是一种有着形而上追求的高层次宗教文化，而沦落为一种跟当地土著崇拜非常相似的文化。这跟海外华人的信仰层次有着直接的关系。因为，供需永远是相互呼应的。

这种宗教的格局非常小，而且没有融入当地老百姓的生活，就像生活在孤岛上一样。唐人街也是这样，它本身就是封闭性的文化产物。一群华人组成自己的小圈子，集体在这里自娱自乐地过日子，不需要学习当地的语言，不需要跟当地居民融为一体。这种现象很有意思。

不知道生活在唐人街跟生活在国内有什么区别？如果我是他们，既然到了国外，我就一定会和当地居民打成一片，不会拒绝当地的文化和生活——当然，前提是能熟练地使用英语。

不知道美国人到其他地方会不会建立“美人街”？我觉得很可能不会。迄今为止，世界上只有“唐人街”，还没有其他的什么街。只有华人群体会把自己和当地生活隔离开来，像孤岛上的一支队伍那样活着，形成一种相对封闭、相对自娱自乐、非常懒散、不求进取的生活方式。这种生活跟美国不一样，跟多伦多也不一样，是华人群体独有的味道，它少了一种时代的进取感，多了一种守旧和怀旧。当然，这也没什么不好，他们也生活得很开心，然而，唐人街和整个城市、整个西方是那么的格格不入。

假如一个宗教、一种文化出现这样的气息，这个宗教、这种文化几乎是很难有进取心的。这就是东方文化无法成为强势文化的重要原因，也是撒切尔夫人说中国不可能称霸世界的原因。能够称霸世界的国家，必须有一种可以推向世界的强势文化，我们国家缺少的正是这个东西。这就像一种基因上的缺陷。我们的文化基因好像出了问题。它一进入西方世界，就表现出一种封闭、隔离、守旧和怀旧的特点，好像拒绝了整个世界。这直接影响着东方文化融入西方文化。在这一点上，佛教文化尤为明显。在西方，信仰基督教的群体中男女老少都有，很多都是家庭组合。就是说，很多家庭从老人到孩子，信仰的都是基督教，他们从出生到结婚，再到老年，都会和信仰联系在一起，信仰是伴随其一生的。但西方的佛家文化不是这样，在西方，信仰佛家文化的大多是华人老太太——国内也差不多——而且大部分老太太都不了解佛家文化的真谛，更不了解信仰的目的。所以，从某种程度上说，佛教与基督教在传播上差距很远。

北美大地上的人间佛教

写于2015年5月17日，加拿大多伦多

今天，我们去参观位于旺市的大觉多伦多中心。

我的一个学生事先联系了他们，有趣的是，此后，他们的联系人一直通过各种渠道调查我们的背景，甚至波及我国内的一些邻居。不知道这是一种什么样的心态？是不相信我们，还是不信任自己？抑或是他们的某种习惯或规则？不管答案是什么，其中都隐藏着一种非常微妙的东西。来到西方之后，只有跟华人群体接触时，我们才会发现这种东西，跟西方人接触时，我们很少遇到类似的事情。比如，我们联系柯利瑞等翻译家时，他们从来没有调查过我们的背景，甚至没有问过任何与本人无关的信息。或许，这种“调查”是华人文化独有的特点。很有意思。所以，我对这个中心也有点好奇。

旺市沿途的景色很好，到处是静谧的乡村风光，树木很多，草地很多，树上挂满不知名的花朵。我们仍然看不到多少高楼，途中经过的，大多是低矮的砖瓦房。这里有透明宽广的天空，有安安静静的氛围，来到这个地方，我的眼睛也不由地放松了。因为没有太多的东西刺激它，到处都是大自然的颜色。这里让我想起了江南的乡下。不过，听说旺市的制造业非常发达，有印刷、塑料、机器、机车及与之相关的很多工业。想不到，这样的地方，自然环境仍然可以这么好，可见当地人有很强的环保意识，包括那些工人和企业家们。

从多伦多的市区出发，行车半小时后，我们到了一个民居般的所在。这里便是我们今天的目的地——大觉多伦多中心。

朋友告诉我，这个中心的创立者是台湾的福智团体，而福智团体的创立者则是台湾的日常老和尚。从1992年创立至今，该团体已有二十三年历史。不过，这个中心是今年才成立的，它本质上是个居士林，属于非营利机构。

中心的场地很大，有两千五百多平方米，据说是居士们集资四百万加元购买的。从外表上看，它有些佛教的标签，我们一眼就可以看出它跟佛教有关，但它不是正统寺院的样子，有着非常明显的民宅的痕迹，应该是由民宅改造的。

我们进去参观的时候，里面正在举行浴佛法会。所谓浴佛法会，就是以浴佛（给佛像洗身）的方式纪念佛祖诞辰。参加法会的人会把佛像放进净水盆里，大家在周围跪拜，然后把净水盆里的水舀起来，倒在佛像上，再舀一点水自己喝，喝完之后手心朝下把双手放在头顶上。据说，参加这样的法会是有功德的。

中心有几个大厅，分别用来讲法和办法会，加起来大概两百平方米左右；还设有餐厅，面积大概有二三百平方米左右。此外还有一些教室，教室根据不同的教育内容来划分，有少儿教育、国学教育和家长教育等。

交流时，他们告诉我们，成立这个中心的初衷，主要是为了在大多伦多地区推广佛家文化、文教和慈心事业。佛法方面，他们以学习《菩提道次第广论》为主，时不时地开设一些佛法课程，还会定期举办法会。文教方面，他们会带着大家学习以儒家思想为主的中国传统文化，还会开办一些艺术或亲子教育之类的课程和活动。就是说，这里既有信仰上的佛法修学，也有相对贴近大众的文化艺术教育，这样的教育体系非常好。谈到慈心事业时，他们告诉我们，这里的宗旨是“光复大地，净化人心”，与大家一同建立对他人、社会和自然社会的关爱。他们有有机农场，还开设了医疗保健班、烹饪班、园艺班，组织种树救地球、农耕体验等活动。它就像一个小世界，有点乌托邦的味道。

这里也有志愿者，这里的志愿者告诉我们，当地有很多人都会自愿捐助这个中心，中心也专门设有一个功德箱。比如，有些企业家在加拿大的社区里创办学校，包括舞蹈学校、文化学校等，提供有偿服务，筹集到经费之后，就捐给这个有点乌托邦味道的居士林。

在管理方面，这里采用公司制度，设有财务部、运营部、教育部等。这样一来，就形成了一种可以循环运营的发展模式，让这种乌托邦的生活得以延续。

他们的工作人员都是志愿者，不拿工资，而且人数很多，精神面貌很是积极阳光，看起来非常开心。听说，这里的居民只要足够优秀，而且在三十岁以下，就可以出家，而这里每年也确实会有一些孩子选择出家。进入佛门之前，他们就背诵了十万字的佛教经典，以及《菩提道次第广论》、“四书五经”等经典，有了很好的学养。因此，一旦出家，他们就会成为僧团里非常优秀的人才。平时，我们总会在视频中看到一些优秀的华人法师，他们非常年轻，但精通佛教经典，而且英文也很流利，我常常感到好奇，不知道这些法师是如何培养出来的，今天来到这里，才终于找到答案。据说，福智团体在台湾也办了这样的教育中心和专门学校，有些学校还是连锁形式的。可想而知，他们的人才培养计划有多么庞大。创办福智团体的日常老和尚太了不起了，他建立了一个以儒家文化为基础、佛家文化为超越的僧团，同时承担了佛家和儒家的大业。

在朋友的介绍下，我认识了主持浴佛法会的某法师。这法师来自距离此处大概一千八百公里的爱德华王子岛，据说，岛上最初只有一个农场，2008年因为无法经营，濒临倒闭，就被法师代表的台湾福智团体买下了。后者在岛上建了一个道场，并名之为大觉佛学院。到2013年底为止，已有八百多名僧众和两千多位居士在此学习。在这里学习的信众来自世界各地，而且数量会根据天气的变化而变化。天冷的时候，有些僧人就去别处暂住，天气热了，他们再迁居到这里修行。岛上僧人目前的修行内容以南山律宗和《菩提道次第广论》为主，准备开设五部大论的学习。此外，他们也会学习藏文和“四书五经”。

此外，他们还在岛上种植有机作物，比如有机大豆等。他们拒绝农药、转基因和化肥。朋友问，那怎么防治虫害呢？他们说，每种十亩地，他们就会留出两亩给虫子吃，而且他们会跟虫子沟通，告诉它们，它们只能吃那两亩地里的庄稼。刚开始，虫子和老鼠还不太听话，慢慢地，居然都很配合，只在留给它们的地里吃东西，不去其他地方。僧人们有录像为证。这真是一个奇怪的现象。可惜，当地的土著居民还不太接受有机食品，因为成本比较高，价格昂贵。这些有机食品的主要销售地在台湾，因为台湾人喜欢这种昂贵的健康食品。这就是健康理念上的差异。

这个朴素的佛教文化中心很了不起，它起到的作用，是某些孔子学院希望实现却没有实现的。2008年我去法国考察时，曾经采访过巴黎某大学的孔子学院。那里虽然是孔子学院，却只是在教一些学生学汉语、书法和太极拳，谈不上传播传统文化，没有任何文化氛围，更谈不上信仰的氛围。那所孔子学院的运营不太成功，但他们投入了大量的人力、物力和财力，真有些得不偿失了。相反，这个中心的运营非常成功，他们有信仰化的内容，也有产业化的内容，同时还拥有有机农业、传统文化培训等，非常成熟完整，因此非常成功。它的成功，让我得到了一种全新的启迪。

另一件让人欣慰的事情是，多伦多开了一所杨梅红艺术学校。这所学校在国内很出名，属于连锁经营，在世界各地都设有分校，他们主要培养孩子的艺术能力，提倡用艺术来启迪孩子们的智慧。

教室的墙上贴了很多画，每幅画都充满了想象力和童趣，看得出是孩子们的作品。带着我们参观的老师说，他们教孩子们画画不会规定题目，总是让孩子们自由发挥、尽情释放自己的想象力。正是因为这样的教育方式，孩子们才能画出那么多富有生命力的图画，每一幅画都非常纯真，而且天马行空、无拘无束。如果一直这样学下去，孩子们一定会爱上艺术的。我觉得，真正的老师就该这样，应该帮助孩子们挖掘他们自身的潜在力量，而不仅仅是教会他们某种知识。

拜访谈锡永上师

写于2015年5月17日，加拿大多伦多

这次来北美，我有一个重要安排，就是拜访一位国内非常有名的文化大师——谈锡永上师。

谈锡永上师是北美汉藏佛学研究会创始人，也是研究中国传统文化的集大成者。他德高望重，影响很大，是一位真正的大德，而且著述甚多。

我看过谈上师的好几本书，对他有过一些研究和了解。谈上师1935年出生于汉八旗世家，广东南海人，比我大三十多岁，今年已经八十岁了，从小就精通琴棋书画、医卜星象诸学，对子平八字、易理很有研究，曾拜紫微斗数的中州派刘惠存为师，得其真传，在香港收过四十位弟子，并成立了紫微斗数学会，对紫微斗数进行学术研究，出版了很多术数方面的著作，在著作及刊登于《明报》副刊的专栏文章中，他指出了当时流传于香港的紫微斗数中的各种问题与流弊。

我还知道，谈上师与佛学的结缘更早，他的父亲修的就是东密，也结识了很多佛学居士，耳濡目染之下，谈上师从小就对佛法产生了浓厚的兴趣，但随着年龄的增长和思考的深入，父亲和父亲的朋友再也无法解答他的问题，他在研习佛学的过程中越来越迷惘，甚至感到了绝望。于是，他放下佛经，转而研习道家经典。十二岁时，他进入道家西派之门，想找到最终的真理，但仍然失望了。与道家结缘的最大意义，仅仅是让他认识到佛经的究竟，因此他不再钻研道经，重新走上佛学的求索之路。

今天，我和谈上师是第一次正式见面。八十岁的他虽然满头白发，但身体仍然硬朗健康。他总是慈祥平和地笑着，好像对红尘中的一切都淡然了。1993年从夏威夷移居加拿大之后，他在多伦多附近买了一块地，自己盖了一座非常雅致的精舍，建有佛堂和书房等。这次，我们就是在这座精舍里见面的。

他显得非常高兴，一见面就夸我的样貌很好，一看就是真正的修行人。他还说，见到我时，他有一种他乡遇故知的感觉。我也一样，与他见面时，我也感觉到了一种心照不宣的东西。他提出和我行碰头礼，我很高兴。

谈上师在四十五岁之后，他更是从世俗生活中完全出离，闭关专修。五十一岁时，也就是1986年，他从香港移居夏威夷，专门闭关修习大圆满四部加行法，同时自学藏文和梵文，开始翻译佛经。

在这位老人的努力下，古老的中国传统文化传到了年轻的西方大地上，并且在这块陌生的土地上生根发芽，而他自己，也随之扎根在这里。谈上师说，他很庆幸自己当年的放下。我也是这样，我也很庆幸自己当年的放下。如果没有当年的放下，无论富有还是贫穷，我们的人生都是一眼可以望到头、一成不变的，从一开始就被定格了。我们都不喜欢这样的生活，我们都喜欢一种未知的、充满了可能性的、由自己主宰的生活。我们都明白，生命只可能存在于生生不息的变化之中，也必然会存在于生生不息的变化之中。

谈到翻译佛经时，谈上师说了一个有趣的经历：他翻译的第一部经典是龙钦巴的《四法宝鬘》，那时他刚开始自学藏文，对藏文经典的翻译还没有太大的把握，为了确保翻译的正确，他想买一本英文版的《四法宝鬘》以作对照。但当他写信给纽约的雪狮（Snow Lion）出版社——英文版的《四法宝鬘》就是他们出版的——询问是否还有此书时，对方却回复说这本书已经卖完了，不会再印。后来，谈上师又向这间出版社订了一些其他书，打开包裹时，却意外地发现了这本书。他打电话去出版社问询，才知道那是赠品——他在那里买过很多书，对方为表感恩，从藏书库里拿了一本书送给他，想不到竟是这本绝版书。书的封面已经非常残旧了，破损得很厉害，也许正是这个原因，雪狮出版社的人才一直没有注意到它。

谈上师谦虚地说，如果当初没有得到那本英文版《四法宝鬘》，他是没有信心翻译下去的。他相信，能意外地收获这本书，一定是根本上师及传承的加持。所以，做事要像上师所说的那样，发清净心，只要发心清净，就会得到善缘。谈上师是对的，在我的生命中，这种看似机缘巧合的事情也很多，它们其实都是清净心的无求所致。

谈上师的文化迁移

写于2015年5月17日，加拿大多伦多

谈上师有两个身份：一是学者及作家，二是上师。

作为学者，他通过著书立说来传播中国传统文化，尤其是佛教文化，将中国传统文化由东方古国带到了西方。移居加拿大之后，他还创办了北美汉藏佛学研究会，担任汉藏佛学研究丛书学术委员会首席顾问，并在香港、夏威夷、纽约、多伦多、温哥华五地创立“密乘佛学会”，兼任中国人民大学国学院客座教授，主持中国人民大学汉藏佛学研究中心。前段时间，我就是通过人民大学的沈卫荣教授与他联系的。这也是本次考察的缘起之一。

谈上师也是作家。他在香港时便为《明报》副刊提供专栏文章。他的专栏叫《因话提话》，办了有十多年。在20世纪80年代的香港，《明报》副刊很受学院人士及知识分子的欢迎，因此，谈上师很早就有了一批固定的读者。移民之后，他也一直在为《多伦多星岛日报》提供专栏文章。不过，他在刊物上发表文章时，一般不用本名谈锡永，而多用笔名王亭之。因此，一般读者也许对“王亭之”更加熟悉。

一边聊天，谈上师一边带我们参观了他的书房。他的藏书很多，其中有很多好书。谈上师看出我爱书，就让我挑了一些自己喜欢的书，他送给我。我笑着说，这些都是宝藏，于是他就选了一套他编纂的“宁玛派丛书”送给我。这套书很有研究价值，我对谈上师说，自己是这个时代的唐三藏，来多伦多取经了。

他从夏威夷移民多伦多后，就开始在多伦多传法。当然，国内也有他的学生。他的学生不只是华人，也有洋人。这就是语言带给他的便利，我不懂英语，所以，每次出国，身边都必须有懂英文的人，否则，我连日常生活都会非常困难，更谈不上跟当地人深入交流了，而灵魂和信仰，恰好就是必须深入沟通的话题。所以，我常对英语很好的学生们说，千万不要把英文丢掉，以后一定有用的。

不过，谈上师的弟子和学生并不多，跟着他学习的，大概也就两百人左右。他不乱收弟子，总是根据一定的条件来选择弟子。谈上师强调，弟子不需要多，但一定要好，因为，他不是为了赚钱招收弟子的。如果为了赚钱收弟子，他和他所传的法就有问题。

当然，他即便离开了夏威夷，也不等于就放弃了夏威夷，他在多伦多、温哥华和夏威夷都建立了传播中心，作为他讲经说法的固定场所。谈上师说，他每个周四、周六都会给弟子讲法，只是不知道具体如何安排。我问谈上师，您到国外定居，国内的弟子怎么办？他们坐飞机过来听您讲法，还是您过去？谈上师说，每年，他都会乘飞机回国住上一个月，国内的弟子就在这个月里见他，接受他的教授。他在大陆和香港都有道场。谈上师的身体虽然很好，精力虽然也很充沛，但毕竟是八十岁的老人了，看着他头上的白发，看着他沧桑的微笑，我心里既觉得感动，也有些心酸。这是一位值得尊重的老人、大德。我懂得他的心。

清风拂过，带来了一丝花草的香味。他在多伦多的这处精舍很好，很静谧，这里没有闹市的喧嚣，远离红尘的纠葛，就像人间仙境。那气息，跟多伦多有些相似，怪不得谈上师会选择多伦多。

闲聊间，谈上师邀我们去他的花园里散步。他的花园虽不豪华，但很温馨，还有一个小池塘。我们在潺潺流水声中静坐，谈上师说："在这里听水声是非常好的，不要把它当成水，你一旦把它当成水，就落在概念里了，觉受就变成了听水声。要把它看成光明。水声和光明是一样的。现在是觉受光明，而不是觉受水声。这就是宁玛派大手印的修法，也是口诀。"

说到国内时，谈上师叹了口气，他说，现在他回国少了。我问他为什么，他说，路途实在太远，坐飞机要花去太多的时间。

在任何时代传播文化、让文化在世界舞台上发出声音，我们都必须遵守一些必须遵守的规则，否则，我们根本就走不出去。作为一位热爱众生，希望给予众生解脱法宝的仁者，他的行为仍然应该遵循世间法则，这才符合佛家文化的顺世，也是一种智慧的应世之道。

一些奇怪的现象

写于2015年5月17日，加拿大多伦多

谈上师总说自己被"骂"，这个"骂"字，道出了宗教体制内的一些有趣现象。

释迦牟尼讲经说法、创立佛教到今天，已经两千多年了，佛教出现了众多的分支流派，各个分支流派都有自家特色。在宗教哲学与形式的划分之下，各派的传承者都成了自家门户的发扬光大者。当然，这也是无可厚非的，但八万四千法门，原意虽是应对不同众生的病与痛，但假如遇到心胸狭隘、眼界不宽者，便容易出现不和谐的声音，有的教派之间甚至会互相排斥。虽然这违背了佛法中所追求的终极智慧，但并不奇怪。因为，正如我常说的，光明与黑暗永远都是并存的，既然有人追求和谐，世界上就定然有不和谐存在。

谈上师的“被骂”，便是因为这些不和谐。他说，骂他的人很多，只要他一开口讲如来藏，便会受到某教派的攻击，但他不可能不讲如来藏，各个派别名相上当然有区别，但本质上是一样的——但某派恰好是否定如来藏的。见地上的分歧，就导致了有人骂人，有人被骂。

佛教文化正面临着一些考验与危机，而更可怕的是，作为佛教三宝之一的僧团，已经鱼龙混杂了。

谈上师说，现在的假喇嘛很多。据说，西藏现在有八千个喇嘛在传法，真正的成就上师真的那么多吗？有一次，广州来了个大喇嘛，他还带着几个小喇嘛，要给一些人灌顶传授大圆满。有人多了个心眼，就录了音，然后还把录音放给懂藏文的朋友听，后者听完后说，这个所谓的上师就像在念小学的教科书。

更令人咋舌的是，中国大陆有过登报招聘尼姑的现象。据说，此职位月薪两万元，念经还有额外津贴。某寺院还策划举办了一个活动，只要捐款十万元，就可以把自己的名字刻在一尊大佛像的莲花座上。于是，那尊大佛的莲座上便刻满了名字，去那儿拜佛的人都能看到。

诸如此类的行为只有一个目的，就是牟利。

无论密宗还是显宗，似乎都在走向衰败。

面对佛教在中国本土的生存状况，谈上师感到非常忧心，他觉得，越是面临这样的局面，正法越是要发出自己的声音。所以，他希望在顺世的基础上，大力地推广正法，尤其是密法。因为，密法可以对应不同根器的人，满足不同人群的需要救心才能救世。谈上师之所以笔耕不辍，也是这个原因。他还希望发动大家捐书到国内的大学图书馆和一些公众图书馆，让更多追寻信仰的人能读到好书。否则，世人很容易就会遭遇假信仰者和骗子。对于人们能不能分辨出什么是真东西，什么是滥竽充数的劣质产品，谈上师比较乐观，他相信，只要是真心追寻信仰的人，就必定能在书中发现真理，找到善知识。所以，在他看来，传播推广大善文化，在当下是极其重要的事情。

不过，谈上师的作品主要还是在台湾和香港流通，他的书很少在大陆售卖了。北美不一样，他在北美有诸多出版发行书籍的关系网络，他的一些著作在西方有广阔的传播渠道。

谈到出书时，他告诉我，他的第一套书是按中观应成派编写的，然后是如来藏，现在是大圆满。他还谈到我的"光明大手印"系列。他说，"光明大手印"系列很好，但太多、太厚了，不方便传播，假如把"光明大手印"系列浓缩为简本，将会更容易传播。另外，他还建议我在美加设立传播中心，培养一些接班人。他甚至告诉弟子，要积极支援我们，还愿意帮忙联系出版社和翻译家。他说，他的一个弟子是美加文学界的顶尖人物，虽然已经七十多岁，但还没有退休，他建议我请这位老人翻译我的作品。

谈上师的建议很好，非常让我受益。作为在国外传播中国传统文化的前辈，谈上师的所有建议都是他的经验之谈，非常中肯真诚，让我很是感动。我觉得，此次北美之行，哪怕不去任何地方，没有别的收获，只要能与谈上师见面，也已不虚此行了。

随后，谈上师带我去他多伦多的道场。平时，他会定期去那里为弟子和学生们讲课。他说，今天他本该去讲课的，但刚好我们来拜访，所以，他让工作人员为大家播放讲座视频，还希望我能以作家的身份，为大家讲一讲“光明大手印”。我答应了。

道场里大概有两百多人，我们到达之前，他们都在看谈上师的演讲视频。我们到时，他们都起身出来迎接。看得出，他们对谈上师很是尊重。

谈上师的道场算是中等规模，布置得非常庄严，有佛堂，有法位，前面还有一台大电视机，估计大家就是通过这台电视机看讲座视频的，我们进门的时候，电视画面正定格在谈上师讲法的某个瞬间。

谈上师向弟子们简单介绍了我，然后请我为大家介绍“光明大手印”。我讲得很简单，一来因为时间关系，二来讲课不是我来这里的主要原因。我来这里，主要是想见见谈上师，跟谈上师聊聊天，向他学习如何在国外传播中国传统文化，而他也没有让我失望。他的热心、真诚和博大的胸怀，完全超出了我的预期，从他的身上，我再一次感受到了修证可以让人完美到什么地步——谈上师的待人接物让人如沐春风，这不仅仅是一种修养，也是境界的呈现。接触的人越多，我们就越是能发现一个人可以修到什么层次。

我还想到了叶曼先生，叶曼先生也让我很感动。我认识她是在2011年，第二届香巴文化论坛的时候。当时，我们开“光明大手印”研讨会，九十多岁的她坐着轮椅参加，还发表了讲话。每次见她，她都在极力地推崇别人，总是在极力地传播中国传统文化，她也是一位很让人敬佩和感动的老人。每当想到她，或是跟谈上师等人相处的时候，我都会萌发一个想法：我也应该像他们这样对待任何人。

对本次访谈，明子也写了一篇文章，附在后面：

雪漠在广州喜遇谈锡永大师

摘要：雪漠老师初见谈锡永大师，是在两年前的北美文化行中。日前在广州会面，是第二次“喜遇”。

雪漠老师初见谈锡永大师，是在两年前的北美文化行中。日前在广州会面，是第二次“喜遇”。

谈锡永，法号无畏金刚（Dorje Jigdral），以笔名王亭之驰誉于世。广东南海人，1935年生于汉八旗世家，少习琴棋书画、医卜星相诸学。他是著名国学大师，尤其研究佛学成果斐然。近年创办北美汉藏佛学研究会，任汉藏佛学研究丛书学术委员会首席顾问外，兼任中国人民大学国学院客座教授。

年过八旬的谈锡永大师，身体依然矍铄健朗，此次回国，是应清华大学之邀，讲座后又返回到了广州。谈锡永大师一见到雪漠老师，首先提到的仍是香巴噶举和宁玛派的因缘。曾有一位宁玛派的祖师，学习过香巴噶举的教法。香巴噶举是白教——噶举派的一支，塔波噶举是另外一支，它们共同构成了噶举派。现今的噶玛噶举是塔布噶举的分支，即大宝法王一系。谈锡永大师提到，奶格六法既有行持，更有见地，非常殊胜。雪漠老师说，香巴噶举的教法犹如一棵大树，光明大手印的见地，像树干一样，贯穿了修行的始终。

谈锡永大师在《喜与雪漠老师相遇》一文中曾提及，他建议雪漠老师将《光明大手印：实修心髓》和《光明大手印：实修顿入》四卷浓缩为一本，再译成英文，使虔诚学佛的洋人也能够阅读到。《空空之外》便是在此因缘下出现的。2016年，《空空之外》出版后，雪漠老师将此书寄往多伦多谈锡永大师处，但因为向海外邮寄的途中，有可能不到达的因素，因此，雪漠老师又再次将《空空之外》赠与谈锡永大师。谈锡永大师告知，去年，他已经收到了这本书，这本书写得非常好，他推荐给了很多弟子，并告诉弟子，近一百年来，甚至更长时间以来，像《空空之外》这样的能指导实修的佛学著作，寥寥无几。

谈锡永大师和雪漠老师的两次相见，相谈甚欢，两人心意相合，互为知音，雪漠老师对谈大师一向敬仰，盛赞谈大师，说谈锡永大师著作等，实修实证，人格完美，让人如沐春风。他说，宁玛派中能出现了谈锡永这样的大师，让他对宁玛派和敦珠法王肃然起敬。

应谈锡永大师邀请，雪漠老师将会选时间再到多伦多，与谈锡永大师进行对话，深入交流两个教派的宗教哲学、宗教文化、实修方法、异同，以及探讨佛教文化对人类过去、现在和未来的影响。一学者称，谈锡永大师与雪漠老师的对话，会成为两个大师的历史性对话。他们的相遇，既是文化的碰撞与契合，更是佛教胸怀与境界的呈现。

（明子2017年6月6日于广州）

传统道场慈光寺

写于2015年5月18日，加拿大多伦多

第一次踏上北美的土地，我们想尽可能多结一些善缘。虽然昨天回去得有些晚了，但今天我们没有休息，吃过早餐就直接出发了。

今天的目的地是另一个道场，它离我们的住处有点远。多伦多很大，到哪儿好像都要开很长时间的车，每次出发，都有一种外出旅游的感觉。

小车穿行于多伦多的市郊，沿途是一以贯之的开阔景象：路的两边是广阔的土地，一些村庄零零星星地洒落在广袤的大地上，点缀着天地的宽广。多伦多的村庄看起来很富裕，家家户户住的都是低矮的别墅，精致又温馨。偶尔，我们还会看到一些风格特异的建筑，据说是各个教派或不同文化背景的人在这儿买地，然后根据自己的需要设计建造的。

最近，我们在微信上看到一个消息，有个僧人代表某寺院和国外签了协议，把寺院建在国外，而且吸引了十几亿的投资。微信上有很多人抨击这个僧人，但我却有另一种看法，我觉得，这种行为也是佛家文化与时俱进的表现。说真的，行走在北美大地上，我们很少看到中国元素以及任何与中国文化有关的事物。在国外，如果没有自己文化的标志，就没有文化的载体。所以，这个僧人的行为虽然引起了很多误解，遭到了大量的非议，但我觉得，对中国文化来说不是什么坏事。你想想，如果你在加拿大看到一座非常宏伟的中国佛教寺院，会不会很欢喜？肯定会。所以，虽然传统观点认为，宗教文化不应以建筑物的宏伟来衡量，但世界发展到今天，我们必须承认一个事实：看起来很寒酸的、山洞一样的宗教文化，将很难被这个时代所认可与接受。在这个时代，许多时候都是经济基础决定上层建筑。在多伦多，如果谈上师——包括大觉多伦多中心——没有他们的“地盘”，也就是一种我们所说的物质基础，他们也是很难立足的。所以，把中国的佛教文化以寺庙的形式推广到国外，从另一个角度上看，确实是佛家文化的与时俱进。佛家文化虽然提倡知足常乐，追求远离物欲，但也不完全应该寒酸，我们应该允许佛家文化有另一种可能性，正如佛家文化既允许有《阿含经》这样质朴、简洁、实用的经典，也允许有《华严经》这样非常华贵、华美的经典。

当然，我也理解很多人为什么会对这个僧人产生误解，但时代变了，我们不得不承认，很多形式假如不加变化，佛家文化就会被时代所淘汰。

来往的车辆非常少。来到北美的这些天，一直都是这样，我们一直没有遇过堵车的现象，或许因为这里人烟稀少吧。不过，沿途有很多高压线，显出了另一种发达的迹象。

再走上一段路，我们看到了一处基督教的墓地，白色的墓碑整整齐齐地排列在路边，透过一片绿树的掩映，晃着我们的眼睛。哪儿都能看到死亡，生命的开始和终结无处不在。

过了墓地，再往前走，是一片平整宽阔的土地，刚刚翻整过，也许是刚刚播过种。朋友说，加拿大的农业很发达，是这个国家的重要产业之一。记得，我上高中的时候，还吃过用加拿大产的面粉蒸出来的馒头，那馒头稍微有点黄，口感和味道都很好。

加拿大和美国一样，都是人少地广，但两处还是透出了不一样的味道。加拿大辽阔、安静、单纯、安逸，美国则有一种喧嚣的博大。从美国的西部片中，你就可以感受到那种气息。似乎，那片土地上沉睡着一个巨大原始的生灵，它拥有一种永不停歇的生命力，它需要一种生命的搏动。加拿大不是这样，这里的许多地方还没有遭到人类文明的破坏，保持着相对原始的状态，非常迷人。我所说的人类文明的破坏，指的就是人类过度地开发。很多时候，对大自然来说，开发都是一种破坏。

透明的空气包裹着这片土地，轻云飘浮在空中，各种小鸟在叽叽喳喳，就像开会一样。有些树的叶子已经红了，但不知道是不是枫树。地上有淡黄色的花朵在悄悄盛放，绿草之中，偶尔还会露出一点红色，金色的阳光和柔风迷了人的眼睛，我的心间涌动着无穷诗意。

这是一块童话般的土地，它是如此友好，如此美好，让人忍不住想接近它，甚至想与它融为一体，去感受它的笑意，感受它的宁静，感受发生在这里的，关于岁月的点点滴滴。一切都如掠过耳畔的风，在消失着踪迹，但眼前的大地正真实地躺在脚下，它托着我们，托着建筑，托着村庄，托着人类用梦想和野心打造的整个世界，托着黄金般璀璨水泡般脆弱的一切。不过，它不是特殊的，透过眼耳鼻舌身意，我感到了一种似曾相识的熟悉。我知道，这是农业文明独有又共通的味道，也是一种深深让我感到眷恋，并潜藏在人类内心深处的牵挂。人类是如此怀念它，需要它，却又迫不及待地推开它。人类是矛盾的。

在诗意的裹挟下，我们到达了一个小型别墅。这个民宅一样的所在，实际上是一座小型庙宇，它就是我们今天的目的地，慈光寺。

慈光寺是民宅改造的道场，因此保留着一般房屋的特点。慈光寺的工作人员向我们介绍说，他们租用了一所农舍，租金每月二千三百加元（相当于人民币一万多元）。农舍周围还有一些土地，大概有十英亩，可以用来耕种，但不属于他们自己，是三家合用的。

据说，我们来的这个地方属于多伦多的郊区。以前一座房子十英亩大概二三十美元就可以买到，现在不行了，就算你给二百多加元，也不一定能买得到。这一带，十英亩土地大概要两百多万加元，相当于一千二百万元人民币，看起来不算贵，但地价据说在一天天上涨，不知道其中有没有华人炒房的原因。因为，据一些媒体报道，华人确实把加拿大部分地区的地价和房价都炒起来了。当然，这只是一种说法，但也许有一定的道理。

总而言之，在这块土地上，几位买不起房、更买不起地的华人僧侣，便只能租房子办道场了，而且他们的道场看起来不太像寺院，倒像是佛堂。

经朋友介绍，我跟住持聊了一会儿。那位住持非常朴素，也很单纯，给我的印象还不错。他说，他和另外几位僧人都来自四川，目前没有绿卡，拿的都是工作签证。办一次工作签证，他们就可以在加拿大待三年。住持说，他刚刚续签了工作签证。我问他们会说英文不？他们说不会。我又问他们，英文那么重要，你们为什么不学？他们不以为然地说，在这里，无论弘法还是生活都不用说英文。因为，大多伦多地区的近六百万人口中，有六十万都是华人，按比例来看，就是每十个人中就有一个华人。而且，这里有华人的居住区和商场，他们几乎感觉不到语言带来的障碍，意识不到学习英语的必要性，也是可以理解的。但他们显然忽略了一个问题：如果只向华人传播佛教文化，他们的文化是很难成为主流的。谈上师之所以有那么大的影响力和话语权，就是因为谈上师的英文非常流利，书画、风水、传统国学及美食等样样精通，不管经由哪个领域，他都能进入社会的上层，影响最高端的人群。这是一种智慧的体现。从另一个角度看，也说明了他们在心量上的差距。

至今，我们在多伦多已经接触了三种不同的宗教文化传播形式：一是慈光寺这样的传统型传播——我甚至不知道他们如何支付每月的租金；二是新兴的、健康的，以台湾的日常老和尚为代表的人间佛教，他们创立了一片自留地，自给自足，有一种乌托邦的味道。而且，他们将传统文化融入了生活，无论佛学还是儒学，都与生活结合得非常和谐。他们也非常重视教育，培养出了一批批优秀的人才，包括僧才。最重要的是，他们探索出了一套可以长久循环的存在方式。在现代社会，这太重要了；第三种，就是以谈锡永上师为代表的高端文化模式。谈上师的北美汉藏佛学研究中心显示了佛家文化的高端发展领域。它和大觉多伦多中心代表着佛教传播的两种不同高度：一种是佛教的社会性和世俗性，另一种则是佛教的学术性和文化性。两者都非常好，前者显示出新兴的社会化宗教蓬勃的生命力，后者显示出高端的、文化性宗教在传承方面的优势。唯有传统的宗教传播模式显得有些步履维艰——我相信，对于这一点，慈光寺的那几位僧人不会觉察不到。

北美之行虽然才短短几天，对我们的冲击力却非常强。在这些天里，我们常有一晃就过去了一年的错觉。

同行的一位朋友谈到了她的一些感触。她说，过去读我的作品时，认为只要读书，照着书里说的去做，就是一种修行，但此次出来，我与谈上师的对话对她的触动非常大。因为，谈上师讲到的其他宗教文化方面的东西，是她从来都没有思考过的。谈上师还在修证层面认可了我，也对陈亦新表示出一种期待，他说，从一个人的目光和诸多的生命迹象中，就可以看出他的修证状态。这些话，对陈亦新也有一定的触动。

谈上师说得很对，佛家文化有两部分内容：一是意识形态，二就是生命境界。意识形态可以通过学习来完成，生命境界却必须靠实修来实现。我们也可以这样理解：知识可以学习，智慧也可以学习，但智慧更需要实证，能学来的智慧是很有限的。比如，我昨天在北美汉藏佛学研究中心发表的演讲虽然只有十几分钟，非常简短，却蕴含了诸多精要的东西，它涉及一个人乃至一个教派最核心的智慧，如果没有修证，没有真实地达到这个境界，你是绝对说不出来的。

修证可以让一个人的生命焕发出全新的一面，这种全新的焕发，甚至可以通过科学的仪器测试出来。它就是我们称之为能量场或信息场的东西，但事实上，它远远超过了所谓的能量场和信息场，它是我们的知识领域所无法涵盖，也无法定义的。佛家文化称之为三身五智。在三身之中，报身非常重要，因为它是利众大愿的依托。

生命太奇妙了，许多时候，你都需要实证、升华，还有一种超越的体会，才能发现生命的许多精妙之处。在生命的意义上，修证是任何东西都替代不了的。一个人修到了什么层次，在与他接触的过程中，你马上就有直观的感觉。所以，修证是丝毫不能偷懒的。

领略尼亚加拉瀑布的磅礴气势

写于 2015 年 5 月 18 日，加拿大尼亚加拉镇

结束对慈光寺的考察后，我们驱车去美加边境，那儿有一个叫尼亚加拉的小镇，著名的尼亚加拉大瀑布就在那里，我们想去看一看。

沿途，我们看到的尽是肥沃的原野，有很多农田，也有一些现代农业设施。看来这一带的农业发展得很好，树也很多。

一路上我们的心情都很好，路上车流也始终非常稀疏。在中国，尤其在北京，几乎不可能有这样的事情。北京的公路上始终有很多车，包括高速公路。毕竟，两地的人口密度有着巨大的差距。在北京，我们几乎见不到闲置的土地，而加拿大却有很多闲置的土地。

半路上，我们还看到了房车。房车旅行在国内很少见，对我们来说是一种全新的生活方式。首先，一个老头子开着一辆小车，

从我们旁边呼啸而过，后面还拖着一辆房车。朋友说，在这一带，这很常见。果然，接下来，我们又陆续见到了几十辆房车。看来加拿大人很喜欢旅游。这样的旅行确实很方便，随时可以停下休息，不用住宾馆。我相信，国内也有很多人向往这样的生活，只是国内还没有这样的条件而已。据说，房车的停车点必须有煤气供应，还必须有厕所以及其他的诸多特殊设施，国内这样的地方不多，房车旅行也就不可能普及了。而在加拿大，这种生活似乎已经成了一种常态性的东西，可见，加拿大的这方面设施一定非常完善。

下午一点左右，我们到达尼亚加拉小镇，这是加拿大离美国纽约州最近的地方。

这个小镇很有历史，据说，早在1781年，它就被英政府以相当于三百套衣服的价格买下了。发展到今天，这里被称为安大略省最有生机的小镇之一，但根据我们的实地考察——至少在我们来这儿的时候——这里其实很冷清，也显得非常寻常，跟加拿大的其他城市差不多。估计，它的盛名还是源于尼亚加拉大瀑布吧。听说，这里的冰酒也很出名，但我们不太关注，也就没有去了解它的情况。我们纯粹是冲着尼亚加拉大瀑布来的——早就听说它气势磅礴，是世界第一大跨国瀑布，我们都想一睹其雄姿。

不过，因为到的时候正好是中午，我们都有点饿了，就没有马上去看瀑布，而是找了一间越南人开的小饭店，吃了些饭，这里的越南菜做得很地道，味道很不错。饭后，我们直接前往事先订好的酒店。这次出来，我们不打没准备的仗，酒店和汽车都是提前订好的，行程的内容也是两个月前就定下来的。这次完全按计划进行，我们的感觉都很好，很方便。熟悉我的朋友都知道，对我来说，这样的机会不会太多，平时总有大量的事情向我蜂拥而来，我的计划总是不得不改变，我总是“被计划着”。当然，因为有时的“被计划”总能给我带来惊喜，所以，我也随喜并享受着。

在酒店里安顿下来之后，随行的几个“懒虫”显出了疲态，全都倒在床上不想动了。我习惯饭后散步，就留下他们在房间里睡觉，自己出去走路。

尼亚加拉小镇本身没什么特别的，也没什么人，但这里的环境还是很好。太阳孤孤地照着，阳光很是灿烂，我稍微觉得有点热，但比起广州、东莞，这里就凉爽多了，而且这里的空气非常干净，总是让我想到“透明”这个词。

我喜欢一个人在陌生的街道上漫步，因为这样可以感受当地不一样的东西。这里的风，让我想起春天北京的天安门广场，那儿的风也是这样，微微的，有些凛冽，但谈不上冷。

经过商场的时候，我进去随便逛了一下，买了点东西。回到酒店的时候，大家已经睡醒了，于是我们就整装出发，大概下午四点的时候，我们到达尼亚加拉大瀑布。这里跟尼亚加拉小镇完全不一样，人非常多，看起来各个国家都有。这里应该是当地最热闹的地方吧。

远远地，尼亚加拉瀑布的轰鸣声就直灌入耳。据说，在印第安语中，尼亚加拉瀑布就是“雷神之水”的意思。因为，印第安人在发现尼亚加拉瀑布之前，就听到了它发出的巨响，因为它酷似持续不断的雷声，他们就称之为“Onguiaahara”（后来才变成“Niagara”），意思是“巨大的水雷”。

还有一种“据说”是：很久以前，这里有一个古老的印第安部落，这个部落规定，本部落的女子一旦成年，就要被父母许配给某个男人，成为那个男人的妻子。于是，一个美丽的印第安少女，在自己的成年礼上，被父母许给了一个又老又丑的男人，少女接受不了这个现实，跑到瀑布前哭了一天一夜，然后坐上竹筏，漂进大瀑布中，再也没有回来。这个故事有一种悲剧色彩，听起来非常像《白虎关》中莹儿的选择，有趣的是，很多人都不认为这个少女死了，都觉得她去了一个更好的世界，所以才不回来。这是这块土地上独有的审美。更独特的是，每年都会有很多人从尼亚加拉大瀑布上跳下去。有人说，他们是去寻找瀑布后面的美丽新世界，但也有人不这么认为，后者觉得，他们也许只是找到了一个冒险的理由。据说，1901年曾经有十六个人跳进瀑布里，最后只有十人生还。因为，在尼亚加拉大瀑布上，物体的下落速度可达每小时三百五十多公里。然而这种自杀式的冒险一直没有停止，甚至得到了另一种支持——这里每年都会举行一次“死亡游戏”，参加者会带上食物和氧气筒，进入密封的木桶，从瀑布源头滚下去，最后生还的人可以获得奖金。听说，历史上确实有人得到了奖金，但更多的人都被砸得粉身碎骨。至今，当地博物馆还保存着比赛时使用的木桶。

我问随行的朋友，他愿意用这种方式来挑战自己吗？他说不愿意，他既不会为了奖金拿生命开玩笑，也不愿为了证明自己的勇气，去做这么危险的事，他觉得活着能做更多更有意义的事情，为这种事死掉不值得。有些人却不这么认为，他们非常敬畏敢于冒险的人。他们也觉得为奖金去冒险不太美，把一种精神的东西给糟蹋了，但“冒险”对一些人来说，本身就是信仰。很多探险家都是这样，他们都是在用生命探索新的世界，如果没有拥有这种精神的人，人类的视野就不会这么宽广。有人说，有些喜欢探险的人并没有很大的梦想，他们只是在享受一种生死一线的刺激，或是在用另一种方式来战胜自己。他说，你想想，生命在极端的威胁面前，迸发出强于平时无数倍的光芒，让自己拥有勇气、冷静和智慧，战胜看似无法战胜的绝境，这是不是很美？有人问他，但有些人也许不能战胜绝境，而是直接死去了啊，这些人怎么办？他说，即使因此丧生了，也是为信仰而死的，在死亡和挑战面前，他是勇敢的，他没有退缩，这就是他的强大。说这些话的时候，他的眼神中散发出一种异样的光彩。我知道，他其实不是在说别人，他只是在说自己对某种精神的向往和敬畏。每个人的观点都反映了自己的心，事实如何，没人知道。因为，没有人能采访那些丧生者，问问他们觉得值不值得，如果让他们复活，他们还会不会这么选择。

据说，20世纪80年代以来，几乎每周都有人到尼亚加拉大瀑布去自杀或冒险，当地政府不得不加强安全防范，在尼亚加拉河两岸加固了防护栏，尼亚加拉瀑布公园管理委员会还为此专门制定了一套游园法规，禁止任何个人或团体在没有事先通知的情况下，进入瀑布景区进行危险活动，否则将受到刑事处罚。但即便如此，还是有很多人会在这里挑战自我或结束生命。有的冒险者甚至会舍弃保护措施，直接向深潭的位置跳下去。科学家对此的解释是，尼亚加拉瀑布的落差太大，溅起的浪花和水汽有一百多米之高，空气中弥漫着丰富的水离子，中枢神经特别容易受到刺激，让人产生亢奋和冲动的情绪。

这个结论是否事实的真相，我不知道，可以肯定的是，这个壮美的所在，确实充满了与死亡、牺牲、勇气、献祭有关的传说和故事。据说，这里有一艘游船特别出名，叫“雾中少女”号，它能载客数百人，从1846年起，就承载着乘客们近距离观赏瀑布。它的乘船码头在美国瀑布正面，它首先经过美国瀑布，再开往加拿大瀑布，穿梭于瀑布激起的水汽之中，真的有种“雾中少女”的味道。但这还不是它名字的由来，它的名字背后同样有一个故事：三百多年前，当地的印第安人震慑于自然的威力，每年的收获季节都会选出一天，集合全村少女，举行祭拜大自然的仪式。酋长会站在仪式会场中央，对天放箭，落下的箭尖离哪位少女最近，这位少女就要被送上载满谷物水果的小船，乘船坠入瀑中。于是，人们就把尼亚加拉瀑布的雾气视为少女的化身。只是不知道，这雾气代表了少女的眼泪，还是少女的微笑？

我们远远地看到了一艘游船，它正穿梭在尼亚加拉大瀑布的水雾之中，不知道它是不是“雾中少女”号。

水沫和雾气笼罩着整个瀑布，我甚至感到了水雾打在脸上的清凉，后背也有些湿漉漉的。但存在感比梦幻感更强。因为，随着我们的靠近，瀑布的轰鸣声越来越大，我们根本来不及沉浸在水汽带来的梦幻感中。魔幻的味道却仍然很浓。高处落下的水柱在最低处与潭水撞击，水流“变”成白色泡沫激荡而起，远看，就像扯开了千万袋洗衣粉，白色的粉末在半空中飞扬。阳光照在湿润的空气上，色彩不断地变幻，空中出现了一道巨大的彩虹，横跨整个瀑布，久久不散。在密乘看来，这是一种非常吉祥的密相——当然，我们也知道这里时不时就会出现彩虹，连接美加两国的公路桥便是以彩虹命名的，但我们还是把它当成了吉祥的象征。因为，今天的天气格外好，如果碰上阴天，我们就看不到这么美的景致了。

远望瀑布，你会觉得它没有多大，水流也没有多急，甚至有些缓慢，可一旦走近，你就会发现那水流其实非常湍急。对比穿梭于瀑布之间的渡船时，你还会发现瀑布其实很大，下面的潭水也极深，却非常清澈，甚至可以看到水底。绿色的水流不断从高空砸下，让下方的水面出现了一个又一个巨大的漩涡，水面一直在剧烈地晃动，渡船也随之起起伏伏。每一个相对静止的当下，绿色的潭水都会显出大理石般的“光泽”，白色的泡沫便是它的纹理；回到动态之中时，水面则继续摇动，尽情彰显着暗藏于水底的野性大力。渡船上的游客们心情如何，我不得而知，但我相信，对他们来说，这必定是难以忘怀的生命体验。

我还看到一些白色的飞鸟，它们一下一下地扑进飞瀑中，不知道是不是在啄食水中的小鱼？飞瀑之中会有小鱼吗？它们的家也许在瀑布上方的小岛上，那里有很多绿树。

尼亚加拉瀑布真是大自然的杰作，那种壮美是语言很难形容的。但是，据1842年至1927年的观测记录，尼亚加拉瀑布平均每年会后退一点零二米，落差也在逐渐减小。照这个速度，再过五万年左右，它就会完全消失。所以，从20世纪50年代以来，美加两国政府就耗费巨资，采取了控制水流、用混凝土加固崖壁等措施，据说效果还不错，瀑布后退的速度控制在每年不到三厘米。但这又能为它增加多少寿命？而人类本身又能存在多久呢？

朋友说，尼亚加拉瀑布就像加拿大和美国的分界线，瀑布这边是加拿大，那边则是美国。而且，尼亚加拉瀑布其实不是一个瀑布，它是由三个瀑布组成的：尼亚加拉河流向石灰岩断层时，被宽三百多米的山羊岛将水流一分为二，一股较大的水流流向加拿大境内，因此叫加拿大瀑布——从上空看，其凹口很像马蹄，所以也叫马蹄瀑布——其宽度为六百七十五米，高度为五十四米，聚集了百分之九十四的水流量，故而最为壮观。据说，它溅起的浪花和水汽有时可高达一百多米——这次没有这么高，但也漫过了瀑布顶端，估计至少达到了六十多米——流到美国境内的那股水流又被月亮岛一分为二，一边是宽三百零五米、高五十米的美国瀑布，一边是宽八十米、高五十米的新娘面纱瀑布，意思是，它在两大瀑布的衬托下显得格外纤细，就像新娘头冠上垂落的轻纱，因而得名。美国瀑布和新娘面纱瀑布下，有很多岩石堆积，水流落下，跌到无数块硕大的岩石上，远看似有雪花堆积于石上，同样非常迷人。而且，马蹄瀑布那边的水是绿色的，但美国瀑布和新娘面纱瀑布下面的水却是蓝色的，不知道是为什么。

朋友还说，只有在加拿大这边，才能看到瀑布的全貌，如果在美国那边，就只能看到瀑布的侧面。我们猜想，来看尼亚加拉瀑布的游人们，大多都会选择加拿大这边，不会去美国那边吧？不过也说不清。总之，这儿的游客很多。最吸引我们的，是一些锡克教徒，他们正在观景台旁静坐，脸上有一种信仰者独有的光芒。在这里禅修，定然听不到其他声音，一切音声都会被瀑布声给淹没。巨大的水声砸在心上，他们是否正如谈上师所说，在觉受光明，而不是在觉受水声呢？当然，锡克教有自己的修法，不一定和密乘相同。他们的心境，也只有他们自己才知道。游客中还有很多印度人，他们的脸上也有信仰之光，而且，他们的装扮和长相很有特色，一眼就能从人群中分辨出他们。此外，我们还看到了一些日本人、中国人等。

瀑布旁边有些小商贩，他们在卖雪糕之类的冷饮，也有人卖一种小孩子爱玩的泡泡枪。我很少吃甜食，但这次还是买了个雪糕，吃了一口，发现太甜了。说实话，我不喜欢这个味道，也许小孩子会喜欢吧。

因为人多，这里很是喧闹，还有巨大的、充盈天地的水声，算得上大闹。但是，在这大闹之中，又分明有一种大静。我能理解那些专门来这儿禅修的行者。

有趣的是，这么著名的地方，竟然没有卖纪念品的地方。我很想买一个纪念品，纪念我们今天的相遇，但找不到。这里有雪糕、有玩具、有汹涌的人流、有美景、有天下皆知的美名，却没有一个卖纪念品的地方。看来，当地人没有中国人那种经营景点的商业眼光。如果在中国，这样的景点可以没有泡泡枪，但一定会有纪念品。奇怪的是，很多人都没有注意到这个细节，我一说出，很多人才恍然大悟。

我还注意到另一个细节：在街头我们几乎看不到跟中国文化有关的东西。这一点很有意思。这说明，许多时候，我们觉得非常熟悉并且非常重要的东西，在另一个时空、对另一群人来说，也许并不重要。所谓的重要，也是相对的。

童话小镇的美好和遗憾

写于2015年5月18日，加拿大尼亚加拉镇

风很清冽，但我们不觉得有多冷，因为阳光很灿烂。远望尼亚加拉瀑布，我们感受到另一种美：瀑布旁边的草坪上有很多黄色的小花，它们隐藏在绿树中间，却非常醒目，加上白色的飞鸟、蓝色的潭水以及白色的飞沫，整个画面非常壮美，色彩有点像19世纪印象派画家莫奈的油画——既壮美又柔和，还有一种悠远的意境，似乎一下就能把人拉进另一个时空，那里没有人群，没有飞鸟，甚至没有彩虹、没有瀑布，只有另一种东西，或者说另一种氛围。简

单地说，就是能让人在不知不觉中忘掉过去、当下和未来。

再待了一会儿，我们就离开了。游历尼亚加拉大瀑布的时间虽短，但行程算是非常圆满的，该看的都看到的，该感受的也感受过了，没留下什么遗憾。

往前走了一段路，我们看到了一个驾着马车招揽顾客的当地人，他的马很漂亮，体型很庞大，尤其让人惊讶的是，这种马的蹄子非常大。如果你熟悉国内的马，就会明白我的这种惊讶。国内的马就像猎豹，很是精干，蹄子也相对小巧，跟它们的身子非常协调，但这种马有点牛的味道，看起来非常粗壮憨实，蹄子格外大。这么大的蹄子，我从来没有见过，不知道是不是因为它属于西洋马。我过去也见过一些西洋马，它们没有这么大的蹄子，不知道这种马属于什么品种。

一路上我们都在谈论旅游，大家根据不同的功能，总结出了三种旅游：第一是增长见识的旅游，可以让人看到另外一种世界；第二是健身的旅游，相当于一种户外活动；第三就是我这样的旅游，也就是以文化交流为目的的旅游。不过，对于跟着我一起出来的朋友，旅游还有另一重意义，就是朝圣。这两天晚上，他们都在共修，做一种净化心灵的训练。对他们来说，这是一次非常难得的机会，至于去哪儿，看什么，他们其实并不在意。因为，一年之中，让他们像最近几天这样，放下一切，跟志同道合的朋友一起升华身心的机会，实在没有太多。

当然，有些人也在乎去哪儿、看什么，所以他们很羡慕旅行家，有些人还很羡慕美食家。在诸多的“家”中，这两种“家”大概是最让人羡慕的。我也觉得旅行家很不错，他们可以到那么多地方，见识那么多文化、那么多世界、那么多种生活形态，也挺好的。但美食家我不怎么羡慕，因为我吃什么都很香。比如，这次出来，婷妈专门给我们烙了些饼子，因为放的时间有些久了，大家都不太爱吃，但我仍然吃得很香。对于这一点，同行的朋友觉得非常惊讶，他们觉得，这么硬邦邦、冷冰冰的饼子雪漠老师都能吃下去，真是难以想象。我自己却觉得这很正常，也不觉得硬邦邦有什么不好，反而觉得硬点好，有嚼头，越嚼越香。实际上，在我口中，任何食物都很鲜美，没有不鲜美的食物。

关于对待饮食这一点，我有点像释迦牟尼，释迦牟尼有八十种随形好，其中一种是他的唾液，传说中他的唾液属于一种特殊物质，会让进入他口中的所有食物都变成上等的美味，我也有点这个味道。不过，我觉得这不仅仅是唾液的原因，还因为我们都明白食物的本质——食物就是为人提供能量的，好不好吃都是这样，只要没有坏，对身体没有危害，我觉得就很好，没必要在味道上太多地挑剔。但美食家不这么认为。我常开玩笑说，美食家的舌头是用特殊材料制成的，他们能辨别出味道和口感上最细微的区别。谈上师就是这方面的专家，他们家非常擅长做鲍鱼。曾经有一位厨师专门到他们家去学习如何做鲍鱼，足足学了八个月，才真正做出谈家鲍鱼的味道。后来，这个厨师因此而名扬天下，连法国的贵族都请过他做这道菜。所以，许多时候，在美食家眼中，菜谱就像武功秘籍，有些是秘不传人的，他们称之为“私房菜”。据说，谈上师昨天请我们吃的点心之中，有一种非常好吃的酥皮点心就是谈家的私房菜。

途中，我们还谈到了国内与西方的另外一些区别。比如，西方的一些上师身边很少有专职弟子，他们的很多弟子都有自己的工作，只能偶尔在下班后过来护持一下道场，也会定期地策划举办一些活动，他们没有我们那样的全职志愿者，没有人将全部身心都投入文化传播的事业。

谈到这个话题时，我们的车子经过了尼亚加拉河上游，这里就是尼亚加拉大瀑布的源头。尼亚加拉河上游的水流非常平缓，水面平整得像是一面镜子，越是接近形成瀑布的那个断层地带，就越多小岛和乱石，尼亚加拉河水流的方向完全错乱，出现了无数漩涡，河水也开始发怒般地咆哮。无数的水流咆哮着冲到河床的断层处，顿时飞流直下三千尺，几乎在刹那之间与瀑布下方的水面相撞，发出更大的嘶吼声，卷起千堆雪……那场面真是壮哉!

小车渐渐远离了瀑布景区，瀑布的声音越来越小。一切又回到了静寂之中。沿途，我们看到了一些古老的建筑，不知道是作什么用的，好像是石头砌成的，隐隐透着一种历史的沧桑。据说，尼亚加拉瀑布也很有历史，最少在七千年前就已存在了，当时的落差，科学家估计有一百多米，那时的壮观，恐怕是现在不可能比的，但一切都过去了。此时的壮观，在若干年后也会成为一种历史。如果那时的当地人看到我的这本书，或许会惊讶地说，原来尼亚加拉瀑布曾经那么的壮观。但是，到了那个时候，这块土地变成了什么样子呢？说不清。用大石头在这里建房子的人，也不知道一百年后、几百年后世界上会出现钢筋混凝土，不知道世界上会出现参天的高楼大厦。而我们也不知道，一百年后，或者几百年后，当时的人们又会用怎样的眼光看我们住过的房子，以及这个时代的生活留下的所有痕迹。

回到小镇时，已是晚饭时间。文韬带我们去了一家来自美国的连锁餐厅，吃牛排和羊排。今天的饭菜也很美味，而且牛肉和羊肉的质量都很好。我在国内也吃过很多羊排，西部人本身就喜欢烤羊肉吃，对如何吃羊肉也很有研究，但这里又是另一种新吃法——这里的口味比西部的要重，调料也不多，但分量很大。而且当地人的口味也有很大的区别，有人喜欢吃全熟的，有人喜欢吃七分熟的，有人喜欢吃半熟的，有人喜欢吃两分熟的，甚至有人喜欢吃全生的。所以，这里的羊排也分五个级别。此外，他们还会配上一些青菜，不多，主要是生菜，他们叫沙拉，还有一点主食，一般是土豆泥或米饭。像这么吃，身体摄入的热量实在太大了，怪不得当地有那么多胖子，估计美国和加拿大的饮食习惯都差不多。

在今晚的加拿大街头，我们遇到了一对很胖的夫妻，肥胖似乎没有影响他们的健康，也没有影响他们的好心情，看到我们的时候，他们非常友好地朝我们点了点头，我们也向他们友好地点了点头。这似乎是所有当地人的习惯。

今晚有点凉，可能是因为吃完饭时有点晚了。清冽的风吹来，虽然不至于非常寒冷，但也着实有些凉意。幸好，我们都穿了薄外套，否则就有可能会着凉。好不容易出一趟远门，看看另一个世界，探访另一种文化，如果被疾病给干扰，就太不划算了。

夜晚的尼亚加拉小镇灯火通明，路边有些喷泉在连续不断地喷水，璀璨的灯光投射在水柱上，水柱也变得五颜六色，非常美丽。因为色彩艳丽，这里的夜景有了一种奢华的味道，这是我在美国的很多地方很少看到的。看来，加拿大人比很多美国人更喜欢缤纷的色彩。

在这样的街头行走，我们都有一种同感：当地不可能出现大作家。我的意思是，加拿大太适宜生活了，缺少一种冲突感，整个氛围非常的和谐安逸，对生活来说，这是一件好事，但是对作家来说不一定好。不过也说不定，得过诺贝尔文学奖的门罗就是加拿大人，说明加拿大人如果好好写，也可能会成为了不起的大作家。但是，这样的土地几乎不可能诞生《战争与和平》《安娜·卡列尼娜》《罪与罚》这样的作品，这是文化土壤和文化氛围所决定的。因为，生活在这么悠闲的环境之中，大部分人都会缺乏一种向上的、向生命的最深处叩问灵魂的动力。伟大的思想需要痛苦的生命体验作为催化剂。而这个小镇，甚至这整个国家，都离这种氛围实在太远了。

我们经过了一个所谓的赌场，这个赌场和澳门的赌场不一样，这里更像一个娱乐中心。很多人都在嘻嘻哈哈地玩一些暴力游戏，人家都显得很轻松，似乎他们的人生中没有什么沉重的事情，一切都像是这些电子设备中的游戏。在这里人的身上，我感觉不到一点凝重的味道。这没有什么不好，但是，对于伟大思想的诞生来说，这里似乎缺少了一种必要的东西。在这样的环境中生长的人，很难有一种深刻的使命感，很难对人生和生命有很深的反思，甚至批判。所以，这里也许是人居天堂，但它恐怕不是一块盛产哲人的土地。

不过，据说这里每年都会纪念萧伯纳，其作品都会展示。而事实上，这位剧作家和思想家是一个非常矛盾的人，他一方面反对暴力和战争、提倡博爱，另一方面又提倡清除“无用之人”，甚至建议科学家研制一种能将“无用之人”人道毁灭的毒气。这块充满童话色彩的土地，为什么会如此看重这位充满了矛盾性的思想家？真是耐人寻味。

离开尼亚加拉的早上

写于2015年5月19日，加拿大尼亚加拉镇

早晨六点的尼亚加拉小镇很冷清，看不到人。太阳已经升起，阳光很柔和，非常温馨。在温馨的阳光中，树木和草地显得非常可爱，有一种鹅黄嫩绿的味道，饱满而亮泽。这种感觉，在空气污染严重的地方是没有的，那儿的植物就像没有保养习惯的女人的皮肤，干枯，晦暗，一看就知道营养不良。随处是植物、随处是鲜艳色彩的小镇，给人一种生机勃勃的感觉，就像在家里一样温暖。只是，这童话般的小镇没什么人。四处都空荡荡的，房子和小别墅虽多，但似乎都是空置的，这鲜活和温馨的景物，反衬着空荡荡的街道，显出了一种不协调感，甚至让人觉得有点荒凉，心里有点空落落的。

这个小镇的人口大概本来就不多吧，也可能是当地人没有早起锻炼的习惯。所有的商店都没有开门，包括早餐店。这么早出来，我们本来是想吃个早餐，顺便在周围逛一逛的。大概十点多，我们就要从这里出发去纽约，预计在纽约吃午餐。但偏偏哪儿都没有开门。我们只好在空荡荡的街上闲逛。

早上的风有点凉，就算穿着外衣，我们也感到了空气中的凉意。清冷的空气就像凉水一样包裹着我们，裸露的肌肤就像浸泡在水中。尤其是一阵冷风吹过的时候，皮肤上更像被冰水掠了一下，冰冰的，不过不要紧。我挺喜欢这种清澈的感觉。

昨天晚上这里有很多人，尤其是赌场里，那里不但有很多年轻人，也有很多老太太，以及很多像我们这样的外地游客。但几个

小时之后，我们再来到这里，这里却显得如此冷清了。晚上灯火通明的热闹景象荡然无存，这个童话小镇就像被巫婆施了魔法一样，陷入了沉睡。抑或，大家还在赌场里没有出来？或是一大早就去观赏尼亚加拉大瀑布了？晨曦中的尼亚加拉瀑布也许很美，在大瀑布周围的小岛上看日出，估计也很不错。不过，这里的老百姓真会那么诗情画意吗？无论在什么样的神仙美景中住久了，人都会习以为常的，很少有人会像《大漠祭》里的灵官那样，面对着看了二十多年的沙窝窝，还能生起高歌的激情。有人称之为“审美疲劳”。所以，这个小镇大概还在沉睡中。沉睡中的童话小镇有另一种味道，而行走于其中的我们，也像是在梦游了。

很多人把“尼亚加拉”称为“尼加拉瓜”，这其实是错误的，因为尼加拉瓜是一个小国的名字，其全名是“尼加拉瓜共和国”，位于中美洲中部，是一个总统共和制的国家。虽然大家都在美洲大地上，而且祖先都是印第安人，但两地有着很大的差别。

七点了，街上还是空无一人，偶尔有汽车呼啸而过，但很少。没有一间餐厅开门供应早餐。无论大小，所有餐馆和商店都关着门。街上只有几个环卫工人偶尔经过。这个小镇实在太安静、太悠闲了。我们只好继续在空荡荡的街道上闲逛。

又逛了好久，我们才找到吃早餐的地方，那是我们宾馆附近的一家餐厅。我们随便点了些吃的，四个人就花掉了八十七加元，还给了服务员十多加元的小费，加起来相当于人民币五百多元。在普通中国老百姓的眼里，这顿早餐绝对太贵了，但是在加拿大，这是很正常的。而且，在国外你必须给小费，因为很多服务员都是依靠小费生活的。当然，这些小费并不属于他们个人，他们必须上交给餐厅的管理人员，餐厅打烊之后，管理人员再把所有小费放在一起，平均分给大家。我们所有的零钱基本上都用来给小费了，折合成人民币大概是六十多元。

在这里，你最好不要把花费折合成人民币来计算，否则就会压力很大。你想想看，一加元相当于人民币六元钱，压力怎么会不大？但如果你用本地人的眼光来看，这样的消费就是正常的。毕竟，在国内一些好点的餐馆里，一顿早餐吃上一百多也是有的，算不上太贵。而且，这间小店里的顾客很多，可见大家都能接受这个价格。据说，这里的人工很贵，所有的人工和税金，实际上都是由消费者来支付的。所以，这里的高福利也是有理由的。

我有个学生在加拿大生活，加拿大政府给他们一家人每月一千多加元的最低生活保障，折合成人民币是七千多元。如果他们每顿都在外面吃饭，这笔钱显然是不够生活的——我们四个人一顿早餐就花了近一百加元——但如果他们在市场里买点菜、买点米，在家里做饭吃，生活成本就很低，有时甚至比国内还便宜。

我们吃完早餐，外出散步时大概是八点半左右，当时的尼亚加拉街头仍然没多少人。只有一位老人从我们眼前经过，手里拿着一杯咖啡和一份薯条，不知道这是不是当地人早餐的“标配”？在我们看来，这样肯定吃不饱，而且营养不够均衡、热量又太高，但当地人好像觉得无所谓。

我们一边闲逛，一边讨论在这里传播文化的可能性。我觉得，在这里传播文化还是有可能的，只是我们必须想一想，如何在这里建立文化窗口，它可以是文化研究中心，也可以是图书中心，甚至可以是一间书店，一切皆可，但前提是，它必须能够承担“窗口”和“桥梁”的职责，向这块土地输送我们所承载和传承的文化。那么，具体该怎么做呢？这是我们应该考虑的。实际上，在这块土地上，我们已经发现了很多可能性。

我们还发现了当地文化中一些很好的细节。比如，有辆车远远看到我们准备横穿马路，就主动地停了下来，静静地、面带微笑地等着我们走过去。我们安全走到路对面时，那位司机还微笑着向我们做了一个手势，也许是向我们告别吧。实际上，他看到我们的时候，我们还没有开始过马路，他完全可以加速行驶，在我们之前冲过去，国内有很多司机都会这么做，但他没有这么做。他很早就停在路边，友好地等待着我们。当地人的身上都有一种友好、安详的味道，他们很像吃草的牛羊，不像吃肉的猛兽，因为他们身上没有任何张牙舞爪的东西，甚至没有任何气势，这一点跟美国人太不一样了。美国人非常强势，他们的强大是骨子里散发出来的，在美国，你只能融入它，很难改变它，而加拿大不是这样。我在加拿大感觉不到那种强势的东西，只能感觉到一种宁静祥和的氛围，而且这里能包容一切。在加拿大的很多地方，你可以明显地看出华人带来的一些改变，但是在美国，我们很难看到华人所带来的改变。所以，加拿大确实是一个适合移民与居住的地方。

我们很想在这里买点纪念品，就在周围逛了一圈，但仍然找不到开门的店铺，只好作罢，回到宾馆收拾行李。收拾好行装，我们就要出发去美国的纽约州了。对加拿大的考察便告一段落。

America

第三章

反思东方文化在美现状

纽约州—美国
特拉华州—美国
华盛顿哥伦比亚特区—美国
马里兰州—美国
宾夕法尼亚州—美国

桥对面的纽约州

写于2015年5月19日，美国纽约州

大约十点，我们到宾馆大堂结账，然后驾车开始了下一段旅途。

这时的尼亚加拉街头仍然有些寒冷，但人已经多起来了。天气仍然很好，阳光仍然很灿烂，风也仍然很大、仍然非常清冽、仍然有点像北京天安门广场的春风，无遮无拦的，一阵一阵拂过人的身体。不过，这里的空气非常干净，风中没有沙子，也没有多少尘埃。这里的空气总像是透明的。

沐浴在阳光中的小镇，好像在灿烂地笑着，阳光也在笑，树木草坪也在笑，风也在笑。整个世界充满了哗哗哗的笑声，那是大自然最美的音乐之一。在这样的阳光和氛围之中，尼亚加拉小镇鲜艳的色彩显得格外漂亮，也格外富有生机。不过，我们还是要离开了。

再见了，童话般的小镇，希望下次再见时，你依然像童话一样美好。

尼亚加拉离美国纽约州非常近，我们很快就到了过境处。

我看到一个牌子，上面写着“Break to USA”，听说是“这座桥通往美国”的意思。就是说，桥的这面是加拿大，对岸是美国，穿过这座桥，我们就到美国了。不过，毕竟是穿越两国边境，桥上还是没有一个检查站，那里有一段显眼的提示：“Your passport, please”，这是请我们出示自己的护照。在这座桥上行驶的时候，我们可以看到尼亚加拉大瀑布，但看不到瀑布的全貌。不过，从这个角度看，大瀑布依然非常壮观，尤其是那比瀑布还高的水汽和浪花。

过了桥，到了美国境内，我们的美国卡就显示可以使用了。在加拿大时，我们一直不敢用国内移动卡的手机流量来发图片，因为一张照片三兆多，算下来，发一张图片回国，就要花十块钱左右，太贵了。所以，在加拿大的时候，我们每天都只能把图片和语音存在手机里，到了宾馆才发送出去。过了这座桥，我们跟国内志愿者的通讯就方便多了，可以用图片来配合我们的讲解。

不过，到了美国之后，虽然通讯方面好多了，但交通方面的麻烦却多了起来。因为美国有很多车，这是去过加拿大之后，我们发现的美国最大的特点。当然，与加拿大只有一桥之隔的纽约州，仍然保留着一点加拿大的味道，毕竟它和加拿大共享着同一处风景。

纽约有着跟加拿大一样空旷的大地，偶尔出现几栋或一栋类似于小别墅的房屋，大部分土地是闲置的，而且这里的植被也非常之好。表面看来，纽约的很多东西都跟加拿大很像，尤其是自然环境。可你一旦进入美国境内，就会被一种跟加拿大完全不同的气场所包围。加拿大充斥着一种懒洋洋的，甚至懒散舒服的气息，但美国大地上没有这种气息。这是一个很奇怪的现象，只是相隔一座桥，两地的气场竟然就不一样了。一踏入美国的国境，你就自然会感受到美国那种积极进取的东西。这说不清是为什么。

途中经过一个加油站，我们在这儿停车略作休息。加油站里有个小店，小店里有各种日用品，我们买了一些饼干，然后发现了一个书架。当然，里面的书都是英文的，我们看不懂。随即，我们发现了一个问题：一路上，我们似乎很少见到这里有中文书出售。

我们还总结了一些这段时间以来的收获：关于加拿大的佛教文化传播，我们一共见到了三种模式：社区模式、健康理念模式和学术模式。虽然每一种模式都有其特点，其中不乏优胜之处，但也存在着一个我们不能回避的、致命的缺陷，那就是传播力度的不足。比起星云大师等人的传播力度，我们这几天见到的传播模式都显得远远不够，无论传播力度还是文化的影响力，都远远不够。我们在北美接触的这些宗教团体普遍缺一种东西——现代的传播模式，比如网络、电视、微信等。我发现，很多团体甚至是拒绝微信、拒绝手机的。对修心来说，这固然很好，但是对于传播来说，这就是一种致命的缺陷。传播必须与时俱进。最明显的特点是，我们没有看到他们对西方世界产生什么实质性的影响。能不能对它周围的世界产生实质性的影响，能不能介入周围人群的日常生活，这是至关重要的。如果这种介入的力量还不够，就说明我们传播的力度还不够，必须寻找一种更加强大的传播方式。

其实，文化传播是可以借助创造话题来实现的。比如，只要我们实时地跟当地文化相结合，创造一定的话题，我们就有可能介入当地的文化。与此同时，我们可能需要消解自己身上的标签，以及某种个性相对强烈的东西，更多地展现文化的普世价值，这样或许更有利于传播。

在这一点上，一位老师的传播很成功，因为，他每天都定时在属于自己的互联网平台上传播自己想传播的思想。至于他传播的思想怎么样，其中有没有值得商榷的东西，我们不予置评。星云大师也很成功，他直接走高端路线，通过出版业和其他的文化模式，直接将文化传播到很多地区，无论在大陆还是港台，他都有比较大的市场占有率。其他一些文化名人也是这样。相较而言，北美的这几个文化团队就没有这么灵活。其实，北美有着巨大的文化资源，比如哈佛大学，还有很多杰出的、具有巨大影响力的学术机构等，假如跟它们进行交流甚至合作，就会形成一种强大的文化合力。那么，为什么类似的合作并没有出现？我觉得，这是一个值得我们思考和解决的问题。

我们时不时会在沿途的树丛中看到一些小屋，它不太像平时见到的民居，是用水泥和混凝土建成的，听说是储藏室。我们经常听说附近有农场，也许这里就是当地人的农场。因为这里确实有点农场的味道，一来地方非常大，二来人相对稀少。

远远地，我们可以看到漫山遍野都是黄色的小花，时不时还会看到一些美国人骑着摩托车在高速公路上奔驰。有时，高速公路上会忽然出现一块弯进去的路段，据说是专门让人停车休息的，国内好像没有见过这样的设置。

我一直想拍几张村庄或当地建筑的照片，但总是不能如愿。有时，等了好半天，终于见到一个村庄或一些建筑物，我刚拿出手机打算拍照，它们却一晃而过了。紧接着，又是漫长的等待。可见，这里的建筑物与建筑物之间隔得非常远。这一带的人烟真是太稀少了，也许因为这里靠近高速公路吧。树倒是很多。

下午三点半左右，我们终于看到一个小镇。这个小镇没有樟木头那么大，相当于中国的一个普通乡村。这里的植被仍然很好，到处都是绿树，环境也很好，而且这里的建筑很精致，很多都是两层的小别墅。每栋别墅前面都有草坪，看起来像精心设计过的，有的别墅门口还停着小车，但哪里都是静悄悄的，看不到什么人。不知道，这里是度假村，还是一个以旅游业为主的小镇呢？

如果是度假村的话，这里的设施真的太完善了，因为我们见到了很多奶牛，通过茂密的树丛，我们还可以看到教堂的一角。既有教堂，又有奶牛，说明这里是有居民的。但如果说这里是个寻常的小镇，我们又觉得这里太美了。这里的色彩非常鲜艳——我指的主要是建筑物等——跟我们在西雅图和波士顿看到的景象不太一样。看来，美国的乡村也是很有情调的。而且，这里有一种湿漉漉的感觉，因为土地显得湿漉漉的。刚才应该没下过雨。没有下过雨，却有这么湿润的土地，可见这里的空气比较湿润。

我们还看到了一些大棚花房，一簇簇的鲜花正在花房里盛开着。不知道刚才偶尔见到的几个人，是不是正在向城市里供应鲜花的花农呢？美国的农村真是太美了，比城市里美多了。但是，我们一路上没有见过任何庄稼，不知道他们的庄稼种在哪里？也许在附近的农场里？

路边有些树长得很高，叶子却都掉光了，光秃秃的，不知道是不是因为太老了？

我们又到了另一个小镇，这个小镇离刚才的小镇不太远，建筑物仍然以独栋别墅为主。沿途，我们见到了一些零散的牧场，规模不大，之前看到的奶牛就是牧场上放养的。

这里属于纽约州的偏远地区，但仍然有小卖部，也有小教堂——在美国，小教堂随处可见，似乎无论多么偏僻的乡村，都会建有教堂，但我们始终没有见过寺院之类的建筑，也没有见到跟中国有关的元素。中国传统文化大概没有传播到这个地方。那么，就算有人在这里建一座寺院，估计也不会有人进去朝拜的。在这里传播中国文化，似乎很难。

我还发现了一个细节：在美国，不管有人住还是没人住，当地的自然环境都很好。同行的朋友问我，这不是很正常的事情吗？我告诉他不是的。在我的故乡西部，如果一个地方没人住，土地就特别容易被撂荒，所以那里有大片大片的戈壁滩。然而，在美国也好，加拿大也好——至少在我们考察过的那些地方——我们都没有见过这样的景象，包括那些我们所说的“闲置土地”，植被也都是非常完整的。这说明，美加两国都有很好的环保意识，他们不会随意破坏大自然。

朋友说，美国跟中国还有一个区别：在中国，农民和城市人是有区别的，但美国的农民和城市居民没有什么区别，两者只有分工上的不同，其待遇和税收都一样，诸多方面都是平等的。当然，如果农民拥有土地的话，他要缴纳的税金肯定比城市居民要多很多，因为土地税是很贵的，但国家也会根据农产品的多少给他们一些补贴。

美国非常注重税收，因为教育、福利、医疗、安全等公共设施需要税收来支撑，所以美国人把交税当成公民的本分，在他们眼中，偷税漏税是很不光彩的。不过，美国人仍然会通过一些合法手段避税，这倒是政府和社会都许可的。

此刻，中国是凌晨四点，美国则是下午四点，纽约和北京的时差为十二个小时，刚好日夜颠倒了。来到北美已经很多天了，我们也慢慢倒好了时差，虽然有时仍然觉得很累，但在车上还是可以略微休息一下，缓解一下疲惫，只是我脸上的皱纹又多了一些。没办法，旅途总是辛苦的，但很多东西，你不走出去是不知道的，比如中国文化在美国的传播情况。

进入美国国境之后，我们一直没有看到跟中国文化或华人有关的元素。跟加拿大相比，这里就像是另外一个世界。

沿途，我们看到了一个很有意思的小村，小村里几乎每户人家门口都挂着美国国旗，不知道他们平时就是这样，还是特殊日子才这样。我问了一下朋友，朋友也不知道为什么，说明最近没有什么大的事件。也许这个小村平时就是这样，如果真是如此，当地人就太有爱国热情了，让人有点感动。

我们还看到了一个很大的建筑物，它明显不是村里的民居。朋友说，这应该是一个专门进行集体活动的场所，属于公共建筑。

在中国，公共设施一般都会在门口注明其功能，但这栋建筑的外墙却异常干净，没有任何指示牌，甚至没有门牌，没有任何信息能让我们猜出它的功能。不过，我们的好奇心没有大到去一探究竟的地步，因此还是继续赶路。人生中并不是所有问题都能得到答案的，有些问题终究会被我们忘掉。

湖滨小镇“莱克·乔治”

写于2015年5月19日，美国乔治湖镇

下午四点四十分左右，我们住进了一个临湖的度假村。这里人不多，风景非常优美。朋友跟我们介绍时，说度假村旁有个美丽的小湖，但当我们放下行李，到外面去欣赏风景时，却发现那湖一点都不小，我们几乎望不到它的边际。湖水是深蓝色的，深邃而幽静，当你凝视它时，甚至会觉得身心被它吸引，几乎要和它融为一体。

湖风轻轻地吹着，略带了点凉意，但我们都不觉得冷，反而觉得很舒服。傍晚的阳光也很温馨，在它的烘托下，静谧的小镇也变得异常温馨。

我们入住的度假村很好，屋子都是木头做的，很漂亮，而且非常干净。放下行李之后，我们就到附近去散步，顺便考察一下周边的环境。

朋友说，这个小镇叫莱克·乔治，英文名是Lake George，人们通常会叫它的另一个名字“乔治湖”——莱克是Lake的音译，而Lake是湖的意思——美加边境还有五大湖，分别是苏必利尔湖（Lake Superior）、休伦湖（Lake Huron）、密歇根湖（Lake Michigan）、伊利湖（Lake Erie）和安大略湖（Lake Ontario）。它们都是冰川刨蚀形成的淡水湖泊。乔治湖长约五十一公里，宽约五公里，是个狭长的湖泊，总面积为一百一十三平方公里，大约是西湖的二十倍，水源由山溪和泉水补给。但五大湖中每一个的面积都超过了一万平方公里，五者加起来，总面积超过二十四万平方公里，因此，乔治湖便只能算是小湖了。

有人说，20世纪，乔治湖是美国富豪的避暑胜地。这里为什么是富豪的避暑胜地，我不太清楚，但在我看来，这里确实是个很好的休闲度假的场所。

乔治湖很美，充满了一种深邃的诗意，乔治湖湖畔的小镇也很美。这里有风格各异、非常精美的建筑物，有各种明亮温暖的色彩，有友好欢快的人群，我们看到的一切都洋溢着无穷的生机和活力，像极了此刻的阳光。在这里，人会不知不觉地忘掉红尘中的一切，放下一切的心灵负累，内心宁静到极致。

朋友又说，“乔治湖”是1755年得名的，当时，来自英国的北美殖民者在湖的南岸建立了威廉亨利堡，同时改湖名为“Lake George”，以此纪念英王乔治二世。湖的北面还有一个提康德罗加堡，它也是18世纪——大概是1754年至1757年之间——建造的，而建造者正是七年战争中英国的敌人法国。在七年战争中，这两座古堡都有着重要的战略意义，因此，它们标志着一段血腥而残酷的历史。一部叫《最后的莫希干人》的电影，就记录了发生在它们之间的战事。两百多年后的今天，见证了无数场战役和杀戮的乔治湖已经看不出一点血腥，这里是那么的美好、安宁、祥和，如果不熟悉当地的历史，谁能想到这里曾经发生过那样的故事？又有谁能想到，“乔治湖”这个名字的源头，竟是那个好战的英国国王？

据说，直到今天，除了那两座著名的古堡之外，这里还保留了许多非常原始的东西，比如一些过去的石头、土道等。

略作休息之后，我们开车去附近的一间餐厅吃饭，据说那里有日本菜，而且味道还不错。虽然朋友说了在附近，但既然要开车前往，说明这个“附近”不会太近。不过没关系，虽说肚子确实有点饿，但沿途可以游览一下小村的风光，这也很好。最重要的是，我们不想浪费朋友的一番心意。为了这次的行程，文韬做了很多准备工作，他给我们预订的住处、带我们品尝的美食，虽然不是最贵的，但一定是最好的。从这些天的紧凑安排中，我读懂了他的一片真心。这是最让我感动的。

公路横穿了小镇，但车辆不多，不怎么喧嚣，小镇依然非常宁静。沿途看到的景象，让我们再一次感叹中美两国之间的区别。

国内乡村的建筑风格普遍差不多，但这里的房子可以说形态各异，每家每户都有自己独特的设计，我们几乎看不到两栋相似的建筑。如果国内的乡村也是这样，年轻人还会离开农村，一窝蜂地跑到城市里去吗？也许不会。但是，在目前的情况下，想要将国内的农村发展到我们眼前的这种水平，有一定的困难，需要经过一个漫长而艰辛的过程，需要一代又一代人的努力，需要很多年轻人担负起家乡的未来，为家乡的发展奉献青春、汗水和生命，更需要一种与时俱进——甚至超越时代与环境——的思维。

我们还看到了大片大片的树木，各种度假村和别墅都“藏”在树林之中。小镇四周有很多丘陵，丘陵上也长满了树木。绿色包裹了整个村庄——有这么多的绿树和草地，难怪这里的农村都有那么湿润的空气——我大概看了一下，这里的树木好像是以云杉和松树为主的，大多长得很高，枝繁叶茂。

再走上一段路，我们看到了一座儿童主题公园，里面有很多孩子们喜欢的东西，比如有点像圣诞老人的浮雕、各种动物的雕像、各种充满童话色彩的小木屋等。孩子们应该会很喜欢这个地方。

又过了不久，我们到了吃饭的地方。

这间餐馆的外表很是寻常，一路上，我们经过了很多类似的小店，它们的门口都放了一些老虎机之类的游戏设备，小孩子丢进硬币就可以玩，带一点赌博色彩，赢的孩子可以得到一些玩具。在国内，我们很少在这类餐馆外面见到这样的设施，也许是考虑到餐厅的整体格调吧。

这也是有道理的，这间餐馆的装修虽然不算非常豪华，但也十分雅致，有一种日式风味——里面放了榻榻米，灯光也调得比较昏暗，可以感觉到它所营造的某种浓浓的氛围。

不过，这里并不幽静，虽然顾客们并没有高声交谈，但我们仍然可以听到连绵不绝的声浪，这是一件很奇怪的事情。但如此看来，门口的游乐设备就显得合理多了。也许，经营者本身就不是在打造一个商务会谈场所，而是在营造一个可以让全家人快乐用餐的地方。这里的饭菜也确实挺好吃的。

吃过晚饭，走出餐馆，我们正好看到日落的景象。夜幕逐渐降临，雪白的云彩渐渐变成了金红色，淡蓝的天空也渐渐变得凝重起来。

我们行走在小村的街头，听不到任何喧嚣的声音。夜色中的小村显得更静了，横穿小镇的公路上没多少车，偶尔响起的汽车行驶声，反而更加衬托了小村的宁静。

我们经过一家超市，进去买了些干果之类的东西，还想买一些蚊香——这里的蚊子太多了——却买不到，因为当地人认为蚊香有毒，对空气不好，不允许售卖蚊香。这让我们稍微有点惊讶，但也非常认同。这里有那么好的空气和环境，真是有理由的。我觉得，如果我们继续深入了解，一定会收集到更多关于环保的知识。从另一个角度看，我也更加明白外国人为什么如此质疑中国的卫生条件了。有些细节我们觉得理所当然，在外国人眼里就是匪夷所思的，这也是一种文化上的区别。

我们还看到了一个非常美丽的草坪，上面建了一些非常精美的建筑物，听说也是饭馆，但里面一个人都没有。很奇怪，这么美的地方，却一个人都没有——不但没有顾客，好像连工作人员也没有——不知道是什么原因。倒是有许多椅子静静地待在走道里，等待着光顾它们的人类，也证明着这里或许有过的鲜活。

在街头散步的时候，我一次又一次被当地建筑的精美所震撼，这里的每一栋房子都独具匠心，但又能跟整个环境浑然一体，毫不扎眼，这真是奇妙的人文景观。

再往前走，我们再一次来到了湖边。湖边也有很多建筑，主要是一些小亭子，还放了很多大石头，整个设计仍然是跟环境融为一体的，一点都不突兀，没有那种因人为而刻意的感觉。

起风了，湖水在晚风中泛着波澜。波浪一下一下拍打着岸边的礁石，发出轻轻的、好听的声音。虽然光线比较昏暗，但我们还是看到了湖面上的水鸭，它们悠闲地在湖里游来游去，就像游夜泳的人。远山上有残阳，天上的云已经从金红色变得像火焰一样通红。天空就像在燃烧。风吹过湖边的树林，树叶发出了轻轻的刷刷声，伴着湖水拍打礁石的声音、湖水一下一下涌动的声音，就像一首小夜曲。我们静静地聆听这大自然的天籁，忘了一切。

在这样的氛围中，小村显得更加幽静了。

浓浓的世外桃源的味道，让人很难相信这里属于纽约州。因为，在我们的印象中，纽约是个非常喧嚣的城市，充满了积极进取的气息，整个城市就像奔跑中的猛兽，浑身上下充满了用不完的力量，即使在夜里，它也睁着一双炯炯有神的眼睛，窥视着黑暗世界里的一动一静——这是我印象中的纽约。当然，那只能代表纽约州的一小部分，真正的纽约州很大，它还有更大的空间，还有更多的生活，都是我们不知道的。比如这里，它没有一点城市的感觉，充满了贴近自然之后的安详与宁静。或许，正是因为这样，它才会成为一个非常著名的旅游小镇。

漫步在清晨的乔治湖畔

写于2015年5月20日，美国乔治湖镇

早起禅修之后，我们出去跑步。外面很凉，我不得不披上毛毯。这条毛毯是一个朋友送给我的，原产地鄂尔多斯，是纯羊绒的，质量非常好。我本想把它转送给朋友，但最后还是打算自己用。这里的很多宾馆都没有被子，夜里冷了，我们只能盖毛毯之类的东西。那个时候，我就会盖上这条鄂尔多斯毛毯，它的质地非常柔软保暖，贴身盖着时，它能给我带来一份温暖。

街头时不时会出现几个骑自行车或跑步的人，令我惊讶的是，有些正在晨跑的女人穿得非常少，几乎半裸。天气这么冷，她们还穿得那么少，就算当地人不怕冷，也让我们觉得有点莫名其妙。她们的出现，让我想起了那些刚生完孩子就去游泳的西方女人。正是在这一点上，长得很像西方人的我，展示出了东方人的一面。

裸露的皮肤能感受到凉风的刺骨。现在已是初夏，天气竟然还这么冷，美国和中国真是太不一样了。

阳光穿过不厚的云层的缝隙，洒在远处的矮山上，山上半明半暗。这种景象，只有空气非常清澈、土地特别空旷的草原和山区才能见到。若不看周围的建筑，还有不多的几辆呼啸而过的汽车，我们真有一种回到甘南藏区的感觉。清晨的小镇很宁静，这一点也像极了人烟稀少的藏区。有几个瞬间，我想起了卓尼的车巴沟，虽然那儿的海拔和气候让我苍老了许多，但我还是很怀念在那儿闭关的大半年。

总的来说，这时的小镇上没什么人。许多小店都关着门，看不到已经开始营业的商店，只有几个清洁工在清扫路面。海鸟倒是很多，远远超过了此刻小镇上外出活动的人类。

到北美的这些日子以来，很多东西我们都能适应，唯有一件事让我们有点受不了，那就是轻易找不到热水。当地人似乎没有喝热水的习惯，宾馆里也没有备好烧水壶。有些酒店前台会有热水供应，但终究不方便。2009年我去法国考察的时候，人们就谈到了这一点，他们说西方人不喜欢喝热水，除了偶尔会喝一点咖啡之外，平时他们大多喝冷水。对习惯喝茶的我们来说，这实在是一种遗憾。到波士顿的时候，当地的华人朋友带我们去了一家华人超市，想在那里买一个烧水壶，但陈亦新嫌水壶大，坚决不让买，说不方便随身携带，我们就没有买。于是，这个选择带来的恶果就在今天显现出来了——早上他口渴得要命，到处找热水，却怎么都找不到，想找服务员帮忙，他们也不在。后来才知道，这里的服务员晚上都会回家，上午才来上班，我们找他们的时候，他们还没有上班。昨天晚上去超市买东西的时候，我们也没有找到水壶。所以，以后如果再出国旅游，我们一定要记住带上烧水壶，否则就有可能会喝不到热茶。当然，没有喝茶习惯的人可能无所谓，不过，多一种常识总是没有坏处的。

据说，这个小镇是因为乔治湖形成的，换句话说，乔治湖出名之后，人们就聚集到这里，对此处进行开发。于是，就有了很多度假村。乔治湖镇的面积还是挺大的，相当于国内的一个乡镇。但当地的住户不多，游人也不算太多。这里有很多私人度假屋，是一些富翁为了来这里度假买下的房子。他们一般不会久住，假期结束之后，就会回到忙碌的、纸醉金迷的城市生活之中。所以，它们非常寂寞。

我们慢慢地向乔治湖的方向走去。在朝阳的映照下，远处的乔治湖很美，晨风吹皱了湖水，湖面就像宝石一样闪光。时不时地，我们就会听到一阵鸟鸣，那是海鸟，它们不知道在交流什么信息呢？也许是“瞧，远处来了个大胡子和一个年轻人”“你说这个大胡子是俄罗斯人还是美国人”“我刚刚捕到一条鱼，喏，就在那个方向”……一笑。当然，它们的心灵世界或许不是那么简单，也许非常丰富，它们此刻有可能在谈论着生死的大问题呢，抑或在谈论着鸟类与自然、人类与鸟类的关系，还是生态问题？不知道，这些海鸟会不会像沙漠里的狐子那样拜月？如果在这里的深夜里，也会有鸟儿伫立在游艇的栏杆——或是树干上，充满敬畏地望着夜空中那一轮皎洁的明月，那景象该有多美？不过，这只是我的想象罢了。昨晚在湖边散步时，我们并没有见到拜月的海鸟，也不知道这个世界上会不会有一只拜月的海鸟。但我们愿意相信有。人总是愿意在心中保存一种美好的念想，哪怕这种念想在很多人眼中十分荒谬。

我们刚到湖边时，太阳只是从云缝里投下了一线光，当我们走到湖边的水泥路上时，阳光却已非常灿烂了。太阳完全地冲出云层的包围，在高空中放射出万道光明。

这么美的环境，人却这么少，这让我想起了一位朋友描述美国时说过的一句话："美国是好山好水好寂寞。"他的意思是，美国的自然风光非常美，建筑物也很美，就是人少。尤其在这个小镇上，如果你不懂英语，就真是个独鬼了，因为这里没什么华人，没有人能跟你交流。当时，我开玩笑地说，要不要在这里建个研究中心？大家都说，如果真在这里建研究中心，恐怕就只有我一个人待在这里了。

虽然是几句玩笑话，但仍然引起了我的深思。

我们的文化不该有太多的标签，应当像海鸟的叫声，像百灵鸟的叫声，或是像美好的音乐、像清风。因为，许多时候，当我们超越了诸多概念的限制，就会发现，标签是没有必然意义的，它不是必需的。有时，它甚至是一种拒绝别人的理由。比如，很多人会觉得我是信佛的，你是信基督的，我们不是一路人。诸如此类的说法和标签，把有着相同心灵需求的人，隔在了两个互不相干的世界里。偶尔，彼此也会好奇地互相探视，但心灵与心灵之间始终竖着一堵本不必存在的高墙。概念和标签让他们认定，彼此是两个世界的人。如果没有这些标签，用微笑面对整个世界，那么人与人之间就会简单很多，世界也会简单很多。世界本来就很简单，概念和标签都是人后来加上去的，扔掉它们，并不会影响我们的生存，也不会影响我们的生活。

就像这个小镇，其中有太多赏心悦目的建筑，而除了教堂之外，所有建筑物都没有给自己挂上某个牌子，说自己属于这个宗教，或是那个宗教。它们仅仅是存在，同时展示自己的美。就这么简单。那么，我们也不必用宗教标签来为这个小镇命名，不必称之为基督教小镇，或是什么什么教小镇。甚至，就算它不叫乔治湖小镇，而这片美丽的湖泊也不叫乔治湖，它们同样可以让我们陶醉。让我们陶醉的那个东西，才是最本质的东西。文化和宗教也是这样。

我们接触文化和宗教，跟此刻听海鸟的叫声一样，我们不需要知道它们属于什么品种，来自哪里，身上有多少根羽毛，更不需要知道它们是否信仰某个宗教，是否代表了某种文化。听音乐的时候也是如此，我们不知道耳边流淌的曲子是协奏曲还是奏鸣曲，不知道它的作曲家是哪个宗教的信徒，但我们仍然可以完完全全地感受到它的美。真正的文化也应该这样。

我觉得，在西方传播所有的中国传统文化，都应当摆脱一些标签的束缚，用真正的博爱的心灵去融入这个世界。许多时候，我们甚至不需要影响他们，只需要理解他们、关爱他们，在相视一笑中享受那点不能言明的默契。

景色真的很美，尤其是我一个人在水边漫步的时候——我的意思是，当我一个人的时候，我可以全身心地感受大自然中的一切，不用顾忌身边的人，不用跟他们聊天。就像此刻这样，倾听海鸟那种清脆而简单的叫声，感受微风送来的那点清爽，感受透明的空气。偶尔，抬起头看看远处的群山，欣赏它们在静默中释放的绿油油的生机，看看天上的云层。云层很庞大，颜色有点暗沉，像是大笔挥就的墨迹，但并不厚重，也没有遮蔽太阳和天空。阳光从云缝中射出，显得格外灿烂，也充满了力量。据说，到了深秋，这里的景色会更美，因为很多树木的叶子都会变红，那时，山上山下，就会出现红黄绿等各种颜色交融的美景，会有很多人特意来参观这景致。

几只白色水鸟安静地站在岸边的木栏杆上，昂着头，挺着饱满的胸膛，像极了电影里的管家。大自然中的一切，都以自己的方式开始着新的一天。

这里的大自然就像乔治湖，没有一点污染，没有一点杂质，透出一种纯粹和清澈，在无限的静寂中净化着人类的心灵。

虽然我们不懂英语，没有人为我们介绍，但我们还是被眼前的景象陶醉了。

我所说的“我们”，指的不仅仅是我和与我同行的朋友，还包括一些其他的生命。我总觉得，我不是自己在行走着，总能感觉到大自然中某种温馨的、无形的陪伴，甚至能触摸到它们此刻陶醉的心境。其实，我的叙述，也是在跟他们分享我的所得。

同行的几位朋友没有跟我们一起出来晨练，他们也许还沉醉在梦乡里吧，也可能是还在禅修。也很好。只是，外面的阳光如此灿烂，很多人却不肯走出自己的小屋，去感受这份灿烂和温暖，这让我觉得有些遗憾。

阳光真的很美。当然，我说的不只是物质层面的阳光，也是心里的阳光。

我们总是说“生活中不缺少美，只缺少发现美的眼睛”，这是对的。享受此刻美景的，除了水鸟，就只有我——还有陈亦新，陈亦新也出来了，但他没跟我一起，他正在远远的地方用手机录音。不知道他的感受是否和我一样，但我看得出，他也陶醉在眼前的美景之中了。

就在我们陶醉的当下，有一辆车慢慢地开过来，看起来像是一辆旅游车，上面坐着两个沉重的人——沉重的不是他们的神情，而是他们的身材。他们是那么胖，几乎像是两个圆滚滚的球——我不是在笑话他们，我是说真的。他们的胖，让我都有点担心了。

美国人民肥胖率很高，主要原因与自身收入有关，快餐的价格最便宜，想要吃健康食品需要更多的钱，并且，美国严厉禁止这些公开的歧视和玩笑，所以肥胖者的心理压力小了很多。我对陈亦新说，如果中国人长得这么胖，心脏真的受不了。

又走了一会儿，我们遇到了一对夫妻，他们在湖边遛狗。他们的狗据说是名犬，但非常奇怪，没有尾巴——准确地说，是它的尾巴被齐齐地割掉了。据说这是一种习俗。最早的时候，这种狗属于猎犬，总是跟着主人一起打猎，为了方便隐蔽，主人会把它的尾巴给割掉，一代一代人都这么做，于是就形成了传统，一直延续到今天。即使它们的主人不再打猎了，它们也逃不开被割掉尾巴的命运。

我非常想跟它照相，但不敢照，它实在太凶了。不知道那对夫妇为什么养一只那么凶的狗呢？不过，对别人凶，也许意味着对主人的忠诚，也许它总是在警惕陌生人，担心陌生人会对主人构成威胁。我见过很多这样的狗，它们面对进入房子的陌生人会狂吠，但面对主人时却像孩子一样温驯。这是狗的特征。比起对谁都摇尾乞怜的哈巴狗，我更喜欢这种狗，当然，我也喜欢那些对人非常友好的狗。每种狗都有它自己的特点，跟人类一样。

对于人为什么养狗，我们有过一个讨论。有人说，因为他们太孤独了，需要狗的陪伴，狗对主人的爱，会排遣他们在人群中感到的寂寞。也有人说，主人爱狗就会遛狗，遛狗的同时，他也是在锻炼身体，换句话说，养狗有助于人类养成锻炼身体的习惯。也许，这是养狗带来的最大的益处吧。但很多人都认为，养狗最主要的目的，就是排遣某种寂寞。我不清楚，因为我自己没有时间养狗，也没时间感到寂寞，但我仍然非常爱狗。

瞧，我的文章中又出现了大堆大堆的废话。不过，有些话看起来像废话，细细琢磨，却可以看出作者的个性特色。在文章中，这种废话被称为“闲笔”。很多文章都是这样聊出来的。比如梁实秋的文章，像《雅舍小品》之类的，还有汪曾祺对小吃的描写，以前看来，总觉得它们很无聊，但后来慢慢地从中品出了作者的真性情。文章也是这样，如果老是文以载道，文章就显得非常沉重了。所以，偶尔聊聊闲天、说说废话也挺好的。

人生本身就是一场场废话。表面看来，我们做的很多事情都是很有意义的，但意义其实是人赋予的。你觉得它有意义，它对你来说就有意义；你觉得它没有意义，它对你也就没有意义了。许多时候都是这样。人生最好的目的，其实是快乐。当然，我说的这种快乐不是及时行乐的快乐，也就是说，它不是欲望性的快乐，而是心灵明白后的、心能自主的快乐。欲望性的快乐非常非常像监狱，人在坐牢的时候，偶尔也会感觉到一点快乐——比如得到了一点好吃的，有个人突然对自己很好，自己突然受表扬了，等等——但这种快乐很快就会消失，他的本质还是一个囚徒。“囚徒”的意思，就是没有自由，他的自由和快乐永远在别人的控制之中。别人让你快乐，你就快乐；别人给你自由，你就自由。实际上，你永远都不自由。被欲望裹挟的人，跟坐牢的人是一样的，欲望就是控制他的那个“监狱管理员”，或者说，欲望就是监狱本身。明白人的快乐则像旅游，它是由你自己选择的，是主动的，是你能自主的。

其实，在老祖宗的说法中，一般的众生都在坐监狱，乘愿再来的菩萨则是来旅游的。前者的生活是痛苦的，是不自由的，其人格也是有缺陷的、不自由的；而后者的生活是完美的，人格也是完美的。

到了该吃早饭的时候，我们慢慢地走回了度假村。进屋之后，天色突然暗了一些，阳光似乎没有刚才那么灿烂了。我们看了看天空，发现太阳又躲进了云层之中，几乎完全被略显灰色的云层给遮蔽了。难道它是为了我们这一短暂的散步而露面的？真有意思。

今天是休闲的一天，吃过早饭，我们一起到湖边散步，照了些相片，然后去小镇上看看这里的风土人情、民众形态。在小镇的商店里，我们看到了很多有趣的小商品，这里的商品种类比国内要丰富很多，有很多国内见不到的小东西。在一间小店里，我发现了一顶牛仔帽，它是牛皮做的，非常漂亮。十多年前，我在朋友那儿见过这样的帽子，当时就很想买，但一直没有碰到。今天刚好碰到，而且不贵，我马上就买了下来。然后，我们又给清清买了一个漂亮的小背包，两岁的孩子背起来应该非常好看。

下午，朋友请我们去吃牛排，味道很好，但我总是觉得太贵了。朋友说这是当地人经常吃的食物，希望我们能试试看，所以我们还是接受了他的好意。

吃晚饭的时候，我们听到了一个好消息。温哥华有一家北京书店，那里竟然在出售我所有的作品。我的很多加拿大读者都是在那里买到书的。这对一个作家来说，是很有意思的事情。因为，当时国内的很多书店还不一定有我的专柜，甚至不一定有我的作品，而北美这块遥远而陌生的土地上，却有了我的全套作品，有了那么多认可我作品的人，还有人在网络上力推我的作品。真是奇怪。而且，据说北京书店是北美最大的书店。

或许，它也会成为文化传播方面的一个很好的缘起。

离开湖镇前的思考与总结

写于2015年5月21日，美国乔治湖镇

今天我们将会离开乔治湖镇，前往纽约。临行前，我们对美国文化的优势进行了一次总结。

我觉得，我们这次也是来取经的，有一种朝圣的味道。在我的一生中，有这种感觉的旅途，这是第三次。第一次是1997年去五台山朝圣，当时大概用了一个多月的时间，我们朝遍了五台山所有的寺院，在每个寺院里都发了大愿，那些大愿也都实现了。第二次朝圣是印度之旅，那次的旅途也很有意思，我觉得也得到了很多东西。虽然这次的西方之行和前两次有点不一样，但在我心中，它也有朝圣的味道。不过，我们不是在朝拜圣地，而是在朝拜一种普世性的、人类至善的精神，是对大善精神的一种认可。

我相信，在我所传承的文化上千年的历史中，这样的朝圣之旅是划时代的。因此，我们一路上都在观察、分析和总结，想找到在这个时代与时俱进地发展和传播文化的方法。

首先，我们发现，在西方，中国文化。根本就没有进入西方主流社会，更多的处于一种自娱自乐的状态，因为它没有介入西方人的生活，没有跟西方人形成交流和对话。这样一来，博大的东方文化就被困在了小圈子里，这是不对的。对文化的发展和传播来说，这也是不够的。

其次，我发现了组织架构对文化的重要性。当然，我说的组织架构，不是宗教组织那样的组织架构，而是说，在文化传播的过程中，我们应该有一种规划和布局。西方的基督教在兴起之前，主要是在民间有影响力，还构不成强大的社会影响力和文化冲击力。基督教强大的社会影响力，是借鉴了天主教的组织架构之后才开始形成的，最后，基督教才成了很多地方的国教。同样，藏传佛教中的很多教派所具有的影响力，也只是一种文化上的影响力，只有格鲁派具有社会影响力。格鲁派的组织结构就有点像天主教，它学习和借鉴了天主教的很多东西。

陈亦新说，一个地方的文化越是优秀，越是先进，这个地方的社会就越“富有”。对富有这个词，他之前的概念是人人都必须买豪车、买豪宅，否则就体现不出社会的进步和富有，但来到西方，真正地接触西方人之后，他的观点发生了变化：西方社会的先进，不在于老百姓的物质生活多么富有，也不在于人们的物质需求得到了多大的满足，而在于精神境界的进步。比如，他没来美国之前，曾经问过文韬，美国人会歧视华人吗？文韬告诉陈亦新，他不知道别的华人有没有受到歧视，但他没有。文韬说，因为大家都说美国有严重的种族歧视，会排斥华人，但当他来到美国之后，发现自己完全是多虑了，从第一天到西雅图，他就没有任何被歧视的感觉。

陈亦新和我也是这样，昨天我们出去的时候，很多当地人都望着我们，朝我们微笑，然后愉快地跟我们说“Morning”——不只当地人，在这里，任何国籍的人对待别人都非常友好。我们昨天去过一个印度人的小店，那里的店员也是这样向我们问好的。在我们看来，这是美国文化最优秀的地方——它影响了人的生活，这才是真正的文化。

同行的朋友也有相同的感觉，他还觉得，在美国他没有感受到被歧视，但是在国内却发现了很多地域歧视的现象。陈亦新也有这种感觉，他说，有的人不仅看不起其他地域，也看不起自己人。

同行者说，英国的贵族文化就有等级之分，但美国人是平等的，他还谈到了美国的科技，美国科技始终走在世界前列，他很想知道其背后的源动力是什么。我告诉他，美国人信奉多维的实用主义哲学，这是美国的哲学基础。但他们的实用主义跟中国人的实用主义不一样，美国人的实用主义是不要花哨的、表面化的、作秀的东西，因此是直接、简洁、朴素、实用的，它没有中国文化中那种修饰性的东西，因此能用于改变社会。美国人面对世界时，运用的就是这种实用主义哲学。苹果手机、麦当劳、迪士尼、肯德基和好莱坞都是实用主义哲学的产物，其特点是，目标非常清晰，能迅速选择最好的捷径。而他们的捷径，就是复制。美国人的脑力思维重心就侧重于复制，这是他们成功的一个非常重要的原因。无论是传销、营销还是餐饮，其运营思路都有这样的特征。他们只要开发和发现了一种成功的模式，就会马上进行复制。他们不追求个性化，或者说他们追求一种大的个性化，也就是一种大的文化模式，而不去追求一些鸡零狗碎的小东西、小模式。很多时候，我们认为的一些个性化的追求，其实是一种机心，在实现这种机心的过程中，会出现过多的摩擦和消耗，美国文化侧重于将消耗减少到最低的程度。

这是美国人介入世界的方式，美国人的宗教文化也有实用主义哲学的特色，它同样是简洁、直接、朴素、实用的，因此美国人的宗教文化是针对自己的素质和心灵的，也是完全生活化的。这是他们的宗教文化和我们的宗教文化很大的区别。因为，中国人的宗教文化大多停留在讲的层面，是用来改变别人、表演给别人看、实现自己的某种目的的，而美国人的宗教则直接作用于生活、作用于改变自己本身。实践大手印文化也需要复制这种方法，让它直接作用于每个人自己的心灵。

我们还谈到了《西游记》，并且对唐三藏为什么能取到真经进行了分析。要知道，朝圣、取经的人很多，但并不是所有人都能取到真经的。我认为，要是没有唐三藏，孙悟空、猪八戒、沙和尚和白龙马是不可能取到真经的。因为，取经最重要的是智慧和慈悲，在《西游记》的取经团队中，只有唐三藏同时具备了智慧的正见、包容一切的慈悲和坚定的意志。换句话说，他既有包容性和方向性，也有一种百折不挠的坚定性。许多时候，一个团队的领导者未必是最优秀的，但他必须是最包容的。哪怕他的包容有时会示现为一种软弱，也仍然是在包容——要知道，有时的软弱并不是真正的软弱，而是一种忍辱的大智慧——这是取经团队必需的，也是唐三藏的团队取得真经的一个重要原因。所以，唐三藏的成功，实质上给我们带来了一个很大的启迪，值得我们好好地反思。

而且，唐三藏还有一个很有意思的特点，就是只负责方向，不管很多具体的东西。就是说，如何达成这个大方向，他全都交给孙悟空、猪八戒跟沙和尚去完成，他不管具体的术的问题。当然，在整个团队中，猪八戒显得有些弱，但他的形象其实很有意思。因为，他既代表了人性，也代表了猪性——也就是人性中的动物性、欲望性——我们经常做一个假设：如果取经团队中没有猪八戒，会怎么样？得出的结论是：如果没有猪八戒，旅途就会失去很多乐趣。其实人生也是这样，人性对人来说是必要的，但要想实现一个大的目标和方向，比如取经这样的目标，就必须用一种智慧、慈悲和坚定来观照人性。否则，人是不可能成功的。所以，人性的、动物性的东西，其实是生命中的一种点缀，而人生也罢，事业也罢，此行也罢，关键都在于把握一种方向性的东西。

讨论结束之后，同行的伙伴们都去收拾行装，准备离开乔治湖镇。趁他们还没有收拾完，我们再次漫步到度假村的小岛上，欣赏乔治湖的风光。

已是正午时分，太阳很高，但天上的云很多，时不时就会遮住太阳。有时，我们会在远山上看到太阳，这景象让我想起小时候看到的“日头爷串庄子”。那时，我生活在西部的一个小村里，仰望天空是我最喜爱的娱乐之一。我常看到日头爷串庄子，它一下在那里的天上出现，一下在这里的天上出现。很有意思。离开家乡这么多年，这种景象已经看不到了。此时，我有一种说不清的、浓浓的感觉，可以说是思念，但一切在我心中，却显得遥远而清晰。或许，你也可以称之为乡愁。

微风从湖面方扑了过来，天气非常凉爽。时不时有外国友人迎面走来，向我们友好地点头。自从来到西方，我们一直遇到这样的事情，因此早就见怪不怪了，但每一次遇到，都会觉得很有意思，也对这种文化非常有好感。我们国家不是有一句老话吗？“伸手不打笑脸人”，可见微笑的力量。

阳光很好，沐浴在这样的阳光中观赏湖面风光，给了我们一种灿烂美好的心情。我觉得，人世间只要有阳光、有空气、有水，我们就没有理由不开心。很多不开心，其实都源于一种无明，也就是不明白。幸福的人生，有时并不来源于际遇，而来源于点点滴滴的明白。

美国作家梭罗在《瓦尔登湖》中谈到，几十美金就可以让他生活一年。他的意思是，想要生存，其实没有我们想象的那么难。很多时候，生存的艰难，是人类对自己的一种催眠，这种催眠让人变得不快乐、不幸福、充满了压力。而世界的真相是，人类只需要满足一点非常简单的条件，就可以生活得很幸福。许多时候，我们所认为的发展和进步，其实是一种贪婪，这种贪婪直接导致了人类欲望的膨胀。

普希金写过一个叫作《渔夫和金鱼》的故事，故事中有个老太太，她本来非常幸福，每天都等着丈夫捕鱼回来，然后用仅有的木盆杀鱼、熬上一锅鱼汤。这时，她活得非常快乐，也很知足。谁知道某一天丈夫救了一条神奇的金鱼，金鱼为了感谢渔夫，答应实现他所有的愿望。老太太看到了生活的另一种可能性，于是欲望开始膨胀，总想得到更多的东西，最后，她没有得到任何满足和快乐，反而变得痛苦不堪，失去了自己原有的那些东西——她的快乐和知足。这就是一种巨大的愚昧。其实，很多人都是这个老太太，他们的生命中并没有出现神奇的金鱼，也没有神仙能满足他们的欲望，但他们看到别人的生活，看到别人得到的那些东西，却生起了贪心，最初羡慕，进而嫉妒，最后仇恨。佛陀的堂哥提婆达多就是一个典型的例子。他出身于皇族，比很多人都要优秀，却偏偏有着一颗充满了贪婪和愤怒的心，他一辈子不干别的，专门跟佛陀较劲，认为佛陀在掠夺自己本能拥有的一切，认为佛陀的存在使自己不优秀、使自己丢尽脸面和各种利益，因此一辈子都得不到快乐和幸福。在这个世界上，有多少提婆达多这样的人？也许，很多人不会像提婆达多跟佛陀作对那样，做一些伤害自己嫉妒之人的事情，但这丝毫不会减少他所承受的痛苦。痛苦虽然以外在的形式出现，看起来像是别人带给自己的，但根源永远是自己。当我们平静下来，回想自己的过往，就会发现这个秘密。

没过多久，伙伴们打电话来，说他们已经准备好了。于是我们回到房间，拿上自己的行李，去办理退房手续。值得一提的是，这一路上，无论在美国还是加拿大，无论是大旅馆还是小旅馆，都给旅客们提供了最大的方便：入住时不用交任何押金，只要刷一下信用卡就可以了；退房时，旅馆也不去检查客人的房间，客人只要交出钥匙，就可以离开。这一点跟国内不一样，在国内的任何旅馆，退房时服务员都要首先检查房间，看看有没有什么东西丢失或损坏，然后才会帮你办理退房手续。当然，这是无可厚非的，我们也一直觉得应该这样，但北美的旅馆却不是这样，这成为了我们此行发现的非常重要的细节之一。

不过，这个区别也跟国情有关，北美的一切都与信用卡挂勾，信用度对公民非常重要，你入住时刷了信用卡，如果你拿了旅馆的东西，或是损坏了旅馆的东西，却没有在退房时说明，并进行赔偿，你的信用度就会降低，在北美的任何领域，甚至在找工作的时候，你都会因此而遇到障碍。所以，北美一带的人们早就养成了诚信的习惯，即使入住的不是旅馆，而是民宅，如果给房主造成了损失，他们也会主动地告知和赔偿。相应的，旅馆也会给客人提供最大的方便，即使你交了房款才觉得房子不合适，想退房，旅馆也不会为难你，随时会把剩余的房款还给你，而且他们不会觉得你不对。在这一点上，国内的旅馆也跟北美不一样，在国内，只要你交了房款，哪怕觉得房子不合适，不想继续住在里面，旅馆也不会退钱给你，最多帮你调换房间。这些看似很小的细节，其实体现了当地服务的人性化，这是西方文化的一个重要特点，让我们觉得非常温暖，也给我们留下了极深的印象。

至今为止，北美给我们的感觉一直很好，我们得到了很多启迪，也发现了很多值得借鉴甚至复制的东西，真是不虚此行。

宗教文化在美观状

写于2015年5月21日，美国纽约州

离开乔治湖之后，我们来到了噶玛三乘法轮中心——KTD，它由大宝法王建立，是噶玛噶举在北美的根本道场，也是噶玛噶举在北美最大的道场。它的所在地有点偏远，在距离纽约市大概六个小时路程的一个山湾里，朋友说，那里是乡下中的乡下。

大概下午两点多，我们到达了目的地，这里有着鲜明的藏传佛教的风格，比起藏地的寺院，它的规模不算很大，仅仅相当于中小型的汉地寺院，但在这里已算很大了。它建立的缘起，是第十六世噶玛巴1974年对美国的造访。听说，十六世噶玛巴来到美国之后，发现了藏传佛教在西方弘法的因缘，于是开始在此地建立道场。那时，他没有钱，身边也没什么人，只有一个侍者。直到1977年，他接受了一位居士供养的土地，然后在原有基础上慢慢地建设，大概用了十年，才终于有了这个道场。从此，藏传佛教在北美的局面就不一样了。十六世噶玛巴离开美国之后，由其他僧人继续建设这个道场，他们可以说是一砖一瓦地建起了大宝法王在北美的主座。

这个中心大约有几十间平房，其中有一个相对较大的经堂，可以容纳一百多人。经堂上面有一个法座，供着噶玛巴童年时代的照片。前不久，噶玛巴来到这里讲法时，就坐在这个法座上面。经堂后面还有几间卧室，里面的陈设类似于汉地旅馆的标准间，每个房间有两个床位，也有一些基本的设施。

这里有图书馆，但藏书不太丰富，西方的藏书多一些。还有一个小型书店，卖一些藏文书籍和英文书籍。

以前，我们听说噶玛噶举会搞一些闭关培训，一年收费六万美金，报名的人很多，不知道这里有没有那样的培训。从这里提供的资料之中，我们倒是看到了很多外国老师的信息。

这里有一种培训机构的味道，据说目前有十二个工作人员，以志愿者的身份打理道场的事务——奇怪的是，我们看到的工作人员大多是西方人，几乎没有汉人或藏人，也没有喇嘛，不知道是什么原因——我们还听说，这里的志愿者有美国政府规定的最低工资。

KTD的总监是一位叫安妮的西方女子。见到我们的时候，她邀请我们到他们的餐厅去喝茶。他们的餐厅相当于接待处，空间不算太大，但很是干净整洁，还备有各种各样的茶叶。在这里，我们跟安妮聊了一会儿，她向我们简单介绍了这里的一些情况，还告诉我们，她是1997年来到这里的，但信仰佛教是四年前的事情。

虽说这里是噶玛噶举在北美最大的道场，但这次来，我们没有见到多少人，也许其影响力不如我们想象或期待的那么大，当然，也许我们正好赶上了人少的时候。不管原因如何，能在这块土地上见到有着中国元素或藏文化元素的、标志性的建筑，我们仍然感到非常欣慰。何况，这里是噶玛噶举在北美的根本道场，这意味着藏传佛教文化走出了国门。因此，我们非常随喜十六世噶玛巴，他的努力，让藏传佛教文化在北美大地上迈出了非常重要的一步。我们祝福他们，希望这个中心能利益更多的人。

但是，此行仍然引起了我们的一些思考。

据说，大宝法王在中国的一些地方有一定的影响力，但是，在北美地区，他的影响力似乎没有我们想象的那么大。那么，假如天主教的教皇来到中国，会有多大的影响力？会有多少人来迎接他、拜见他？可能会很多。由此，我们可以看出中国文化大师与西方文化大师在影响力上的差距——几乎可以说，前者根本构不成跟后者对等的影响力。因为，哪怕中国文化中一些影响非常大的文化人物到达西方，似乎也不会引起多大的轰动效应，至少不如我们想象的那么大。有时，他们的影响还不如一个明星。

在这里，中国文化仍然给人一种孤岛的感觉。

也许，比起传统的传播模式，秋阳创巴仁波切曾经的那种前卫——甚至出位——的传播模式更适合西方吧。其特点，就是完全融入西方人当时的生活、西方人当时的文化、西方人当时的语言环境，他甚至会以嬉皮士之类的形象出现，在讲座上表演喝醉酒、娶老婆，还会要求弟子们在重要场合穿套装打领带——这只是一点小小的细节，从这些细节之中，你就会感受到他对西方文化的随顺。这种随顺让他有了影响更多的西方人、将佛教文化传播到西方的可能性。

一路上，我们都在讨论和寻找传播的多种可能性。因为，走的地方越多，我们就越是认识到一个现实：沿用传统的方式传播，并不适合当下的这个世界，假如不去改变它，不去开辟一条全新的路子——也可以在复制的基础上开辟——包括佛家文化在内的中国文化是很难真正地走向世界，被世界所熟悉和认可的。

不过，中国向西方世界输送自己的文化时，有一些方式还是很值得借鉴和关注的，比如华为向西方传播的模式。我很注意华为的传播模式，甚至专门研究过它。我发现，华为进入西方世界的战略，有点像毛泽东的“农村包围城市”。比如，它会首先进入一些小国家——比如非洲的一些小国——赢得很大的市场份额之后，再进入欧洲的一些大国。它的发展势头非常强劲，以至于在一些西方国家引起了巨大的“恐慌”。我觉得，华为的这种强势很值得我们思考。

朋友提出了一个新思路，就是在美国买一块地，允许志同道合的人在这里盖自己的房子。我们甚至可以成立一个集团公司，发展房地产开发业务等，以这个公司为依托，让国内的朋友以投资移民的方式在这里修房子。如果真的这么做，不到几年，这一带就可以形成一个很大的文化中心——或者说文化基地。不过，这只是一种设想而已，或者说，是关于传播的诸多可能性中的一种。但我们必须明白，依托现代公司模式运营，是很可能得到成功的——当然，我指的是文化在影响力方面的成功。

在这种眼光的观照下，我们再来看少林寺在澳大利亚的发展，就会觉得它还是有过人之处的。我们必须明白，经济基础决定了上层建筑，如果少林寺也像十六世噶玛巴70年代初期在北美那样创业的话，他们不知道要经历多少艰难困苦，甚至不知道有没有可能成功。因此，少林寺目前这种财大气粗的传播，我觉得还是要随喜。毕竟人家让佛家文化走出国门了。我们需要少林文化那样的胸怀和眼光，需要在传播上有一种与时俱进的态度。华为能在国际上取得成功，跟它的顺世和与时俱进就有巨大的关系。所以，我觉得，与其人云亦云、不负责任地诽谤他人，不如从少林文化的传播中汲取营养。

考察结束之后，我们离开了噶玛三乘法轮中心。再之后，我收到了安妮的电子邮件。邮件的内容很简单，但我还是从中感觉到一种再次会面的缘分。也许，不久之后，我们还会造访噶玛巴在北美的这所道场吧。希望，将来再次踏上这块土地的时候，这所道场在当地已经拥有了更大的影响力。

有很多“洋喇嘛”的文化中心

写于2015年5月21日，美国纽约州

朋友说，在距离噶玛巴根本道场一个多小时车程的地方，有一个香巴噶举的道场，我们打算过去看一下。

道场所在的小镇有点像乔治湖镇，但它好像不是度假区，而是一个寻常的美国小镇。当地民居都是一些独特的小别墅，很多人家门口也挂着美国国旗。

道场建在一座山上，我们一边往山上走，一边欣赏周围的风光。

这里的树很多，植被非常完整，很多房屋坐落在绿树中间，也是一些精美的小别墅。而且这里种了很多竹子，竹子透出浓浓的东方韵味，让我们非常惊喜，甚至产生了一种他乡遇故知般的亲切感。山中的环境非常好，这个道场比噶玛巴的根本道场要美很多，但是这样的选址其实不算太好，因为太过偏僻。之所以当初选在这个地方建立道场，好像是沿用了传统的思维和理念。

虽然主体建筑是带点西方色彩的居住型房屋，但这里很有藏传佛教的气息，周边有很多藏区草原才有的那种帐篷——里面有很大的空间，放上桌子就可以吃饭——还建了舍利塔，不知道塔里供奉着谁的舍利。舍利塔的下层有一个比较大的房间，可以容纳二十多人在里面修行，还塑了两尊佛像，一尊是释迦牟尼像，另一尊是莲花生大师像。我们进去的时候，有一位年轻人正在诵经，看起来像是汉人。不远处还有一座类似于大经堂的建筑物，但还没有完工，说明，这里也开始兴盛起来了。

走到道场门口时，我们看到了一个很有意思的老太太，她非常苍白瘦弱，有点像科学家霍金，正懒洋洋地坐在门口看书。旁边有人跟她说话，问她“Would you like some tea?”，她却没有任何反应，不是看书，就是在书上疯狂地画着黑杠。她的书上画了很多黑杠，不知道她为什么要这样，也不知道她到底是听不懂别人的话，还是有些耳聋。

继续往前走，我们遇到了一个外国喇嘛，看她走路的姿势，我们觉得她应该是一位女喇嘛，但不能肯定。直到她走到我们跟前，我们才看清了她的长相——她果然是一位女性，长着高鼻梁、大眼睛，是一位典型的西方女子。她是我们在北美大地上见到的第一位穿着喇嘛服的人，而且还是一位外国女喇嘛，很有意思。她的出现，一下就把我们拉进了藏传佛教的氛围之中。

再往前走，我们又见到了很多“洋喇嘛”，在北美，“洋喇嘛”应该是很少见的，想不到这里却有不少。可见，这个道场很接地气，甚至比噶玛巴的根本道场更有人气，小镇上的很多外国人也许都接受了藏传佛教。

有几个女洋喇嘛在外面聊天，我们就跟她们交流了一下，她们对我们非常友好，还告诉了我们一些道场的情况。据说，这里有非常好的禅修传统，已经举办了八次三年三个月三天的闭关。这个闭关中心分为男众道场和女众道场两部分，分给每个人大约八平方米的空间，其中包括佛堂、卫生间和做大礼拜的地方。关房里没有床，只有垫子，闭关者平时都坐在垫子上，累了只能在墙边靠一下。来这里闭关的人，就是这样度过三年三个月又三天的，非常艰苦，也很值得敬佩，只是不知道他们在这三年多里修些什么法？听说，每当有人出关，寺院就会举办庆贺活动，很多修行人都会参加。今天刚好有十二位修行者出关，其中有七位女士和五位男士，除了三个中国人（两女一男），其余的都是外国人。上午，寺院为他们举办了大型庆贺活动，大约来了四百多人，其中仍然以外国人居多。

来到这里之前，我们听说这里是香巴噶举道场，到了这里之后，我们却很少看到有关香巴噶举的信息，据说这里有很多种教法。问到这里的喇嘛知不知道五大金刚法，他们好像也不太清楚。从内部资料上看，他们修的似乎是大黑天法——也就是玛哈嘎拉法和金刚亥母法。

我们还想跟住持喇嘛谈一谈，但住持喇嘛正在会客，于是我们只好预约，希望在他吃完晚饭后跟他交流一下。他答应了，说自己会在下午六点出来吃饭，于是我们继续跟外面的喇嘛交流。

这里有一位年轻的喇嘛来自青海玉树，他的汉语不是很好，我们只能进行非常简单的交流，但他英文非常流利。据说他是住持喇嘛的亲戚，来这儿已经有十年了。我问他修的是不是香巴噶举的教法，他也说不是。非常奇怪。

在别处吃过晚饭之后，我们参观了这里的餐厅，那位青海喇嘛给我们每人拿了一杯酸奶，然后简单介绍了一下餐厅的情况。这个餐厅比较大，可以容纳八九十人。而且，这里提供的似乎大多是西餐，在这里吃饭的人有百分之九十以上都是外国人。我们只见到三个中国人，他们也都是在用刀叉的形式吃饭。

晚餐结束之后，我们如约见到了住持喇嘛。住持喇嘛把我们带进一个房间，专门在那里跟我们聊天。他进行了简单的自我介绍，随行的翻译也准备介绍一下我的身份。我告诉翻译，不要提我的修行身份，只说我是个作家就行。这是一位喇嘛朋友告诉我的。有一次，我去藏地采访，那位喇嘛朋友专门提醒我，让我一定不要提到自己的修行背景，更不要提到我在修行上的证悟，只能告诉他们自己是个作家。因为，绝大部分喇嘛都欢迎作家，不太欢迎很好的修行人。在他们眼里，大修行人是他们的竞争对手，作家却是他们潜在的施主。这个提醒实在太有智慧了，不管在藏地还是北美，只要我不谈自己的修为，只说自己是个作家，就能跟喇嘛们谈得比较融洽。如果我们说自己是修行人，他们心里就有可能会觉得不舒服。虽然他们建立道场也是为了传播文化，但有些心胸不大的人，经常会把跟自己背景差不多的人当成对手，这已经成了佛教界的一种惯例。无论在僧人和僧人之间，还是修行人和修行人之间，甚至在一些所谓的上师之间，都会出现这种情况。所以，为了不让对方觉得不舒服，更为了避免一些不必要的摩擦和障碍，我们不打算透露自己在文化方面的任何背景。

正在交谈的时候，有个喇嘛给我们送来了一份资料，我们看了之后，不由对这个寺院有点失望。因为，那份资料实际上是一份“供养指南”，比如供奉一个牌位要多少钱，买一颗喇嘛加持过的念珠要多少钱等。换句话说，他们把信仰变成了一个个收钱的“项目”。当然，他们也许是想用这种方式来传播，不一定真的为了收钱，但同行者无法接受这种宣传方式，认为这种策划的层次比较低。在国内的很多寺院里，我们都见过类似的做法，没想到国外的藏传佛教寺院也出现了这种现象。对于这种传播方式、经营方式和文化层次，我感到有些遗憾。

其实，任何当代人都知道，信仰一旦变成明码标价的商品，就立刻贬值了。这个道场经营了四十年，虽然有了一些人气，但规模并不算很大，也许就跟他们的不懂经营有关。真正的经营不是将信仰变成敛财手段，而是依托一些更适合这个时代的方式，更好地展示自己承载的文化。我所说的“不懂经营”，就是他们用信仰来赚钱，这样很容易让人质疑信仰本身。所以，即使他们在当地已经有了一定的人气，我也仍然觉得不该这么做。这不是一种能够被当代人普遍认可的传播方式。西方曾经出现过购买赎罪卷的事情，后来成了基督教的一桩丑闻，佛教如果追求功德或某些东西，同样会被世人所诟病。

相对来说，我更认可培训的形式，这种方式符合现代的经营理念，容易被人理解。而且，培训项目也可以赚钱，用培训赚来的钱做事是无可厚非的，根本不用贩卖和践踏自己的信仰。所以，后者或许更适合这个时代。

不过，只要建立了寺院，就很容易出现这样的问题，这跟寺院的体制有关。寺院基本上是独立的，不像天主教——天主教有完善的组织架构，将全世界的教堂划成若干个教区，由教皇来管理，各个教区的主教和神职人员可以调来调去，有点像中央组织部在各地选派干部，这样一来，教职人员就不可能把教堂作为私有财产了。德国社会学家马克斯·韦伯在一部著作中说过，寺院的出现直接影响了佛教的传播。因为，寺院和寺院之间容易形成竞争关系，很多僧人又把寺院作为庙产和私产，拒绝一种更大的包容，这样的寺院一多，佛教内部就出现了很多内耗，严重影响了佛教的传播。在仔细的观察之后，我觉得马克斯·韦伯说得很有道理，而且，正是因为僧人容易把寺院当作私产，才会导致一些低层次“经营方式”的出现。

当然，我们不是否定这间寺院，这里也有它很好的一面，那就是在实修方面抓得很紧。然而，如果没有正确的见地作为指引，实修就只是在浪费时间。我们希望这里不是这样，并且默默地祝福它，希望它成为一个真正传播智慧和真理的道场。

夜色中的思考

写于2015年5月21日，美国纽约州

考察大波士顿地区的时候，哈佛大学给我们留下了很深的印象，直到今天，我们仍然很想在哈佛大学附近买一块地，建立一个文化中心。今天下午，一位波士顿朋友的来信又让我们想起了这个心愿。

这位朋友发来了一些资料，告诉我们，距离哈佛大学半小时车程的地方有一些教堂在出售。他认为，买一座教堂来建立文化中心是个很好的主意，于是搜集了很多这方面的资料。我们看了他提供的信息，有些教堂要六十九万美金左右，有些教堂要一百五十万美金，大概都是两三百平方米。但是，因为我们目前还在考察阶段，很多东西都没有落实，所以没有决定是否在波士顿买地，仅仅是简单了解了一下这方面的情况。不过，在将来的文化传播事业中，波士顿肯定是我们必须占据的制高点，我们必须在那里买一块地，建立一座文化中心，因为那里有哈佛大学。

结束了一整天的考察之后，我和陈亦新再一次漫步在小镇的街道上，我们想看一看，这里能不能给我们一些惊喜。

晚上的风不大，但很凉，时不时有车呼啸而过，在我们身旁带起一阵风。到处都是草地，但没有乔治镇那么美，看起来很像是荒草。这个小镇很冷清，也很整洁，和其他的很多美国小镇一样。而且，小镇上的人那么少，却仍然有很多商品在出售，这似乎也是美国的一个特点。

夜气飘来荡去，我们就像飘在大洋上空的一片落叶。我不知道我们的这种漫游或思考有什么实际的意义，但我们仍然在讨论、在探索、在漫游、在思考。当我们穿越北美，考察一个个文化中心，感受这片土地上的信仰氛围时，我们发现了太多中国文化需要反思的东西。经济基础才能决定上层建筑，我们不能怪西方世界不接纳、不认可我们的文化，要知道，这一切的前提是中国经济走在世界前沿。

出来之前，我看过很多藏传佛教在西方世界传播的资料，里面谈到一些影响很大或稍微有些影响的文化，我们这次来，却发现它们仍然有着很大的局限性。目前，佛教中不同的寺院和教派都有自己的传播方式，但总体来说，整个佛教界仍然在一个小圈子里自娱自乐。如果不能与时俱进，他们就只能浮在西方世界的上空，西方人永远不会真正地认识佛家文化，佛家文化也无法为西方人的生活带来什么益处。沿用过去的模式，我们永远不能跟西方世界形成对等的交流和对话。

今天下午造访的寺院虽然已经开始影响西方人了，我们在那里见到了很多洋喇嘛，但遗憾的是那里的文化层次还是低了一些。从他们的宣传资料之中，我们就能明显感觉到这一点。听说，在过去的藏区，人们骂不学习的人时，总会说："你这个噶举派。"大概是因为一些噶举派的大德、成就者连藏文都不会写，文法也不懂。于是，在当地人眼中，没有文化便成了噶举派的标志。这种观点当然有些偏激，因为并不是所有噶举派的行者都没有文化，但文化层次确实会影响传播的模式和效果，这是客观事实。

最简单的例子，就是有一定文化层次的人不会贩卖信仰。他们会明码实价地进行文化教育培训，将文化通过培训的方式传播出去，就像西方的一些培训机构一样。这已经成为这个时代企业化经营的一个重要项目和方向了。

当然，我们在北美也看到了一些好的传播模式。谈上师的道场就给人一种欣欣向荣的感觉，因为他们有高端的文化。这是值得我们学习的。在自我修养和学术方面，谈上师的北美汉藏佛学研究会也给我们做出了表率。尤其在待人接物、完善自己等方面，他们给了我们一种巨大的震撼。大觉多伦多中心也很好，在影响世界方面，他们给我们提供了一种很好的模式。他们直接接触社会，直接参与社会，直接影响社会，有一种非常完善而规范的模式。他们的部门设置、教育体系设计，还有光复大地的理念，都非常好。

这次的北美之行，让我们再一次对台湾僧人充满了敬意。台湾僧人代表了佛教积极向上的部分，他们对人间的关照、对未来的规划，以及整体的品味，都远远超过了大陆——包括藏地的僧人。无论星云大师、慈济的证严法师，还是我们这次看到的日常老和尚的团队，都显示出了一种文化上的优势。从他们的身上，我们看到了大陆——包括藏地僧人有待加强的东西。虽然大陆有很多非常优秀的人，但他们在看世界的眼光上似乎还是远远不如台湾的法师，仍然存在着一种固步自封的东西，这是我们必须正视的。许多时候，两者在观念上的差距甚至不是一两年，而是几乎有半个世纪，甚至一个世纪。因为，日常老和尚已经在加拿大的爱德华王子岛上建立了农场、寺院、教育中心并且还在倡导绿色文化和环保等，也已做出了一定的成绩。他走的这条路子，实际上代表了未来的一种方向，而且是一种非常先进的方向，他非常值得我们敬佩。

而最令我们敬畏的是，日常老和尚于1999年圆寂，至今已有十六年了，但他们的事业仍然越做越大，影响力也越来越大，可见，他的文化和理念确实被弟子们传承了下去，而且贯穿始终，成为了属于他们的、适合时代发展的一套思想和体系。而不是像大陆的很多僧人那样，一味延续千年来佛教的传统。我不断强调这一点，就是希望更多人能深刻地认识到，如果不对佛家文化进行一种革新，世界是不会在乎佛教的。

我们要从香巴噶举的创派祖师琼波浪觉身上汲取一些教训。因为，他住世的时候有十八万弟子，但这样的影响力却并没有延续多久，他圆寂之后，用不了几代，香巴噶举的影响力就几乎消失了。为什么？因为，香巴噶举没有建立严密的传播体系，没有系统化。在西方考察的这段日子里，我明显感到了佛家文化在传播模式的系统化方面做得远远不够。比如，只要你没有形成一种能够自动提供动力的造血系统，就根本构不成一种强势的文化。这就是天主教、基督教、犹太教和伊斯兰教的优势之一。

还有一点是，在西方世界，最好的传播实际上是一种综合性的传播，也就是说，它不是局限于某个领域，而是像一种基因那样，延伸到不同领域之中。我们可以想象一下，如果将今天这个噶举派寺院的实修与培训相结合，同时参照大觉多伦多中心那样，将影响力辐射到社区，并且像少林寺那样招商引资、像谈上师那样进行高端学术研讨，佛教文化传播会出现什么样的局面？

我们的思绪就像今晚的夜气，在不断向四面八方延展。在各种局限和困境之中，我们隐约看到了更多的可能性和更大的发展空间。这让我们有些兴奋。夜风真的很凉，它就像无形的冷水那样，不断拂过我们裸露的肌肤，我似乎有些着凉了。但没关系，我们的思想是火热的，我们的探讨和追索也是火热的。对一颗充满了理想、有着坚定方向的心灵来说，冰冷的空气，或一时的困境，都不过是一种点缀，它反而会衬托出旅途的精彩。

行万里路实在太必要了，只有走出来，看看更加广阔的世界，看看更多的存在，我们的思路才会越来越清晰。在西方世界传播中国文化，必须拥有一种清晰的思路，而拥有这种思路的关键，就在于交流和沟通。任何一种自娱自乐的东西都必然有着巨大的局限性。

此刻，我们正行走在一条主干道旁边，不断有汽车呼啸而过。有趣的是，我们在很多小卖部旁都看到了加油站，却看不到专门的工作人员，来往的司机都在自己加油，估计仍然是在使用信用卡付款吧。看来当地人都非常自觉。听说，这里基本上没什么违规车辆。美国真是一个有秩序的国家，无论在哪个方面，你都可以明显地感觉到这一点。

美国还有一点很让我们欣赏的，就是当地人非常有教养。除了前面说过的，在这里，迎面而来的人都会向你微笑，友好地跟你打招呼，说“Morning”或是“Hello”，如果你的脸上流露出寻找某种东西的神色，他们还会主动地向你走来，问询你是否需要帮忙。这所有的细节都显示出一种教养，很值得我们学习。

虽然国际上对美国有各种评论，国内也有一些不一定认可美国的声音，但来到美国的这段日子以来，我们确实得到了很多启迪。一个国家能在这么短的时间内发展到这个水平，绝对不是偶然的。

我们再次感叹道，这次来北美，真是不虚此行。

新的一天从难忘的早餐开始

写于2015年5月22日，美国特拉华州

早上仍然五点起床，然后我带着陈亦新禅修。刚修完一座，暖融融的阳光就透过窗子跑进了屋里。看来，今天又是一个灿烂的晴天。

远处有车声传来，听得出人们已经开始了新一天忙碌的生活。我们在他们的生活之外观察他们，就像一个非常用心的观众。因为保持了一定的距离，我们的旁观自在而惬意。

因为时间还早，我和陈亦新没等同行的朋友，便直接去酒店的餐厅里吃早餐。通过点餐，陈亦新刚好可以测试下一他蹩脚的英语。结果，我们本以为自己点了一顿很丰盛的早餐，上来才发现只是两盘沙拉，每盘沙拉里有几片菜叶子，还有一些炒蛋和四片面包。看起来不太美味，陈亦新就拿来了一瓶“番茄酱”，想把简单的早餐加工一下，让它更加美味。他首先往沙拉里倒了很多，然后在面包上涂了厚厚的一层，然后咬了一大口，却被辣得龇牙咧嘴，他这才意识到，那瓶所谓的“番茄酱”根本不是番茄酱，而是辣椒酱。他吃不了那么辣的东西，只好让我来收拾残局。我吃掉他那片涂满辣椒酱的面包，还吃了很多沾满辣椒酱的菜叶子和炒鸡蛋，最后实在不行了，就想再点一些新的食物。于是，我们环顾四周，发现旁边有两位女士的早餐好像还不错，就想问问她们在吃什么。结果，走近一看，才知道那种食物涂满了蜂蜜，我们都不爱吃甜食，只好要来菜单，硬着头皮又点了一些吃的。最后，这顿二人早餐花了我们五百多元人民币，还没有吃好。在国外生活真是不能不懂英语，否则，就连点餐都会变成一项巨大的工程。真是让人汗颜啊。把辣椒酱当成番茄酱吃，这经历估计会让我们毕生难忘。

走在小镇的街道上，我看到了一只举着木头的小蚂蚁，那木头体积是它很多倍，它顿时让我想起了自己。在这块陌生的土地上，我们语言不通，几乎没有任何基础，却想把中国文化带到这块土地上，让它生根开花，结出更加美丽的果实，让更多的人认识它、因为它而受益，这多像小小的蚂蚁想把巨大的木头举到阳光里。陈亦新笑了，他也有类似的感觉。在这里，我们没有巨人的身躯，我们更像是冲向风车的堂吉诃德，在理想的激情中挥舞手中的长矛。那长矛就像目前的我们一样，仍然显得非常瘦弱……

我们现在所在的小镇仍然在纽约州，它的格局不大，但面积很大，每栋建筑物之间都有一个很大的草坪。而且，这里的道路非常宽阔，四通八达，往来的车辆也很多，估计这里是当地的交通枢纽地带。

不过，小镇仍然显得很安静。明媚的阳光覆盖了地面，静静与大地交融。因为大自然，一切都显得那么熟悉。我的耳边总是传来小鸟的叫声，周围却见不到太多的小鸟，继续往前走，见到一棵松树，我才在上面看到了很多小鸟。树下掉落了很多松果，散发出非常好闻的香气，路边还有很多小野花，红色、粉色、白色，什么颜色都有。大自然的色彩是那么的缤纷艳丽，却有一种说不清的和谐。

虽然行走在异乡的土地上，我却没有一点“人在他乡身是客”的孤独，一方面因为充实，另一方面因为世上一切本俱足于心，人并不缺少什么。许多时候，孤独只是一种自我放逐的感觉，当你的心灵非常圆满，和整个法界、整个大自然融为一体时，你是不会感到孤独和遗憾的，因为你就是它，它就是你，“We are one”。

当然，如果行走在异国他乡的路上，有一个你能够思念的人，也是非常幸福的。因为，这时你会感到她和你是一体的，你的生命和她息息相关。而且，科技让这个世界越来越像一个村子，你和相爱的人也许远隔重洋，却能享受同一段旅途生涯，这也是一件美妙的事情。

途中，我们看到了很多精美的建筑物，有希腊式庙宇，还有很多木制的别墅。在美国，除了高楼大厦，很多建筑都不是用钢筋水泥建成的，包括一般的酒店和民居。我们住的四层楼——也就是我们所住的酒店——就是木质结构的，墙壁敲击起来有一种空荡荡的感觉，但因为用了非常好的隔音材料，房间的隔音效果很好，并不会因为木质就不隔音。即使不远处就是喧闹的公路，时不时有汽车飞驰而过，我们待在房间里也不觉得嘈杂。

在回酒店的途中，我们看到几个清洁工正在清扫路面。这里跟美国的任何一个小镇一样，也很干净。我们住的酒店虽然不算奢华，但同样很干净。

往前走了一会儿，我们见到了一个打折区，美国有很多这样的打折区，很多世界名牌都在这里卖打折产品。很多人都想买到便宜的名牌衣服，所以这里的人很多，几乎可以说是人山人海。路过那么多小镇，这还是我们第一次见到那么多人，甚至在尼亚加拉瀑布那边可能都没这么多人。更有趣的是，在这么多种语言和肤色的人群之中，似乎以中国人居多，估计是因为国内没有那么低的折扣。不过，我们并没有看到多少非常值得买的东西，除了阿迪达斯的运动服。我们都很喜欢这个牌子，于是每人买了一套衣服。我的那套运动服仍然是红色的，穿过那么多颜色的衣服，我还是更喜欢红色，似乎也更适合穿红色。很难想象，要是我穿一套黑色的衣服，会是什么感觉，估计不会太好。

买了衣服之后，我们想找个地方吃饭，然后离开这个小镇，前往下一个目的地。但走了很久，看到的仍是无边无际的打折商品。这里竟这么大，有那么多东西在打折出售，真是让人叹为观止。不过，这么大的商场里竟然没什么吃饭的地方，这实在让人有点想不通。真的，走了很久，我们才终于看到一间麦当劳。虽然我不太喜欢麦当劳，但也只能在这里吃饭了。我们没有点太多的东西，只喝了一杯咖啡，还随便吃了点汉堡，结果我的胃一路上都不舒服，难受了好半天。看来，来到北美这么多天，我的中国胃还是不能适应这里的咖啡。直到吃完离开小镇，下午四点四十分左右，到达纽约州旁边的新泽西州，找到一家河粉店，随便吃了点河粉，我的胃才舒服了很多。

新泽西州和纽约州只有一河之隔，车程大概一个小时，这里的黑人很多。我们吃河粉的那间店，老板是个越南人，据说他初中都没有毕业，却懂得很多种语言，比如英语、越南语、粤语和西班牙语等。简言之，说什么语言的顾客多，他就学什么语言，久而久之便学了很多东西。陈亦新说，一个初中没毕业的卖河粉的人都能学那么多语言，我们再也没有借口不学英语了。他还说，我懂的语言实在太少了，只有一门半——其中一门是武威话，普通话只能算半门——我虽然很佩服那个卖河粉的人，但我还是告诉陈亦新，我确实只懂一门半语言，但我精通它，能把它用得出神入化——我指的是武威话，很多专家对“大漠三部曲”的评价很高，就跟我在作品中对家乡语言的运用有关——相反，这个越南老板虽然懂得很多语言，但即便是越南话他也不一定精通，因为他学语言只是为了更方便地赚钱，用不着精通。所以，只懂一门半语言的我不用卖河粉，还拥有了一个又一个世界，懂得那么多语言的他却困在这里卖河粉。这就是精通与不精通的区别。

一个人为了功利、赚钱而学习语言，就只可能赚到小钱。如果他为了成就自己而学习语言，既面向整个世界，又不在乎世界，也不在乎自己能得到什么，他才会赢得整个世界。所以，许多时候，无论做什么事情，人都不要有过强的目的性和功利心。只有这样，人才会有更大的发展，人生才会有更大的格局。

当然，我没有职业歧视，也没有看不起谁，我的意思是，你想成为一个很好的卖河粉的人，就只可能成为一个很好的卖河粉的人。哪怕在这个行业里做到最好，你还是个卖河粉的人，绝不可能成为文化大师，更不可能像文化大师那样，将自己的理会传向世界、贡献世界。能够成为文化大师的人，首先要有大宝法王那样的心。就像我常说的，发心决定了你人生的境界、意义和价值。所以，发心非常重要。你这辈子会做出无数种选择，促成每一种选择的，都是你当下的发心，而这一个又一个的选择，将会造就你所有的人生。

这些天，我们从美国到加拿大，再从加拿大到美国，赶了很多路，沿途风景一直很美。不过，从岭南到西部，一路上也有很多美丽的风景，有些风景甚至比北美更美，比如广西桂林和四川康定一带。那么，为什么很多人会觉得“美国的月亮比中国圆”，有那么多人想移民北美，不想留在中国呢？因为，除了自然环境之外，北美还有很多吸引他们的地方，比如发达的医疗福利和前沿教育等。这些都是人文，是一个国家的软实力。所以，爱美国的人，爱的其实不是美国本身，而是美国的高科技术与先进人文精神。

我常做一种假设：假如释迦牟尼此刻诞生在西方，他会不会有同样的僧团，会不会有同样的影响力？答案是，释迦牟尼那样的人只能诞生在古印度相对自由的那个时代，正如苏格拉底只能诞生在希腊。伟大人物的横空出世，需要适宜的土壤。

奇怪的是，基督教没有适宜的土壤，却仍然诞生了，而且不断发展壮大，目前正以一种前所未有的、席卷一切的、海啸般的力量，冲击着大部分非基督教的文明。要知道，耶稣并不是犹太教所期待的救世主弥赛亚，犹太教更期待大卫那种民族英雄式的救世主，在犹太教信徒的眼中，耶稣式的弥赛亚太窝囊，他们不能容忍这样的人。因此，在犹太教的拉比们掌握话语权的时代，耶稣被当成了邪教教主之类的存在，人们把耶稣钉死在十字架上，砍掉了施洗者约翰的脑袋，还疯狂地迫害耶稣的十二使徒。但是，在严酷的压迫之下，耶稣的十二使徒居然逐步赢得了整个欧洲，让基督教壮大为世界性的宗教。我的意思是，基督教在几乎没有土壤的情况下诞生，而且一步步发展壮大，最终得到了西方民主国家的广泛认可——西方世界对它的认可是非常重要的，要是没有那么多大师的参与，基督教根本不可能有今天这样的格局。不过，要是没有基督教，西方文明也很可能是另外一个样子。所以，基督教的出现和存在，给了我们一个全新的启示。

我们必须看到基督教的强大，并去了解其强大的理由，也要看到，许多国家正在倾全国之力推行这种文化，用各种现代营销模式传播这种文化。佛教所面临的挑战，是前所未有的，而且只会越演越烈。

时代变化了，很少有人会像传统的佛教徒那样去闭关清修了。要是没有传统意义上的清修，佛家文化就有可能失去很多超越层面的意义。但如果仅仅在实修上着力，又会让很多人望而生畏。这就是佛家文化目前所面临的两难局面。这时，佛家文化的当务之急就是找到一种既不脱离传统、又能与时俱进的生活方式。虽然基督教给了佛教很大的冲击和挑战，但它同样给了佛教很多的启迪，它的存在方式和传播模式之中，有很多佛家文化应该借鉴的东西。

去年，我们到印度考察，发现印度教（过去的婆罗门教）在当地有着非常强大的影响力，它直接影响着数以亿计的印度人的生活。最明显的一个特点是，印度教和印度人的生活密切相关，几乎可以说宗教就是他们的生活，生活就是他们的宗教。西方也有这样的特点。西方到处都教堂林立，西方人的生活中也充斥着基督精神——至少是对这种精神的认可、敬畏和向往——这些细节都在显示着宗教强大的生命力。

不过，相对于佛教其他的教派文化，禅宗显示出了一种不同的生命力。我觉得，除了借鉴基督教等其他宗教的经验之外，我们也可以对禅宗在西方世界的盛行进行研究，看看它是如何在西方打开局面、广泛传播的。它的路子，代表了另一种新型的模式。而这种所谓的模式，实际上就是一种超越层面的、能影响西方人生活的文化。所以，禅宗是非常了不起的。

饭后我们继续赶路，但出现了一个小意外：因为买了一些衣服，还买了一些书，我们在加拿大租的车子明显有点小了，显得非常拥挤，无可奈何之下，我们只好把原先的车了还回去，换了一辆大点的车子再上路。需要补充的是，我们在途中的一间藏传佛教书店买了一些书，其中有一本香巴噶举的书，还有一些大手印的书，都是内部资料性质的，记录了一些传统的、仪轨式的东西。在那里，我们再次发现汉文图书的稀有，可见，当地能读懂汉文、对这方面文化感兴趣的人太少了，如果想在西方世界传播文化，必须要有好的英文读本。

时间有点晚了，汽车行驶在夜幕之中，前面车辆的尾灯不太耀眼，但仍然刺穿了黑夜。不提倡走夜路的我，此刻最想找到一个适合落脚的小镇，住下来，洗掉一天的尘劳。这些天行走在各个小镇之间，隐约感到身体有点疲惫了。虽然游历世界是一段美好的经历，但它需要一个健壮的身体，如果没有足够的体力，再好的旅程都难免不能尽兴，人生也是这样。

没过多久，我们到了一个很漂亮的小镇，看过地图之后，我们才知道这里叫特拉华州。对美国的地名我们不太熟悉，仅仅知道几个全世界都知道的名字。不知道这里是否有什么特别？不过，无论有没有特别之处，无论在美国的历史中处于什么样的位置，这里都很美，从地图上看，面积好像还不小。我们打算先在这里落脚，稍作休息，接下来再去考察两个非常重要的城市：首先是华盛顿——美国的首都，美国“王气所聚”的地方；然后是费城，起草独立宣言的地方，一个在美国历史中占有重要位置的历史名城。我们想看一看，今天的华盛顿和费城会是什么样子。对我们来说，这将有一种历史性的意义。

但一切行程还是明天再详细安排吧，写完这篇游记之后，我想休息一下，静静地欣赏美国大地的美景，欣赏眼前这片大自然的辉煌。

“真假”陈亦新

写于2015年5月23日，美国特拉华州

今天有趣事发生。

刚进入美国时，陈亦新曾经在机场上登陆过QQ，大概在那个时候他就被盗号了。骗子盗了他的号码之后，马上把他所有的资料都进行了备份，然后新建了一个号码，所有资料都改成陈亦新的，并且克隆了陈亦新所有的好友，对其中的一些人进行诈骗。

这个骗子的诈骗手法很有意思，他首先向你要银行账号，声称要往你的账号里汇入一万美元，因为有个国内的朋友需要帮助，自己又在美国，不方便操作，请你按当时的汇率把那一万美元转换为人民币，转给那个需要帮助的“朋友”。他还会发给你一个截图，截图上显示他确实给你转了一万美元，如果你去查账，甚至还能查到一万美元的到账信息。比如，他以陈亦新的名义联系我的侄女陈丽娜，问她要来账号，还给她“汇入”了一万美金，以截图为“证”。如果当时陈丽娜有足够的钱，很可能真会上当。因为，接收这个截图的时候，正好是美国的半夜时分，一般我们已经关机睡觉了，即使她有我们的电话号码，也没办法向我们确认。如果按现在的汇率，一万美金相当于六万多元人民币，这不是一笔小的数字。听说，现在有很多骗子都在这样诈骗，很多人都会上当。

不过，这个骗子万万没有想到，我们有《志愿者公约》，其中有一条是：不能向人借钱。因此，骗子骗遍了陈亦新的整个朋友圈，竟然找不到一个人借钱给他，估计把他给气坏了，觉得这个陈亦新怎么做人那么糟糕，连愿意借钱给他的人都没有。他根本不知道我们有这样的规定。

这件事让我们觉得特别可笑，但也确实担心有不了解情况的人上当，于是索性作了一首打油诗，公布在网上，能提醒多少人就提醒多少人，同时也表达了我们的一种心境。现录于此。

雪漠打油诗公告：
亦新被盗号，骗子气死了。
骗遍朋友圈，没见一根毛。
大骂陈亦新：做人若此糟。
雪漠闻此事，咦呀好可笑。
他若亲口借，也难如所料。

香巴有公约，不怕扣扣盗。
雪漠带头遵，儿子不敢翘。
今再明此言，广传并广告：
若见咱求人，定是骗子到。
雪漠不求人，学生亦当效。
君若无求时，才算入大道。

然而，我们本以为这个方法非常拙劣，大家应该不会相信，更不会受骗的，却发现事实并非如此。虽然我们明文规定，绝不会向人借钱，却还是有人担心自己收到的信息是真的，甚至有人准备打款了。幸好他们在打款前问了一下，才知道了陈亦新被盗号、有骗子在诈骗的事情。于是，我又写了第二首打油诗。

亦新头大疼，遇到难题了。
扣扣再次盗，锁也锁不了。
本人上不去，骗子却逍遥。
骗子出新招，打款给你了。
要换人民币，一万美金到。
显示到您帐，其实可取消。
待您打款后，骗子哈哈笑。
已骗千百人，到处有人曝。
千万别上当，雪漠再公告！

之所以说“锁也锁不了”，是因为陈亦新在刚发现盗号时，就把自己的QQ号码给冻结了，但骗子还是在用他的名义联系陈亦新的所有朋友，不断地重复之前的手段。这让陈亦新觉得很苦恼。

当时我们还不知道号码克隆的事情，都以为号码既然锁住了，骗子就不能用陈亦新的身份来诈骗了，但行骗的消息还是不断传出。于是我们让国内的朋友给腾讯公司打电话，腾讯公司查询之后发现果然如此，有另一个陈亦新在向陈建新等人发信息骗钱，而且一些人收到了美元打款的通知。

我们向很多技术人员咨询这个问题，希望找到解决的方法，但技术人员也不知所以然。最后，我们才猜到克隆号码的事情。想不到，一查，果然有这么一个号码，但真正的陈亦新已经达到VIP7的级别了，而假陈亦新只是刚刚注册QQ的新手。这一点，从QQ的个人资料中就可以看出，偏偏这个细节很容易被忽略。在这种情况下，骗子是很容易得逞的，因为你控制不了他的QQ。

于是，我又写了第三首打油诗公告，再一次提醒人们不要上当。

雪漠再公告：
盗号假亦新，骗子换马甲。
真假美猴王，头像都一样。
姓名也拷贝，资料更周全。
只是号不同，没人记得全。
便是号一样，也有人上当。
只有守公约，才能不被骗。

这个小插曲让我们发现了一些问题，尤其是公约对大家的约束力。我们设立公约的目的，就是想要保护跟我们一起做事的人，同时也保护这个团体的纯净，所以，借这个小小的闹剧，我也想提醒大家，公约的制定就是为了让大家执行，希望大家能认真学习公约，维护群体，也保护自己。

纪念日的华盛顿街头

写于 2015 年 5 月 23 日，美国华盛顿

在特拉华州待了一个晚上，第二天，也就是今天，我们启程前往华盛顿。

途中，我们经过了马里兰州，我们没有听过这个名字，但觉得这里很美。朋友说，这里的陆地面积有二分之一属于大西洋海岸平原，跨越了世界著名的切萨皮克湾，怪不得这里有一种海洋的感觉，幽静、深邃、湛蓝而清澈。

一路上，湿润的空气抚慰着肌肤，周围植被的茂盛，用郁郁葱葱已经无法尽述，空气更是干净得令人惬意，没有一点尘埃和污染。据说，这里属于内海，宁静的水面虽然非常像湖，但事实上是大西洋由南向北深入美洲大陆的海湾，它很大，是美国面积最大的海湾，也被称作“大贝壳湾”。

真庆幸我们不用开车，因为，唯有如此，我们才能像现在这样尽情地感受大自然，感受这“海天一色”的美景——此时的大自然，真的是海天一色。

文韬对此地很是熟悉，于是便扮演了导游的角色，他说，切萨皮克湾的北部完全被马里兰州所包围，这里是白人的地方，黑人很少。他还说，二十年前，他曾在这里买下一个工厂做烟花生意，他就是从这个地方起步，慢慢把烟花爆竹卖到夏威夷，然后才慢慢从夏威夷的市场起家的。从二十年前到今天，他一定经历了很多，但他没有多说，二十年的奋斗就这么简单带过了。

我们没有追问，继续欣赏沿途的景色，但我们知道，这个地方对他肯定有着某种特殊的意义。当然，这只是我们的猜想而已。或许，他早就把过去的一切都给忘了，淡然地活在当下。许多时候，我也是这样，如果不着意地去想，或是有人提起，我也会忘了很多东西。我始终在追求当下该追求的东西。有时，我确实少了一般人那种七情六欲的浪漫，但这似乎也没什么不好。

华盛顿在马里兰州和弗吉尼亚州的交界处，我们的车子进入华盛顿时，大概是下午一点多。

这座城市跟美国的其他城市一样，也很开阔，沿途有很多加油站，这也是美国的一个特点。不知道是不是因为开车的人多，而且地方太大。

刚进入华盛顿时，我们丝毫看不出这座城市的独特，因为这里并没有多少高大的建筑物，仍然充满了二层楼的木质小别墅。虽然有些小别墅看起来是砖瓦砌成的，但实际上仍然是木头建造的，只是在木质外墙上包了一层薄薄的砖瓦作为装饰。这里的别墅都有地下室，外面也都有小花园，非常美丽，也充满了生活气息。离我们想象中的庄严、高端、现代化有点距离。朋友说，这里的房子不贵，但所谓的不贵，大概是相对上海、北京来说的吧。这里确实不像北京、上海那么奢华，因为不至于高楼林立。直到接近市中心为止，我们都没有看到什么高楼，所有建筑都非常朴素，一点都不像上海的那些豪华区。

不过，渐渐往前走，我们看到了一些不是木质结构的房子，比如一栋正在修建的楼房，仍然不高，但木架里面明显装有钢梁，这应该算是钢木结构。

再往前走，我们终于看到了一些比较高的房子，但仍然不算豪华，看起来不全是混凝土建成的，有可能是钢铝结构。据说，“9·11”时被炸毁的世贸中心双子楼就是钢铝结构。

这时，高大的建筑物慢慢多了起来，从风格来看，它们大多是政府各职能部门的办公大楼，还有博物馆及酒店等，有些建筑显得复古又庄严。于是，朴素的华盛顿终于有了点豪华的味道。但是，比起北京的人山人海，这里仍然显得有点冷清，因为行人很少。

为什么华盛顿的街头会这么冷清呢？我们有点想不通。因为，作为美国的首都，这里有白宫、国会、最高法院及绝大多数的政府机构，它远远不是沿途经过的小镇能与之相比的。这里是美国的政治中心，是美国精神、美国力量的代表，在我们的想象中，它应该是一座繁华的、现代化的大都市，同时又充满了历史的厚重和沧桑。它怎么可能是一座世外桃源呢？朋友说，也许今天是节假日，很多当地人都出去旅游了。这种说法很有道理。

小车又往前开了一会儿，遇到了封路，只好改道，听说封路的地段有人正在游行。前些年，我去巴黎考察时也见过大游行，当时有很多工人都在罢工，抗议工资太低。西方的政策真是有趣，这种景象，在国内也是看不到的。据说，美国人也爱游行，这里各种游行都有，不一定是为了抗议，有时也有爱国游行、庆祝游行等。今天的游行就没有火药味，看起来不太像抗议，更像是在庆祝什么节日。因为，有很多穿得花里胡哨的人都在敲锣打鼓，大声地欢呼着，看起来很快乐。当地人告诉我们，今天恰好是美国阵亡将士纪念日（原名纪念日或悼念日，专门为悼念各种战役中阵亡的美国官兵而设定，英文是“Memorial Day”）。奇怪的是，据我们所知，这个纪念日应该是每年五月的最后一个周一，而今天是5月23日，五月的倒数第二个周六，为什么游行会被安排在今天呢？而且，人们说今天就是美国阵亡将士纪念日，这是什么原因？不过，听说，每逢这个纪念日，美国就会连放三天假，也许周六刚好被涵括在其中吧。我们没有继续深究。

全国统一悼念时间是华盛顿时间下午三时，但此时已经有很多人在游行了，到处都有封路的黄色布带，到处都有写着“STOP”的牌子。我记不住多少单词，却偏偏记得这个“STOP”，因为美国老是出现这个牌子，想记不住都不可能。在语言不通的美国，除了大自然认识我，我也认识大自然之外，一切都显得非常陌生——虽然没有漂泊的感觉，却仍然陌生，就像走在一个梦中的、似幻似真的国度里一样。

那么多地方都在游行，看得出美国对这个节日的重视。我们还听说，华盛顿有个阿灵顿公墓，里面埋葬着为美国献身的所有士兵将士，其中还有一些无名战士的坟墓。在美国，各个兵种的将士、战地医护人员、战地神职人员，还有在全球反恐作战中牺牲的人，以及为国献身的宇航员等，死后都会被埋在阿灵顿国家公墓，接受全国人民的祭奠。可见，美国对为国捐躯的人有多么尊重。

不过，眼前的热闹还有另一个原因：三天假期给人们提供了玩乐的时间，不少海滩、游乐场、小岛的夏日渡轮等，都会在这时开始运营。所以，纪念日已不仅是美国人展现爱国情操的日子，在民间，它也预告着夏季的正式来临。每逢这个日子，很多市民不但会参加游行，还会去郊外烧烤野餐、去海边游玩或外出参观博物馆等，听说总会导致交通严重堵塞。

远处出现了一个很有趣的场面——很多外国人大红大紫地装扮着自己，还扭起了秧歌。不知道在美国这叫不叫秧歌，但跟国内的秧歌确实很像。看到这种画面，我们觉得非常滑稽，非常不能适应。你可以想象一下，如果把跳广场舞的大妈换成一群外国人，将会是怎样的景象？

喧嚣的声浪一波一波地涌来，之前那种世外桃源的假象给彻底击碎了。我们似乎经过了学校，学校里估计也在举行相关的活动，很多貌似家长的当地人穿着盛装，有些人还扛着乐器，场面同样非常隆重。

沿途有很多居民楼，不太高，也就两三层，屋外全都挂着国旗和州旗。不知道这是一种被节日激发的情绪，还是当地的一种情怀？人们说，在北京，一个寻常的大妈都有高昂的爱国热情和敏锐的政治觉悟，华盛顿不知道是不是这样？

华盛顿街头的味道很好，空气特别透明清爽，国内很少有这样的空气质量，尤其在繁华的大城市。在国内，只有西部小城才有这样的阳光，才能呼吸到这样的空气——但是，就连一些西部小城也变了，有时，我们只有到草原上去，才能感受到这样没有一丝污染的大自然。繁华的华盛顿却有那么好的环境。

这里的阳光非常灿烂明媚。在这种阳光的照射下，任何一种色彩都很绚丽。透明的空气增加景物的可视度和清晰度，各种美景都像泉水一样洗刷着我们的心灵，让我们感到一种说不清的清凉，甚至包括那些现代化的景象。这就是现代化与大自然构成完美和谐所诞生的奇迹。灿烂的奇迹。

这里的路边随处都是草坪，还有遮天蔽日的大树。树下有很多长椅，但没有什么人。自动洒水机在草地上勤勤恳恳地、呲呲地洒着水，小鸟一边躲水，一边在林间追来追去。我们还见到了小松鼠，它拖着蓬松的大尾巴在树上跳来跳去，可爱的模样让我们忍俊不禁。国内城市的街头是不可能看到松鼠的，国内的松鼠都躲在乡下，甚至会躲在深山老林里，但这里却有松鼠，说明这里的环境确实很好，也说明人们对小动物很是友好，不会去威胁小动物的生命。

虽然有人游行的地方有点堵车，人群也很是拥挤，但其他地方的人都很少。因为人少，那种世外桃源的气息再一次扑面而来，让我们觉得轻松而惬意。

中午的阳光有点强烈，晒得人有点懒洋洋的，忽然，我们听到路边有人在高声叫卖。我们循声望去，那是两个黑人妇女，她们推着一辆蓝色的手推车，手推车里不知道放着什么，但她们手里拿着瓶装水，也许她们正在卖水吧。阳光毫不吝啬地洒在她们身上，她们黝黑的皮肤发着光，但她们既不打伞，也不找地方躲避过于猛烈的阳光，就那么站在阳光里。几乎就在这时，一群人骑着自行车飞驰而过，也都穿着背心，暴晒着身体。我们还注意到，路过的行人之中，似乎没有一个人撑着遮阳伞。我们不由地感叹道，阳光这么烈，他们也不怕把胳膊晒黑。同行的朋友说，他们就是想把自己晒黑，只有晒黑自己，才能证明他们是有钱、有时间度假的人，在这里，只有没钱的人才会把自己养得白白胖胖。她说，她有个朋友每到假期就会拼命晒太阳，好向同学们炫耀自己去度假了。这种理念和中国人真是太不一样了。

我看了看手机，下午两点，要是在国内，这会儿应该是半夜两点了。打开微信，果然没什么人在刷朋友圈。那些这时还在刷朋友圈的人不知在干嘛？是半夜被惊醒了，一时还不想睡觉，抑或是失眠到现在？如果我把此时的灿烂阳光拍下来，发到朋友圈上，那些在黑夜中睁着眼睛的不眠人们，会是怎样的心情呢？那边的世界已经睡了——至少绝大部分人都睡了——这个世界却醒着，而且发生着很多事情。这种感觉很奇妙。

一辆敞篷跑车漫不经心地开过来，车里坐着一个女人和一只狗。狗一会儿亲亲它的主人，一会儿看看我们，显得很有意思。那跑车却不是很起眼，甚至有一种潦倒的味道，一来因为它不高档，二来因为它的敞篷非常简陋，看起来很像四个轱辘撑着一艘摩托艇。不知道这部车跑过多少地方，不知道这个女人和她的狗经历过什么故事。那也像是另一个世界的事情，而且瞬间就从我们的生命中消失了，似乎从来没有出现过。

相对于汽车，其实我更认可自行车这种交通工具，因为它既可以锻炼身体又利于环保。以前，北京就是这样一个健康的城市，有着无数的自行车，但随着经济的发展、社会的所谓进步，北京的空间渐渐被无数的汽车占满了。据说，北京人的生命至少有三分之一浪费在了交通上。

北京的公交车也很多，每一条马路上都能看到呼啸而过的公交车，但华盛顿却没有什么公交车。这里骑自行车、开小车和走路的人都很多，唯独公交车看起来不多。不知道是因为这里确实没多少公交车，还是因为这条路不是公交车的主干道呢？

路边突然响起了鸣笛声，有一辆消防车呼啸而去，但它的外表很花，一点都不像我们所熟悉的消防车。消防车的鸣笛声音很大，久久在耳边回荡着，但我们的心却很静。有一种巨大的静默的氛围淹没了我们，所有声音都像水面的波纹，慢慢地远去，散去，被巨大的静默给融化了。

很多车都停在路边，因为时不时就有道路被封，很多人既然开不过去，就索性停在路边，静静地等待游行队伍过去。我们没有停车，而是在导航的引导下缓慢地前行着，不断改变着我们的方向，因为，游历就是我们此刻的方向。

沿途，我们看到了一个又一个教堂，有些建筑物虽然看起来不像教堂，但墙面上装有十字架，估计仍然是教堂；街头出现了很多穿着白色长裙的女士，不知道是不是修女；一些人在车与车之间穿梭着，脖子上挂着类似于警牌的东西，不知道是什么意思；一男一女迎面走来，女的手里举着一面红色的旗子，他们也许刚从游行队伍里离开吧；很胖的人们在我们眼前出现，我们都在猜想他们肯定生活压力很大，没有太多闲暇时间健身……许多人在车窗外面一晃而过，我拍的照片都有些模糊了。同样一晃而过的，还有华盛顿的景物。

整个世界都在不断向我们身后窜去，我们经过的所有世界也都在飞快地向后窜去，我们就在这种飞快的消失之中，走向自己的目的地。但是，我们的目的地也在一个一个地消失——我们一次又一次到达目的地，又一次一次将它们甩向身后。在这种飞快的消失之中，我们践行着自己的旅途。

我们也做一次“老外”

写于2015年5月23日，美国华盛顿

前些天，我一直穿着唯一的外套——一件非常好的唐装，那是我平时的“演出服”，一般只会在比较正式的场合穿。但一路上太冷，我的衣服不够厚，于是只好一直穿着那件外套。穿到今天，它已经有些皱皱巴巴的了，惨不忍睹，我实在不忍心继续折磨它，决定让它休息一下，于是换上了新买的运动服。也好，穿着新衣服考察美国首都，有一种格外重视的味道，也算是对这块土地表示我的尊重。

在华盛顿的街头走了那么久，我们都想去看看这里的唐人街。美国的很多城市都有唐人街，华盛顿更是不会例外。又走了一会儿，大概是下午两点半，我们终于看到了汉字——“联邦快递竞考”“公共汽车站”“公共停车场”，这意味着我们已经到达唐人街了。在西方，只有在唐人街，你才能看到那么多中文字样的牌子。

虽然已经是下午两点半了，但我们还没有吃午饭。既然来到唐人街了，我们就想在中国人开的饭馆里吃顿饭。唐人街人多，我们索性把车停在外面。这里停车很方便，随处都有停车点，而且跟沿途的很多加油站一样，也是无人服务的，你停好车之后，必须根据停车的时间，把相应数额的硬币投入旁边的投币器。

停好车，我们正要往唐人街里走，却突然看到了一家叫“点心”的饭馆。既然名字是中文的，那么这就一定是中餐馆，我和陈亦新都是这么想的，于是不加思索就走了进去。坐下之后，看到有很多外国人在吃饭，服务员也是一位黑人小伙子，我们才意识到这不是中餐馆，而是一家貌似中餐馆的外国饭馆。但毕竟已经进来，而且还坐下了，我们都不好意思离开。更何况，那位黑人服务员还非常客气地倒了三杯凉水给我们，然后问陈亦新想吃点什么。陈亦新装模作样地看了半天菜单，却点不出一个菜，因为菜单上连一个中文都没有。我们只能推测出这里吃的都是套餐，而且大概每人三十五美金，很贵，但看起来这里的饭菜都很美味，我们想了想，还是坐了一会儿，想等文韬过来再点餐。在美国，不懂英语真是寸步难行。

想想看，也真是有趣，一个外国人开的餐馆，为啥起了“点心”这么个中国名字呢？而且，这里吃的又不是点心。真是让人想不通。

等了一会儿，文韬来了，但我们还是没有找到想吃的东西。这时，有人推荐了一家福州人开的饭馆，就在唐人街里，我们还是想吃中国的饭菜，就从那家叫“点心”的店里出来了。虽然有点不好意思，但谁让它是个美丽的误会呢？

进入唐人街，我们首先看到了标志性的中国式牌楼，非常巨大，就立在唐人街的街口，上面写着大大的“中国城”三个字。见到这样的牌坊，你就知道自己一定到了唐人街，因为，只有中国人才会搞这样的牌楼。当然，越南人也有他们的聚集地，那里叫越南区，但他们不会在那里建立标志性的牌楼，日本人也不会这么做。

不过，中国人这么做也是有理由的，因为最初来海外谋生的华人很苦，有一部分人是被人“卖猪仔”，“卖”到大洋彼岸的，人们带他们过来，就是为了让他们做苦力。所以，来到美国之后，他们一直靠出卖劳力、做苦工维持生计，还总是受到排挤和迫害。久而久之，孤立的个体就团结起来，聚集起来，慢慢有了唐人街。青红帮之类的组织也是这样发展起来的。当然，青红帮反抗当时的政府，想要推翻当时的统治，而唐人街没有这样的东西，他们只是想聚在一起，生活得相对好一些、有尊严一些而已。后来，随着时光的推移，唐人街的风俗就慢慢地形成了。

而且，很多华人即使到了美国，也改不了一种中国农民的习气，他们一有点钱，就会买地。在夏威夷，最富有的移民就是华人，因为他们有大量的土地。不过，华人的富有也不仅仅是因为买地，主要还是因为华人善于吃苦、肯干活。虽然跟当地人比，华人的生活还是苦了一些，但比起在国内，他们已经算是过上了比较享受的生活。

坐在唐人街的餐馆里确实亲切多了，至少菜单我们看得懂，里面有很多我们熟悉的中餐，比如扬州炒饭等。我和陈亦新点了一份扬州炒饭，两个人吃，然后还点了几个菜，吃得很舒服，只是价钱不算便宜，每份菜都要十五美金左右。跟国内不同的是，这里的青菜反而比肉贵，一小盘青菜就要十五美金，一大份鳕鱼却只要十三美金。在国内，这么大一份鳕鱼大概要一两百元左右，十三美元兑换成人民币，还不够一百元，所以这里的鳕鱼非常便宜，而那么少的青菜，一斤还不到，却比鳕鱼还贵。不知道是当地的青菜本身就这么贵，还是这附近的消费都比较高呢？也许原因是后者吧，这也是可以理解的，这里离白宫很近，步行大约十五分钟左右就到了，又是市中心，物价难免会高一些。很难想象，这样的地方居然有一条唐人街，说明华人是一个很有意思的群体。他们都知道，能在这里拥有一条街道，是非常有意义的事情。想来，这里的租金一定很贵，但饭馆里很冷清，来吃饭的人不多，不知道是不是也受到了游行活动的影响，还是说平时就这样。如果平时就只有这么点客人，老板的经营可能会比较艰难，生活质量不知道怎么样。

正吃着饭，餐厅里来了几个外国人，我们身边的人称呼他们为“鬼佬”，意思是外国人。这个细节非常有趣，虽然明显有歧视的味道，但听起来也挺有意思的。为什么会把外国人跟“鬼”联系在一起？不过，古代中国人称呼西方的殖民者——比如荷兰人和葡萄牙人，就叫“红毛鬼”，因为他们的毛发偏红，有点像古代中国人想象中的魔鬼，但更重要的理由，定然是侵略和殖民。这种历史遗留的集体无意识竟延续了那么久，几百年了。人的成见，尤其是人群的成见，力量确实很大。餐厅老板却告诉他们，你们不能这么称呼外国人，在这里，你们才是老外，他们是本地人。他说得对，这是一个新思路。我们总是把跟自己不同的人当成外人，却没有想过自己正在人家的地方，在这里，我们才是外人。到达美国之后，我们必须改正这个观点：我们是老外，他们是本地人。

于是，我们几个中国人第一次当了“老外”。

美国白宫在维修

写于2015年5月23日，美国华盛顿

吃完饭，我们前往美国白宫。

越是靠近白宫，人就越多，除了白人，也有很多黑人。

时不时地，我们就会听到一阵钟声，不知道是从哪里发出来的，可能是附近的教堂，也可能不是。

英国国会会议厅有一座附属钟楼，钟楼里有一座大报时钟，旧称大本钟。它是伦敦的标志性建筑，建于1859年，是英国最大的钟，每十五分钟就会响一次，那是真正的陪伴一代代人长大的声音。据说，那面钟用的是人工发条，国会开会期间，钟面会发出光芒，每隔一个小时报时一次。每年的夏季与冬季，因为要转换时间，他们会让大本钟停下来，进行零件的修补、交换和调音等工序。但是，一条叫Jubilee的地铁线路兴建之后，大本钟受到了影响，根据测量，它朝西北方向倾斜了大约有半米。随着时光的流逝，这座大钟的钟声还能陪伴英国人多久呢？我们还想起了《巴黎圣母院》的钟楼，想起了那个奇丑无比的敲钟人卡西莫多。还有汉地寺院里的晨钟暮鼓，那又是另外的一种意境……辽远悠然的钟声，总是显得意味深长，引起人无穷的遐想。

随着人数的增加，眼前的华盛顿有了一种城市的喧嚣感。我们时不时就会看到自助出租自行车的设施，还有一些留着大胡子的人，和一些白头发的女子。这些女子年纪不一定大，但头发却白了，不知道是不是人种的特点。据说，西方女子的体质比东方女子好，却很容易显老。在西方，很多三四十岁的女性就显得非常苍老了，有些明星看起来青春常驻，其实是做过整形手术，或是注射了某种延缓衰老的东西。但人怎么可能抗拒衰老呢，每个人都会衰老的，衰老的信息飘荡在世界上的每一个角落。无数的细节都在提醒我们，只要有诞生，就会有衰老，就会在某一天死去。

实话说，即使这里是美国的首都华盛顿，美国又那么强大，但单纯从城市建设来说，中国的大城市一点也不比这里差。这里的街道非常干净，也非常质朴，偶尔出现的一点红色，也像是一种漫不经心的点缀。看起来，华盛顿的城市化程度甚至不能跟东莞比。包括大波士顿地区，也只有哈佛大学和麻省理工学院有一些独特的人文元素。从城市的建设水平来说，美国的很多城市确实没什么出彩之处。不过，美国人追求的可能是另一种东西。

这次来美国，我才发现过去对美国的很多印象都是错觉。首先，我一直以为白宫是屋顶有“圆帽”的白色建筑，其实不是，那座“戴着圆帽子”的建筑是国会大楼，建在国会山上，白宫在距离它十分钟车程的地方。因为它比白宫好看很多，所以看电视时我们常会注意到它，而忽略了真正的白宫。这是电视画面造成的错觉。还有电影，美国电影也给我们造成了很多错觉。要知道，我和陈亦新都看过很多美国电影，里面充满了枪战、直升机和各种犯罪，在我们的印象中，美国是个充满了不安全因素的国家。这次来，诸多见闻都在冲击着我们过去的观点，让我们达成了一个共识：美国电影都是骗人的——这里一派和谐安详之象，哪有什么不安全的因素和气息？这里看起来更像是一个偌大的公园——当然，这里充满了庄严感和历史感，是需要敬畏的一处所在，但不可否认的是，这里的氛围确实非常悠闲，我们完全觉不出自己离美国的政治中心那么近。

一路上，只有在参观白宫时，我们才有了那么点感觉，因为今天白宫里正在开会。白宫周围有很多警犬，也有很多非常高大威猛的警察，他们都在一本正经地巡逻，看得出处于高度戒备状态之中。白宫里那些平日对游客开放的房间，今天也都关闭了，有警察在外面守着，不让游客进去。而且白宫的屋顶正在整修，有四个警察在屋顶上守着。除了这些细节，我们感受不到任何的政治气息。

参观完白宫的外围之后，我们决定在周围的草坪上散散步，顺便拍一些相片，为这次的行程留一点纪念。

白宫周围的草坪很大，很多人都在这里休闲。几个年轻女子正在草坪上打垒球，附近有一些当地人在悠闲地喝酒，街道上有一些戴着墨镜的白胡子老头骑着哈雷摩托车，身上的肌肉发达壮实，丝毫不显老态，还有几个年轻人正赤裸着上身玩滑板，皮肤晒得黝黑。眼前的美国充满了一种国内城市见不到的活力，让人很难不产生一种思考：是什么激发了美国民众的活力以及他们对生活的激情？面对这样的人群，你总能感受到他们对生活、对世界的热爱，这种热爱、好奇和不知疲倦的活力，是如何得来的？很多人爱美国文化，确实是有理由的，即使我们也爱自己的国家，爱博大精深的中国文化，爱另一种超越的、对生活之美和自由精神的追求，也完全可以从这种文化中汲取一些营养，继续壮大和完善自己，让自己活得更加快乐，让人生更加完美。

远远地，我们看到了一座非常庄严的纪念碑，很高，应该是华盛顿最高的建筑物。朋友说，那是华盛顿英雄纪念碑，简称华盛顿纪念碑，是为了纪念美国首任总统乔治·华盛顿而建造的。

华盛顿确实很了不起，他在1775年至1783年的美国独立战争中任大陆军总司令，1787年主持了制宪会议，制定了实施至今的美国宪法。1789年成为世界上第一位以“总统”为称号的国家元首，连续两届选举都全票通过，一直担任美国总统直到1797年，设立了许多持续至今的政策和传统。两届任期结束之后，他自愿放弃权力，不再谋求续任，退隐农庄。对一个泱泱大国的领导人来说，这是很难得的，在世界政治史上都很少见，但华盛顿算不上圣人，因为他在独立战争期间下令屠杀过大量印第安人，掀开了印第安人大屠杀的帷幕。事实上，政治家不可能是圣人，因为政治家必须有鲜明的立场，必须伤害一方的利益，来成全另一方的利益，他必然做不到真正的平等、宽容和公平。包括声称“人人生而平等”的杰弗逊，他同样对印第安人进行了屠杀。当然，美国人不会这么想。在美国人眼中，很多双手沾满鲜血的开国元勋都是英雄，他们不知道自己眼中的英雄曾杀光印第安人的猎物，迫使后者改变生活方式，剥夺后者的自由，甚至对后者直接进行种族灭绝；也不知道自己眼中的英雄曾经剥下印第安人的头皮。就算知道，他们之中又有多少人会在乎印第安人的遭遇？会为曾经的屠杀感到耻辱和愧疚？

当然，我不是否认那些为美国独立而抛头颅洒热血的人，更不是否认包括华盛顿在内的美国领袖，我只想说明一个事实：很多英雄、英雄事迹背后，也许有着我们不曾看到的另外一面，那一面并不是美好和光彩的，更不值得我们敬仰和歌颂。

忽略这一切，仅仅感受眼前的美国文化时，一切都很美。遗忘华盛顿的不完美，认可华盛顿为他代表的群体所做出的一切时，眼前的华盛顿纪念碑也很庄严——它确实很庄严，也很壮观。据说，它的周围经常会举办集会和游行。而且，美国有明文规定，华盛顿特区所有的建筑物都不能高于这座纪念碑，以此表达对这位美国首任总统的纪念和敬畏。

从外观上看，华盛顿纪念碑很像埃及的方尖碑。所谓方尖碑，最早是古埃及的发明，碑身上刻有象形文字的阴刻图案，象征着古埃及人对太阳的崇拜。除金字塔之外，方尖碑是最能代表古埃及文明的标志。方尖碑的外形是尖顶方柱体，由下而上逐渐缩小，顶端就像金字塔的塔尖，但更接近锥形。方尖碑塔尖常以金、铜或金银合金包裹，晨曦照在上面，它就会像太阳一样闪闪发光，非常庄严美丽。在古代埃及，很多统治者都会建立大小不等的方尖碑，将自己的功绩刻在上面，一来显示自己的尊贵，二来想留住自己曾经的辉煌，想让荣耀成为永恒。他们根本想不到，后来，很多方尖碑都被搬运到西方国家，装点那些陌生的国度，而战火和灾难也在摧毁着这些看似坚不可摧的存在，他们想留的东西根本留不住。目前，梵蒂冈、法国、莫斯科、阿根廷、卡尔纳克都有方尖碑，每一座方尖碑都被赋予了相似的使命，寄托了相似的期待，似乎谁也没有看到，它是不可能永恒的——或许大家都看到了，但只要人类存在，对永恒的追求和努力就不会停止，哪怕最终还是会徒劳无功，这是人类的天性。

华盛顿纪念碑显得非常朴素。是华盛顿纪念碑远远高于世界上所有的方尖碑，有一百六十九米之高，根本不可能用整块花岗石来建造——而是用一块一块的大理石砌成的。1848年，美国独立纪念日那天，当时的美国总统亲自砌下纪念碑的奠基石，但随后几年，南北战争爆发，各种动荡中断了工程的实施，继续修建已是二十二年之后的事情了，又过了十年左右，纪念碑才正式建成，1888年对外开放，接受市民和游客的参观。其独特之处在于内部是空的，内壁上嵌着各个国家、美国各州市、各大团体及名人所赠的石碑共一百九十三块，其中有一块石碑是中文的，据说是清朝宁波府所赠，上面刻有福建巡抚徐继畲的《瀛寰志略》中的部分文字。而且，石碑内建有五十级铁梯和一座电梯，参观者可以沿着铁梯步行登顶，或乘坐电梯直接登顶，在纪念碑顶端观赏华盛顿全城、弗吉尼亚州、马里兰州和波托马克河的景色。

继续往前走，我们看到了美国财政厅。这一带的建筑物风格都很像，都属于朴素庄严的那一类，如果不熟悉美国，我们根本分不清哪一栋建筑有着怎样的功能，更不知道它们各自承载着怎样的责任和职能。

据说，美国财政部是美国政府的一个内阁部门，主要任务是处理美国联邦的财政事务、征税、发行债券、偿付债务、监督通货发行，以及制定和建议有关经济、财政、税务及国库收入的政策，同时进行国际财务交易。过去，我看过一本叫《货币战争》的书，里面说到，美国真正的命运其实并不掌握在政客手里，而是掌握在一些银行家的手里，不知道这种说法对不对。如果真是这样的话，我们眼前的这座建筑就有了另一种意义。当然，这一带的很多建筑都有着类似的意义。

虽然跟我们的想象不太一样，但这就是美国的王气所聚之地。

让我们感到遗憾的是，从白宫旁边一路走来，我们没有发现一家书店，只有在路过美国酒店的时候，我们才在橱窗里看到了一些杂志。也许，美国的图书大多是在网上销售的吧。来到美国的这些天，除了在寺院里看到过一些图书之外，我们就只在唐人街看到了一家中文书店，其他地方很少看到书店。这一点，美国和中国差不多，甚至比中国更加明显——我指的是，实体书店会越来越少，读纸质书的人也会越来越少。现在，很多年轻人已经习惯了电子书，不知道纸质书的阅读习惯还能存活多久？会不会在下一代人的生活中慢慢消失？会不会走进阅读历史的博物馆，成为另一种馆藏？

思路再一次改变

写于2015年5月23日，美国华盛顿

来到美国之后，我们一直没有看到多少公交车，今天在白宫附近散步，倒是看到了一辆。这是一辆两层的公交车，看起来有点像国内的旅游巴士。跟国内的旅游巴士不一样的是，它的上面那层没有车顶，乘客们都沐浴在灿烂的阳光之中。这样的设置，正好方便当地人晒太阳——或者说，之所以他们会这样设计公交车，正是因为他们喜欢晒太阳。

风很轻柔地吹着，我戴着新买的牛皮帽子，行走在华盛顿的街头上，身边有游行的市民，也有像我们一样的游客，声浪起伏，我却感觉不到喧嚣。一切都很宁静，是一种蕴藏着巨大力量的静。在静寂的大气之下，有一种内在的、涌动的力量，正在充盈着我们的心灵。这是一种人文的力量。

这里的一切都是那么的朴素、实用、本色，没有花里花哨，也没有夸张和浮华。因为色彩比较单一，这个城市只能靠植物的颜色来添彩，倒也刚刚好，叫人看着舒服极了，没有一点生硬的感觉。

在这里的街头上，我们经常见到人们穿着Nike品牌的T恤，这个品牌的标志非常简单，就是简简单单的一勾，没有太多的分析，没有太多的说明，也不用过于强调，却总能给人留下很深的印象，看到一次，我们就忘不掉。美国的文化也是这样。

美国的力量似乎不需要标签来显示，也不需要什么花招来炫耀自己，它始终在自然而然、由内向外地发散着，有一种一剑封喉的强大。我和陈亦新都有一种感觉：面对这样一个国家，佛家文化的影响力其实非常有限，因为，它本身就足够强大了，我们几乎很难影响他们。当然，这也没有什么，就像西部人喜欢吃炒面，美国人喜欢吃三文治一样，太正常了。很多时候，我们不要老是想着如何改变别人，文化的意义首先在于改变自己、改变与自己有缘的人，我们到国外来交流，也不是想占有别人的地盘，或者改变别人，而是通过诸多的交流和学习，让自己变得更加强大。

街头有时会出现一些印度人，他们看起来很像苦行僧，正举着牌子乞讨。我们很想知道他们的牌子上写着什么，但我们看不懂英文。在这里，我们相当于文盲。两个文盲想要改变世界，真有点堂吉诃德带着桑丘冲向风车的滑稽。于是，我们再一次感叹：现在的重中之重不是改变世界、改变别人，而是汲取世界上最优秀的一种气息，让自己变得更加强大。而且，我们之所以要让自己更为强大，同样不是为了改变世界，而是为了成就自己，这才是文化的意义，也是沟通的意义。这个世界是多元的世界，存在着无数种文明，我们不要用自己的方式去侵略别人。

回到车上，我们就像进入自己的世界，回到了自己的地盘上。有一种想法渐渐变得清晰，在我们心中扩散开来：如果我们想在这里找个穷乡僻壤，建一个文化中心，传播我们承载的文化，或是为这块土地注入一种新的东西，甚至改变一些东西，几乎是不可能的，因为他们的文化已经足够强大和完善，我们自己却有太多需要改变和借鉴的东西。换句话说，我们现在的首要任务不是传播，而是让自己强大起来，学习其他文化中强势的、与时俱进的、适合现代人的东西，而不是将自己仅有的东西兜售出来，像小商贩那样叫卖。

我们途经的几个寺院都出现过类似的现象：这个高僧大德加持过的东西卖五百美金，那个高僧大德加持过的东西卖三百美金。在这块土地上，出现这样的叫卖是非常滑稽的，而且几乎没有意义。包括一些学者和非常有名的大德，在这里的传播也是另一种贩卖，因为，他们永远只是在继承——甚至没有完全地继承——一些名词性、概念性的东西，而没有传承文化中的精神力量，也没有贡献出新的东西。如果他们贡献不出新的东西，那么他们的力量就是非常有限的。

走了那么多路，对这块土地越来越了解，我渐渐地只剩下了一种学习的心态。

基督教文化对西方世界的影响是显而易见的。他们非常强势，也非常包容，它的简洁和实用直接影响着西方文化。两者间的差别，是我们必须反思的。因为，就像我说过很多次的，这些年，无论西部之行还是西方之行，我们都有一种无可奈何花落去的感觉。中国的宗教文化也罢，传播到西方的优秀文化也罢，气息都非常弱，甚至有一种日落西山、没有生机的味道，和这个时代已经严重脱节了。我们急需一种新型的、积极的文化元素介入，而不是想尽方法向外传播。换句话说，我们现在非常需要一种新的营养。如果不正视这一点，整个中国文化都会被西方文化所同化。

从美国的建筑就可以看出，美国人需要的是简洁、朴素、实用、直指人心的东西，佛家文化中那些非常繁琐、名相很多的东西不适合这块土地，在这里几乎是找不到市场的。当然，佛家文化也有简单清新的东西，比如禅宗文化和大手印文化，它们都是直指人心的。在这方面，它们与西方文化有着相似之处，因此可以和西方文化交流和对话，甚至有可能被西方世界所认可。

老子也很好，老子和惠能都扔掉了中国文化中那些装模作样、装腔作势的东西，只要简单朴实的真理，因此，他们的思想进入西方之后，就影响了西方世界的一些精英人物。实际上，美国街头的很多建筑，尤其是华盛顿的很多建筑，都透着一种非常简朴的禅宗意蕴，比起中国文化中一些矫揉造作的东西，它们反而更能让我们感受到一种禅意。所以，我们一定要反思。

很多时候，强势文化的出现就像天空上出现了太阳。这时，丽日朗照，繁星退隐——不同的是，太阳照耀时，繁星虽然看不到了，但它们依然存在，而一种强光般的文化却会让另一些文化黯然失色，甚至逐渐消失。比如，耶稣出现之后，希腊的诸多神灵就不得不退隐，不得不渐渐失去旧日的美丽。只有在奥运圣火升起的时候，人们才会关注希腊神灵，关注太阳神，也只有在谈论神话传说时，我们才会谈到宙斯。在人类的生活之中，我们几乎看不到希腊神灵对世界的影响。因此，希腊的神灵文化也在死亡。任何一种文化只要不能成为生活方式，它其实就已经死去了。我们必须正视这一点、明白这一点，正视和明白之后的自我完善、与时俱进，是我们的文化唯一的出路。

因此，在未来的文化传播中，我们首先要让自己强大起来，学习各种文化——尤其是西方文化中诸多适合这个时代和人心的东西，将它和自己本有的优秀文化基因相结合，诞生出一种新的文化品种。只要这个新的文化品种有足够的“势”，就会形成一种新型的文化。

其实，基督教文化也汲取了佛家文化中相对合理的部分，比如，基督教文化和天主教文化在向中国传播的过程中，就借鉴了中国的儒释道文化，从而变得更加适合一个时代，那么，佛家文化为什么要排斥基督教文化呢？我的意思是，西方文化传播到中国时，并没有拒绝中国文化，反而对中国文化进行了研究和学习，那么，佛家文化向西方传播时，为什么要选择一个个相对偏僻的地方，而不是有意识地积极介入、学习、包容和参与西方文化呢？要知道，正是胸怀上的不对等，让两种文化显示出了不同的格局。

包括移民文化，西方的移民文化有一种海纳百川的博大，而中国的移民文化却缺少这种东西。如果中国文化始终缺少一种海纳百川的博大胸怀，那么中国文化和西方文化永远不会处在同一个量级。

Maryland-USA

马里兰州—美国

快活的美国小渔村

写于2015年5月23日，美国东北镇

离开华盛顿时已是傍晚，一个半小时之后，我们到达了一个美丽的海边小镇。据说这里是东北镇，靠近大西洋，属于马里兰州，是一个内海边上的小渔村。

小镇看起来很安逸，人比沿途的很多小镇的人都要多，非常热闹繁华。我们到达的时候，很多人正在一边喝啤酒一边唱歌，好像还有乐队在表演。他们的歌很好听，虽然我们听不懂他们在唱什么，但仍然觉得很有意思。因为，这里弥漫着一种快乐热情的气息，每一个来到这里的人，估计都会被这种氛围所感染。

比起城市，其实我更喜欢美国的乡下，因为乡下更接近大自然，有更多自然淳朴的东西，更美。对文化和发展来说，城市有更大的空间和更多的启迪，但是对个体的生存来说，还是乡下生活更加舒适惬意。

这里有很多木质别墅，全都非常精美，海边还停了很多游艇。看来，当地老百姓的生活应该是很不错的。朋友说，这里的土地不算太贵，几十万美金就能买一栋别墅，再有几十万美金，还能买一艘游艇。有了别墅和游艇，在这里就能生活得非常逍遥。这一点我是相信的，因为这里的人都很快乐，生活得很悠闲，聊聊天，唱唱歌，喝上一些啤酒，身上就充满了一种幸福的味道。

我们开玩笑地说，这里这么好，要不要在这里买块地，盖个房子呢？而且我们盘算了很久。来到美国之后，类似的话题老是出现，说明这块土地确实有它独特的魅力。

黄昏的阳光很美，黄昏时分的绿草、蓝天、白云也很美。小镇被一种魔幻感极浓的光线所笼罩，说不清的神秘和美丽。海水轻轻拍打着岸边的石头，热闹欢快的音乐越飘越远，小镇在热闹之外显出了一种独特的宁静。也许，这是有信仰的土地所独有的宁静。

这种有山有水有草坪的景观，生活在西部戈壁的人是轻易看不到的。站在海边，遥望着快乐的人群，我想起了家乡凉州的父老乡亲。家乡的老百姓也很快乐，很知足，也能悠闲自在地喝喝小酒，将生活过出另一种味道，但他们看不到外面的世界，看不到各种各样的生活。有时，我仍会为他们感到遗憾和难过。但还是那句话，命运是由自己造就的，想要走出西部的戈壁荒漠，让人生和生命拥有更大的格局，需要每个人去成就自己，让自己变得更加博大、更加强大。

虽然不能单凭一点印象就对一个地方下结论，但我们还是觉得这里很好，至少这里的自然景观很好，人文氛围也很好。但据说当地人的文化层次并不高。而且，假如真让我们住在这里，我们恐怕会觉得非常寂寞，因为这里看不到一个华人，也听不到一句中文。

朋友谈起了西雅图，他说西雅图比这里更好。不过，他说的恐怕不是自然景观的好，而是人文氛围的好吧。因为，虽然我们一直在享受自然景观，但面对一块土地的时候，我们最看重的其实不是自然景观，而是一种真正的信仰上的自由。

远处有一片很大的草坪，有些家庭正在草地上举办家庭聚会。听说，一到周末，这里就有很多家庭举办聚会，相当于当地的一种风俗。欢乐的聚会、开阔的空间、热情淳朴的氛围，让这个巨大的草坪有了一种草原的味道，也让我想起了甘南草原的香浪节。但是，与此同时，我也想起了一年前对甘南藏地的考察，想起香浪节期间那些表情呆滞的藏人们，从他们身上，我们感受不到香浪节的快乐，只有一种习惯性的重复。这样的“继承”能延续多久？

有个很胖的男人进入了我们的视野，他应该是当地人，他的胖，有一种惊人的感觉，像是一头雄壮的大象。奇怪的是，他追着孩子的时候，却又矫健得像只猴子。你很难想象，这么庞大的身躯，怎么会有这么灵巧的动作。真是奇怪的人类。来到这块土地上之后，我经常跟陈亦新开玩笑说，要是某个华人长得这么胖，他的心脏肯定受不了。如果说西方人是食肉动物，那么中国人就有点像食草动物，两者的体质是不能相提并论的。我在华人中也算非常健康的，年轻时练了很长时间的武术，要不是个子矮了一些，也算得上魁梧了，但我仍然觉得自己不能跟西方人对垒。直觉告诉我，我们根本就构不成一个量级——我指的是体力和身体机能。由此看来，霍元甲真的太厉害了，他竟然能把洋人给打败。一笑。

我们还看到两个正在荡秋千的外国小朋友，他们玩得很开心，叽里呱啦地说着流利的英语。我觉得非常好玩，于是模仿了一下，结果比他们说得更加流利，只是连我也不知道自己在说些什么。小朋友们都笑了。

这个小镇很小，仅仅相当于大陆的一个小村庄，但它很好，它带给我们的都是一些非常美好的东西，比如快乐、惬意、逍遥。这是一块很容易让人产生好感的土地。

Commonwealth of Pennsylvania-USA

宾夕法尼亚州—美国

让人陶醉的农场小镇

写于2015年5月24日，美国宾夕法尼亚州

吃过早餐之后，我们离开东北镇，前往旅途的下一站。

那是宾夕法尼亚州的一个小镇，坐落在山区里，到处是密林。透过茂密的树林，我们看到了很多小别墅。在美国，似乎任何地方都有很多小别墅，或者说，在北美一带，别墅式的独立小楼就是当地人居住的常态。他们不认为那是别墅，只觉得那是很普通的住宅，别墅对他们来说是另一种概念。

这里的树林很漂亮，每棵树的树冠都很大，有一点原始森林的味道。它让我想起了在杭州见过的一个林子。草地也有一种鹅黄嫩绿的感觉，色彩非常美丽，尤其在明媚的阳光投射到地面上时，这块土地就像在闪光。

汽车沿着山道行驶，时而颠簸起伏，不同层次的绿色——偶尔还会出现一些红色——像光带一样从视线中不断流过，我们就像行走在歌里，大自然是流动的音符，我们的心情就像此刻的阳光，非常明媚。

突然，我们看到一只红色的鸟儿正在观察我们，它也许知道我们是远道而来的客人，所以向我们展示着自己的美丽。

天空仍然是湛蓝的，因为没什么云，看起来就像无风的海面，澄明、深邃又宁静。

美国的小镇总是那么美，一路走来，我们似乎没见过什么地方不美，真是令人惊讶。不过，这里好像没有多少人，到处都是密林、草坪和农场，虽然有车辆来来往往，也只是偶尔出现一下，那么，在这里待久了，人会不会觉得很寂寞？我们想起电影《断背山》，那是中国导演李安的作品，故事背景正是美国的乡下。电影里有个叫恩尼斯的人，他的太太就不喜欢住在农场里，因为没什么人陪她的孩子玩，她自己也觉得很寂寞，就吵着要搬到城里去。不过也不一定，我们就很享受这种宁静清幽的乡下。在城市里，甚至包括华盛顿，我们都不曾有过那么浓烈的喜悦和陶醉。

这样的地方国内已经很少了——当然也有，但不像美国那么密集，比如甘南卓尼车巴沟的贡嘎寺一带，那里也有这样的格局和氛围。西部有很多没有开发的地方都很美，包括茫茫大沙漠。其实，只要没有遭到人为的破坏，大自然就会非常美好。但有时也说不清。美国的气候本身就跟中国不一样，跟西部更不一样，这里的自然条件本身就很好，人又那么少，只要稍微有意识地维护一下，这里的环境就会很好。中国的情况却复杂得多，维护起来也要艰难很多。总而言之，中国和美国在自然环境方面的差距，实在让我们感叹。

虽然这里很偏僻，人很少，但有时我们也会发现大一些的村落。所谓大一些的村落，就是聚在一起的人稍微多一些。它跟国内所说的乡村不是同一个概念。严格地说，美国是没有乡村的，因为每个美国人生下来都是平等的，没有城市户口和农业户口的区别，住在乡下的人也不算真正意义上的农民，他们只是生活在远离城市的地方，有另一种职业而已。乡村是一种以户口为基础的概念，而户口这个概念是中国独有的。

时不时有摩托车和小车呼啸而过，但不知道他们是我们这样的游客，还是当地人。当地人似乎都有车，可能因为这里太大，交通太不便利，去超市或学校，都必须开车。而且，我们看到的每一栋房子外面都停着好几辆车，有一辆还是吉普车，说明当地人的生活还不错。

据说，这里是美国有名的蘑菇之乡，蘑菇产量占全国的一半以上。很多农场里都种了蘑菇。当然，除了蘑菇之外他们也种别的，比如玉米之类的庄稼。我们没有具体去了解，只是远远地浏览了一下。有时，我们还会看到一些用木头圈出来的场地，有点像西部人的马圈，说不定真是马圈。

我突然想起一部叫《冷山》的小说，它讲了一个发生在南北战争时期的故事，故事背景在美国的南卡罗纳州，感觉有点像这个小镇。我还看过它改编的电影，也叫《冷山》，是在罗马尼亚拍的。虽然换了个国家，换了个环境，但味道和氛围跟这里还是很像。

又往前走了一段路，我们看到了一个巨大的超市，好像是沃尔玛超市，里面什么商品都有。看来，这里虽然离城市很远，但物资一点都不匮乏，甚至相当丰富。这跟国内的村镇很是不同。而且，这里的公共资源很是齐备，别处有的公共资源这里也有，比如中小学——当然，国内也是到处都有中小学——所以，在美国，哪里都差不多。

离公路不远的地方有一片很大的墓地，估计有数以千计的独立的小坟墓。每个坟墓都有石碑，石碑上都刻着长眠地下者姓甚名谁。让人好奇的是，有些坟墓上立着十字架，其他坟墓则没有。不知道，有十字架的坟墓里埋的是不是基督教教徒？

要是在国内，居民区是不可能出现这种景象的。对大部分中国人来说，死亡都是他们避讳的话题。在他们心中，死亡代表了生命的终结，有一种阴森森的、非常悲惨的味道。所以，国内的火葬场、墓园等都建在比较偏僻的地方，至少不会跟居民们朝夕相对。这个墓园却建在民居旁边，而且显得非常阳光，一点都不阴森，非常宁静，就像一个历尽沧桑的人只想静静地待着，不去管红尘中的一切纷扰。

其实，按传统中的说法，这样的地方是很好的。时常见到死亡的景象，离死亡总是很近，人容易看破活着时一些虚幻的欲望，离苦得乐。古代印度，很多修行人都会专门住在尸林里，为的就是打碎自己的执著和欲望，让自己生起牢固的出离心。而这个美国小镇，却直接把“尸林”建在了老百姓的身边——墓地旁边还有很多小房子，好像也住着人，不知道住的是不是守墓人——不过，比起古印度的尸林，这个墓园的环境实在太好了。而且，按传统的风水学原理来看，这个小村的风水非常好。

杜邦先生的遗产

写于 2015 年 5 月 24 日，美国白兰地酒山谷

不知道刚才经过的农场小镇叫什么名字，有人说是切斯特县，也有人说不是。美国有很多地方都叫这个名字，同样不知道为什么。也许，这就是一个常见的名字，有点像中文的“张三李四”。当然，用这个比喻来形容那个美的像童话一样的小镇，好像不太合适。

我们之所以没有在那个很美的小镇上逗留，主要是因为正在去往宾夕法尼亚东南部一个叫长木公园的地方。那所在过去是私家花园，属于美国的超级大富豪杜邦先生，杜邦先生去世之后将其捐出，它就成了美国社会的共有财产。在美国，这个公园非常有名，据说是世界上最美的私家花园。

到了公园门口，我们才知道这里的门票要二十美元。我和陈亦新犹豫了很久，不知道花那么多钱观赏花卉树木是否值得。毕竟，我们此行最主要的目的是考察人文，观赏风景只是一种顺带的享受。但文韬不这么认为，他极力劝说我们，希望我们还是进去看一看。因为，如果我们不进去的话，就永远不会知道公园可以美到什么地步。文韬很热情，热情得让我们几乎没办法拒绝，所以我们只好把犹豫放下，买票进园。后来，事实证明文韬是对的，假如为了四十美元不来走一趟，将来我们很可能会后悔的。

长木公园很大，有一种看不到尽头的感觉。我问朋友它到底有多大，朋友说好像是一千多英亩，也就是超过四平方公里。朋友还说，这里的植物估计有上万种，相当于全世界植物物种的百分之

二十，其中有很多百年老树，还有来自全球各地的奇珍异草，世界五大洲的植物这里都有。因为各种植物的特性不同，适宜生长的环境也不同，杜邦先生将整个公园分成了二十个展区，其中包括二十个室外园区和二十个温室园区，分别是热带植物园、沙漠植物园、蕨类植物园、棕榈园、玫瑰园、兰圃、盆景园等。他们在不同的展区模拟不同的生态环境，于是保证了那么多植物的和谐共存。

我问朋友，杜邦先生为什么要建一座这么大的花园，因为他喜爱植物和园艺吗？朋友说不完全是，杜邦先生确实喜欢园艺和植物，但他之所以建造这个公园，完全是因为一个巧合：1700年，宾夕法尼亚殖民地的开拓者、贵格派改革家威廉·佩恩把这块土地卖给农场主乔治·皮尔斯，皮尔斯家族从此定居在这里，以畜牧和种植为生。至今，长木公园还保存了一处叫牧牛草场的景点，作为对长木公园的前身——皮尔斯农场的纪念。九十八年后，也就是1798年，皮尔斯家族的山姆、约书亚两兄弟不再满足于经营农场，从各地收集了很多珍贵树种，栽种在这里。于是，这里慢慢形成了一座小型植物园，人们称之为“皮尔斯公园”。1906年，皮尔斯家族的农场资金困难，面临倒闭，当时的农场主就想砍掉这片树林。这时，杜邦先生已经成了大富翁，他听说皮尔斯公园里那些百年老树要被砍光，心里觉得非常难受，就马上给了皮尔斯家族很大一笔钱，买下了皮尔斯公园。也许，正是这次的拯救给了杜邦先生一个梦想。此后的多年里，他投入了大量的金钱和精力，在原有基础上对皮尔斯公园进行扩建。据说，每次去欧洲，他都会记下很好的景观和设计，一回到美国，就复制到自己的花园里。比如，他特别喜欢意大利的喷泉，就在花园里建了意大利风格的喷泉广场。此外，他还建了大型温室、音乐厅、人工瀑布、钟楼、观鸟屋等。很多年后，这个庞大的工程终于完成了，杜邦先生给它取了个名字，叫“Long Wood”，意思是长久的树木。顾名思义，长木公园的建立初衷是为了保护那些珍稀树种，希望它们的生命能更加长久。不过，杜邦先生在世的时候，花园还没有现在这样的规模，精华区域只有三百五十英亩。他去世之后的六十年中，后人继承他的遗志对花园进行扩建和完善，才有了今天这样的规模。据说，杜邦先生在去世前创立了长木公园基金公司，并将绝大部分遗产注入长木公园基金，以作维护和改善公园的费用，并在1946年向特拉华州政府提交遗嘱，捐出长木公园。他在遗言中说过，长木公园将“为大众提供展览、教育及游乐，永远不得改作他用”。因此，直到今天，长木公园依然全年无休地向社会大众开放。而人们谈到长木公园时，也会称之为“杜邦公园”，以此表达对杜邦先生的感谢。

对于这位杜邦先生，我了解的不多，只知道他是法国人，毕业于麻省理工学院，是杜邦企业的第三代掌门人，1892年跟表弟在新泽西州的工厂开始生产无烟火药，1902年与另外两个表弟一起购买了杜邦公司，从此正式开始做火药生意。第一次世界大战期间，他得到了巨额的盟军弹药合同预付款，公司从此迅猛发展。但与此同时，他和他掌管的公司成了人们眼中的“死亡商人”。谈起他和杜邦家族的过去时，人们会说他们发的是战争财，这种评价显然有一种贬低的味道。其实，不但世人看不起发战争财的人，佛教的传统说法也很反对这种行为。佛家文化认为，所有的杀生害命都是在造恶，何况战争这种大规模杀人的行为？佛家文化还认为，即使你没有亲手杀人，只要在生产杀人武器，帮助别人杀人，你就是罪恶的，杀人者的罪恶不但属于他们自己，也属于你。我们的老祖宗也说过，“德不配位必有灾殃”，意思是德行和福报必须对等，如果你的德行不能跟福报对等，就必然会为“不合理的所得”付出代价。换句话说，杜邦先生也罢，杜邦家族也罢，如果不是热衷于慈善事业，始终将赚到的钱回馈社会，做一些对社会有益的事情，他们就不会像今天这样，不但没有败落，还一直长盛不衰，一直是美国最富有的家族之一。

关于杜邦家族在慈善事业上的成绩，说法有很多，其中最著名的就是将长木公园捐给社会。最近，我还听到了一些新的说法：杜邦先生建造创立了特拉华州大学，捐赠了数百万美金给特拉华州公立学校，还重修了特拉华州残旧的黑人学校。现在甚至有一种说法，认为杜邦家族支付了特拉华州所有政府人员的开销，因为特拉华州的某些商品没有销售税，政府收入不够，支付不了那么庞大的开支，而杜邦家族非常富有，其收入之高足以养活整个州。我问朋友这是不是真的，朋友也不知道。不过，不管这种说法是否属实，至少说明杜邦家族有乐善好施的习惯，否则也不会出现这样的传闻。

事实上，杜邦先生将大部分遗产捐出，建立长木公园基金会，这就很了不起了。杜邦先生去世至今已超过六十年，长木公园每年的开销都高达三千万美金，其中一半费用由长木公司通过门票及销售收入来支付，另一半则由杜邦先生的长木公园基金支付。这是一笔庞大的费用。当然，长木公园基金里必然还有其他人的捐款，不只是杜邦先生自己的捐款，但是，能将自己几乎所有财产都用来造福社会，这已经很了不起了。更了不起的是，长木公园的运营和维护完全不用政府参与，包括任何资金上的支持。换句话说，杜邦家族给国家增添了一种美好，还不给国家和人民带来一点麻烦。单纯从这个角度看，美国企业家身上就有一种值得学习的东西。

而且，杜邦家族不但给社会提供了美景，还在不断为社会培养园艺方面的人才——据说，他们一直在举办免费的园艺知识讲座，甚至设立了两年制的园艺专科和研究生课程，学员毕业后，还可以在长木公园实习。这也是杜邦先生的遗愿之一。

至今为止，长木公园有六百多名员工和五百多名志愿者，其中有五十位园艺师，长木公园相关的一切，都是他们点点滴滴完成的，包括杜邦家族对长木公园的各种设想。而且，他们的执行相当到位，以至于这个非营利性、没有政府支撑的公园拥有良好的造血机制，杜邦先生去世的六十年来，它不但没有逐渐失色、没落，反而变得越来越精彩，花房中的珍稀植物种类也在不断增加。可见，长木公园不但没有变成杜邦家族的负担，反而形成了一种全新的良性循环。它的成功，或许可以为这个时代的经营者提供很多启迪。

长木公园，花的海洋

写于2015年5月24日，美国白兰地酒山谷

长木公园是花的海洋，也是色彩的海洋。这里的每一个地方都有无数种颜色，明亮，充满生机，温馨得让人难以置信。行走在这个巨大的花海中，我总会想起文韬的那句话：“如果不进去，你

永远不会知道它有多美。”真是这样。过去，我根本不知道花园能美到这个地步，即使是历代皇帝的花园，也未必有这样的巧妙构思。当然，中国园林也有它独特的美，但中国园林的美是含蓄的，它需要你去感受、去想象，而长木公园的美却是富有侵略性的，它跟美国文化一样，非常直接，就像发射原子弹那样，用阳光般的艺术之美将阴郁的世界整个炸裂。

听说，每到不同的季节，这里就会换上不同的花。比如，现在是夏季，以飞燕草、八仙花、风铃草等时令花草为主，再过几个月，到了秋季，就会换成各种菊花和造型菊，也就是由很多菊花组成的花卉艺术品。进入冬季之后，尤其在圣诞节期间，这里则会以一品红为主。到了早春时节，又会换成水仙和报春花，然后是郁金香和百合……这么大的一座花园，花草树木的种类那么多，每种植物都有自己的生命周期，很难想象，他们是怎么进行日常维护的？怎样才能做到如此细致入微？也许，他们每一天的生命都被花园的各种事务给填满了，不知道他们会不会觉得忙碌疲惫？很可能不会。这里的工作人员看起来都很快乐，精神面貌非常好，充满了活力，非常阳光。每一天都跟大自然生活在一起，哪怕事务繁多，也是一件快乐的事情吧？何况，这也许正是他们需要的意义。能用自己的生命完善一件艺术品，让世界多一点美的享受，也很好。

办一个这样的公园确实挺好的。

其实，美国那么大，闲置的土地那么多，自然环境又那么好，只要有钱，就可以买无数的花园。理论上说，办一个这样的公园并不是难事。但事实上，能像杜邦先生那样，耗费巨资，为国家和人民办这样一个公园的人并不多。正是因为这样的人不多，杜邦先生才走进了美国的历史，让世界忘掉他“死亡商人”的过去，记住他乐善好施的背影，记住他给世界留下的美。

这个公园太美了，美得像是一个童话。它让我想起了电影《爱丽丝梦游仙境》。嫩绿的草坪、画般的景物、充满梦幻之美的一切都在告诉我们，这里不是真实的世界，它本应活在人们的期待里。但眼前的花园偏偏是真实的。这里的一草一木，都有一种浓浓的、原始森林般的感觉，即使有鲜花的点缀，即使经过了人为的雕琢，也显得无比和谐，甚至有一种浑然天成的味道。似乎，这里的每一朵鲜花、每一个草坪、每一栋建筑物都是大自然的一部分，和大自然都是一体的。在这里，我们感到了一种遮天蔽日的大自然的气息，它和国内的公园太不一样了。也许正是这一点，让它吸引了那么多的游客。

很多人与我们擦肩而过，虽然谈不上“游人如织”，但游客的人数确实很多。有趣的是，我们再一次看到了很多华人。在美国，除了一些非常偏僻的山村，好像你不论走到哪里都会看到华人。这让我想起了人们形容民勤人的那句话：“天下有民勤人”。作为坚韧得像野草一样、能在各种环境里存活的中国人，我们是不能不骄傲的。

我们还看到几个外国老人，他们的头发几乎完全白了。这不一定说明他们很老，因为外国人一旦上了年纪，头发就容易完全白掉，也许跟体质有关。不过，白发苍苍的他们不但没有显出苍老，反而散发着一种独特的味道。用朋友的话来说，就是“充满了魅力”。西方有大量富有魅力的老人，东方人的群体中却很少见到，不知道是环境使然，还是文化使然，抑或两种原因都有。

而且，这里的经营理念非常先进，杜邦家族将经营公司的理念用在了经营花房上面，因此长木公园才有很好的造血机制。来这儿之前，我就听说这里有很多收费活动，比如各种展览。其中有一个展览叫千灯之夜，一般在十月中下旬的周末举行，展览期间，公园里会摆上很多很多的中式灯笼和日式灯笼，还有古琴乐团表演。我看过朋友的照片，那景象非常美，完全不同于中国传统的花灯夜，有种充满现代感的、浓浓的诗意，让人陶醉。其实，中国有很多传统都很美，假如中国的运营者像长木公园的运营者那样，扩宽思路，将传统与现代相结合，那么愿意接受传统、享受传统、继承传统的人一定会更多。可惜，很多时候我们都有很强的思维惰性，习惯于禁锢自己，而外国人旁观我们的文化时，却会发现更多种美的角度。在这个公园里，似乎一切都是艺术品，一切都美得震撼人心。从感官享受的角度来说，长木公园已经做到极致了。

行走在绿草畔、花丛间，我无数次发出由衷的赞美。杜邦先生太了不起了——我说的不只是他的胸怀，还有他的想法。这里有那么多花卉植物，还有那么多草坪、喷泉、池塘和湖泊等，甚至还有泉眼、人工瀑布和钟楼……那么多各具特点的存在同时出现在一块土地上，却一点不显得杂乱无章。在这里，你甚至找不到任何一个单调或重复的细节。一切都和谐有序，一切都饱满多彩，一切都在相互辉映、相互增彩，一切都互为装饰、互为点缀。

时不时的，身边的人群之中就会响起赞美的声音。同样此起彼伏的还有水声。清凉的水声一波波响着，抚慰着游子的心灵。还有鸟鸣，它应和着风吹草木发出的沙沙声，无比悦耳，让人浮想联翩。

我们沉浸在一种巨大的宁静之中，享受着这份宁静所饱含的温馨。

不知不觉间，眼前出现了一个池塘，池水清澈见底，植物倒映水中，照出不同层次的绿。整个画面有一种油画的味道，很像莫奈的《睡莲》。偶尔有些零碎的黄叶漂过，水面随着风的节奏一下下荡着，荡出淡淡的泡沫。一些小鱼在水下穿行，姿态非常逍遥自得。不知道它们是早就习惯了观众，还是根本就不在乎观众，只管活在自己的世界里？绿树的枝叶也在微风中摇曳，树丛中偶尔露出一簇鲜红的小花，有点像夹竹桃，不知道是不是。这里的花太多了，很多我都叫不出名字。

水声忽然变大了，一阵一阵的。我们往前走了一会儿，才知道前面就是喷泉广场。这里是整个公园人工气息最浓，也最为奢华隆重的地方。所有喷泉的水池和水道都是大理石砌成的，喷嘴共计三百八十个，每三十分钟喷涌一次，喷出的水柱最高可达几十米。很多人都在看喷泉表演，人群中时不时就会发出欢呼声。据说，到了晚上，这里的表演将会更加精彩，但参加者需要另外交费。对非会员来说，长木公园晚上的表演都要另外收费，但参加的人似乎还是很多。

我对喷泉群的兴趣不算太大，相对来说，我还是更喜欢自然本真的东西，但我也觉得这里很美，设计者很有品味和心思。而且，虽然这里充满了人工雕琢的痕迹，但是跟周边的自然美景搭配起来，倒也不显突兀，有另一种味道。

附近的草坪也很有意思，各种灌木之类的植物被修剪成奇奇怪怪的样子，有的像金字塔，有的像鸵鸟，有的像曼扎，有的像麦积山，有的像蒙古包，像什么的都有。它们给这个空间增添了一种奢华感，也让我们想起了旧时代的欧式庄园。

很多人都在附近照相，我们也照了几张。

长木公园里不但花多草多，树也很多。一路上，我们看到了很多非常高大的树木，估计年岁不小了。看到它们，我就想起了将此处起名为“Long Wood”的杜邦先生。如果他知道，很多珍稀树种因为长木公园一直活到现在，他应该会很欣慰的。也因为承载了这样的故事，眼前这片庞大的森林给了我另一种感觉——它们不仅仅是观赏物，也不仅仅是人们生活的点缀，它们记录着历史的变迁，记录着时代的沧桑，也代表了一种沉淀。当然，它们也代表了人类对美好精神的一种追求。

很多树上都挂着小牌子，标记着此树的来处和特征，其中还有中国的银杏树。有些朋友认为银杏不一定属于中国，这是错的。因为，在很多很多年前，银杏就已经成了中国的特产。当然，三亿多年前，银杏确实广泛分布于北半球的欧洲、亚洲和北美洲一带，但白垩纪晚期就已衰退了。五十万年前，欧洲、北美和亚洲绝大部分地区的银杏树都灭绝了，只有中国的银杏树保存了下来。因此，我们在国外看到的银杏，确实是直接或间接从中国传入的。包括我们在这看到的那么多种牡丹，也是由中国传入的。据说，最早将牡丹传入日本的人，就是来中国取经的空海和尚。

走在林荫小道上，我们几乎见不到太多的阳光。丝丝缕缕的光线穿过树叶的缝隙，洒落在小道的路面上，留下斑驳的光影。整个氛围有一种黑泽明电影的感觉，也充斥着一种寂静感。我们在小道的路面上看到了很多碎木，据说是死去树木的“尸体”——树木一旦死去、腐朽，工作人员就会用绞木机将其绞碎，铺在土地上，让它们“化作春泥更护花”，为大自然提供营养。

我们还发现了一棵很有意思的大树，它的底部有个大洞，不知道是旱獭的小屋，还是松鼠的家。看那大小，一般是旱獭的家，但我们没有看到旱獭，不知道它在洞里睡觉，还是出去觅食了。也不知道这个洞是它挖出来的，还是天然出现的。如果是后者，我们就不得不感叹自然的奇妙了，它怎么能想到在树底给小动物准备一个这么别致的小屋呢?

不远处还有一棵树也很有个性，它不算特别大，看起来有点怪怪的，它的身上有很多“伤疤”，也许是修剪枝丫留下的伤疤，接近地面的地方有一大块树干腐朽了，腐朽处立了个小牌子，不知道是不是在解释老树受过的伤。伤口和伤疤让老树显得那么沧桑，很像一个干瘪的老人，有一个瞬间，我们甚至以为它已经死去了。然而，它却伸展着树枝，长出了很多很多的绿叶，看起来生命力非常旺盛。不知道它之所以有那么独特的气质，是不是因为经历过无数的沧桑？看着它，我们肃然起敬，不由得赞叹生命的强大。我专门让陈亦新帮我们拍了张合影，以作留念。它真是一棵美丽的大树。

平地上有太多的植物，看不到太远的地方，上了山坡，视野才开阔起来。我们看到了远处的空地。这个公园有很多地方都很像高尔夫球场，空间很大，也非常开阔。听说，如果你仔细游览，不错过任何一处美景，那么没有两天时间是绝对走不完整个公园的。幸好，入口处准备了多种语言的游园指南，上面标出了公园里最为重要的三十三个景点，游客们可以自主地安排参观路线。时间充裕的，就一个景点一个景点地参观；时间不充裕的，就选出几个自己最感兴趣的景点参观。虽然后者也许会留下遗憾，但也是没有办法的，我们今天就是这样，因为时间关系，我们不可能参观所有的景点，也不可能欣赏晚上的展览和表演，只能大概了解一下这里的情况。

在所有景点中，大型温室可以说是重中之重，任何游客都不会错过。有人说，长木公园的温室是美国最大的温室，比洛杉矶的亨廷顿温室花园还要大很多。我向朋友问询亨廷顿温室花园的情况，朋友告诉我，那也是一个很值得去的地方，集图书馆、艺术馆与植物园于一身，很有特色，有人称之为“花园式的图书馆”，但它没有长木公园这么大，也没有长木公园那么精致。长木公园本身就是艺术品。而且，因为独特的缘起，长木公园有一种别处没有的人文之美。另外，长木公园的温室里会举行很多活动，比如音乐会等。有些准备结婚的年轻人还会在这里拍摄结婚照。总之，长木公园跟生活结合得非常紧密，它有一种安守花园的本分，但又超越花园的局限的味道。

沿途，我们还看到了一个养鸟的小屋，此外还有一个建在几棵大树间的小屋，它非常漂亮，有一种童话小屋的味道，朋友说它就是观鸟屋。它总共有三层，第一层不知道是干什么的，很暗，也许是供游人休息的，因为旁边就有几张长椅。游客可以直接沿着长梯上到二楼，也可以进入一楼参观，然后沿着一楼后面的楼梯上到二楼。二楼相对明亮一些，因为比一楼高，门口立着很多橡木制成的小精灵像，一看就知道是为孩子们建造的。屋里还有一部机器，据说也是孩子们爱玩的，叫人工鸟鸣器，里面储存了四种鸟叫声，而且对每一种鸟叫声进行了介绍，比如这是什么鸟的叫声，这种鸟长得什么样子，有什么特别的习性等。孩子们想听哪种鸟叫声，就把下面的圆形手柄摇到哪个位置，机器就会放出相应的鸟鸣声。据说，很多孩子都喜欢把玩这台机器。

我发现，日本人和美国人都很善于见缝插针地给孩子们传授知识，但中国人没有这个习惯，中国人享受的时候就是享受。比如，中国孩子吃饭的时候就是吃饭，而日本孩子的吃饭却是另一种上课——在日本的很多小学里，孩子们都会集体在教室里吃午饭。每天每个班级都会安排几个孩子当值日生，统一从饭堂把食物搬到教室里，值日的孩子们会自觉遵守卫生方面的规定，戴好帽子和口罩，穿好围裙，老师还会适时地教育他们，让他们养成专心吃饭、不浪费食物的好习惯。孩子们还会自己清洁餐具，饭后集体打扫教室的卫生。于是有人说，日本人在培养公民，中国人在培养“贵族”。从某些方面看，美国人跟日本人是有相似之处的。

杜邦先生的故居

写于2015年5月24日，美国白兰地酒山谷

长木公园还有一个重要景点，就是杜邦先生的故居。自从杜邦先生将包括私家花园在内的别墅捐出，他的故居就成了博物馆。

虽然长木公园非常美，但杜邦先生的故居却很寻常。它也是木头建成的，只在外壁包了一层水泥之类的材料，跟别处的民居没有太大的区别，你很难想象这里的主人是多么富有。杜邦先生显然是个朴素的人。

不过，他的故居非常大，里面陈列了很多跟他和他的家族有关的东西，比如他的照片，杜邦家族的文字资料，他生前的录音、视频及用物等。录音和视频都是循环播放的，似乎没有停过，但我们听不懂。幸好文韬和陆雪晴也来了，他们一路上都在为我们做翻译。

这里的每一个房间都由房门相连，参观完这个房间，就可以直接进入另一个房间。每间房子都有一种陈列室的味道，灯光非常柔和，又有些昏暗，走在里面，有一种穿越时光隧道的感觉。我突然想起古埃及的方尖碑，法老们把自家的丰功伟绩刻在方尖碑上，杜邦先生把自己和家族的事迹定格在博物馆里，两者都有一种广而告之的味道。这也是可以理解的，不管伟大还是渺小，人类都会想方设法地追求永恒——事实上，长木公园本身就是一个巨大的广告，因为这个广告，人们会自然而然地忘掉这个家族不光彩的过去，甚至对他们生起一种由衷的敬佩之情。当然，如果从这个角度理解杜邦先生的捐赠，有一种美好就会瞬间被打碎，变成肮脏的机心和伎俩，这不是我们愿意看到的。我们更愿意把它看成一种纯粹的善举。但我们也要承认，这里有很多地方都在宣传杜邦家族，都在为杜邦家族带来更大的影响力——显然，他们非常懂得如何传播自己的文化和历史——不过，就算杜邦先生在捐赠时还有一点私心，我觉得也没什么不好，我们不能要求所有人都是圣人。比起很多靠绯闻等莫名其妙的手段扩大知名度，让社会大众记住自己、不要忘了自己的人，杜邦家族的“广告”有意义多了，毕竟它在传递正能量，它的贡献是实实在在的。

已经走了很久，我们都有些饿了，公园里有吃饭、喝咖啡的地方，也有很多地方出售特色小吃，但我们没有去吃，而是继续游览。我们的时间不多，值得看的东西却太多，把时间花在哪儿都有的咖啡厅里，似乎有些不值得。参观完长木公园，我们就要去费城。费城离这里很近，五十三公里，开车过去大约需要一个小时。

随后，我们参观了杜邦先生的办公室和音乐厅。这两个地方都显得朴素大方。音乐厅里展示着一些乐器，比如钢琴等，不知道是不是杜邦先生用过的。房间里还立着很多介绍牌，不知道上面写的是什么，也许是发生在这里的一些生活片段吧。听说，杜邦先生经常在这里举办音乐会，每逢举办音乐会，就会有很多乐师在这里奏乐。怪的是，我们至今仍然能感受到当时的氛围：美妙的音乐在这间朴素的房子里流淌，人的心灵就像流水一样宁静和清凉，大家不约而同地不再交谈，而是立即沉浸在音乐营造的诗意氛围之中，忘掉了自己，贫富的概念没有了，时空的概念没有了，昨天和今天没有了，房子和乐师们似乎也消失了，剩下的只有一种难以言说的生命体验，还有心头的一点喜悦……

我们走向一座非常特别的建筑，朋友说，它就是温室花房。它的屋顶是玻璃的，墙壁也是玻璃的，无数块巨大的玻璃由貌似钢筋的材料固定在一起，看起来非常壮观。在外面，我们就可以看到里面的布置——里面种了很多植物，有非常高大的棕榈科植物，也有一些相对较矮的植物，还有各种各样的花卉等。有一种吊在半空中的花球很是好看，而且非常可爱，我觉得那是绣球花，但不知道是不是。

听说这里是热带植物馆，像这样的温室花房，公园里还有很多。人们说长木公园有上万种植物，在这里，我们总算是见识到了。我也算走过很多地方，但这里的很多花草树木我都是第一次见，要是今天不来这里，我们真不知道世界上还有那么多美丽的植物。

这里的空间很大，非常宽阔，听说曾是杜邦先生待客聚餐、举办舞会的地方。最多的时候，这里可以容纳上千人甚至几千人。可想而知，当时的场面有多么辉煌，杜邦家族的实力、格局和文化又是多么的非比寻常。

据说，因为乐善好施，过去的大家族都有招待客人的习惯，包括一些国内的大师，比如谈锡永上师等。谈锡永上师家里就每天都有人来吃饭，这已经成了他们家的传统。不过，对很多人来说，招待客人、举办舞会不仅仅是朋友间的交往，也是成功的另一种重要手段。当然，我所说的很多人，指的是很多富有的大家族和成功的大师们，对一般人，尤其是我们这些贫寒家庭长大的孩子，这种生活是想都不能想的。

实际上，长木公园本身就有一种巨大的气象，这种气象便能说明杜邦家族的格局——或许也说明了美国的某种文化。当我们从西部走向岭南时，常会感叹岭南文化和岭南世界的大气，如今从岭南走入北美，来到杜邦家族的公园，看到杜邦先生的故居，我们看到了更大的格局。正是这样的大格局、大气象成就了美国。所以，想要了解美国，就必须了解这些具有代表性的家族，否则，你是很难了解美国的。

抬起头望向玻璃穹顶外的蓝天，阳光经过玻璃的过滤，显得非常柔和。湛蓝的、没有云彩的天空很美，透过四面的玻璃墙看到的景色也很美。因为几乎没有遮挡，房子里的阳光非常充足。有朋友说，在这里看星星、看夜空、看月亮，人一定会非常陶醉。我觉得也是，这里有那么多植物，有那么多美丽的花卉，到了夜晚，四围寂静无声，在这里席地而睡，伴着植物独有的味道和灿烂星光入睡，肯定会令人陶醉——当然，这只是一种忽略了光合作用的诗意化假设——不过，这里毕竟是室内，整个环境都是人工营造的，定然少了一分野外独有的气息。我欣赏这种与大自然浑然一体的美，但更享受原始本真的自然。很多时候，美景并不需要量的堆砌，只要有一颗诗意宁静的心，便足矣。

很多游客都在专心致志地欣赏植物营造的美景，有些人的脸上充满了敬畏和幸福——他们双手交叠，放在胸间，脸庞上扬，一脸圣洁。那样子，就像在赞美上帝。不知道杜邦先生如果看到这景象，心里会有什么感想？他在捐出长木公园的时候，有没有设想过这里将会产生的改变？他是否会对它有一种憧憬呢？去世时，他是不是完全地放下了？我们不得而知。

大理石的地面反射着阳光，给温暖的室内增添了一点凉意。这样的设计充满了奢华感，跟外面的意大利喷泉群一样，有一种奢华到极致的味道。在这里参加舞会的人，肯定跟此刻的我们有着不一样的心情。

西方过去的舞会很热闹，看过《傲慢与偏见》的人也许还记得那种景象：许多人聚在舞厅里，转来转去地跳舞，一会儿跟这个跳，一会儿跟那个跳，不跳舞的人则聚在一起聊天，家长里短，社会动态，国家大事，人是人非，无所不聊。整个场面就像嘉年华会。不知道杜邦先生的舞会是否如此？不管是或不是，所有的场面都随着时代和生活的改变而消失了。无论多么辉煌的存在，一旦过去也就过去了。比如，法老们在自己的时代曾经多么辉煌？但那辉煌却很快过去了，记录辉煌的方尖碑大多遭到了损坏，还有一些早已被移往西方世界。人们只有旅游时才会提到埃及，至于埃及的历史和文化，也许只有学者和爱好者才会关注。世界就是这样，它会让每一个功利的人都失落。长木公园也是这样，如果它没有为世界贡献美，没有成为一个人们不想错过、不想忽略的存在，没有不断地与时俱进，那么它也会让杜邦家族感到失落。任何事物，任何文化，任何人的存在，都是这样。

在眼前这个偌大的空间里，我们想象着它曾经有过的喧嚣：

贵客云集，很多乐师正在奏乐，舞池里有上千人在跳舞，舞池旁有很多人在喝酒交谈，有些生意或许就是在这里谈成的，说不定还有一些婚约是在这里结下的。这里定然充满了人们喜闻乐道的红尘故事，但最后什么都没有留下。如今，这里洗尽铅华，只有一种大自然的味道，显得悠闲而宁静。

即使在这样的所在游览，我们也没有忘掉此行的目的。根据此行的点滴启示，我们再一次展开讨论：如何让中国传统文化走出去，如何让它拥有真正的价值和意义。我们觉得，宗教传播也好，文化传播也好，都应该从一些大企业——尤其是国外的大企业——的运营中学点东西。在这个方面，天主教已经为我们做出了表率，它本身就是一个巨大的公司。

我们还谈到了一个话题：有些宗教人物非常有名，实力也很强，他们到北美办学，完全可以有更大的影响力，但他们的影响力目前仍然非常有限。同行者问我这是什么原因，我告诉他们，原因是这个地方的生活太幸福、太舒适了，很容易消解修行必需的一些东西，让人失去了积极进取的活力。

我们也发现，国内曾经流传的一些东西也许不一定全面。比如，有本书谈到共济会，认为共济会控制了美国，也控制了世界，它迟早会统治世界。来到美国之后，我们发现可能不是这样。因为，如果没有多种力量互为支撑、达到平衡，而是一种力量独大，美国不会有我们看到的这种气象。我们眼前的美国，是一个综合的、多种力量达到均衡的国度，它不是一个单方的、由某种力量主导的国家。所以我觉得，银行的力量也罢，大家族的力量也罢，共济会的力量也罢，都只是作用于美国的其中一种力量，是这个巨大的格局之中的一个元素。在这里，任何力量都不一定是那种席卷一切的、令人恐惧的力量。因为，美国没有单方把控的气息，它的气息是多元的。

乐善好施的美国富豪们

写于2015年5月24日，美国白兰地酒山谷

参观长木公园，包括参观杜邦先生的故居，是我们第一次近距离接触美国富豪的生活。虽然这种接触仍然是间接的，我们只能通过各种现存的资料，在自己的脑海中描绘他们，但通过一些细节，我们还是对这个家族有了一种了解。当然，我的好奇不仅仅是一种作家的习惯，也是为了在对比中学习。我说过，无论我在做什么，无论我在哪里，我心中所想的都是我最该做的那件事——如何将中国传统文化传播出去。这是我的一个特点。

在这一点上，我跟美国的那些富豪们不太一样。他们更注重那些看得见的帮助，比如改善贫穷和疾病现状等，包括他们的教育，也是倾向于实用化的。而我注重的永远都是精神世界、心灵世界、信仰世界和文化世界，包括对他人的帮助，而这些都是看不到的。我的意思是，他们更在乎他们自己能做什么，我更在乎寻常人如何变成他们，甚至比他们更伟大、更能放下。换句话说，我在乎的是他们的生命程序，尤其是其中那些值得我们借鉴、我们可以借鉴的部分。

比如杜邦先生。在中国，我们看不到类似这样的富翁，我们

见到的大多是一些土豪。所谓土豪，就是将很多财富用于个人的挥霍和享受，但杜邦先生这样的美国富翁不是。他们把更多的财富用在朋友和世界身上。这不是一种垄断性、挥霍性、自我消费性的享受，而是一种更高意义上的享受。

美国很多老一辈的大富翁都有这个特点，他们活着时忙于工作和赚钱，临终时就把很多资产捐献出来，为公众所用，而他们的后代从小在这种文化中长大，发家后也会像父辈那样，时时把财富回馈给社会。

比如20世纪30年代匹兹堡的一位银行家安德鲁·梅隆先生，他曾担任美国驻英大使，两次出任美国财政部长，美国国家艺术馆就是由他促成并出资修建的。他是个非常有意思的人，人们说他采购艺术品是“海盗式”的，因为，只要他看上了一幅油画，就会不惜一切代价地得到它，如果这幅油画已经被抵押给银行，他就会连持有债权的银行也一起买下。在捐建美术馆的事情上他也是这样，因为下定决心要修建美术馆，他回国后的第一件事，就是请杰斐逊纪念馆的设计师波普先生制定了第一个建筑方案，此时他还没有向当时的总统罗斯福提出这一想法，更没有得到允诺。第二年圣诞节前他才致电总统，提出要出资建立美术馆，并将自己的大部分艺术品捐出，原因是“我们没有这样一座美术馆可以说是耻辱”。罗斯福总统在圣诞节后接见了他，并且与他达成协议：美术馆名义上是联邦基金支持的史密森学会的下属机构，由独立的受托人理事会进行管理。所谓独立的受托人理事会，指的就是梅隆家族。梅隆先生去世之后，他的儿子保罗·梅隆继承了父亲的遗愿，将父亲价值六千五百万美金的藏品全部捐给美术馆，并且担任美术馆的董事长和最主要的捐助者。随后的三十年中，美术馆不断收到私人捐赠的藏品，数量远远超出了储藏空间，于是保罗·梅隆又出资上亿美金修建了新馆和一座雕塑公园，用来摆放不断增加的各种藏品。安德鲁·梅隆先生的女儿也喜欢收藏艺术品，她花五百万美金购买了全美唯一一幅达芬奇作品《吉尼芙拉·德·本茜》，后来也捐给了美国国家艺术馆，成为艺术馆的“镇馆之宝”。

还有“钢铁大王”卡内基，他一生积累了无数的财富，但他很早就知道执迷财富没有好处。据说，他在三十三岁时的日记中写道：“对金钱执迷的人，是品格卑贱的人。如果我一直追求能赚钱的事业，有一天自己也一定会堕落下去。假使将来我能够获得某种程度的财富，就要把它用在社会福利上面。”而且他一直认为“一个有钱人如果到死还是很有钱，那就是一件可耻的事情”，因此，在个人事业的巅峰时期，他选择卖掉自己的公司，将几乎所有财富投入慈善事业。比如，他和梅隆先生共同创建了卡内基-梅隆大学，专门为国家培养专业人才，还捐建了卡内基音乐厅，以及三千多座公共图书馆和学校图书馆。此外，他建立了很多基金会和非营利机构，如卡内基基金会、卡内基学会、卡内基理工学院、苏格兰大学卡内基信托基金、卡内基华盛顿研究所、卡内基英雄基金、卡内基促进教学基金会、卡内基国际和平基金会等，每一个基金会都为社会做出了巨大的贡献。其中最著名的是卡内基基金会，这个基金会是一个与时俱进的典型案例，时代需要什么，它就专注于什么。20世纪60年代前，它专注于教育。60年代至80年代，它倾向于平等和改良。80年代以后，它的关注点分散到几个方面：避免核战争，改善美苏关系；教育美国人，特别是青年，要适应以科技为基础的社会；防治各种对儿童和青少年的伤害，如吸毒、酗酒和少女怀孕等；在第三世界培训和开发人力资源。他的基金会还有一个特点，就是鼓励别人帮助别人，鼓励别人成为英雄，鼓励别人为社会做出贡献，而不仅仅是自己在做事。换句话说，他的慈善事业有了一种传承的味道。当然，所有的基金会都有传承的味道，之所以要建立基金，就是希望自己死后还有人在做类似的事情。而最感人的是，当他和妻子年老体衰，没有精力继续他们的慈善事业时，他便拿仅有的一亿五千万美金设立了卡内基公司，让公司员工代理他们夫妇的捐献工作。虽然卡内基的捐献金额看起来不如现在的很多富豪，但这么多年来，这些善款一直在增值，至今为止，他的真实捐款总额其实远远大于记录在案的那个数字，只是没有人专门进行评估而已。有人说，其贡献之大、捐献金额之多，可以和诺贝尔奖设立者诺贝尔先生相媲美，因此很多人都视他为圣人。遗憾的是，他在追逐财富的过程中非常凶悍，尤其在一次罢工活动中调动了武装警察，最终导致了血腥冲突，因此，也有很多人认为他是暴君。不过，他在引退后的第一年，就拿出五百万美金为炼钢工人设立了救济养老基金，回报那些在事业上帮助过他的员工们。

在慈善事业方面，美国人确实非常了不起，他们有着无穷的想象力和很强的执行力。即使前面所说的几位富豪都是半个世纪——甚至百年以前的人，但他们贡献社会的方式依然没有过时，而且充满了想象力。尤其是卡内基先生，他几乎是在见缝插针地做慈善，无论在哪个领域，他都会感觉到自己的义务所在，然后果断地进行捐助。或许，我们所说的想象力并不是真正的想象力，而是一种生命本能般的责任感。当你拥有这种责任感的时候，你就会看到无数该做的事。

半个世纪之后的今天，美国的新一代富豪们依然热衷于慈善，比起那些前辈们，他们不但不显得逊色，甚至走得更远。

比如，比尔·盖茨不但捐出了百分之九十八的资产，建立了比尔和梅琳达盖茨基金会，致力于以减少贫困和预防疾病问题为主的全球性问题，还在2010年和巴菲特联合发起“捐助誓言”活动，呼吁富豪们生前或死后将至少百分之五十的财富捐给慈善组织，据说得到了很多富翁的响应。而巴菲特在慈善方面的投入也非常大，他几年前就承诺捐出名下百分之九十九的资产，而且已经捐出两百多亿美元，捐款数额之多，仅次于比尔·盖茨。他还通过人称“天价饭局”的“巴菲特慈善午宴”筹集了上千万美元的善款，捐给美国慈善机构格莱德基金会，帮助饥饿、贫困、无家可归及残障人群。他曾说过：“就我自己而言，百分之一的个人财富就已经足够我和家人使用，留下更多的钱既不会增强我们的幸福感，也不会让我们更加安康。”“我一直都生活在这样的一个经济体中，它给那些在战场上拯救了他人生命的人颁发勋章，给一位伟大的教师授予来自学生父母的感谢函，但却给那些能发现证券错误定价的人带来成亿美元的财富。简而言之，命运对谁能挑到‘长麦秆’的分配方式是狂乱多变的。”拥有自己的思想，还能实实在在地这样活着的人，几乎是不可能不成功的。所以，比尔·盖茨也好，巴菲特也好，他们的一切成功都是有理由的。那么多人愿意花几十万甚至几百万美金跟巴菲特待上三个小时——午宴不过是借口，人们只是想见见他，跟他聊聊天，听听他的教诲——也是有理由的。美国虽然有很多富翁参与了他和比尔·盖茨发起的捐献活动，但世界上还有更多富翁只想守护自己的财产和富有。他们也许时时刻刻都在关注富豪排行榜，生怕自己从榜单上掉下来——事实上，在乎这些的人或许可以赚很多钱，成为一般的大富翁，却不可能成为比尔·盖茨、巴菲特这样的顶级富翁。成为顶级富翁，需要的不仅仅是能力和头脑，还有眼光和心量。这里所说的眼光，不是知道什么最有利，而是知道什么真正有意义。

脸书（Facebook）的创始人扎克伯格就很了不起，他很年轻，按中国人的说法，他是个80后。这个优秀的80后创立了脸书，获得了商业上的巨大成功，又娶了个很聪明善良的美籍华人姑娘。夫妻两人都热衷慈善事业，妻子是儿科医生，办了一家非营利性医院，主要面对贫困儿童，而且两人一直在捐助慈善事业，据说捐款总额早已超过十六亿美元。另外，扎克伯格二十六岁就响应了“捐助誓言”活动，承诺将一半财富捐给慈善事业。今年女儿诞生时，他就将百分之九十的脸书股份捐给了慈善机构，据说价值四百五十亿美元——当然，前提是对方收到捐款后，就把股票卖掉兑换成现金——他还成立了一个基金会，专门提倡平等和儿童权益，希望为包括女儿在内的孩子们打造一个更加美好的世界。

还有微软联合创始人保罗·艾伦，他得到了今年的卡内基慈善奖，因为他在抗击埃博拉病毒、挽救濒危物种、教育及脑科学研究方面做出了巨大贡献，其慈善捐款达到二十亿美元。此外，他还投资了艾伦脑科学研究所，旨在找到治疗老人痴呆症等疾病的方法。而且，他也是“捐助誓言”活动的参与者之一，早在2010年，他就承诺死后向慈善事业捐出自己大部分的财产。

苹果公司的现任CEO蒂姆·库克也在2015年三月承诺，供养侄子上完大学之后，他就将全部财富捐献出来。相较而言，死时留下八十亿美金的乔布斯就显得没那么优秀了。不过，据说他匿名捐助慈善事业已有二十年，捐出了大量财富，并不像我们以为的那样“零慈善”。某个著名乐队的主唱也撰文证实，乔布斯曾为抗击非洲艾滋病事业“捐款无数”，苹果公司还是全球对抗艾滋病、肺结核和疟疾基金最大的捐助者，在HIV测试、治疗及咨询方面投资了上千万美元。但乔布斯仍然遭到了人们的诟病，也许是因为他留下了八十亿美元的遗产。这就是美国文化最有意思的地方。在中国，富豪不搞慈善、不捐款，将巨额遗产留给子女或其他亲属继承，这几乎是顺理成章的，也几乎没有人会捐出自己所有的遗产，建立一个慈善基金，为世界做出贡献。当年比尔·盖茨捐出几乎所有财富时，国内还发出了各种不理解的、揣测的声音。如果中国也有美国那样的慈善文化，或许就不会出现这样的现象了，人们只会随喜、敬畏甚至效仿他，就像那些响应“捐助誓言”活动的大富翁们。

这些人都是美国的骄傲，也是美国文化的骄傲，或许还是基督教文化的骄傲。因为，只有有信仰的人，才会从心底里认为奉献是好的，自私是可耻的，人要尽可能地贡献社会，不要一味地向社会索取。用卡内基先生的话来说，就是“富人若不能运用他聚敛财富的才能，在生前将财富捐献出来，为社会谋取福利，那么死了也是不光彩的”。

不过，卡内基先生不是基督教教徒，他一直在研究佛经和孔子的著作，但最初没有付诸实践。后来，他的亲人一个个去世，包括跟他一起奋斗、一起长大的弟弟，他的母亲，还有他最得力的助手等，这些变故让他陷入了绝境，不得不进行反思，这时他才发现，虽然他实现了小时候的一切梦想，从一个贫民窟的孩子成长为亿万富翁，拥有很大的势力和影响力，但他一点都高兴不起来，因此，他找不到赚钱的理由，也找不到财富的意义。思考到最后，他得出了上述结论：富人应该善用自己敛取财富的能力，活着时就为社会谋取福利。这时，他才真正地改变了。

《假如给我三天光明》的作者海伦·凯勒在书中专门表达了

对卡内基的感谢，因为，卡内基自从知道她的现状之后，就一直希望为她提供帮助，但海伦一直在拒绝，直到后来，她的生活陷入困境，才不得不向卡内基求助，卡内基夫妇很快为她寄来了一笔款项，还回信给她，感谢她给了自己一个帮助她的机会。海伦在书中说到，卡内基这样的大富豪居然把帮助别人当成自己的义务，这让她感到非常惊讶。

我很想知道卡内基是如何信奉东方传统的，他在研究东方文化的过程中有怎样的收获？他是学者式的研究，哲学家式的研究，还是实践者式的研究？可惜我不得而知。但我觉得，他之所以会在面对死亡时做出那样的思考和选择，跟他信奉的文化定然有一定的关系。哪怕他没有像行者那样实践过——就是说，他也许没有真正地进行过禅修——但他做到了佛家文化所追求的破执和放下。他从一个沉迷于财富的人，变成一个无私恬淡的人，这本身就证明了他的信仰和境界。

当然，基督教文化也很了不起，从很多基督教教徒们对财富的放下，以及对社会的贡献来看，基督教文化在普世意义上跟佛家文化是非常相似的——它们对信奉者造成了非常相似的影响——跟佛家文化不一样的是，基督教不否定财富的意义，但它认为人挣来的钱其实不是自己的，而是上帝的，自己只是暂时替上帝保管和打理而已，死后是要归还的。当你从心底里相信这一点时，你也能破除对财富的执著。因此，西方世界才有那么多努力赚钱，但不执著财富的富翁。

异曲却同工，刚好印证了释迦牟尼佛的那句话：“一切善法皆是佛法。”

不过，并不是所有人都随喜他们的，也有一些人在质疑他们。这些质疑者认为，美国的遗产税很高，这些富翁之所以用遗产建立基金，目的并不是贡献社会，而是逃避高额的遗产税。

我觉得，也许有些富翁确实是这样，但大部分捐赠资产、建立基金的富翁一定是真心想贡献社会的。包括杜邦先生，哪怕这座大宅里有很多宣传杜邦家族的东西，我仍然相信杜邦先生的一颗真心。因为，做广告的方法有很多，比如找一个天王巨星做代言人，根本不用这么麻烦，全世界地收集珍稀植物，日复一日、年复一年地经营公园，费尽心机地设计和规划。他愿意这么做，而且做得那么好，一定是因为“爱”。一个人是为了“用”做事，还是为了“爱”做事，看他做出来的事就会一目了然。换句话说，杜邦公园的美，证明了杜邦先生那颗充满爱的真心。也是这颗真心，赋予了杜邦公园另一种美——人文之美。这种美远远超越了感官享受之美，是能相对永恒的。当一个人具备了这样的胸怀、基因和心量时，他能成为美国最富有的人之一，就是完全合理的。相反，当一个人没有这样的胸怀、基因和心量时，他成不了超级富翁，甚至成不了富翁，也是完全合理的。财富和机遇一样，得到它的人总有得到它的理由。

我常说，有什么样的心就有什么样的气象，有什么样的气象就做什么样的事情。心就是德，德能配位才会长久。中国文化中谈到的“厚德载物”，就是这个意思。厚德如水，德有多厚，水就有多厚，就能撑起多大的舟。那舟，便是一个人的人生和命运。从修建长木公园开始，杜邦先生就有了一个大企业家的胸怀和基因，这是他能走到后来、杜邦家族能走到今天最重要的原因。如果没有这种心量、胸怀、人文精神和奉献精神，他不会走到今天。德不配位的必然结果就是“短命”。

费城之父，独立之城

写于2015年5月24日，美国费城

离开杜邦先生的长木公园之后，我们前往费城。

费城不远，大约一个小时就到了，这时我们都饿了，就在靠近唐人街的地方吃了一碗越南河粉。一路上我们吃过很多食物，但最喜欢的还是越南河粉。大家都吃了很多，临走的时候，都说吃得很饱。

从小店出来，我们继续上路，去见一位朋友。这是我们来费城最主要的目的。另一个目的，就是考察一下这座极具历史意义的城市。

华盛顿特区出现之前，费城是美国的首都，著名的《独立宣言》就是在这里宣读的。但眼前这座城市似乎很寻常，令我们感到非常意外。我的意思是，它不像沿途经过的很多小镇和城市那样，有浓浓的美国味。除了偶尔看到的教堂之外，这里的建筑大多是现代化的高楼大厦，跟中国差不多。我们一直没有感受到费城独有的味道。当然，我们最初进入华盛顿的时候，也曾觉得华盛顿跟想象中的美国首都不太一样，但最终还是感受到了一种足以让它成为首都的东西。或许费城也是这样。接触城市跟接触人一样，不能太快下定论，虽然有时的第一印象确实很准确，但很多时候，真正了解一个人是需要时间的，城市也是这样。

这次费城之行，我们认识了一位新朋友，他是一个博物馆的总裁，拥有一个非常好的博物馆和非常好的馆藏。在跟他交谈的过程中，他为我们提供了一个很好的思路：如果我们想把中国传统文化传播到西方，就应该直接把起点设在华盛顿，因为华盛顿是美国的政治中心，联合国的许多资源都在这里。他的思路让我们感到很新奇，他说，华盛顿的房产虽然很贵，但郊区的房子不贵，而且华人很多。他还告诉我们，华盛顿有很多华侨协会。一位甘肃科学家就在这里搞了一个类似于甘肃同乡联谊会的组织。这里的华人都喜欢搞这些组织。

结束跟朋友的会面之后，我们来到费城最具历史意义的所在——独立宫。

独立宫坐落在费城国家独立历史公园的独立大厦里，它建造于1732年，耗时二十一年，直到1753年才正式竣工，最初是宾夕法尼亚州的州政府。虽然建筑进程非常漫长，但它的风格其实非常朴实，只是一座两层的旧式红砖楼房，非常庄严，面对它时，人会自然而然地肃然起敬——当然，这主要是因为它所代表的那段历史——它的门窗都是象牙色的，楼顶上有一座不太大的象牙色尖塔，塔上镶着一面大时钟，塔顶的小阁楼就是当年悬挂自由钟的地方。独立宫的两侧有两座对称的小楼，也是红色砖墙的旧式楼房，建筑风格跟独立宫一样，它们分别是当年的旧议会大楼和旧市政府。1776年7月2日，十三个英属美洲殖民地代表组成的大陆会议在这里举行，7月4日通过了杰斐逊起草、富兰克林参与修改的《独立宣言》，自由钟在那一刻敲响，宣告北美殖民地正式脱离英国统治，建立“自由独立的合众国”，也就是美利坚合众国。从此，独立宫和自由钟成了美国独立、走向自由的象征。

在独立宫的广场上，我们看到了自由钟。它不算太大，造型也不算特别，但因为它所代表的精神和那段历史，它仍然让我们肃然起敬。

它显然很老了，背后有一道又宽又长的锯齿形裂痕。据说，在制造它的那个年代，制钟工艺还不算完善，所以它从一开始就是有缺陷的。1751年，宾夕法尼亚州议会花了六十镑从英国伦敦订购了它，打算把它放在众议院，以供通知议员们开会所用，但1752年它被送达费城，进行安装时，工匠却在它的身上发现了一道裂缝。一年后，费城的两名工匠对它进行了修补，结果还算成功。但1835年庆祝乔治·华盛顿生日时，几个孩子也许过于用力，敲它时敲出了一道一尺长的裂痕。十年之后，在同样的活动中它被敲了好几个小时，最后出现了我们看到的那道裂缝。这时，它的身上已经有很多裂缝了，再也无法修复，人们只好将它小心保存，平时几乎不用它，只在每年的独立日敲响它——每逢独立日，全美的大小教堂就会钟声齐鸣，而自由钟必然是第一个敲响的。

诞生至今的两百多年中，它经历过很多令人难忘的历史事件：为第一次宣读《独立宣言》而鸣响，为合众国宪法通过而鸣响，在富兰克林赴英召集市民讨论《糖税法》和《印花税法案》时鸣响，为华盛顿的逝世而鸣响……二战期间，它的声音通过电台传送到各地，为美国人竖起了一面信念的旗帜。黑人争取投票权时围绕它静坐，马丁·路德金在《我有一个梦想》的演讲中反复提到让自由之声在某处响起，那“自由之声”指的就是自由钟的鸣响。似乎，自由钟的诞生，就是为了纪念和见证美国人追求自由、为自由而奋斗的历程。

自由钟的身上有一句铭文：“直到各方土地上的所有居民均宣告自由。”这句话源自《旧约全书·列未记》。造钟者之所以将它铭刻在钟身上，据说是为了纪念宾夕法尼亚州的开拓者威廉·潘恩。

在美国历史上，威廉·潘恩是一个非常重要的人物，他是宾夕法尼亚殖民地的开拓者，费城的建立者，美国宪法的自由和民主原则，就源于他的倡导。他有一句名言是：“我们把权力交给人民。”而他自己也确实是这么做的。从十几岁起，他就信奉贵格会的观点：第一，认为每个人心中都有灵光，它是“种子”和基督的“灵”，强调人类本性中的善，不重视“原罪论”；第二，认为信徒个人就可以和上帝直接联系，无需任何中介，虽然承认《圣经》的价值，但并不认为《圣经》中记载的是上帝的全部启示，强调内在体验；第三，反对外在权威和繁琐的形式；第四，提倡平等、爱与宽容，反对暴力，并且强调生活的简朴，不参与任何世俗娱乐活动。因此，他在英国的时候就不断倡导宗教宽容，以至于六次入狱——在英国，贵格会教徒是受到压迫和排斥的——但他并不妥协，反而在监狱里创作宣传读物，抨击偏狭之见，还从监狱甚至绞刑架上救出了大量贵格会信徒。1677年，他参与贵格会教徒对新泽西的建设，还拟就了《自由宪章》，保障定居者享有陪审团自由和公正的审判、信仰自由以及自由选举的权利。1681年3月4日，英王查理二世把北美一个行省的产权和主权赐给他，偿还王室对他父亲的巨额欠款。4月4日，威廉·潘恩给这块土地起了个名字，叫“夕法尼亚”，查理二世为了纪念老潘恩，将其改为“宾夕法尼亚”，即拉丁语的“潘恩的林地”。这块土地非常大，有十二万平方公里，还居住着好几个印第安部落，其中包括特拉华部落，后来特拉华部落分裂出去，形成了独立于宾夕法尼亚的另一个殖民地，它们就是后来的宾夕法尼亚州和特拉华州。

对查理二世来说，把北美的土地赐给威廉·潘恩是有好处的，因为他在英国国内老是“生事”，他移居到北美之后，贵格会教徒也会跟着他一起到北美去，国内少了很多异端教徒，也就少了很多事端。所以，查理二世宁愿潘恩在北美建立他们的理想国，甚至为此给他提供了最大的便利——给予他这块土地上所有的君主权力和司法权力。于是，威廉·潘恩按照贵格会的理想建立了费城（Philadelphia，由两个希腊单词构成，意思是“兄弟之爱”），他希望这块土地是一个信仰自由和政治自由的地方，欢迎甚至邀请不同宗教的人士来这里定居，并且以合理的价格把土地卖给他们。正因为如此，皮尔斯家族才能在这里购得土地，也才有了后来的长木公园。当然，这只是一个很小的细节。真正重要的是，威廉·潘恩在这块土地上所做出的规划，影响了后来的美国——有趣的是，佩恩所信仰的教义跟佛教的一些真理有些相似，而这些教义是贵格会创始人乔治·福克斯在祷告和冥想中发现的，对于这个发现的过程，后者称之为“开明”。

威廉·潘恩为这块土地制定了法律，第一条便是禁止因宗教问题虐待任何人，主张将一切相信上帝的人都视同手足——可见，他虽然有着一种包容的胸怀，可以接纳不同的信仰，但他还是有局限的，因为他不一定能接纳不信仰上帝的人，至少不会将不信仰上帝的人视同手足——1682年，宾夕法尼亚颁布了《施政大纲》，提出“造物主赋予了人技能和权利，以及公正使用这些技能和权利的优秀性格，使他们能很好地实现自治”，因此，作为宾夕法尼亚的总督，他没有给自己保留多大的权利，而是“允许人民制定自己的法律”。在这种执政思想的影响下，宾夕法尼亚从诞生起就非常自由，跟其他的殖民地很不一样，一切权力都属于议会。所以，虽然拥有了一个巨大的殖民地，威廉·潘恩却没有获得任何私利，他的收获是实现了一部分自己对理想国的设想，这正好体现了他的伟大。

伏尔泰说，威廉·潘恩去世之后，议会为他的后代保留了他们在宾夕法尼亚的产权和管辖权，但他的后代以一万多英镑把管辖权卖给了当时的英王，英王财产状况不佳，只能支付一千英镑，而且超过期限还没有付清余款，于是潘恩的后代又恢复了对宾夕法尼亚的管辖权。美国独立战争爆发之前，宾夕法尼亚的产权一直属于佩恩家族。《联邦宪法》颁布之后，特拉华和宾夕法尼亚相继承认了这部法典，并加入合众国。在美国历史上，它们一直是宗教信仰最自由的州。这跟潘恩的努力有很人的关系。而且，在潘恩的影响下，民主思想，包容各种宗教、民族和种族的多元化理念，宽待他人的精神，在宾夕法尼亚生根发芽，并且深刻影响了美国发展和成熟的进程。我们在今天的美国大地上感受到的那种多元的、博大的气象，绝大部分源于威廉·潘恩的理想和他的努力，所以他非常了不起。直到今天，费城市政府的屋顶上还有潘恩的雕像，在20世纪80年代末之前，费城一直有一项协定：任何建筑不得高于潘恩的雕像。1984年11月28日，当时的美国总统里根签署了一项法令，授予潘恩及其第二任妻子美国荣誉公民的称号，以表彰他为美国做出的杰出贡献。这个时候，潘恩已经去世了两百六十多年，他并没有亲眼见证美国的成立。

因为民主、开放和宽容的殖民政策，威廉·潘恩成了北美大陆上最特立独行的“另类”。在宾夕法尼亚建立的短短二十多年里，当地人口就增长到两万人，其中有英国的贵格会成员，也有来自荷兰、芬兰和瑞典的移民。而同期的南卡罗来纳州人口仅仅增长至四千。而且，因为潘恩是极少数尊重当地土著居民的政治领袖，在建立宾夕法尼亚殖民地时，他就与殖民地内的特拉华部落建立了友好关系，在写给部落酋长的信中，他承诺将与印第安人和睦相处，保护与他们之间的自由贸易，并且尊重他们的土地权力，只会向他们购买土地，绝不会用武力征服的形式掠夺他们的土地。伏尔泰说，这是“世界上唯一没有被破坏的协议”。因此，威廉·潘恩当总督的时候，大批逃难的印第安人也来到了宾夕法尼亚。此外，来自德国、爱尔兰、苏格兰的移民在1720年已经使比夕法尼亚人口膨胀到三万多人。1700年，费城人口已经超过纽约，数十年后成为当时全美最大的城市和《独立宣言》的签署地。

美中不足的是，潘恩虽然提倡和平、民主与平等，却从来没有发现奴隶制是多么的不民主和不平等。而且，他跟很多贵格会教徒一样，本身就是奴隶主，拥有自己的奴隶。贵格会在1758年之前一直没有反对过奴隶制度，直到1758年，才出现反对奴隶制的立场，并成为反对奴隶制的先行者。这不知道是不是潘恩没有质疑过奴隶制度，更没有为废除奴隶制度做出任何努力的原因？抑或是，潘恩的个性中本身就存在一种矛盾性，还是他也受到了当时那种集体无意识的束缚，所谓的自由思想还是有局限的？不管原因是什么，他在规划宾夕法尼亚时，没有为废除奴隶制做出努力，这定然是一个巨大的遗憾。

游览费城的文化中心

写于2015年5月24日，美国费城

独立宫在费城的东区，特点是历史气息浓厚。费城还有西区，据说是费城的文化艺术中心，博物馆、艺术馆之类的所在大多集中在这里。这里还有费城的另一个标志性建筑物——费城市政厅。建成之初，费城市政厅是世界上最高的可居住建筑，也是美国所有市政厅中耗资最多、规模最大、高度最高的一个，而且它1871年动工，1901年才建好，耗时足足有三十年。没有战乱的干扰，却仍然建了那么久，可见建筑师有多么精益求精。

这种态度很令人敬佩，但我更敬佩允许和包容这种态度的美国人民。要知道，精益求精是需要时间成本的，同样一个建筑，要是在中国，需求方是不可能允许它耗时这么久的。当然，即便在美国，即便美国人非常理解设计师对完美的追求，但如果一栋建筑物是私人住宅，主人还会不会有这么好的耐性，也很难说。毕竟，三十年太长，有可能发生的事情太多了。不过，相对于急性子的中国人，美国人确实更能接受完美主义的副作用——时间成本。在中国，即使设计师愿意将作品做得尽善尽美，甚至不在乎自己会不会少接一些工程，少赚一些钱，顾客也不会给他太多的时间。中国人的要求是，既要快，又要好。当然，中国有很多设计师也很着急，真正有工匠精神的人不多。很多人可能一开始有工匠精神，或者说一种浪漫的、追求完美的冲动，但是在市场的熏陶之下，在生活压力的追击之下，很多人慢慢地变了，都变成了快枪手，只追求速度，不再力求完美。这或许是商品文化的必然。但是，正因为这一点，中国大地上少了很多美好的故事。

这次来美国，我们听到了很多感人的故事。比如，去长木公园时，我们听说了杜邦先生的慈善故事，还听说了另外一些美国大企业家的慈善故事。谈到梅隆先生捐建美国国家美术馆的事情时，朋友还告诉了我另一个细节：美国国家美术馆老馆的设计者约翰·雷塞尔·波普先生得了癌症，需要及时动手术，但为了让作品成为真正的杰作，他想争分夺秒地完善自己的设计方案，于是推迟了动手术的时间，结果，在美术馆竣工之前、梅隆先生去世的第二天，他也去世了。他和梅隆先生两人都没有亲眼看到投入使用的美术馆。1937年3月17日，美术馆举行开馆仪式时，梅隆先生的儿子保罗·梅隆致辞道：“这座建筑是许多人智慧的结晶，他们为之竭尽全力。现在，我们很高兴地将它和我父亲的艺术收藏一起转交给您——总统先生，让它们永远服务于美国人民。”这是一个非常感人的场面。那么，这样的场面会不会出现在中国大地上呢？或许不会，也有可能会。我希望会。当然，我希望所有人都爱护身体，珍惜生命，包括那些愿意为艺术、理想和善心奉献一切的人，但我同样希望，有一种精神不但美国人有，中国人也有，而且它能一代一代地传承下去，甚至成为中国人的集体无意识。如果真有那么一天的话，我们的国家一定会更加美好。从这个方面看，美国即使有很多值得诟病、不够完美的地方，也有太多值得我们借鉴和学习的东西。

费城市政厅到了，它确实很漂亮，也很豪华，比独立宫要豪华得多。它的墙壁大多是象牙色的——顶层的外墙则是蓝色的——中央塔楼也是象牙色的，而且非常高，据说有一百六十七米，塔楼顶端的威廉·潘恩像也很高，有十一米多。1908年之前，费城市政厅一直是世界上最高的可居住建筑。至今，它仍是美国所有市政厅中耗资最多、高度最高、规模最大的一个。它有将近七百个房间，据说很多房间里都有极为奢华的装饰，其中包括有着蓝色和金色天花板及红色大理石圆柱的接待厅，还有装了一盏华丽树枝型装饰灯的会议厅。因为它是费城的社区会堂，人们也称之为“费城大会堂”。但我们没有进去，仍然只在外面参观了一下。

这一带人很多，据说是费城最繁华的地方。越是往前走，漂亮的建筑物也越多——虽然高楼大厦也很好，但我更喜欢那些有历史感和独特风格的建筑，千篇一律、没什么特点的建筑哪怕再豪华、再高大，我也不太感兴趣。当然，这只是我自己的审美。

这里有很多博物馆，我们参观了其中一个华人女画家开的私人博物馆。这里展出的都是这位女画家的私人藏品，其中有些藏品非常珍贵，主要是明清木雕，还有一些其他国家的珍宝，年代都不短，有好几百年，非常有收藏价值和观赏价值。

再往前走，我们看到了一个有两百多年历史的教堂，据说叫圣彼得和圣保罗大教堂，教堂正面的外墙上有两座铜像，左边是左手拿着金钥匙、右手高举的圣彼得像，右边是左手持剑、右手拿《圣经》的圣保罗像。圣彼得和圣保罗是耶稣的两大门徒，全世界有很多以他们的名字来命名的天主教教堂。

教堂非常壮观，也很古典，外墙大多是用红砖砌成的，顶部有个绿松石颜色的拱形圆顶，上面平均分布着几扇用于采光的窗户，同样是拱形的设计。整个教堂有很多扇巨大的窗户，不知道内部的采光会不会很好。

从大门进去，首先会经过教堂的大厅，一条比大门稍宽一些的通道由门口笔直地射向主祭坛，通道两边是一排一排的长椅。阳光透过镶嵌在窗上的彩色玻璃投射下来，但教堂内部还是有点昏暗，作为补充光源，两排外形有点像油灯——当然，比油灯漂亮得多——的吊灯从屋顶垂下，悬挂在长椅上空。教堂内部的墙体和巨大的方形柱子都是象牙色的，长椅是传统的暗红色，两侧分别有一条只能让一个人通过的副通道。

巨大的黑色大理石石柱将主祭坛和大厅分开，主祭坛内侧中央靠墙立着一尊耶稣受难像，围绕主祭坛的三面墙上各有一扇以蓝色为主的彩色玻璃，显得非常庄严。祭坛附近有一座很高的小讲坛，估计是牧师布道的地方，我站在上面装腔作势地拍了几张相片，显示了一种缘起——定然有那么一天，中国传统文化会走出国门，与西方世界、其他文化对话，就像我此刻站在费城天主教教堂的讲坛上一样。

教堂往西是洛根广场，19世纪初之前，这里叫西北广场，是公开处决犯人的地方，也是墓地的所在。1825年，这里的功能才发生改变，名字也变为洛根广场。20世纪20年代，建筑师参照巴黎协和广场将此处改为圆形，因此这里也叫洛根圆环。据说，这里的费城自由图书馆和家庭法院大楼也是仿照协和广场上的克里雍大饭店建造的，非常壮观，有人说它们已经有一百年的历史了。

往西北方向走，我们看到了全美第三大美术馆——费城艺术博物馆。它是一栋古希腊神庙式建筑，馆内收藏的艺术品达三十多万件，其中以法国印象派作品最为出名，在全美的所有美术馆中，这里收藏的法国印象派作品是最多的。除油画之外，这里也收藏了很多美国家具、雕刻、手工艺品，还有中国的许多文物，比如北京智化寺的万佛阁藻井——20世纪30年代，一位美国人在智化寺中将它买下，运回美国后收藏在此处。

费城真有意思，刚来的时候，它显得非常普通，没什么特点，慢慢地，我们才看到很多很美的建筑，费城独有的味道也越来越浓。

这里的街边有很多小店，有些小店的风格非常独特，充满了异域色彩。还有一些自由画家在街边展示自己的作品，估计是在寻找喜欢它们、想把它们买回家的人。看到这些画家，我们对费城就有了一种好感，因为这里有一些能放下一切追求艺术的人。人们说，了解一块土地，是从了解某个人开始的；拥有一个朋友，许多时候就拥有了一块土地。这些说法是有道理的。可惜，街头画家们的作品层次不高，甚至可以说非常底层，充满了一种流浪汉的色彩。这里有那么多非常美的建筑和雕塑，还有那么多收藏了无数经典艺术品的博物馆，当地人对艺术作品的鉴赏水平大多不会太低。那么，有没有人买他们的画？就算有，他们又能卖出多少幅画，能不能满足他们的日常生活所需？假如不能，他们如何生活？我们远远地旁观他们的生活，在欣赏的同时，也有点替他们担心，但这毕竟是他们选择的生活。而且，他们看起来非常悠然，没有一种凝重的感觉，或许，生活不管艰苦还是富有，只要活在自己的梦想里，只要当下还为自己的心灵活着，他们就会乐在其中。

迎面走来两个人，衣着很特别，甚至有点邋遢，看起来有一种游戏一切、玩世不恭的味道，非常像我们印象里的嬉皮士，但不知道是不是。我们给他们照了几张相片，以作留念。

总的来说，这次来费城收获很大，唯一令我们遗憾的是没什么书店——我们一直想找一间中文书店，却怎么都找不到。听说，唐人街本来有一家新华书店，但最近卖给别人了，有人想在这里建高楼。估计书店的经营情况不好，否则他们也不会卖掉。你想，如果费城这样的历史名城有一家新华书店，该多好啊，但他们偏偏给卖掉了。当然，这也是迫不得已的，但随着它的关闭，“新华书店”这个熟悉的名字也就渐渐在费城消失了。朋友说，除了新华书店，唐人街还有一家台湾人开的书店，以前很火，现在越来越少人光顾了，据说现在已经在卖报纸为生了。这个消息让人很是心酸，却也无可奈何。在这里，几乎所有书店都像国内的一些书店一样，经营情况非常不好。尤其是中文书店，在这里几乎无法生存了。不知道除了受到电子书的冲击，纸媒的份额越来越少之外，还有没有其他原因？——也许有，那就是语言。在这个人们普遍讲英文的世界里，中文图书的发行肯定会受到巨大的限制，哪怕在华人云集的唐人街。我们再一次感叹，将图书翻译成英文至关重要。

前面就是费城的唐人街，我们再一次见到那个标志性的建筑——牌楼。它有三层楼高，金碧辉煌，上面写着四个中文字——“费城华埠”，意思是费城的中国城。见到它的同时，一股中国味道扑面而来。

朋友告诉我，这里过去有一间中国人开的书店，叫世界书局，专门卖中文图书，但这次来，他发现它不见了，变成了一间超市，不知道是关门了，还是换了地址。很可能是关门了。这似乎是这里所有中文书店的命运。

费城这样的历史名城——哪怕是这里的唐人街里——居然也没有中文书店了，想到这一点，我们都觉得非常遗憾。这里有那么多中国人开的小店，有那么多中国客人，却没有中文书店。也许这里住的大多是土豪，不爱读书，店主们实在养不起书店，只好放弃了。多么悲哀。

再往前走，我们竟然看到了一家叫“美味兰州手拉面”的兰州拉面馆，这是我们在北美见到的第一家兰州拉面。当然，其他地方可能也有，只是我们没有碰上而已。除了兰州拉面，这里还有烧饼店、川菜馆、海鲜酒家和台湾料理——听说这家台湾料理店是台湾人开的，非常正宗——中国的很多美食文化在这里都能看到，非常热闹。但我们最终还是选择了自助餐，在这里，自助餐是最好吃的，因为有各种你想吃的东西，尤其是蔬菜。

吃完饭，我们就离开了费城。

踏上下一段旅途时，太阳已经落山了，大片大片的晚霞染红了天空。虽然再过一会儿就要入夜，大家都有些疲惫，但我们的思路越来越清晰，也越来越接地气了。今天的旅程也是不虚此行。

America

第四章

为弘扬中华优秀文化而思考

新泽西州—美国
纽约州—美国

新泽西州会见读者朋友

写于2015年5月25日，美国新泽西州

昨天离开费城时有些晚，途中我们随便找了个宾馆，住了一个晚上。今天早上仍然像平时那样，首先禅修，然后吃早餐，吃完早餐就在附近散散步，休息一会儿，然后收拾行李启程。

今天，我们的目的地是新泽西州。

途中，我们再一次对前几天的见闻进行了总结。

我们发现，北美大地就像一个巨大的处女地，标志性的佛家文化机构星星点点地洒落其中。但事实上，他们的影响力很有限，甚至没有影响力。他们中的很多人确实在努力做着一些事情，但在我看来，意义不大，而且有些远离佛家文化的本质，因为其中不乏心机和算计。

我之所以觉得他们的影响力很有限，主要是因为很多华人——包括机构和个人——都在自娱自乐。他们宣传得很厉害，我指的是他们对自己的影响力的宣传，但实际情况却不是这样。他们不了解北美大地，不了解这块土地上的文化，更不了解这块土地需要什么样的传播方式，他们只是在一种梦呓般的状态中自我催眠，想当然地自娱自乐。这其实是另一种魔桶。当然，他们也有他们的作用，但相对这块土地本有的文化而言，这种作用或者说影响力是远远不够的，甚至不能跟当地本有的文化构成对等的、同一个量级的关系。

目前的状况是，这块土地上的佛家文化组织传播着一种他们认为的东西，但世界对这个东西、这种认为并不在乎。就像我常说的，它就像大象耳边的蚊子，老是在嗡嗡嗡地叫着，谈论着如何改变大象。这有意义吗？肯定没有，因为大象根本不在乎蚊子，更不在乎蚊子怎么认为。两个存在必须对等，交流才可能产生。换句话说，如果你想交流的对象是大象，那么你必须首先变成大象——至少变成狮子，或其他能被大象感知的动物。如果做不到这一点，大象根本不会听你在说什么，你不管多么努力地去说，也没有用。目前的佛教中，有些文化教派就像大象耳边的蚊子，他们在很努力地传播，但事实上只是在大象耳边嗡嗡叫而已。这就是我们当下在北美的传播现状的本质。听起来有点夸张，实际上一点都不夸张，我只是换了一种非常直观的表述方式而已。我们不能被一些表象所迷惑，要认清自己现在的位置——传播到西方的佛家文化其实一直生活在西方学者的研究文章之中，没有进入西方人的生活，更谈不上影响力——并且在这个基础上，寻找自己需要的新型的传播方式。

因此，我们需要学习，需要了解，需要理解这块土地。理解了这块土地，你才能明白它需要什么，然后才谈得到下一步的传播。不管是中国传统文化，还是其他的什么文化，都是这样，都必须经历这个过程。否则，它所谓的传播就很容易变成一种梦魇状态的自言自语。自言自语相当于一种梦话，它不是交流。交流需要一种默契，需要对方在聆听，在思考，在琢磨你传达的信息，就像我不断在旅途中反思一样。这种反思，是一种相互了解之后的心灵撞击，而不是闭上眼睛、自以为是的东西。

我们不要再紧紧握着宗教标签不放了，我们要放下宗教、放下名相，直接保留一种纯净的、超越任何宗教名相的文化和精神。克里希那穆提之所以有那么大的影响力——我们先不谈他有没有弟子，有没有人传承他的东西，只谈他传播的文化和他的传播方式——正是因为他不要名相，只要文化和精神，所以他很可能更接近这个时代的需要，更容易契入这个时代。因为，这个时代需要文化，需要艺术，它不需要宗教。你从美国那么多壮美的宗教建筑之中，就可以明显地感受到这一点。就连我们，进入他们的教堂、接触他们的信徒时都会受到震撼，何况很多正在寻找的人?

在途中，我们看不到什么中国文化，就像中文书店在很多唐人街的消失一样。除了一些商业用途的、类似于“川菜”“牛肉面”之类的中文字之外，我们看不到其他中文，更看不到能够承载文化的中文。当然，一些地方可能有，只是我们看不到而已，但另一个现实是：哈佛大学毕业的博士（柯利瑞）研究了二十多年佛家文化，已经是百分百的专家，却仍然不打工就吃不上饭。他已经六十八岁了，却不得不继续工作，而且是非常辛苦地工作，只有这样，他才能养家糊口。这就是目前很多中国文化传播者和传承者的命运。

我们还谈到了汉武帝。谈到他时，有一个想法突然出现在我的脑海之中：文化传播非常像打仗，而文化传播的方式就是打仗时的战略。中国历史中有很多种战略，其中有传统的战略，也有霍去病那样的战略。前者的特点是四平八稳，完全用实力进行较量，传统型传播就是这样；后者的特点是长驱直入，直取目标，然后凯旋，新型传播就该这样。我觉得，未来我们可以向霍去病学习，采用轻兵快取的战略，达到目的、完成任务然后马上回来。对我们来说，“目的”就是文化制高点，我们可以面向文化制高点，一次一次地轻兵出击。霍去病当年用这种战略打败了强悍匈奴，而文化传播上借用这种方式，其实也很重要。因为它是定下目标直接进击，成本最低，见效也最快。这次我们来北美，其实就是霍去病式的火力侦察，目的是调查文化方面的一些现状。

待在美国的这半个月，对我的启迪实在太大了。我发现美国真是一个自由的国家，它允许宗教文化进来，但它对你的允许，是既不拒绝，也不“鸟”你——这是武威话，意思是对你不予理睬——你想来可以来，但如果你没有达到与它交流的层次，它就不会重视你；你想走可以走，它也不会留你。这就像官场，也像我对一些所谓信仰者的态度。在这种情况下，我们更要完善自己，找到这个时代需要的传播方式。实际上，经过半个月的研究，对当下时代需要的传播方式，我们已经有了结论。对于中国文化的传播来说，要把每个人都变成传播者，把每个家庭都变成课堂，把每所大学都变成讲堂，把整个世界变成书院，把信仰建在人的心上。只有这样，才能实现最大的传播。

实际上，关于佛家文化传播我们今天还谈了很多，但如果直接写在日记里，篇幅恐怕会过大。所以，我打算专门整理成文章。这些考察成果对中国文化在西方的传播非常重要，我希望它们能引起一些有识之士的深思，大家一起完善目前中国文化在西方的传播现状，共同弥补其中明显的缺陷。

我们还谈到发生在白宫里的一个故事——我们参观白宫的时候，白宫的戒备非常森严，后来我们才知道，那天晚上，白宫里举办了奥巴马的总统晚宴。关于那次晚宴，网上有一张有趣的照片：有个小女孩在地上打滚，奥巴马在旁边无奈地笑着。这个画面非常有意思，让人觉得非常温馨。我觉得，这也是这块土地上的一种人文情怀，它是美国独有的一种让人感到温暖的东西。如果这样的画面被某位画家画成油画，一定非常有震撼力，因为画面本身就在说话，而且“说”出了许多让人深思的东西。许多时候，艺术打动人的只有一个点，但仅仅是这么一个点，就能感染你，给你带来一些非常美好的感受，甚至震撼你的心灵。而敏锐地捕捉到生活中那些打动人的东西，就叫找到了艺术感觉。

下午三点，我们到了新泽西州，已经过了午餐时间，大家都饿了，就没有直接去宾馆，而是在沿途的麦当劳吃了点东西，然后再去宾馆放好行李。

新泽西很大，土地也很宽广，这一点跟美国的很多地方很像。但这里的天气很热，在别处，我都要穿外套，结果十三天里只换了一次衣服，第二件衣服还是前些天在美国买的，来到这里就可以穿短袖了。

大约两个多小时之后，有几位纽约的读者和学生来见我，还有的读者专门从加拿大赶来。其实我明天就要去纽约——今天很多人都要上班，所以我们约了明天见面，但有些人今天就想见我，我也答应了。毕竟我来一次不容易，当地的读者们轻易见不到我，既然这次有机会，我也想尽量满足他们的一些需求。

昨天我收到了一封电子邮件，发送者是我的一个学生。他语重心长地向我提出了一些意见和建议，我觉得很好，非常值得深思，于是专门叫志愿者整理成文字保存。

这次跟纽约的读者和学生见面，他们专门请我去纽约讲一讲传统文化，我很随喜这个因缘，毕竟这是我在纽约的第一批读者。他们准备建立一个读书会。在这个远离家乡的国度，能有一批热爱我的作品的朋友，我觉得非常温暖。这也说明，很多时候，就算我们扎根在国内，影响力也可以渐渐波及国外。

纽约的读者中有一位美容师，她和她老公专门来新泽西州请我们吃饭。刚好我们今天走了大概半个小时，找到一家自助餐厅，里面有很多我们想吃的东西。我已经很久没有那么畅快地吃菜了，今天痛痛快快地吃了两碗，舒服极了。

回到旅馆时已是黄昏，美国的黄昏格外的美。落日映红了西边的天空，就像火焰在天空中燃烧。慢慢地，“火焰”越来越小，渐渐缩成天边一道橙色的线，然后融入夜幕之中。天空成了墨蓝色的，云成了墨蓝色的，大地也变成了墨蓝色的。深邃的墨蓝色笼罩着这片土地。来往的车辆很多，行驶的声音、车灯的光芒，都试图用一种现代的活力打碎亘古的宁静，却只是徒劳。车灯的光芒能划破夜的黑，行驶的声音能提醒我们它的存在，却划不破天地间巨大的静谧。整个场景很美，那是一种流动和静止相对的美。

State of New York-USA

纽约州—美国

曼哈顿，世界金融的制高点

写于2015年5月26日，美国曼哈顿

今天，我们来到纽约市的曼哈顿。

曼哈顿是纽约最繁华的地方，公路两旁是林立的高楼。来到这里，我们才找到好莱坞电影里的感觉。对我们来说，这才是美国。

如果要用一个词来形容眼前的建筑，我既不会说“高耸”，也不会说“豪华”，因为两者都不够贴切，我会说“咄咄逼人”。这里的楼房们真有一种咄咄逼人的味道。它们一个比一个高，全都带有一种不可一世的强势感。整个曼哈顿都是这样，它不用靠高耸的楼房来显示自己的气场，因为它由内向外透露着一种不可一世的霸气。那是一种充满实力、无需别人评判的霸气——要是没有强大的经济实力，何来的霸气？如何在世界上称霸，如何嚣张得起来？

同行的朋友说，整个美国的钱都在这里。或许真是这样。曼哈顿是纽约市的中央商务区所在地，甚至被形容为整个美国的经济文化中心。它是世界上摩天大楼最为集中的地区，汇集了世界五百强中绝大部分公司的总部，还是联合国总部的所在地。毋庸置疑，这里的楼房绝对是全世界最昂贵的。

以这样的格局来看，这里只能是大企业打拼的地盘，一般的中小型企业很难在这里生存，因为对手太强大了。在这里，只有兼具强大的经济基础和文化底蕴的企业公司，才可能具备竞争的实力。如果把金融比作上大学，那么在这里获得一席之地，就等于考上了世界上最好的金融大学。你可想而知，在这里生存有多难，所以，换一个角度来说，能在这里生存下去，本身就代表了一定的综合实力。是的，我说的是综合实力，而不仅仅是经济实力。因为单凭经济实力，你仍然不能在这里活得很好。这里不但是美国的经济中心，也是美国的文化中心，纽约大学、哥伦比亚大学等高等学府都在这里，百老汇大道、大都会博物馆、大都会歌剧院等艺术殿堂也在这里。所以，这里拼的是综合实力，而不仅仅是经济。就像我们此行对美国的了解一样，它不仅仅是经济上非常强大，也不仅仅是受到一些资本家的控制，美国绝不是一种元素就可以造就的国度，而是所有元素融合于一体后的产物。它的包容和接纳，绝非仅仅有了强大的经济实力就可以达到的。曼哈顿同样如此。

在百老汇大道上，我们看到了全世界最重要的金融中心——华尔街。

虽然华尔街的名声很大，但是从外相上看，它只是一条很窄、很短的街道——它的长度仅有五百多米，宽度仅有十一米，从百老汇到东河，仅有七个街段。但是，这不足一平方公里的地方，却汇集了摩根家族、杜邦家族、洛克菲勒家族等大财团开设的几十家银行以及保险、航运、铁路、交易所等各大公司的总部，据说有上百家，著名的纽约证券交易所也在这里。至今，这里仍是几个主要交易所的总部所在，比如纳斯达克、美国证券交易所、纽约期货交易所等。据说，有几十万人在这里工作。换句话说，这里为几十万人提供了就业机会，堪称世界上就业密度最高的地区。

一切辉煌都好像存在于另一个空间，我们眼前的它仅仅是一组水泥钢筋的结合体。如果没有路牌的标识，我们很难想到这里就是赫赫有名的华尔街。街道两侧充满咄咄逼人的摩天大楼，走在街道中间，有一种被两山夹击的感觉。不知道在这里上班的人是什么感觉——对强者来说，这里可能是竞技的天堂，是实现价值的舞台，但是对弱者来说呢？我们在这条街道上，感觉到了两种截然不同的气场，一种是压迫紧张、喘不过气的，一种则像打了鸡血一样、充满了雄心和活力。

看到一切的辉煌，我都会意识到一种变化，走在华尔街上同样如此。这里的辉煌能持续多久呢？2001年9月11日，华尔街附近的纽约金融区的世界贸易大厦遭到恐怖袭击，纽约交易所停止交易。那一刻，美国经济——乃至世界经济几乎停摆。华尔街这个金融帝国的影响力可见一斑。而类似的冲击，比如金融危机，实际上在任何时候都有可能出现。这里的强大和繁华，其实充满了不确定性。

在这个寸土寸金的地方，我们竟然看到了一个大教堂。那是圣三一教堂，圣公会纽约教区一座古老的堂区教堂。1696年，英国圣公会购买这块土地兴建新教堂，因为教堂原本的木质框架被大雪压塌。我们眼前的教堂竣工于1846年5月1日基督升天节。当时，它是曼哈顿下城区最高的建筑。哥特式尖塔的最顶端立着一个镀金十字架，站在远在纽约港的船只上也可以看到。有人便说，这座尖塔是进入纽约港船只的欢迎塔。到了今天，它早已没了高度上的优势，但它所代表的神圣精神和神圣存在，却可以给这个喧哗繁忙的世界提供一片净土，让忙碌的人们拥有一个灵魂栖息之地。据我了解，曼哈顿是纽约最小的行政区，百老汇、帝国大厦、华尔街、时代广场等数不胜数的名迹都在这里，在这样的地方，这座古老的教堂能一直保留到今天，可见美国人对信仰的重视。也许，信仰在美国人心中已经达到了无可比拟的地位。也只有达到这种地步的信仰，才能在这片土地上世世代代延续至今，深入人民的生活。

虽然沿途经过的城市大多人口不多，甚至可以说地广人稀，但纽约市的人口很多，尤其是曼哈顿。这里集结了全世界各个领域的人才，尤其是金融业，人口密集也是难免的。不过，街上看不到很多人，据说人们都在“地下”——我们眼前的这些高楼下面都是空的，因为有地铁穿行而过。据统计，每天进入曼哈顿中央商务区的客流中，几乎有百分之六十三选择的交通工具都是地铁。哥伦比亚大学的一位学者认为，如果没有地铁，每天会有更多的车辆进入曼哈顿，交通堵塞和昂贵的停车费将令纽约市区无法居住。换句话说，如果没有地铁，纽约不可能成为现在这样一座伟大的城市——有趣的是，中国人所说的纽约跟西方人所说的纽约不一样，前者指的是纽约市——New York City，后者却特指曼哈顿。从这个细节，你也可以看出曼哈顿的重要。

纽约地铁于1904年10月27日正式投入使用，至今已有一百多年，是全球历史最悠久的公共地下铁路系统之一，也是世界上最著名的十大地铁之一，拥有四百六十八座车站已投入使用，商业运营路线长达三百六十九公里，有大约百分之四十的轨道建在地面和空中。这次我们专门租了汽车代步，不方便——也不需要——坐地铁，否则，我们真的很想到地下去，感受一下这列有着百年历史的地铁，也感受一下纽约人的日常生活。

突然，某个所在传来了很大的呐喊声，像是有些人在喊着某种口号。我们朝声音传来的方向望去，发现那里是南美洲某个国家的领事馆。领事馆门口有五六个人正在抗议，看起来不像美国人，大概是南美人吧。他们人数不多，声音却那么大，不知道是什么原因，也许是因为情绪非常激动。因为语言不通，我们听不懂他们在喊些什么。看样子，他们应该已经抗议了很久，却一直没有警察来阻止，真是奇怪。也许，这正好在某种程度上体现了言论自由。

跟国内的很多大城市一样，曼哈顿也布满了广告，其中有很多都是大幅的楼面广告。大牌云集，灯火璀璨，强烈地刺激着人类的购物欲，怪不得中国有很多土豪一到这里就挥金如土。曾经有一项调查指出，美国很多奢侈品牌针对的都是五十岁以上的成功人士，因为，国外真正的有钱人大多是靠自己奋斗的，他们年轻时开始奋斗，事业有成时大多已人过中年了。但中国有很多富二代，他们同样有很强的消费能力——当然，他们花的都是父母的钱。于是，奢侈品的消费人群定位也发生了改变。现在，很多奢侈品都出现了适合年轻人的设计，这部分商品的主要消费人群就是中国人。我觉得，使用奢侈品固然能体现一个人的品味，但如果不是用自己赚来的钱购买，而是用父母的钱，就没有任何品味而言了，那是赤裸裸的浪费和堕落。

我们到了美国游客最多的地方，这里的建筑物看起来全都是写字楼，实际上地下有无数的商场。街上非常喧嚣，各种肤色的人都有，估计来自很多不同的国家。几个装扮成迪士尼角色的人迎面而来，想与我们合影，我们答应了，但合影之后他们却向我们要钱。这让我们非常不愉快，有一种被裹挟的感觉。想不到，在美国的曼哈顿竟然会发生这种事。这个小插曲有一种为这个国家抹黑的感觉。我于是想起在巴丹吉林沙漠遇到的那个土匪式的司机，如果有些外国人像我们来到美国一样，抱着一种美好的感觉去了西部，却遇上那种打劫式的收费，他们会怎么想？

不过，这并没有影响我们对美国的印象，美国那么大，各种人都有，不可能每个人都是杜邦，也不可能每个人都是梅隆、卡内基。我们所说的美国的人文精神，只是美国文化所承载的一种优秀基因，它不能代表所有的美国人。相反，这些不那么美好的人和行为，也不能代表所有的美国人。

在不眠的城市漫游

写于 2015 年 5 月 26 日，美国曼哈顿

百老汇大道上还有一个著名景点，那就是纽约的时代广场。

时代广场的全名叫纽约时报广场（Times Square），被称为“世界的十字路口”。这里非常热闹，尤其是在每年的跨年倒计时

活动时更加热闹。

据说，这里最早举办跨年倒计时活动，是在1904年，至今已有一百一十多年的历史了。每年的最后一天，都有将近十万人来到时代广场，观赏跨年倒计时庆祝节目，等待最后十秒的倒计时，等待水晶球落下，还有高空中像烟花一样炸开的“彩蛋”。在那一刻，很多人都会许下新年愿望，实现与否并不重要，重要的是有一个好的缘起，而且，在新的一年里，他们会因此拥有一个美好的盼头。

据说，每年举办跨年倒计时活动时，百老汇和第七大道之间的路口（从四十二街到四十七街）就会完全关闭，人潮最远可以延伸到中央公园。那时，全世界的人都会来到这里，人们必须提前十二个小时来这儿占位置。圣诞节后的美国气温很低，通常都在零度以下，还没有地方上厕所。我身边有位老太太说，参加这个活动一定要带上尿不湿。还有人说，参加这个活动的所有人都会非常疯狂，他们会一边喝酒一边狂欢，而且不是只有现场的人疯狂，是所有关注这个活动的人都疯狂。2012年，纽约市政府专门进行过统计，全球有十亿人通过电视媒体关注水晶球降落仪式——光是“十亿”这个数字，就让人觉得非常疯狂了。能让全世界都关注一个跨年活动，美国人实在太厉害了。虽然我没有参加过这个活动，但通过对它点点滴滴的了解，我能从中感受到美国大地强劲的脉搏。它和其他的美国文化一样，都有一种“势”，而且是一种巨大的、前进的“势”，势不可挡。这种力量，在别处是很难感受到的。美国确实很厉害。

时代广场还有一个有趣的细节：这里有一个巨大的屏幕，连接屏幕的摄像头始终照着街上的行人。不经意间，你就有可能进入它的镜头，成为大屏幕上的主角。今天我就被拍到了。在美国的街头看到自己上了大屏幕，感觉还是挺有趣的。不知道当地人看到这个大胡子的中国人，会有什么感觉？怪的是，我在中国常被人们当成外国人，因为我隆鼻深目，皮肤很白，还留着大胡子，走在人群里非常显眼；然而，来到国外之后，即使街上有那么多大胡子，而且大家都是深目隆鼻，很多人的肤色比我还白，但我好像仍然很显眼，不知道是什么原因。除了偶尔出现的“临时”画面之外，大屏幕上一般是轮番播放的商品广告，估计拍摄行人也是一种吸引关注的广告手法吧。这种手法很有意思，也很有效，很多人都在看那个巨大的屏幕，很可能是在等待自己的样子出现在上面。

在海量的广告之中，我们突然看到了中国新华通讯社的广告牌，太不容易了。

我们还打算去世贸中心看看，那里有一个“9·11”国家纪念博物馆。很多人说，那地方阴气很重，肯定有冤魂。还有一位朋友告诉我，恐怖袭击发生时，他刚好路过这里，随着爆炸声的响起，上空掉下了无数的手指头和人肉碎片，把他给吓坏了。

关于“9·11”事件有很多奇怪的传说。倒如有些当时参与救援的消防员就说过，这个事件是一个巨大的阴谋。众多的说法扑朔迷离，就像穿梭在高楼间的烈风——“9·11”国家纪念博物馆的气氛确实很诡异，一股非常凌厉的夜风在高楼间穿梭而过，发出异样的、瘆人的声音——关于这个世界、关于“9·11”、关于政治、关于阴谋的故事实在太多，有太多的谜团没有揭晓。这个世界的真相究竟怎么样，目前我们还不知道。

离开“9·11”国家纪念博物馆，一路往前，我们经过了布鲁克林大桥。这是美国非常有名的大桥，也是纽约市的标志性建筑之一。我对它还是有一点熟悉的，因为在好莱坞的电影里它经常被炸。实际上，在现实生活中它从来没被炸过，它完好无损地横跨纽约东河，连接布鲁克林和曼哈顿岛。

天色早已暗下来，太阳也早就落山了。此时月色正好。隐隐约约地，我们能看到远处的自由女神像，她正拿着火炬立在灯光之中。它是美国的象征。美国人非常强调自由——言论自由、宗教自由、人身自由等，从威廉·潘恩开垦了宾夕法尼亚之后，自由理念就像亘古的歌谣一样，回荡在美国两百多年的历史里。我听说，很多外国人都在寻找各种理由留在美国，只要他们真能找到理由，美国移民局就会批准。所以，美国非常了不起，它的政策中确实有很多人性化的、能让人拥有尊严感的东西。而且，很多人只要移民到美国，就可以马上享受美国的医疗、福利以及各种各样的保障，只要他们通过合法程序申请。这一点，不知道有多少国家能做到。所以，这块土地的包容性是非常惊人的——当然，也有人来到美国之后，抱怨它没有自己想象中那么好。

我们在辉煌的灯火中前进，感受着这个城市强劲跳动着的脉搏。入夜了，远远地朝华尔街的方向望去，那里却还是灯火通明，不知道有多少人还在写字楼里工作。这个国家就是靠这些辛苦劳作的人撑起来的，我们的国家当然也是这样。

沐浴在浪漫而温馨的月光中，我们继续前行。一天虽然已经结束，第二天的旅途却也即将要开始，我们的人生永远都在行走中，就像曼哈顿的灯光，和亘古的风。

纽约国家图书展

写于 2015 年 5 月 27 日，美国纽约

我们来纽约的理由之一，就是参加纽约国际图书展。

纽约国际图书展是美国最大的国际图书展览会，有一百一十年历史，在世界上很有名气——1904年和1905年左右，纽约发生了很多事，地铁正式投入使用，跨年倒数活动开始举办，纽约国际图书展览会诞生……一百一十年历史，似乎成了我最近常用的一种表述。

言归正传，纽约国际图书展每年都会吸引世界上八十多个国家的出版界人士，他们都会聚集在这里，展示自己最新的图书，然后随缘进行洽谈交流。很多作者也会来这里和读者见面。今年，中国出版集团派了六十多人前来参展，其中包括《野狐岭》的责任编辑陈彦瑾。

我们没能预留太多的时间，只安排了一天来参观这个书展，但这一天的收获非常大，可以说是顺缘俱足。因为，我和文韬、陈亦新来到书展现场时，正好见到了陈彦瑾，她带着我的长篇小说《野狐岭》来参展。而她正好和一个对外交流的记者住在一起，还认识了中国译文出版社的总编辑等人。这些人一直在寻找值得对外翻译的书稿，又看到了我们的书，于是向我们约稿，我们就把一些书稿推荐给他们。

陈彦瑾还做了一件很好的事，就是请同事把《野狐岭》放在展架最上方的第一个位置，非常显眼。在传播我的作品方面，她有一种见缝插针的味道，非常尽心尽力，一直以来，她给过我很

多帮助。

在展会现场，我还认识了很多出版社的社长和总编辑，他们有些是对内的，有些则是对外的。中国作协副主席何建明先生也来了。我与何建明先生很熟，我们早在2009年罗马尼亚国际笔会上就认识了，当时我们一起出席一个会议。从相识起，我们就是好朋友，今天在北美大地上见面，他和我都觉得非常开心。

另一个“意外”是，《中国出版传媒商报》的记者找到我，对我进行了采访，后来还对我的创作进行了深度报道。这让陈彦瑾感到非常吃惊，她说，这样的国际书展，记者们一般只会笼统地报道一些新闻，能深度、系统地报道一个作家，实在太少见，也太难得了。因为，这种采访的目的，是向英文世界介绍一些中国作家。陈彦瑾还提供了另一个重要信息：某杂志——据说这本杂志在国际上非常有名的记者采访了中国大百科全书出版社刘国辉刘社长，采访结束时，陈彦瑾请刘社长把雪漠作品的简介送给这位记者，刘社长还对我进行了重点介绍，说我是他们社里非常重要的作家。中午，刘社长请中国作家吃饭，其中也包括我，还有一些无论在国内还是国外都很出名的作家，比如刘震云、苏童等，有一些作家的作品在国外也有很大的影响。

饭后，我们赶赴另一个约会——我们约了当地的一位翻译家见面，这是我们来纽约的另一个理由。

这位翻译家是新加坡人，在英国住过一段时间，目前定居在纽约。据说他是一位剧作家，替一些专业团队写剧本，那些团队在各个国家出演戏剧，非常专业，说明他的水平肯定也不差。目前，这位翻译家正在改编《红楼梦》，打算用话剧的形式重新演绎《红楼梦》，这也很有意思，他应该是一位很有想法的翻译家。可惜他的要价太高了，在我认识的翻译家中，他是要价最高的，我们思考再三，还是觉得不太合适，只好作罢。

仿佛在中国

写于2015年5月27日，美国纽约

我们发现，纽约的华人非常多。

朋友告诉我们，华人刚到美国时，往往会选择住在铁路和公路边上，因为租金比较便宜，等安定下来，有了一定收入，他们就会慢慢迁移出来。现在，纽约的华人主要聚集在三个地方：一是曼哈顿唐人街；二是布鲁克林八大道，也就是布鲁克林唐人街；三是法拉盛唐人街。

曼哈顿唐人街位于曼哈顿南端下城区。19世纪中叶，一个广东人在这里开了第一家店铺，随后，华人慢慢聚集到这里开店，于是逐渐形成了唐人街。曼哈顿唐人街至今已有一百多年历史。跟华盛顿的唐人街一样，其地理位置也非常优越，离市政府、华尔街、百老汇都非常近，而且面积很大。

比起曼哈顿唐人街，布鲁克林唐人街的形成要晚一些。到20世纪70年代为止，布鲁克林八大道的居民还是以挪威人为主，那里甚至被称为“小挪威”。至今，那里还保留着很多挪威人建造的住宅楼、医院、学校和公园等，为后来移民到这里的中国人提供了诸多便利。1986年，第一家中国杂货店在布鲁克林八大道开张，很多居住在曼哈顿唐人街的华人——据说以福建人为主——才逐渐搬到这里，因为这里的租金相对便宜一些，交通也很便利。

法拉盛唐人街位于纽约市皇后区，是一个北方小镇，它的格局看起来非常像中国小镇，类似于樟木头和香港的结合体。三十多年前，华人及其他亚裔移民才逐渐迁移到这里，其中最早的是中国台湾地区的移民。现在，除了中国人之外，这里还有韩国人、印度人、墨西哥人、非洲人等，但仍然以华人为主。相对布鲁克林八大道而言，它的兴起还算是比较早的，但相对曼哈顿的唐人街而言，它就是一个后起的华人聚居地。2001年的“9·11”恐怖袭击之后，曼哈顿出现了一波华人迁徙潮，很多华人都搬到了法拉盛。法拉盛唐人街的面积比曼哈顿唐人街更大，也比曼哈顿唐人街更有活力。从很久之前起，曼哈顿唐人街就开始没落，从某种意义上来说，其发展已经停止了。而法拉盛的发展却更有当下中国的影子。无论是街道的建设，还是基础设施的建设，它都遵循任何一个行政区域的发展轨迹，在国内或曼哈顿流行的餐馆，也会迅速在这里占据一席之地。许多时候，走在这里的街头，都有一种时空错位的感觉，恍惚间还以为自己回到了中国。在中国街头能看到的小店，在这里几乎都能看到。大江南北的各种中餐这里都有，川菜、粤菜、东北菜，还有新疆羊肉串。听说，这里有十几个华人超市，很多工作人员都是华人。耳边总是响起乡音，这也让我们感到特别亲切。有时，我们会看到一些美国人在这里逛街，感觉上他们不是在美国，而是到中国来旅游了，非常有意思。

法拉盛有一个小区也很有意思，它本来是外国人开发的，也有很多外国人入住，但不知从什么时候开始，就有大量的华人住了进去，结果外国人就一个个搬走了，就连附近的教堂也维持不下去——因为没人去，总是空荡荡的——只好关门了。于是，美国出现了一种说法：如果一个地方有大量中国人居住，那里的教堂就会“垮”掉。我们之所以看到很多教堂在出售，就有这个原因——当然，这不是唯一的原因。比如，大量华人住在教堂附近，然后在教堂旁边开一间超市，超市从早到晚都非常热闹、非常喧嚣，你想想看会怎么样？这个教堂肯定会越来越冷清，最后再也没人想去了，因为整个氛围都变了。这一切的演变都有一种戏剧性的色彩，非常的耐人寻味。

中国人真是人多力量大，在美国纽约，中国人就充分显示了华人群体的“伟大”力量。虽然我们沿途一直没有看到多少中国元素，但到了纽约，就不一样了。纽约的中国元素实在太多了，中国人也太多了，纽约的街头充满了中国元素，似乎美国人只是背景，中国人才是前景。

来到纽约之前，我们绝对想不到局面会是这样的，在纽约这样的城市，我们竟如此密集地体会到了中国风情。比如餐馆，这里有很多中餐馆，菜做得都很好吃，我们今天中午就是在中餐馆里吃饭的，那里的中国菜做得非常棒，我在樟木头从来没有吃过如此地道美味的食物。此外，纽约华人区的老年人也很多，这儿的一些老人院、老人康复中心里，有很多中国的老头老太太。可见纽约市的包容。

纽约市实在太包容了，这里聚集了世界各地的人，相当于一个没有国界的大杂烩城市。这里真是有趣。

文化传播模式诞生

写于2015年5月28日，美国纽约州

来到美国，我们才知道“纽约”有多重含义。比如，纽约州是美国的一个州，纽约市是纽约州里的一个城市，纽约特指曼哈顿，还有今天才知道的纽约上州。所谓纽约上州，指的是纽约州的上部地区，就像曼哈顿下城指的是曼哈顿的下部地区。当然，曼哈顿不是一个城市，而仅仅是纽约市的一个行政区。美国有五个行政区，分别是曼哈顿区、布鲁克林区、皇后区、布朗克斯区和斯塔滕岛。对美国不熟悉的人，听到这么多带有“纽约”的、相似的地名，真的会混淆，但如果住在这里，就会觉得这些东西非常简单。就像我们不会把樟木头跟东莞混淆，也不会觉得樟木头独立于东莞一样。不过，直到今天，我们仍然分不清东莞和广州之间的区别，在我们的印象中，去东莞跟上广州是一样的。当然，这些都是人类创造出来的概念，知道与不知道，知道得多还是少，其实都不重要。

之所以今天会谈到纽约上州，原因是我们今天的目的地是纽约上州，当地有几位非常优秀的美国学者和科学家，还有一位很好的翻译家。我们约好今天见面。在美国，我们必须有当地的朋友做导游，否则真的是寸步难行。虽然辛苦文韬和陆雪晴一路陪伴，但这也是他们的一片心意，他们都想为中国传统文化的传播事业做出一份力所能及的贡献。我感恩，也随喜他们。

沿途的风景仍然很美，植被仍然很好，树丛中仍然有很多我们称之为“小别墅”的小屋。我们偶尔在山丘中起伏穿行，却没有用心欣赏。因为，我们一路都在谈我们的正事，没有因为沿途风景的美好，就陶醉其中、忘乎所以。一路经过了那么多州，我们一直是这样。

这半个月来，无论在哪里考察，无论考察的对象是谁，我们都会发现同一个事实：中国传统文化的传播必须借鉴西方企业的一些营销经验，否则永远做不大。比如，我们在西方一些比较大的宗教——比如摩门教和巴哈伊教——的发展模式中，都能找到现代企业营销模式的痕迹。还有一些慈善团体——比如狮子会——也做得很好很大，其发展模式中同样有现代企业营销的影子。传统的、政教合一的团体，永远都做不大。

我们还发现，西方的君主立宪制非常科学，它分割了皇权和政权。首先通过民主方式选举出一些领导人，这些人必须是懂得政治和行政的政治家，然后将政权交给他们，皇权不能干预政权。实际上，这种模式不但适合治国，也非常适合宗教文化的传播。比如，如果依照企业运营的模式，文化集团就必须严格按照企业的规则来运作，并且将自身分割为两个部分：第一，文化传播的运营者，他们需要学习现代企业的运营规则，从中汲取营养，将其运用于文化事业的传播和运营，传播和运营方面的权力属于他们；第二，承载文化的载体，比如学者、专家、信仰者以及包括法师在内的宗教人士等，他们需要在学养、修行、智慧等方面，按照宗教文化进行系统的训练，不需要参与文化传播的运营，仅仅做真理的传播者，相当于基督教中的牧师这一类人。这样，双方就能互不干预，单纯负责各自的领域，单纯做好各自的专业。这种模式非常科学，也非常适合当下的文化传播。

我多次提到天主教的成功，它确实是一个典范。天主教内部分为管理层和传播者两部分，管理层负责各个教区的管理和资本的运营，神父和修女作为传播者，一般不参与运营。这样，他们就会非常成功，影响范围很广，规模也会很大。在所有宗教中，他们这种模式几乎是最成熟、最成功的。未来对中国文化的传播，其实也该借鉴其中的一些可行之策，通过合理的机制，对文化传播事业进行现代企业化的运营。制定运营机制就好比修铁路和造列车，有了铁路和列车，就可以把货物——也就是文化和思想——输送到世界各地。到目前为止，这是我们认为最清晰可行的文化传播构想。

未完成的州议会大厦

写于2015年5月28日，美国纽约州

大概两个小时之后，我们到达目的地奥尔巴尼（Albany），它是纽约州的首府所在。我们准备在这里跟几位科学家、教授和学者见面。

今天的日程是上海的王明先生策划的。王明先生是一家生物科技公司的老总，他为我引见的这些科学家在当地都很有影响力，其中一位科学家叫顾军，是纽约州政府的终身研究员。

王明和他的助理也来了。中午，王明请我们在一家中餐馆里吃饭。连日来，因为时间等各种条件的影响，我们很少吃到这么可口的中餐。有时，能吃上一顿越南河粉，我们就已经很满足了。到纽约的这几天，我们倒是吃了几顿舒适的中餐。胃这个东西很有意思，人无论走到哪里，它都有一种落叶归根的期盼，就算吃不到地道的家乡美食，能吃到一点家乡的味道，也已经很满足、很安慰了。

饭后，在座的所有人——陈亦新、文韬、顾军、王明、我，还有一位专门教管理学的，教育学博士，王明的助理本身也是一位生物科技公司的副总——合影留念，然后一起去参观纽约州的帝国之州广场，朋友说它在当地非常出名。

广场上最醒目的建筑就是纽约州议会大厦。那是一座有着古典韵味的宫殿式建筑，正对门口有两个巨大的水池，非常壮观。在我们见过的州政府大楼中，它是最美、最有特色的，但它似乎没有完成。它的屋顶显得有点奇怪，跟整体感觉不太协调。朋友说，它确实没有完成，计划中它跟美国的很多州议会大厦一样，是圆顶的建筑，但它施工了二十一年，耗资庞大，施工结束时，它已经用掉了二千五百万美金，据说相当于现在的七亿美金。而且，它有点过于考究了，不但从本地取材，有些大理石石料还是从意大利等欧洲国家直接运过来的。如果这座建筑是某位富豪捐建的，也许还没什么关系，但它用的是州政府的纳税款，当时的州长觉得这样不行，于是强行中止了这项工程，把设计师也给解雇了。所以，这座壮观的大厦其实隐藏着许多遗憾。

这座建筑之所以那么奢华，也许跟它的规划者有关——它是由当时的纽约州州长、石油大王约翰·洛克菲勒的孙子纳尔逊·洛克菲勒亲自规划的。从这个角度看，大厦的奢华也是可以理解的。据说，后来的州政府觉得这座建筑实在太奢华了，不能仅仅用于办公和投票议事，就把它办成了博物馆，供社会大众免费参观，而且允许参观者照相，还配备了免费导游，全程为参观者提供免费的解说服务。这也是一个很有意思的细节。

州议会大厦旁边有五栋很高也很漂亮的大楼。它们就像突然间拔地而起似地齐齐排列着，阵仗很是恢宏，好像叫科宁塔（Corning Tower）。据说，站在第四十二楼的观景台上向远处瞭望，可以看到整个奥尔巴尼市和哈德逊河。

还有一些建筑也很有特色，比如包含了州立博物馆、图书馆和档案馆的文化教育中心，以及不远处一座椭圆形的建筑。朋友说，它是当地的表演艺术中心，经常会举办一些音乐会、戏剧之类的演出，州政府的领导是这里的常客。有趣的是，它叫蛋形剧场（The Egg），居然起了个跟这里的氛围很不相称，却又那么形象的名字，真是让人忍俊不禁。

来到奥尔巴尼之后，我们没有看到什么特别出色的东西，但这个广场有一种让人眼前一亮的感觉。在这样一个平平无奇的小城里，它有一种鹤立鸡群的味道。它的存在，尤其是州议会大厦的存在，顿时将这个城市的档次提升了不少。所以，虽然州议会大厦建成后引起了很多争议，但它对这个城市来说，还是有正面意义的。

往前走了没多远，我们再一次见到了教堂。这个教堂也很漂亮——据说叫双子教堂，在当地非常有名。每到周末的时候，所有店铺都会关门，大家一起去教堂做礼拜、忏悔。基督教的忏悔是非常值得提倡的行为，它对净化人的灵魂实在太重要了。如果每周忏悔一次，心中的垃圾就会越来越少。所以，忏悔是宗教的灵魂，也是宗教最伟大的精神。佛家文化中也有忏悔，它可以净化许多业障，清除升华时的障碍。

每个人的心中多少都会有一些贪婪、嗔恨之类的负面情绪，如果老是受到这些情绪的困扰，人就会有很重的负罪感。而且，大多数人在理性的时候，都能感知到自己情绪的对错，只是心不听话。面对这种很难改变的负面情绪，尤其是受到这种情绪的牵引，做出不当的行为时，人就会非常愧疚后悔。当然，也有一些人觉悟不高，不觉得自己有错，因此没有后悔之意，但他们同样不一定快乐。因为，不管后悔还是不后悔，只要情绪是负面的，就会给人带来很多痛苦。如果不忏悔，负面情绪得不到消解，人就会一直痛苦；相反，如果改变思维，愿意忏悔，负面情绪就会消解，人就能慢慢改变自己，不再计较，也就不再痛苦。所以，让忏悔变成生活方式，为教徒安排一个倾听他们忏悔、代表神圣存在的人——尤其在教徒临死的时候——这是基督教最了不起的地方，也是佛家文化在普及过程中需要借鉴的一种方法。

随后，我们前往纽约州立大学。

路上，我们再一次看到了美国乡村。这个季节正是蒲公英成熟的时候，空中充满了随风飞舞的蒲公英。据说，一些皮肤敏感的人每到这个时候，就容易过敏，因为他们容易接触到花粉，但这样的景象多美啊。蓝的天，绿的草，白的云，还有满天的蒲公英，这种景象太少见了，几乎只该出现在童话里。

纽约州立大学到了，它是美国最大的公立学校，有四十七万学生，六十四个分校，一百多个研究项目遍布世界各地，它的教学系统是世界上所有大学中最大的。跟哈佛大学之类的私立大学相比，纽约州立大学的学费要低很多，但它同样是世界一流的大学，它的很多分校也都是世界一流的大学，其毕业生的质量和社会认可度都很高。

不过，我们今天到这里来，主要目的并不是参观和考察，而是跟一位叫陈李方平的教授见面。

陈李方平教授看起来有六七十岁了，但精神状态非常好。她的专业是东亚文化，曾经研究过皮影戏和中国的神文化，还出版过一些著作，同时，她也是一位翻译家。来美国之前，我们给她寄了一本《西夏咒》，这次见面，我们聊得非常投缘，谈了中国的神文化、文化传播和香巴噶举文化，也谈到了西部文化，收获很大。我把我们的交谈录了音，将来整理成文字就可以放进书里，作为漫谈性质的资料保留下去。

从纽约州立大学回来的路上，我们和文韬、陈亦新聊了很多，顾军教授也给了我们很多很好的建议，对我们在文化传播方面的构思起了画龙点睛的作用——原本，我们准备自己在美国成立一所学院，但顾教授认为这样不太好。他觉得，我们最好能跟一些大学联合，在对方的平台上开设关于东方文化的专业院，这样就可以双方借力，不需要从头做起。这确实是最好的，顾教授的思路非常好。如果因缘成熟，我们可以像他说的那样，跟一些大学合作，建立东方文化艺术系、东方文化艺术学院、东方文化艺术研究中心之类的组织和机构，这样也可以传播中国传统文化。顾教授还为我们构想一个未来传播的框架：请陈李方平教授翻译我们的作品，慢慢在纽约州立大学建立我们的教学点或分校，跟纽约州立大学联合办学，建立上述的机构。

然后，我们对未来的传播事业进行了体系化的构建：第一，由我带领我们的编辑团队创造思想性的成果，也就是图书等作品；第二，由出版发行团队在经济领域进行开拓，为文化事业建立经济基础；第三，由陈亦新负责在各个大学高校里进行教育、培训和联合办学。这样，我们就实现了“三足鼎立”，将思想文化、教育培训、出版发行事业紧密结合在一起，中国文化在西方的传播也会形成一个非常大的局面。

最早的时候，我们想在波士顿买一个教堂进行底层传播，这个思路现在看来实在太局限了；同样，后来我们想在各地建立禅修中心，这个思路也过于底层了。经过在美国大地上一天天的考察，我们的想法一天天在改变，逐渐从最初的局限中完完全全地走了出来，有了一种格局更大的构想：进入真正的高端文化领域。这样的转变是非常了不起的。而且，今天的策划可操作性非常强，我们已经开始实施了。我的意思是，我们已经通过合作的形式进入纽约州立大学，随着相互了解的加深，我们还有可能介入它的分校以及他们的研究项目，最后，我们就可以直接进入高端文化领域。

昨天的纽约书展，今天的纽约州立大学之行，让我们感受到一个巨大的世界正在向我们敞开它的怀抱，正在向我们微笑。今天是历史性的一天，也许，历史会记住这个日子。

七点了，太阳快要落山，夕阳正温柔地向世界贡献着它的光辉。而中国此时正是早上七点，旭日正在东升。也许，这是一个巨大的象征。

途中的景物也非常美，起伏的远山、葱绿的树木、夕阳之光映照下的蓝天白云……一切存在都充满了喜悦。

这次的北美之行顺缘俱足，一切念想都如愿了。我觉得，我们就像电脑鼠标上的箭头，箭头指向一个程序，然后鼠标轻点，那个程序就会开始运行。现在正是这样，我们都能感觉到一个巨大的程序开始运行了。一切都很完美，一切都在为一个巨大的格局服务。世界逐渐在我们面前露出它博大、神秘、灿烂的面容，一切都在混沌中慢慢变得清晰……

Canada

第五章

用文学艺术诠释中国传统文化

阿尔伯塔省—加拿大

夏天也下冰雹的卡尔加里

写于2015年5月29日，加拿大卡尔加里

今天早上我三点就醒了，等会儿要再一次跨越美加边境，去加拿大的卡尔加里，那里有一家机构请我去讲课。

卡尔加里是加拿大的第四大城市，位于加拿大阿尔伯塔省南部，落基山脉脚下。在印第安语中，卡尔加里的意思是“清澈流动的水”，可见卡尔加里有多美。最早的时候，卡尔加里是牧场，生活状态很原始，20世纪人们发现了石油和天然气，于是当地的经济随之发展起来。中国的几大石油公司在卡尔加里都有常驻机构，可想而知，这里的石油资源应该是非常丰富的。卡尔加里政府允许个人开采石油，但中小型企业如果挖了三口井都挖不出石油，就很可能会破产，因为，挖一口井据说要花掉一百万加元，也就是五百二十多万人民币。

如果时间允许，我们会顺便看看这座城市。

醒来之后，我读了一篇关于华为如何创新的文章，启发很大。因为，华为的创新不是完全颠覆过去地创新，而是一种资源的整合。这种创新有点像将无数个小人物组合起来，让他们变成一个巨人，也有点像电影里变形金刚的变身——无数的汽车组合在一起，形成一个巨大的机器人，这个机器人不是全新的存在，但具有强大于过去无数倍的力量。在未来的中国，无论是企业还是文化传播，都应该这样创新，合理地整合利用资源。能意识到这一点，善于进行资源整合的人，都会成功，相反，所有单打独斗者都不可能成功。

大概四点多，我们就开始整理行李，赶往机场。这次，我和陈亦新的行李太多了，我们带了很多书，在机场安检时，就发生了一件很有趣的事：陈亦新的皮箱很重，在机场的磅秤上称重时，却显示只有二十七公斤。工作人员拖走皮箱时觉得皮箱太重，不像二十七公斤的样子，但他没有反应过来，也没有提出这个问题，皮箱送走之后，他才要求我们补上七十五美金的差价。我们没有同意，因为这是他们的问题——虽然我们的行李确实超重了，但如果机场的磅秤没有显示错误，或者工作人员及时提出，我们就可以想办法处理，但他们却没有说。短暂地交涉之后，机场就没有让我们补差价。

后来又出现了一个小插曲：原本应该八点多登机，但我们等到九点多还没有消息。问询工作人员之后，才知道飞机出故障了，正在维修。很早的时候，我对飞机的观感是，它只要一着落到机场，就会有很多人拿着工具冲过去，拧螺丝的拧螺丝，维修的维修，后来真的坐过飞机了，才知道原来不是这样。今天，我是第一次听说飞机落地后要维修，顿时觉得有点不可思议。

机场侯机大厅里开了很足的冷气，非常冷，但我们都把披肩等衣物放进皮箱里去了，身上只穿了一件T恤衫。好不容易等到上了飞机，我们就向空姐要毯子，谁知道毯子不是免费提供的，使用者必须付钱。当然，这也是可以理解的，因为他们的机票很便宜。五个小时的行程，机票才两百美金左右，但托运行李需要另外给钱，一件行李大概二十五美金，飞机餐、饮料和毛毯也都要另外付钱。不过，即使这样算下来，也还是比国内要便宜。在国内，五个小时的行程，机票就要人民币三千元左右，这次的机票大概是人民币一千二百多元，即便加上一些零零碎碎的消费，也不算太高。

飞机还没起飞时，我收到了一条短信，是一位我们有合作意向的朋友发来的，她觉得我们承诺的费用有点低，还提出了她觉得合适的价格。根据我们的了解，她的要求太高了，有一种狮子大开口的味道。她为什么会这样？左思右想之后，我们得出了一个结论：跟她交流时我们太热情了，让她产生了错觉，也勾起了她的贪心。实际上，我们接触过很多跟她有类似专长的人，之所以对她那么真诚热情，完全是因为我们本来就是这样的人。而且她是台湾人——我们对台湾人的印象很好，觉得台湾人的素质很高——又是老太太，还是民俗学家，我们才给她提供了一种采访的可能性。而因为我尊重她，同行的几个企业家学生也很尊重她，这或许也给了她一种错觉。

五个小时之后，我们到了卡城。卡城是卡尔加里的简称。

卡城非常像蒙古高原上的城市，这里的土地非常辽阔，风也十分凛冽。据说，卡尔加里所在的阿尔伯塔省南部平原非常平坦，属于温带草原地带，土地肥力很高，年降水量不大，最适合的就是种草。而卡城也确实有很多草场，放眼望去，几乎到处都是连绵起伏的草场。偶尔也能看到一些树，但不多。在这里行走，非常像在蒙古高原和高原藏地行走时的感觉。朋友说，卡城一带的草很好，每到收割季节，这里的草原上就会堆满一捆一捆巨大的草卷，等到晒干之后，人们就会用很大的卡车拉上那些草卷，运送给购买它们的人。同行的朋友还说，这里的草甚至会出口到日本，因为日本的某个项目需要这种草。

天上飘着零星小雨，天气有点微凉，路边竟然有桃花在盛开。国内的桃花一般三月开，现在已是五月底了，卡城的桃花却依然怒放，真是奇怪。另一件奇怪的事情是，气温没有降到零下，有些雨点却变成了雪花。同行的朋友告诉我们，卡城海拔一千多米，夏天有时也会下冰雹——所以我们没有看错，不过那不是雪花，而是冰雹。广东这时正热得像蒸笼，卡城却在下冰雹，真是有趣。朋友还说，在卡城，相对其他三个季节，夏天要短一些，而且不会太热，七月是卡城最热的时候，也不过二十多度。如果下冰雹的话，这里的气温就会更低。所以，每逢夏天，就会有很多人来卡城避暑。

下午三点多，我们才抵达一家叫“大户人家”的粤菜馆。要是在国内，这个时候客人已经不多了，这里却依然爆满，除了正在吃饭的人，还有很多人都在排队买午餐，可见食物的味道一定很好。朋友点了几个菜，确实非常地道，比国内的很多粤菜馆都要好吃。朋友说，这里是加拿大最好的中餐馆之一，平时还有早茶供应，一般开到下午两三点。现在已经三点多了，等我们吃完饭，也许餐馆就要打烊了吧。

饭后继续上路，目的地是此行的住处。这次我们没有预订旅馆，因为一位叫文总的朋友帮我安排了住宿。文总是这次请我来讲课的机构负责人，他们中心负责我们这次加拿大之行的接待。文总的亲戚正好不在，就把房子留给我们住。这是一个典型的加拿大木质小楼，上下两层，非常整洁漂亮。上层有三间卧室，下层主要是客厅。卧室的隔音效果很好，估计木头中间有一些隔音材料吧。这样的房子，听说会冬暖夏凉，只是不知道有没有白蚁，或者说，万一有了白蚁，该怎么办？而且，不知道为什么，我总是觉得这里不太结实，但这栋房子据说已经有上百年的历史了，可见非常结实。总的来说，住在木头房子里，别有一番味道。我和陈亦新住的是主卧室，里面有一张大床和一张小床，主人还专门为我们准备了一张桌子。

卡城的人非常少，又是一种“好山好水好寂寞”的感觉。虽然这里的景色很好，环境也很好——据说卡城从2012年起就被《经济学人》杂志评为全球最宜居城市的第五名——但我还是觉得这里缺少一种活力。尤其从美国回来，这种感觉特别明显。加拿大是个典型的休闲之所，人与人之间的交往似乎也不多。除了中餐馆里人山人海，以及上下班时间市中心能看到很多人之外，其他地方人似乎都不很多，至少我们住处附近街上的人非常少。

安顿下来之后，我问朋友哪里有书店，朋友回答说，这里只有一间非常小的书店，没什么书，而且在离我们二十多分钟车程的地方，现在正是下班高峰期，开车出去一定会塞车的。于是，我只好作罢。无论到什么地方，我都会首先了解当地的书店，这是我的习惯。读书人的需求决定了书店的进货，反过来说，从书店的情况，我们就可以看出当地的文化品位，还能看出当地有没有真正的读书人、文化人。但条件不允许也没办法，而且，听朋友的说法，估计那里不值得去。

不去就不去吧，我们也学加拿大人休闲一下，入乡随俗嘛。

我们打了一壶开水，把从家乡带来的雪菊泡上，雪菊独有的清香让我们感到非常温馨。出国不过十几天时间，却像是过了几个世纪，形形色色的人都见过了，有种历尽沧桑的感觉。真是应了那句话：“山中岁月容易过，世上繁华已千年。”

夜游卡城市中心

写于2015年5月29日，加拿大卡尔加里

吃完晚饭，我们前往卡城市中心，本以为市中心离我们住的地方不太远，但事实上是不太近，大概二十多公里，相当于从凉州城到我们老家的距离，开车大概要二十多分钟。

透过车窗，我们远远看到了卡城的市中心，那里有一些很高的楼房，据说是办公楼和公寓。那些很高的楼房有好几层都透出灯光，不知道里面的人是不是还在上班?

卡城的建筑非常雄伟，虽然很多人都说它只是加拿大的一个中等城市，但我发现它还是有其独特、过人的一面。它是加拿大油

气行业的领袖，也是加拿大最有经济活力的地区。很多世界五百强企业的总部都设在卡城，数量仅次于多伦多。不过，这里也有一些不方便——甚至落后——的地方，比如，我们今天给电话公司打了好几个小时的电话，却一直没有人接听。在国内几乎是不可能发生这种事的，国内的通讯服务非常贴心到位，电信公司很少会怠慢客户。

已是晚上九点多了，卡城的天色还没有完全黑下来，只是非常阴沉，周围的景物几乎仍然清晰可见。街上人不多，听说当地人一下班就会回家；还听说，在当地的一般家庭里，每户人家至少要有一个人在外全职工作，否则一家人很难支付高昂的生活费用。

汽车往前行进，路边是飞速消失的房屋和草坪，时不时就会有土丘冒出地平线。沿途有很多正在修建中的工地，工地上扎着很多白色的帐篷。如果没有路旁的建筑，这里就太像蒙古草原了。

还有那冷也很像蒙古草原。卡城的五月非常寒冷，入夜之后就更冷了，我穿了一件背心，两件线衣，一件外套，还是觉得有些冷。夜风吹来，有一种凉水漫过肌肤的感觉。不知道这里的冬天会有多冷。

路上的行人不多，车却很多，其中有很多油罐车。车流就像水流一样，在大马路上川流不息，估计是那些下了班、从市中心开车回家的人。草也很多，远远近近都是一片绿色。时不时还会看到一列火车，呼啦啦地穿过茫茫大草原，那声响回荡在夜空里，让这个空荡荡的空间显得更加寂寞。卡城的火车有一种过去的味道，一段白，一段红，一段黑……这景象再一次让我想起了蒙古大草原。

沿途有一个科学院，很多小孩都在那里玩耍。这么晚了，不知道家长为什么不带他们回家？这是卡城跟国内另一个不一样的地方。

进入卡城市中心之后，我们路过了一座巨大的石桥，这里好像有一个老年中心，还有一座纪念塔。纪念塔不大，前面有个介绍牌，也许对塔的意义和作用进行了介绍，但我们看不懂。当然，我们可以停下车，请同行的朋友帮我们翻译一下，但我们不打算这么做。因为时间不早了，我们今晚打算去霍英东建立的一个中华文化中心，看一看那里的发展情况。

我们到达中华文化中心的时候，刚好赶上这里在举办嬉皮士聚会。其实，所谓的嬉皮士聚会是拳击俱乐部举办的活动，但他们称之为“嬉皮士聚会”，也许他们觉得喜爱拳击的人是嬉皮士吧。更有意思的是，这个活动不是中华文化中心举办的，而是拳击俱乐部的组建者——几个西方人——租用中华文化中心的地方举办的。换句话说，他们是在自己的地盘上向华人租用地方。

出国之后，我有一个很大的感触：国家的强盛对个体来说太重要了，个体生命与国家、民族的利益是息息相关的。我们的国家强盛，个体生命在西方世界才有价值。在国外，很多华人都进入不了主流社会——我所说的主流社会，指的是当地具有话语权的群体。当然，如果他们自己比较强大，也可以在西方世界生活得很好，并且在西方的主流群体中拥有一定的地位。霍英东就是这样。他有强大的经济实力，才能建立这个文化中心，有了这个中心，华人就有了一个文化方面的地位，否则，华人连一个自娱自乐的地方都没有。许多时候，经济基础确实决定着上层建筑，也就是我们所说的文化和精神等。比如，你如果只想完善自己，就可以没有一定的经济基础，但如果你还想贡献社会、给世界带来多一点正面的价值，就必须要有一定的经济基础，没有经济基础，在当代社会几乎可以说寸步难行。

当然，创造经济基础也是需要过程的。比如，许多华人到加拿大的时候，一般都要经历几个阶段：第一，非常艰苦的打工阶段。很多华人最初到这里，做的都是一些粗活，我的一位朋友就是这样，他在国内属于中产阶级，移民到加拿大之后，却只能从最底层的苦力做起；第二，慢慢地有了一点积蓄。加拿大的生活成本虽然很高，但好的一点是福利和保障也很高，它的最低生活保障就能满足人的基本生活，起码让人不会被饿死，能够在这块土地上生存下去。美国则不然，美国的最低生活保障至多给你半年，你必须在半年之内找到工作，因为，就算你半年之后仍然没有工作，政府也不会继续给你发保障金。很多华人愿意移民到加拿大，高福利是一个很重要的原因。进入第三个阶段时，就有了相对较多的积蓄，还会拥有自己的事业，这时，你就可以通过贷款的形式购买属于自己的楼房。在这块土地上，达到第三个阶段的华人也有很多，但总的来说，华人基本上还是处于不占社会主流的状态。

我们在街上看到了洪门致公党党支部位于加拿大的机构所在地。洪门致公党是1925年由洪门致公堂转型的一个党派，加拿大地很多地方都有他们的道场。我们过去的时候，他们正在开会，开会场所附近放了很多舞狮人的道具。有人告诉我，这一带如果出现舞狮的人，一般都来自洪门。此外，洪门的一部分人还会以教武术为生。

过去，我听说中国洪门是全球第二大黑帮组织，因为他们人数很多——当然，这是几年前的统计，估计洪门现在仍然非常厉害——不过，这次来加拿大见到洪门的人，我并不觉得他们是黑帮组织，反而觉得他们非常像是合法的团体。他们可以在大街上立招牌，也可以公开聚会。我想，这也许因为，即便曾经是黑社会组织，在如今这个和谐的社会，尤其在国外，也定然要以合法的形式生存下去吧。

参观文化中心

写于2015年5月30日，加拿大卡尔加里

听说卡城有一座华严圣寺，是宣化上人创建的女众文化中心，我们打算吃过午饭就去那里参观考察。

途中我们碰到了两个老头子，他们举着旗子，脖子上还挂着牌子，牌子上写了一些英文。同行的朋友说，上面写的是“反种族歧视”“反纳粹”。不知道发生了什么事。今天的行程不算太紧张，我们就下车对他们进行了采访。原来，他们看了CBC电视台的一个报道，觉得那报道有种族歧视的倾向，非常不满，所以就出来抗议。其中一位老人五十三岁，另一位老人已经七十多岁了。我们陪他们聊了一会儿，他们显得非常激动也非常开心，也许因为他们的抗议得不到人们的重视和回应吧。

到达华严圣寺的时候，人们告诉我，这里进门必须按门铃。这是别处没有的规矩，但也是可以理解的。因为这里是女众文化中心，住的都是女性居士和尼姑，如果来访者可以随便入内，就可能进来一些心怀歹意的人，做出一些不太好的事情。所以，有这样的防范意识也是有道理的。

中心很大，第一层以禅堂为主，第二层是饭堂，第三层是能容纳一两百人的会场。可以进行比较大的佛事活动。此外，这里还有自己的图书馆，图书馆里有些书是免费提供的，但大多是普及型读物，没什么高层次的东西。这让我们觉得有点遗憾。

最早接触佛文化的时候，我最喜欢读宣化上人的书，我第一套最爱的经书就是宣化上人讲的《华严经》，后来我把它供给了我的上师。随着自己的成长，我慢慢发现了宣化上人的讲义中一些可以商榷的地方，但这并不影响我对宣化上人的尊重，我仍然觉得他是一位非常伟大的僧人。

宣化上人在海外有着广泛的影响力，20世纪60年代他来到北美，短短几十年内就建起了几十座道场，而且都很繁华。1973年，他还在美国旧金山成立了国际译经学院，专门培养译师人才，后来美国加州的万佛圣城建立，他就将译经学院迁到万佛城，与万佛城的法界佛教大学合并。

我们到华严圣寺去参观的时候，寺里正在修建一座大雄宝殿，而且是在同一块地皮上叠建，非常壮观。施工现场的人很多，听说大多是义工，他们在自己的领域里都有一定的地位，属于当地华人中比较成功的人。在华人所在地，寺院和道场都建得很好，一般都是当地比较好的建筑。这些细节都说明，佛家文化在海外华人的心中还是有一定地位的。

说到在海外的影响力，宣化上人甚至跟星云大师可以相媲，当然，宣化上人的传播方式仍然属于传统模式，虽然在教育体系上有所革新，但总的来说，他走的还是老路子。相对而言，星云大师更熟悉这个时代的传播方式，他已经开始走现代化运营的路子了。所以，相比之下，星云大师的影响力可能比宣化上人要更大一些。

有趣的“车库售卖日”

写于2015年5月30日，加拿大卡尔加里

今天很幸运，我们碰上了卡城一年一次的车库售卖日，英文是“Garage Sale”，意思是把家里不用的东西摆在车库里——现在，交易地点已不再局限于车库，前院的草坪和车道也划入了展示范围——供邻居们自由选购。

卡城的Garage Sale在每年5月30日前后的周末举行，听当地人说，去年的车库售卖日天气不好，下雪，非常冷，结果很少有人来买东西，今年天气还不错。其实，在我们看来这两天也很冷，我穿上了外套和线衣，还披上了羊毛披肩，仍然觉得很冷。

我们参观的第一个车库里摆了很多旧玩具，他们家里有几个非常可爱的小女孩，所以玩具很多，还有电脑、五金用品、自行车、家具等，好东西很多，但我们带不走，就算看到感兴趣的东西也不能买，非常遗憾。听说，有人去年用五美金买了这家男主人的父亲留下的集邮册，结果发现里面收集的都是中国解放区的邮票，非常珍贵，这些邮票现在的价格至少在五万加元以上。

第二个家庭的摊位上摆满了登山杖和其他看起来很好的运动器材，主人显然很喜欢运动，可我们还是没办法买。

第三家的主人看起来很爱生活，车库里放着很多餐具，还有橱柜、厨具以及一些日用品。

第四家也有各种各样的日用品，以衣服和包包为主，但他们的包包看起来很一般。他们家的车库里还有自行车、游艇等东西，从中也能看出他们的生活特点。

走到另一户人家的门口，我们看到了一个非常可爱的小女孩，她拿着一个小包包，里面装满了糖果，她正在卖这些糖果，一个二十五美分。我很喜欢这个孩子，希望能给她一份好心情，就叫陈亦新买了一颗糖，然后我们跟她合了影。结果她的父亲匆匆忙忙地走过来，非常警惕地问了我们很多问题。我的朋友向那位父亲介绍了我们，他知道我们没有恶意，于是就开心起来，变得非常友好。

另一户人家卖的东西很气派，有玩具，有木雕，有家具，有厨具，各种东西都有，好东西很多。还有一户人家在卖鸟笼、床、假发、书等东西。

我们观察了一下，这个小区的大部分西方住户都在出售孩子的玩具，体育用品的比例也比较大，比如各种球和跳绳，在每户人家几乎都能看到。书也很多，很多人都在出售读过的书，可惜都是英文书，我们看不懂。

这个节日真好，虽然看起来是在卖东西，但实质上是在给人们寻找交流的理由。比如，我们只是过路人，在这个城市不会逗留太久，如果没有这样的节日，我们很可能就匆匆而过了，有了这个节日，我们就接触了很多当地人，见到了很多不同的世界，其中有运动发烧友的世界，有收藏爱好者的世界，有钓鱼爱好者的世界，有五金爱好者的世界……各种各样的人都在通过卖东西打开自家的世界，让其他人能了解他们，包括他们的生活、他们的喜好，还有他们的特点和风格。

随行的朋友住在附近的小区里，接我们之前，他已经淘到了一些东西。我问他会不会把旧东西拿出来卖，他摇了摇头，说不会。我问他为什么，他说，别看卖东西好像很简单，其实很辛苦的，你必须守在摊位上，守上一天最多也只能赚到二十块钱。当然，这些人卖东西都不是为了赚钱，他们只是想跟小区里的人和附近小区的人交流一下，聊聊天，平时很难有这样的机会。

这个小区很安静，里面的住户也很好。

有意思的是，小区——不只这个小区，而是这里的很多小区——里的很多建筑都是环形的，像葫芦口一样，小区里的车辆都要沿着环形的车道行驶。之所以要这样设计，听说是为了让每个小区都成为相对封闭的单元，平时只有本小区的住户才能进入。另外，这里的小区房型都不统一，听说是因为有些房子是直接从开发商那儿买的，有的则是自己改建的。这里的开发商很有意思，他们盖了房子之后，买主可以随着自己的喜好挑房型，如果实在挑不到满意的，还可以自己对房子进行局部的调整，也就是重建。国内好像没有这种情况。

我们准备开车去下一个目的地，途中却看到了一个亚洲面孔的人，不知道是不是中国人。难得遇到同胞，我们就停了车，想去采访一下他，看看海外华人的生活面貌。这户人家卖的多是纺织品，尤其是女人的衣服。衣服不贵，六加元一件，但交流之后，我们才发现他们不是中国人，而是韩国人。看来，韩国人十分重视形象管理。

我没有看到喜欢的衣服，但看中了一顶非常有特色的帽子，主人说只要一加元，我就买了下来。东西虽然很便宜，赚不了多少钱，但主人显得很开心。开心就好，我们买东西也是为了给他一份好心情。当然，在这个特别的日子里，我们也很尽兴。于是，我们带上一颗糖和一顶帽子，继续上路。

前往落基山途中的思考

写于2015年6月1日，加拿大卡尔加里

来到卡尔加里之后，我经常听人们谈起落基山，他们觉得来这里一定要去两个地方，一个是落基山，另一个就是落基山北段的班夫国家公园。今天，我们打算去班夫国家公园，顺便看一看落基山。

从地图上看，落基山跨越了加拿大和美国，绵延起伏，从阿拉斯加一直蜿蜒到墨西哥，据说，它南北纵贯四千五百公里，被称为北美洲的“脊骨”。可见它非常壮观。在电影《断背山》中，我也见过落基山，据说那电影是在落基山取景的。但是对那电影，我印象最深的，还是那段被世俗扼杀的同性爱情。作为背景存在的落基山，在我脑海中只留下了一个模糊的印象：很美，很壮观，很纯净，似乎在诉说着一个悠远的故事。《断背山》这样的故事似乎也只能发生在那里，因为那里远离世俗的一切，纯粹、干净、包容、大气，人会不由自主地忘记由人类规则所组成的世界，拥抱和允许自然而然发生的一切；它的美丽、原始和寂寞，也在呼唤着一段狂野的生命经历。

今天的天气极好，阳光明媚，是我们来到卡尔加里之后唯一的晴天。过去的几天都是阴天，乌云遮蔽了太阳，温度很低，一旦下雨，卡尔加里就更冷了，我常有一种浸泡在凉水中的感觉。幸好有羊毛披肩，但即便披上羊毛披肩，凉意还是往衣服里钻。每到这个时候，我就会后悔不听别人的建议，没有多带几件厚点的衣服。

公路两旁是茂密的森林，但不像是原始森林，更像是人造森林。远处仍然是辽阔的草原，远远望去，有一些建筑物掩映在草地之间。汽车在巨大的草原之间穿行，显得那么渺小。人也显得那么渺小。渺小的我们，被抛入天地巨大的寂寥之中，但心中没有伤感，只有一种诗意和悠然。偶尔，我们也会看到远处的一些建筑物，在无边的草原之中，它们也成了寂寞的存在。

这个地方也属于卡尔加里。这里的城市不像国内，国内的城市相对集中，这里的一个区与另一个区之间离得很远，那种广阔的气息让我想起了西部故乡。人在国外，根的牵绊会格外明显，任何事物都能让人联想到祖国、故乡。

在卡尔加里，我们有一个明显的发现：无论多么优秀的华人，一旦远离中国，就有一种龙离开水的感觉。如果把我抛到卡尔加里，可能也会出现生存困难的问题。因为，这个城市的信仰氛围有些奇怪，整个信仰群体的层次都和别处不太一样。也许是受到西方文化的影响吧。换句话说，他们中的很多人都很难虔诚地相信任何一件事，他们没有那种完全赤裸的信仰。这种情况在美国的一些城市里也有。我们从纽约的一些信仰者身上，就可以明显地看到他们信仰背后的目的。许多时候，信仰已经变成实现某种目的的工具了。一些禅修中心也接受没有信仰的志愿者，他们不信，对文化也不感兴趣，但他们想拿那份工资。当然，有些人虽然不是信仰者，但他们真的喜欢那份工作，但也有一些人很可能仅仅是为了生存而已。有些道场也是这样，他们虽然有着信仰的外相，但信仰对于他们更像是一个借口，其目的还是商业利益。

如今，商业文明实在太强大了，在它的浸染之中，很多质朴的东西都会改变，包括文化，也包括人。但正是这个原因，人才更加需要信仰之光的照亮。

我们已经看到了远处的落基山脉，山顶上覆盖着白雪，这一带的自然风光非常美，两边仍是起伏不定的山丘。公路两旁有些小树，好像是桦树。就像一首歌中所唱的，“亭亭白桦，悠悠碧空”。此刻，也有悠扬的旋律在我心中荡漾。我终于明白，为什么西方人的脸上没有透出太多的焦虑——因为他们常常与大自然相处，与大自然相融，用一种没有名相的生活方式去实现老子所提倡的天人合一。大自然太好了，当你把自己全然地投入大自然时，你心中尘世的味道就会被大自然所同化，你的心会回归原始的状态，去感受大自然单纯、纯粹的气息，不要那些多余的思虑。

路的两旁逐渐出现了松树，山也高大了起来。朋友说，这里是落基山的余脉。落基山和西部的山不太一样，看起来好像是石山——据说，在印第安语中落基山就是“石头山”的意思——而西部更多的是土山。

空气惊人的好，蓝天上有少许白云点缀，阳光非常灿烂，天气也很暖和。这里只要出太阳，就会很暖和，不出太阳就会非常阴冷。所以，我们都喜欢阳光。我们住的房间里一旦照进了阳光，就会出现一种靓丽的色彩，人的心情也会变得非常好。

路边出现了一个湖，湖水非常清澈，偶尔还可以看到工厂。奇怪的是，卡尔加里的石油天然气开采行业那么兴盛，这里的自然环境却仍然很好，没有受到过度的开发，我们也觉不出开发对它产生的伤害，说明当地政府在有意识地保护这块土地，当地居民也非常爱护自己的家园。比如，电影《荒野猎人》取景的那个卡那那斯基斯公园，据说从2003年加强保护后，就不允许太多地开发和开放，因此，至今那里仍有非常美丽的风景，以及非常原始的自然，而且看不出什么人类对它的太多改造。

落基山的原住民是印第安人，在欧洲人来到这里的八千到一万年前，他们就已经在这里建立了临时居住点。没有食物、缺乏草药的时候，他们就会到落基山里来寻找。同时，落基山也是他们进行贸易和交流的地方。每当部落发生冲突甚至战争，他们还会到这里来避难。对他们来说，这里意味着生存，意味着庇佑。可想而知，他们对这里有着多么深厚的感情。据说，在他们眼里，这里象征了永恒的太阳，这里的融雪汇成无数的溪流和湖泊，滋养着附近所有的生灵，也包括了印第安人。因此，他们在享受自然馈赠的同时，也在不断地尽力回馈自然。而他们回馈自然的方式之一，就是保护自然、珍惜自然、与自然和谐相处。

一路上看不到多少车，也没有多少人，看来现在不是旅游旺季。班夫国家公园是很著名的旅游景点，去那里的人非常多。如果是旺季，也许路上的车就会多一些，不过也说不定。

小车平稳地行驶着，大家都没有说话。宁静的氛围让我产生了一种错觉，似乎这是一场一个人的旅行。有人说，旅行本身不重要，重要的是跟谁去，但我觉得旅行其实也重要——行走本身就很重要，哪怕没有人同行。人生就是一场旅行，有人同行时有有人同行的快乐，没人同行时也有一个人旅行的快乐。一个人的旅途，或许更容易感受到很多东西。

班夫国家公园

写于2015年6月1日，加拿大卡尔加里

班夫国家公园到了。

这是当地一个很有名的公园，英文名是Banff National Park，法文名是Le Parc National Banff，建于1885年，是加拿大历史最悠久的国家公园，也是加拿大第一座国家公园、全世界第三座国家公园，被联合国教科文组织列为世界自然遗产名录。它见证了加拿大国家公园体系的建立。

班夫公园坐落于落基山脉北段，占地六千六百多平方公里，公园内遍布冰川、冰原、松林、高山和温泉等。但最早的时候因为交通不便，游客并不算很多。后来，铁路集团在这里建了班夫温泉酒店和露易丝湖城堡酒店，游客才多了起来。20世纪初期，第一次世界大战和大萧条时期，加拿大政府修了一条通往班夫的公路，1960年公园全年对外开放，到了1990年，游客数量已达到每年五百万人次。但与此同时又出现了另一个问题：班夫国家公园的游客过多，生态系统受到了影响和破坏。于是，20世纪90年代中期，加拿大公园管理局启动了一个为期两年的研究项目，颁布了一系列的政策，以期能控制游客数量，保护生态环境。所以，直到今天，班夫公园仍旧植物丰茂、水质清澈，物种也仍然丰富。

准备进入公园时，我们买的是单次票，大概三十多加元，也有人用的是年票。我们问了一下，年票大概一百五十加币，相当于五张单次票，他们应该经常来这里吧。

门口有一个画了两只狼的牌子，听说这两只狼是灰狼，在公园里散养着，但人们很少能看到它们，它们也不需要人类去饲养。公园里有很多鹿，它们可以自己捕食，不缺少食物。不过，这么大的公园里只有两只灰狼，北美的灰狼恐怕快要绝迹了吧。

阳光依然明媚，我们却觉出了凉意。公园里的气温好像比外面低，不知道是不是因为离雪山更近。在这里，我们可以清晰地看到附近的雪山——它们美得像油画一样，没有多少真实感——虽然山顶雪白一片，但积雪看起来不算太厚，依稀能见到山体的颜色，估计只有薄薄的一层吧。

卡尔加里的其他地方多是平原、草地，这里却有大片茂密的森林。我们来到第一个观景点，也是绿树环绕，周围都是悦耳的鸟鸣声，空气极好，透明度很高，我们可以看到很远的地方，一切都如此清晰，似乎一切都能一目了然。

在稀稀落落的游客之中，我一眼就看到一个穿红色上衣的人。这里的色彩那么鲜艳，我仍然一眼就看到了他，说明红色实在太醒目了。看到他，我就像看到了别人眼中的自己。也许，不知在何处，也有人像我看到他那样，一眼就看到了红色外套、一脸大胡子的我。看到我时，不知道他们会想些什么？也许他们什么都不会想，而是全身心地与自然相融，沉浸在大自然的美景之中。

落基山有一种摄人心魄的美，这种美很难用文字来形容。每当这个时候，我就会感叹文字的苍白和语言的贫瘠，比起大自然，人造的一切都是这么的不值一提。在这样的天地之间，人有一种豁然开朗的感觉，不由地就会忘记人世间所有的烦恼。这样的境界——我们称之为“开悟后的风光”——只要短短的一瞬，就会让人觉得不虚此行。人多麻烦，要开悟了才能这样澄明，大自然却本来就是这样干干净净、清清朗朗。

来到一个叫“城堡山”的所在时，朋友提议休息一下，吃点东西。既然大家都饿了，就坐一坐吧，顺便欣赏一下这里的美景。

城堡山很奇怪，造型跟落基山脉的其他山峰不太一样，其他山峰都是尖尖的，它却有一种非常敦厚的感觉，看起来确实有点像城堡，也像并排站着的士兵。不远处还有一个很大的湖，湖水是非常特别的蓝色，不像海水的湛蓝，也不像天空的蔚蓝，如果勉强形容的话，只能说它很像一种宝石——不是那种非常深邃的蓝宝石，而是一种淡淡的、感觉上非常年轻的、很是浪漫神秘的蓝宝石。朋友告诉我，那是露易丝湖，因为是由冰川融雪汇聚而成的，而雪水中含有一种特殊的矿物质，所以湖水才呈现出这种颜色，人们都说它是“落基山脉的蓝宝石”。这个形容还是挺形象的。灿烂的阳光撒到湖面上时，湖水又变了一种颜色，在绿色和蓝色之间，或者可以称之为碧蓝吧。据说，露易丝湖的颜色会随着光线的强弱而变化，有时是浅绿，有时是宝石蓝，有时是碧绿色，有时是墨蓝色……若是从山上望下来，它就会很像一块剔透晶莹的翡翠。所以，它最初也叫“翡翠湖”。

正在我欣赏露易丝湖的时候，朋友已经拿出了事先准备好的凉拌菜。虽然天气有些冷，吃凉拌菜总归不如吃热菜舒服，但这里不能点明火，怕会引起火灾，我们也就只能吃凉菜了。这一带有很多人都在野餐，他们吃的好像也是凉拌菜。

我们还看到了一些房车和旅行车，假如这里有煤气供应的话，在房车里倒是能做饭吃，只是不知道山上会不会有煤气，很可能没有。现在想想，房车真是太方便了，在这样的美景中，如果能一边吃着热气腾腾的饭，一边欣赏大自然的美景，该有多么幸福啊。不过，这种念想其实也是一种贪心，我们只需要一口水、一个馒头，就可以活得很好，现在却有那么多美味的凉拌菜，如果还不满足，还想要更好的享受，不是贪婪是什么！

饭后，我们到露易丝湖边散步，一边走，朋友一边给我们讲露易丝湖的故事：1882年，加拿大太平洋铁路工程师、探险家威尔笙发现了露易丝湖，因为觉得它很像翡翠，于是命名为翡翠湖。第二年，也就是1883年，人们把翡翠湖改名为露易丝湖，献给维多利亚女王的小女儿露易丝·卡罗琳·阿尔伯塔公主。因为，露易丝公主当年不顾血统和皇室的强烈反对，嫁给了平民罗恩，婚后被维多利亚女王贬到遥远的加拿大，再后来，罗恩当上加拿大总督，与妻子露易丝公主一起，积极倡导修建加拿大的第一条国家铁路。为了纪念他们的功绩，人们用公主的名字来命名这个美丽的湖泊，还将露易丝湖所在的省命名为阿尔伯塔省。

湖水在凉风中微微荡漾，荡出无数的涟漪，湖面上有很多人在划着小船。铺着白雪的山峰、军绿色的树林、碧蓝的湖水、还有红色的小船，整个画面非常之美，仍然像是油画。只是，画面上方是雄伟的大山和霸气的松树林，下方却是温柔的湖水和可爱的小船，有点像魁梧的将军娶了个小鸟依人的太太，两种气质虽然有些不太一样，组合在一起偏又无比协调。

这时，我们已适应了山间的凉风，不再觉得寒冷了，倒是觉得炎炎夏日来这儿避暑也挺好的，稍微多穿一些，就可以在温暖中享受凉风的抚慰，别有一番滋味。怪不得常有人来这里避暑，这确实是个避暑的好地方。

湖边人很多，大部分都是外国人，很多人都租了小船，穿着救生衣在湖里划船。人群中传来兴奋的笑声，人们显得很开心。可以理解，这是一个很有名的景点。

此时的阳光非常温和，柔柔地照着清冷的露易丝湖，冰川和融雪带来了寒意，我们却不觉得不舒服。虽然确实有点冷，但大自然独有的温馨吸走了旅途的尘劳，扫走了红尘中的物累，洗净了很多的习气，在这里，生命和大自然完完全全地融合为一。

清风大好卡城外

写于2015年6月1日，加拿大卡尔加里

班夫国家公园里有酒店，大概三百加元一晚，树林里也有很多小木屋，但我们没有住在里面，而是去了另外一个景点——班夫小镇。

班夫小镇也很美，有很多很漂亮的木质结构的房屋，各具特色。用木头建房子就有这个好处，可以把房子建成自己喜欢的样子。

小镇上还有很多精美的工艺品，但大多很贵，至少要几十加元，折合成人民币就是好几百元。一想到人民币的价格，我们就没有购买的欲望了。不过这些工艺品很有特色，有点像用本地的石材做成的，非常漂亮。

路边有一条小河，河边有很多树，河水显得有些浑浊，一直流向东方。一些小黄花散落在绿草间，看上去非常醒目。还有蒲公英，我们再次看到了漫天飞舞的蒲公英。在卡尔加里，这似乎是经常出现的景象，幸好我们不会皮肤过敏，可以没有任何顾忌地享受美景。

时不时地，我们就会看到喜鹊。它们常在人待过的地方找东西吃。这里的喜鹊尾巴比西部喜鹊的尾巴要长很多，而且它们不怕人，一直像麻雀那样跳来跳去，经常会跳到人的跟前。要是你给它一个面包，它会非常喜悦地接受你的礼物。

我们还听到了好几声乌鸦叫。乌鸦的叫声很特别，非常苍老，仿佛在诉说着什么。在这个宁静的小镇里，一边听着这苍老的叫声，一边在河边漫步，有一种说不清的感觉。

不远处传来鼓声，节奏非常好听。我们循着鼓声走过去，发现两个说法语的年轻人正在表演节目，据说他们来自魁北克。魁北克是加拿大面积最大的一个省，属于加拿大，但它的居民中有超过百分之八十的人是法国后裔，它本身也是北美地区的法国文化中心，当地的官方语言就是法语，因为魁北克曾经是法国的殖民地。这两个打鼓的年轻人很是友好，我们聊了一会儿，然后合影留念。

短暂的相会之后，我们再一次融入了一团巨大的空寂——这里的大自然固然很美，人固然也很美，但它实在太安静了。我说的“太安静”，其实是一种萧索的、了无生机的感觉，而不仅仅是静谧。

在这里，除了车辆和楼房里有人之外，我们几乎看不到人。一切都陷在宁静之中，一切都显得懒洋洋的——当然，我们身边还有自动喷水器在呲呲地喷水，浇着花园里的花草，还有游人的说话声、脚步声，这些都是这里难得的生动——在这里待久了，人估计也会变得懒洋洋的，没有活力和生机。有钱人会在这里欢愉地、享受地等死，没钱的人则是挣扎着等死。因为，生命对他们来说只是一种消耗，消耗到最后，就是死亡，活着的过程中产生不了什么价值。

我依稀听到有人在散步，他的脚步声让空旷的大街显得更加空旷。他也许是孤独的，生活在这里的人可能都是孤独的。即使这里有很多聚会，每个圈子都有自己的聚会，也扫不去内心的孤独。

我再次想起了那句话，“好山好水好寂寞”，这里的山水真的很好，跟国内的山水完全是两种感觉，但这里真的太寂寞了。以前我不懂，现在我终于明白了，任何一个远离故土待在这里的人，都是浮萍，都像那些漫天飞舞的蒲公英，种子一旦离开花盘，就没有根了。而人一旦离开祖国、故乡，来到这里，也就开始了漂泊，因为文化不一样，他们很难在这里扎根。不能扎根，他们就会永远漂泊，永远融不进这个世界。即使这样的人组成了一个群体，也只是在自娱自乐，他们仍然是一个被流放的群体。

因此，横穿整个北美大陆之后，我们得到了一个非常重要的启发：绝不能离开大陆，中国人假如离开大陆，就会产生一种虎离山、龙离水的感觉。

每个人都有属于他们自己的圈子，文化也是这样。物以类聚，人以群分，这里的人根本不需要一个佛教徒来度他们，也不需要你传播你承载的文化给他们。我们各自活在自己的世界里，可以互相交流，各自强大，但没必要赋予自己一种非常神圣的使命。只要我们每个人都改变了自己，世界就自然会随之改变，我们需要的是不同文化的共存、交流和相融，我们需要百花齐放、百家争鸣。

另外，我们还发现了一个跟西方世界沟通的秘密，比如，当你置身于西方大地，看到不同肤色、不同种族的人时，你如何让他们明白你在说什么，如何让他们认可你说的话？你要思考这个问题。换句话说，就是找到一种能够为所有人都接受的方式。既然要为所有人都接受，它就必须是破除所有名相，甚至要把理念和习惯的表述都给破除。

今天，我和一位听过摄影大师讲课的朋友聊天。他说，摄影大师曾经告诉他们，摄影的秘密就是用画面讲你想讲的故事。文化也是这样，要依托故事来说话。只要有一个很好的故事，甚至不断有很多很好的故事，就能让任何种族的人都听懂你想要说什么，他们还会用自己的方式进行你有过的思考，当然，他们思考的结果是什么，这取决于他们自己。

所以，我们必须依托故事来实现传播，不要依靠那些高深的、过于标签化的东西，大众不需要高深，不需要标签，他们需要朴素的、自己能听懂的话。

到了这里，我们才发现文学远比宗教重要，用文学来承载宗教精神，远比用宗教名相来诠释宗教精神更加重要；用文学承载的宗教精神，也远比用宗教名相诠释的宗教精神更加重要。

漫步在这里的街头，除了听到自己的脚步声，看到天边的云，时不时听到几声鸟鸣之外，我听不到太多的声音。我总是被一种巨大的静寂包裹着。有时，耳边也会传来一些英语的交谈，我知道，这些英语世界的人根本不喜欢听佛法的苦集灭道，也不喜欢大手印的那些名相，他们更愿意听一些有趣的故事。这就是在这块土地上传播的秘密。

只有故事能走进不同人的心灵，因为每个人都不会拒绝故事。他们会拒绝自己反感的教义，拒绝自己不了解的词汇，但他们都喜欢听故事。所以，只有用一种任何人都能接受的故事，承载我们想传播的文化和精神，这个世界才会真正对我们打开它的大门。

北美之行让我感受到了一个过去不曾感受到的世界。因为，置身在一个完全陌生的，说不同语言、信仰不同文化的世界里，必须洗去很多标签和概念，尤其是那些令人反感的标签和概念，才能被人们接受的时候，你才会真正理解文学和文化的意义，因为它们是超越这一切的。

很多人可能忘记了《圣经》的教义，但他们忘不了《圣经》的故事，比如亚当和夏娃偷食禁果的故事。当然，对这个故事，不同的人仍然有不同的理解和诠释，也会有不同的引申。

例如，有人说，禁果其实是善恶之果，另一个人就问道，那么善恶之果出现之前世界是什么状态？他想借这个问题让西方人超越善恶，但西方人不一定想超越善恶，不一定想解脱和涅槃，他们很可能更想到天堂去，跟上帝永远在一起。所以，许多时候，我们认为最重要的东西，在他们眼中其实并不重要。印度人也是这样，他们不需要解脱和涅槃，更需要一个永恒的湿婆、毗湿奴和梵天。这时，你就会理解佛教为什么会在印度消失。所以，我们必须重新诠释传统文化，洗去所有的标签和概念，洗去所有让人反感的、公式化的东西。

我写了一首偈子，作为对这些思考的诠释和保留，现录于此：

脚踩中华大地，
不要宗教标签。
重新诠释文化，
汇入时代主流，
遵守法律法规，
规范企业运营。
发掘稀有文化，

重新解构文学。
注重好看故事，
影视双管齐下。
电子有声书籍，
占领客户终端。
建立发行网络，
登上国际平台。
网络销售为主，
畅通多种渠道。
翻译交流并举，
组织有数研讨。
以读书会形式，
培养优秀讲师。
优化人文环境，
远离封建迷信。
家道文化写作，
多种教育开通。
借力大学平台，
广传并且生根。

前面有一群正在打棒球的年轻人，他们在旁若无人地欢乐着。看到这个场景，我们的心情也欢快了起来。这种快乐是不需要语言的，是普世的，就像发自真心的笑容一样，能够为别人带来一种正面的东西。你不需要解释它，谁都会懂。此刻，正是这种普世的东西在感染着我们。

于是，我将此刻的快乐融入了一首诗。作为一种纪念，把它也收录在这里吧。

清风大好卡城外，
明月依然在天边。
明月不理人间事，
但为苍生洒清光。

去鲁先生家

写于2015年6月3日，加拿大卡尔加里

下午，我们见了两位诗人。她们移民到这里已经有一定年头了。她们平时不但写诗，也写一些其他的文字。我对她们进行了采访，想收集一些关于移民的资料，将来，我也许会写一些以移民为主题的小说。采访结束之后，已经到了晚饭时间，张女士就带我们去卡尔加里的别墅区，她住在那里，据说那里是卡尔加里最美的地方。

别墅区位于卡尔加里的丘陵地带，地势起伏不定，丘陵上建了很多高档别墅。它们形态各异，都很美。听说，这里的别墅价格都在百万加元以上，一般的别墅要一百至两百万加元，好一些的要五百万加元。所以，能在这里购置房产的人，一般都是当地的成功人士。

其中一栋别墅很气派，坐落在一个很高的丘陵上，朋友问我那儿的风水好不好，我说，如果按传统的风水学原理来看，不是很好，一般人不能住在那么美的地方，但要是户主的德行很好，经常做善事的话，就有足够的福报住在那里。朋友告诉我，那里住的正是一位有名的慈善家，去年，他有个项目赚了两千四百万，他就把其中的两千三百万捐出去回报社会，自己只留了一百万。

晚上在张女士家里吃饭，她举办了一个非常简单的酒会，开了一些很好的威士忌和干红葡萄酒。我们一边品酒，一边聊天。

张女士的丈夫姓鲁，我们叫他鲁先生，他们夫妇俩都是华人。鲁先生热爱历史、地理，有着非常厚实的文史功底，聊天时，他经常谈到对一些历史事件的独到见解，让我们有一种遇到知音的感觉。

谈到移民的感受时，他说，他和张女士都在大陆上的大学，学的是英语专业，毕业后在深圳工作了很多年，之后移民到加拿大。刚开始，他们在卡尔加里的一家石油公司工作，七八年后辞职，夫妇俩自己开公司，做的也是石油生意，而且很快就拥有了一笔巨大的资产。

在移民到加拿大的华人群体中，他们是少有的成功人士。

他们家非常豪华，总共有三百多平方米，下面一层是健身房，中间一层是客厅，上面一层是卧室。他们的客厅很有意思，有一种让人欢喜的味道，里面还养了两只宠物猪——这是一种很小、很美的猪，看起来一点都不像猪，他们说这种宠物是最好养的。

鲁先生非常健谈，我们问他华人如何融入当地的主流社会，他说，第一要解决语言问题，这是一个比较大的问题；第二要解决文化问题，这两个问题一旦解决，就可以融入当地的主流社会，只有融入西方的主流社会，才能拥有巨大的商机。

关于文化传播的展望与畅想

写于2015年6月4日，加拿大卡尔加里

至今为止，我们在北美大地上已经考察了近二十天，我们的文化传播计划有过很多次脱胎换骨般的变化。刚到波士顿的时候，我想安顿陈亦新住下，先跟一些留学生在一起，慢慢和当地的大学生建立联系。后来，听说波士顿有教堂出售，我们又想买一个教堂建文化中心。再后来，当看到很多先驱者付出大半生——甚至一生——建立的道场面临的命运之后，我们的计划便再一次发生了变化。我们发现，如果像那些先驱者那样，用同样的生命和时间在大陆建立道场，格局定然会大不一样。

然后，我们发现一些在大陆生活得很好的人，一旦移民到加拿大或美国，就会像猛虎离山、蛟龙离水那样，处于一种困境。比如，我有一位朋友在大陆的电视台搞策划和营销，在一些重要的电视台都有广泛的资源和人脉。移民到国外之后，他却不得不从底层做起，做一些经营性的工作，有时甚至有一种斯文扫地的味道。还有一位朋友，在大陆属于中产阶级，到了国外之后只能洗盘子、做清洁工，他就像被剪了毛的百灵鸟一样，在这里活得非常困难。甚至有一些在大陆非常成功的总裁级的人物，辞职到美国和加拿大之后，也做着一些斯文扫地的事情，有时，他们连最起码的尊严都没有。

再看纽约书展，活动结束之后，书展给每一位来到现场的中国作家都安排了免费签名送书的环节，但作家们在会场里坐了很久，却没有几个人来问津，场面非常冷清。显然，中国文学纯粹处于被世界忽视的状态。实际上，这些作家在大陆都赫赫有名来到这里却仍然是这样的局面。当然，我在这里粉丝多，如果书展也给我安排了这样的环节，我的情况可能会好一些。如果我在当地没有粉丝，我也会是同样的状况。

所以，当一个人离开自己的文化土壤，迁移到另一个文化背景之下时，他就会变成无源之水、无根之草，有一种虎落平阳被犬欺的感觉。

同时，对文化传播，我也产生了一种巨大的观念性的变化：第一，我们必须扎根中国大地；第二，挖掘中国文化的宝藏；第三，在中国大地上实现最大可能的传播之后，再与一些国外的高端机构——比如美国、加拿大的大学等——建立联系和交流，让文化走出去，在国外的大学里成立一些院系和研究中心，以这种形式让中国文化进入国外的高等学府，让国外的大学成为传播中国文化的舞台。

目前，最重要的是扎根于中国，用这个时代能接受的语言来传播一种普世性的文化，这种文化没有任何宗教标签与种族标签，远离狭隘和局限，承载了佛教文化的精神，这样文化才能走得非常远。

在未来对中国文化和中国精神的传播中，必须有一种普世性的东西，必须能包容整个世界。

同时，需要建立一种传播机制，以公司形式运作，将文化作为产品进行研发，然后传向国内和国外。比如，可以用《哈利·波特》或《小王子》之类童话小说的写法，专门写一些给孩子们看的小说，将传统文化中很多非常典型的题材写成好看的故事，让孩子们在读童话故事的时候，能不知不觉地了解传统文化眼中的世界，甚至进入传统文化的世界。

其实，每个孩子都有精神层面的追问，他们都会追问自己是从哪里来的。所以，我们不要被固有思维所局限，不要让那些晦涩的表述干扰了阅读。我们只要让每本书中至少有一个追问，让每本书都渗透了传统文化如佛家文化的世界观和价值观，孩子自然而然就会明白佛家文化，明白佛家文化眼中的世界是什么样的。有一本叫《阿米：星星的孩子》的书就是这样，它将基督教的世界观、人生观和价值观融入了童话小说，每个孩子都能看懂。书中没有突出基督教教义，也没有突出基督教文化，但所有人都能接收到书中传递的精神和智慧，因此所有人都能接受它，据说它被翻译成十二种语言，销量达到五百万册，还得到了教皇保罗二世的推崇。

当然，写活这些题材是一种挑战，但是很值得尝试，因为，孩子是人类的未来，是我们最应该关注和培养的群体。

我希望每年都能出一本这样的作品，内容不要太多，十万字到二十万字之间就够了。重点是，一定要有可读性，不要讲道理，不要俗套，不要说教，一定要像《哈利·波特》那样，让孩子和成人都喜欢看，而且要让孩子们在读书的过程中，就能感受到一个真实的优秀传统文化的世界，还要轻松，把一切观点理论和想法都融入故事之中——不过，这只是我们的初步想法，虽然很好，但需要进一步细化。我打算回国之后认真想一想。

我们还准备建立一个创意写作体系，这个体系将会分为三个部分：第一，行政与市场推广，开拓陌生城市的市场，并且和一些培训机构进行洽谈，搭好舞台；第二，教育，美国已经有了一套历史悠久的创意写作教材，我们可以直接借鉴那套教材，培训讲师，让导师们进行基础理论和知识方面的讲解；第三，正念培训，由完成实践训练的团队负责。这三部分各司其职，进行推广。我们再从接受培训的人员之中，选取一些精英人士，让他们进行深造，建立属于自己的教育基地，将中国的传统文化和西方的创意写作结合起来，实现“入世与出世并举，写作与正念结合”的目的。

另外，还可以建立与教育系统挂钩的出版系统，自己编辑出版一些承载中国传统文化精髓的图书，由市场部、行政部负责向全国和全世界推广。教育部门和创意部门则负责产品的研发，它们相当于编辑部和研发部。因为，在培训的过程中，教育部门就可以发现各地的需求，进行相关产品的策划，然后协助灵性创意部门进行开发。

这种设置的好处在于，它可以将文化的教育与出版、教育与文化一体化，并且可以在许多城市进行复制。那么，文化传播就会很快地形成规模，拥有一定的影响力。

北美之行进行到现在，我们有一种终于睁开了眼睛的感觉。之前只是知道自己必须明白这个世界需要什么，现在才终于看清了世界。当我们把这个世界和我们的想象进行参照时，才发现过去那种闭着眼睛过河的方式是不对的。所以，我想把这个经验分享给大家，告诉大家，我们一定要睁开眼睛看看世界，明白世界究竟需要什么，只有明白世界需要什么，文化传播才可能拥有一种真正的意义。

在细雨中思考

写于2015年6月4日，加拿大卡尔加里

这些天给雷贻婷发的录音很多，由她负责整理。文总给我买的1G流量卡很快就用完了，这里又没有Wi-Fi，我们就像被困在孤岛上一样。不过，也正是因为上不了网，我们反倒可以理一理自己的思路。

上午，我和一些朋友继续谈到“大师文化之旅”这个项目，我们的话题依然围绕着如何以文化交流的形式与国外建立联系，把中国文化介绍出去。我们都觉得，跟一些东亚学的教授和汉学家交流很好，如果有机会，我们很希望也很愿意跟这样的朋友合作。前些天，我把翻译《西夏咒》的那位翻译家的一篇译作发给北京外国语学院的赵远教授，赵教授告诉我，这位翻译家的翻译功底很扎实，注释也很多。遗憾的是，她可能更适合翻译学术作品，不一定适合翻译小说，因为她的文字里少了一种灵动的东西。不要紧，慢慢来，相信缘分会俱足。

午饭后大家都睡了，我没什么睡意，就趁别人都在睡觉，自己一个人出去散步。

天阴沉沉的，下着零星小雨，路上的车辆很多。据说，这里老是下雨，也老是下冰雹。我们常会看到车身上有一些凹痕，当地人说是冰雹砸的。据说，这里的冰雹有时有高尔夫球那么大，能打破玻璃——不知道这种说法中有没有夸张的成分。

天气一旦阴下来，这里就会很冷。这么冷的天气，街头却经常见到一些金发女子在转悠，不知道为什么。看样子，这些孩子还在上学的年龄。

小区非常安静——它一直很安静——停了很多车。在这里，如果没有车，你的一切行动都会受到限制。所以，这里的每一户人家都有车库，而且车库都比较大，可以并排开进两辆车。

这里的超市一般都离小区很远，大概要十几二十分钟车程，我们一般不去超市。

对于这里的移民家庭，政府一般要求每户必须有一个人有工作，不然他们是没有办法生存的。这里的房子每年要交三千加元左右的房产税——官方计算是每人每个礼拜二百加元左右，一个月就是八百加元，这样算下来，整个家庭的开支是相当大的——每月的水电费大概两百加元左右，加上其他开销，一个家庭每月的生活费不会低于六百加元，而且这只是很基本的生活所需，其中还不一定包括买菜吃饭的钱。

至于移民到这里的人能不能融入主流社会，我问过一个朋友，他说很难，主要是因为他们跟当地人有各种差异，比如文化，还有其他方面。所以，年龄越小，就越是容易融入主流社会，因为上学的时候可以跟当地的孩子交朋友，跟当地孩子一起长大，就容易被这个环境所接纳。相反，年纪越大，就越难融入这里的生活，尤其是老人，来到这里的老人几乎全都被“流放”了。当然，英语好的人还可以参加工作，跟当地人一起工作也可能被环境所接纳。不过，一位朋友的夫人告诉我，因为她是中国人，所以哪怕工作表现非常出色，她也得不到提升。但西雅图有很多中国人都进入了高级管理层，像波音、微软等公司，管理层中都有中国人，后者似乎没有因为是中国人，就缺乏晋升的机会。据说，只要你在国外——相对中国而言的国外——受过高等教育，有留学背景，就会比较容易在加拿大找到工作，而且还是比较好的工作。如果你是在国内受教育的，或是在一些不被加拿大认可的国家受教育，移民到这里之后，就要重新接受这里的教育，否则你就很难找到好工作。就连那些在国内叱咤风云的人，来到这里都有可能活得非常艰辛。

所以，很多移民到加拿大的人都已经后悔了。有一位朋友移民得很早，他告诉我，最初他向移民的朋友打听这里的生活时，人家都说好，他就移民过来了，结果没过多久他就后悔了。后来也有一位朋友问他移民到加拿大好不好，他也说好——他于是明白了那些告诉他移民很好的朋友——因为他希望对方也搬过来，他一个人在这里实在太寂寞、太孤独了，几乎没有朋友，如果有很多朋友都移民到这里，他也就不寂寞了。但很多人移民过来之后，都像他一样后悔，尤其是一些在国内事业有成的人，他们都有一种巨大的失重感。

很多人家的草坪上都种了树，这让我想起了前几天的一个趣闻：听说，美国西雅图允许人们种树，那里的每户人家都可以拥有很多土地，也可以随意在自己的土地上种树，但那里的居民很少在自家的花园周围安上栅栏，因为手工费非常高。于是，经常出没的狗熊就老是把花园踩得一塌糊涂，主人报警时，警察不但不予重视，还会安慰他们说："这里经常出现这种事，不要慌，不要慌。"

天气太冷，我没走多久就回去了。吃过午饭，我看了某位外国驻华大使馆参赞写的一本随笔集，里面讲了很多发生在国外的故事，其中也谈到了语言的学习。书中的一些内容我很喜欢，但我自己更愿意传播一种有价值、有意义的东西，也就是对世界、对社会有正面价值的东西。

看完书，雨还没停，望向窗外，我觉得很孤独。在国内的时候，我总是在想如何在国外传播文化，每次想起，总有一种热血沸腾的感觉。可是，当我们睁开眼睛看世界时，才发现，其实世界并不期待你给它什么，所以，许多时候，做好自己才是最重要的。

这段时间，我们接触了一些移民到北美的华人，其中有很多人是为了某种功利目的接近我们的。他们的所谓信仰依然在用的层面，还没有达到真正的信仰层面。所以，我们这次适当地拒绝了一些人。比如，有一位老太太在修行中遇到了头疼的问题，希望我能帮她解开困扰，虽然对我来说这很容易，我也愿意这么做，但她表面上向我请教，内心却非常傲慢，这样我是帮不了她的。当一个人心灵的杯子里装满了脏水，我又无法帮她倒掉时，也就只好拒绝她了，因为我不愿浪费时间。随着年纪的增长，我对值得交往的人越来越挑剔了。原因在于，我的生命时间在减少，我不能浪费时间去做一些没有意义的事情。所以，我前几天在微信好友圈中写道："当我花费了生命却不能改变一个人时，就会放弃他；当我花费了生命却不能改变一个群体时，我也会放弃它。这就是佛陀所说的'默摈之'。"这是我渐渐开始遵循的原则，也是佛教所说的"随缘"。因为，直到现在，我才发现我只能在自己身上着力，把自己知道的世界展示出来，把无可替代的东西保留下来，其他的，只能随缘。

America

第六章

随喜所有发光的行为

科罗拉多州—美国
内华达州—美国
亚利桑那州—美国
华盛顿州—美国

Colorado-USA

科罗拉多州—美国

轻率的评价

写于2015年6月5日，美国丹佛

昨天下午我们离开了卡城，再一次跨越国境，来到美国科罗拉多州的首府丹佛市。

到达丹佛时，已是晚上七点多，我们从机场出来时，看到了很美的天空。

丹佛的天色还没有全黑，但已经有墨色渗出。墨色染不了黑云层后面的蓝天，于是染黑了云层，墨云争夺着白云的领地，就像天使和魔鬼之争，它们忽而交锋、忽而闪躲，最终融合成一片巨大的黑色。墨色的云层吞噬了一切，甚至想挡住天边那一线橙红色的霞光。一直在落日处观战的霞光也坐不住了，想作最后的挣扎。它突然间放出无数的橙红色光束，想染红周围的云，但墨色还是像漆黑的大手，渐渐攫住了它，吞噬了它，让大地陷入一团混沌之中，地上的景物也渐渐失去了清晰的轮廓……魔幻的黄昏很快过去，夜之女神降临了。

北美的天空总是很美，无论白天、黄昏还是夜晚。

这片大地少有人迹的干扰，保留着大自然独有的干净，辽阔的视野之中，天象总是变幻万千。最近，我常将自己投于苍穹之下，让天空的奇幻、壮美、清透、安宁等各种味道浸染我的心。

听说，丹佛是一个特别受阳光青睐的地方，一年有三百天都艳阳普照。而且，它位于落基山东麓，境内有数十座三千米以上的高峰，北美地区汽车可达的高山中最高的那一座——埃文斯山，就坐落在丹佛市。冬天时，会有很多人来丹佛滑雪。还听说，丹佛市的高建筑大多集中在一个区域，所以丹佛市看起来非常开阔。

昨天的晚饭是在偶然发现的一家越南河粉店里吃的，那间小店的外面停了很多车，我们都觉得那里的食物应该很好吃，它也确实没有让我们失望。这一路上，我们吃过的所有越南河粉都很好吃，不知道是不是因为我们比较容易满足。

落脚的宾馆不大，也是木质结构的，隔音效果同样很好，昨晚吃完饭入住之后，没多久我们就休息了。今天早上起得很早，带着陈亦新修完一座，我开始整理这些天的感悟和收获，整体回顾一遍，再结合新的见闻，我又有了新的想法。

这个世界很奇怪，人们似乎都不愿意知道真相。许多时候，所谓的真相其实也是一种幻想。关于纽约书展，我看到了两篇文章，一篇写的是中国作家受到冷落，另一篇却说中国作家是纽约的一道风景。两种说法都有道理，但社会喜欢后者，不喜欢前者。不过，无论真相如何，都已经过去，重要的是这件事对人们的影响。这也是我们常常提倡主旋律、正能量的原因。

想到这里，我就开始反省自己的一些议论。前些天，我们对北美的佛教道场发表了一些意见，觉得很多人其实在自娱自乐，现在想来，这些评价其实有些轻率。因为，无论怎么样，这些地方都已经成了一种存在，像钉子一样钉在西方的大地上。它的存在本身，就是在传递着中国文化，在传递着关于中国的信息。有些大德没有钱，语言又不通，却依然能在北美建起道场，这本身就值得赞美。还有一些禅修中心，我们也应该看到它的意义。他们在这块土地上坚持了几十年，而且已经有了一定的规模和影响力，这样的存在本身就很好。从这个角度想的时候，对那些能在北美大地上生根的法师和寺院，我们就有了一种敬畏和尊重。比起那些懒散的、混吃混喝的大众，他们无疑是伟大的。

说话的人总是很轻松，做事的人总是很艰难，尤其在这样一块土地上。

所以，我们要随喜所有的善行，随喜所有的传播，随喜所有发光的行为本身。发出的光照亮了多大的地方，这并不重要，因为发光本身就是意义。有多少热，就发多少光，这才是佛家文化的伟大之处。

这是我们对自己的反思。

我觉得，不能单纯用影响力来对一些事物进行判断，也不能因为看到表面的喧嚣，就否定他们的某种东西。

这次北美之行，我们收获最大的就是卡城之旅。在那里，我们结识了一些精英人士，文化传播的整体规划也是在那里完成的。虽然初期我们认识的不是精英，但没有关系，因为善缘随后就到了，这也很好。我们不知道哪一片云彩飘来时会下雨，只好在每一片云彩飘来的时候，都准备好接雨的器皿。我的意思是，要善待任何人，包括那些不一定能遂我们所愿的人，甚至包括一些表现非常不堪的人。

另外，我们还发现华人地区的读书人不多，读书的氛围不浓，包括丹佛。更糟糕的是，有些地区没有中文书店，他们就算想要买书，可能也买不到书。在一些华人的家里，我几乎找不到可读的书。所以，我准备在一些有条件的地区慢慢组织一些读书会，由广州市香巴文化研究院“爱心读书工程”进行公益性捐助，建立一些公益图书室。刚开始如果很难实现，我们可以先用电子书结缘的方式来倡导读书，倡导一些愿意读书的人写一些读书笔记，如果有好的作品，我们可以发表在雪漠文化网上。

未来，如果有可能，我们还会定期或不定期地出国交流，对一些华人的孩子进行中文辅导和培训，举办一些国学讲座，慢慢培养起他们对传统文化的兴趣。“爱心读书工程”应该做得更大，发挥更大的作用，不需要局限在国内。

过路人和山中仙境

写于 2015 年 6 月 5 日，美国丹佛

早上起来我仍然是修行、读书，然后跟同行的朋友会合，吃早餐，顺便确定今天的行程。

今天，我们决定去埃文斯山，那儿很高。在北美地区，它是汽车可以到达的最高山。据说那儿的公路也很高，最高海拔达到三千四百米，是美国海拔最高的公路。我们想去那里看一看。完成上午的安排之后，我们去昨天吃饭的那家越南河粉店吃饭。吃完饭，大概中午一点多，我们就上路了。

天上黑云密布，餐厅里发出了龙卷风的警告。听说这个地方经常有龙卷风，类似于西部的沙暴，破坏力很大。我们不知道目的地有没有龙卷风，但我们仍然决定前往。

途中，陈亦新谈到了西藏纳木错湖的龙吸水。有人说，龙吸水就是龙卷风，其实不是的。龙卷风是不断移动的，有游行的线路和区域，龙吸水没有。记得，我们看到的龙吸水非常壮观，它突然出现在纳木错湖的上方，首先是突然出现的雷鸣电闪，然后一股巨大的水柱从湖里直冲天空。电光照亮了厚厚的乌云，我们似乎能看到一个扭动的、巨大的黑影，它真有些龙的味道。很多人都以为龙只是图腾和文化符号，是古人想象出来的玩意，实际上不是的，修证到一定的程度，你就会发现它是真实存在的——当我谈到这一点时，陈亦新狠狠地瞪了我一眼，他不希望我讲这些。我也明白，在一些人眼里，这些都是迷信，一旦讲这些，人们就会觉得我神神道道，对我进行干预。所以，你也可以把它当成一种据说，但是对于很多进行过心灵修炼，实现了某种升华的人来说，它确实是一种真相。只是，对那些没有达到那种境界的人，我们只能用科学所说的“暗物质”“暗能量”笼统地证明它们的存在，却无法单个地告诉你，这个是龙，那个是另外的某种存在。不知道这算不算是一种遗憾。也许算，因为，生命中出现了另一个神秘的、未知的世界，这是多么美妙的事情啊。小孩子之所以那么快乐，就是因为他们百分百相信另一个世界的存在，他们时时刻刻都在准备探险。有时，相信未知是一种美好的天分。

出门时还在电闪雷鸣，天上还是乌云蔽日，我们已经做好了遇上龙卷风的心理准备，谁知道行驶了不到半个小时，天就渐渐放晴了。看来，龙卷风应该不会过来了，这也算是一种天公作美。不过，云层还是很密集，但不再是乌云，而是白云。

沿途的景物有点像甘南草原，山不高，是一个一个的草山。虽说是草山，但山上的草其实不多，也不密，植被不算很好。树也不很高大，但形态很是奇特，有一种松树类盆景的味道，换句话说，就是有点张牙舞爪的，却很有气质。

继续往上走，树渐渐变得高大茂盛。我们还看到了一些养马的农户。在这里养马和在西部养马不一样，在西部养马，你只要给马准备牧草，偶尔再加上点其他的饲料，就够了，这里养马却有非常具体的要求，而且养马人会被动物保护协会的人监督。如果后者不依照要求对待马们，就可能被认为是虐待动物，受到动物保护协会的干预。当然，这样也很好，很多地方就是因为没有动物保护协会干预，一些人才会把怨气发泄在动物身上。我们见过太多虐待动物的新闻，非常令人发指，却又无可奈何。

路的左边是茫茫的雪山，浓雾缭绕之中，我们可以看到洁白的积雪铺在山体上，据说那里还有冰川，有些还是终年不化的。越往上走，山上的积雪越多。这里的温度很低。此时的广东大概是桑拿天吧，很难想象，同一时间的两个地方，气温的差距竟然这么大。

突然，天边出现了胜景：远处的云刹那间散开，出现了一个大洞，我们看到了之前被云遮住的雪山和雪山上的太阳。阳光透过云洞照在我们脸上，有一种暖融融的感觉，但刹那间又消失了。整个过程不过十秒。这种刹那间出现又刹那间消失的景象太美好了，有点像写作时的灵感——灵感降临的时候，你就像突然间到了另一个时空，进入另一种境界，有一种巨大的存在推动着你，让你写下了一些脑海中没有的文字。

回想这大半个月以来的一切，我们竟有些恍恍惚惚了，一种叫“遗忘”的程序不知道什么时候开启了，它正在吞噬着过去的点点滴滴。如果不是留下照片，我们的一切经历都会随着时间的推移而消失的。我们的存在也是这样。眼前的一切都在消失，成为记忆，然后慢慢被遗忘所取代。了义地看来——也就是用智慧的眼光来看，我们其实没有什么值得执著的东西。所以，正面也罢，负面也罢，都不要紧，因为都在过去，更重要的是事情本身的意义。面对一切时，都应该这样看待。

山中有着童话般的色彩，积雪滋养着山顶的树，零星的木质小屋静静地散落在树丛之中。景色比山下要美得多。如果不上山，我们永远得不到刚才的那个惊喜；如果不上山，我们也永远不知道这里到底是什么样子。行走多么重要啊。一切都需要亲历，没有亲历，一切都只能靠想象，但真实的温度，单纯想象是感知不到的。

小车渐渐驶入云雾之中。

时不时地，我们会看到半山坡的湖水，看到被飓风或龙卷风刮断的松树，还有木头做的栅栏和凳子。沿途有人们野炊留下的痕迹，在这么冷的地方做饭吃，定然会有一种独特的味道吧！山间还有一些厕所，每个厕所里都有四卷手纸。北美的人性化服务总能感动我们。

我们在一个峡谷旁停了车，刚打开车门，雾气就扑面而来，那种凉爽湿润的触感非常有意思。山间弥漫着浓雾，如果走进浓雾之中，人就会被刚才的那种触感所包围。不过，雾还没有浓到看不到前方景物的地步，我们可以看到前方的悬崖，它深不可测，我们可以依稀地看到陡峭的崖壁，上面有光秃秃的大树直直地刺向天空。浓浓的雾从山谷下方漫了上来，一下淹没了树丛，也淹没了我们。这种体验太独特了，有一种说不清的意蕴。可惜，它是照相机和摄影机定格不了的。只有像我们这样，置身于此刻此地，才能感受到大自然的美妙。

一路上，大自然都像一个神奇的魔术师，它忽而晴忽而阴，忽而灿烂地笑，忽而泪流满面，此刻，它又蒙上了神秘的面纱，渐渐隐去了整个身躯。尤其有趣的是，它很像在捉弄陈亦新——陈亦新说，“你看，天黑了脸”，太阳便马上从云层背后现出脸来，撒下几缕阳光；陈亦新想照相时，它却马上躲进云层背后，光线也突然暗了下来，弄得陈亦新哭笑不得——难道它能读懂我们的心思?

山中的湖泊就像镜子，倒映着奇形怪状的云。我们不用抬头，就能看到那一层一层的云，它们充满了质感和层次感，我们还能看到云层背后的蓝天。云层像极了飘在天幕前面的棉花，一层又一层，让人很想摸一摸它。它们也像调皮的精灵，迅速地变化着、移动着，跟西部的云太不一样了。西部也有很有质感和层次感的云，但它们的移动往往很慢。当然，也许因为我们所在的地方海拔很高，才觉得云移动得特别快吧。不过，它移动得也太快了，有一种龙卷风般的急速，很像电影里的快放镜头……

我们就这样走走停停，时时发出惊叹。

也许是季节的缘故，现在是埃文斯山云最多、雨最多的时候。听说，每到九月，漫山遍野的树叶就会变成金黄色，那是这个森林公园最美的时候，现在还不算。但是，在我们眼里，现在的埃文斯山已经像是安置在人间的仙境了。山中没有信号，红尘的一切都被隔离了，似乎隐喻着这仙境既在人间，也远离人间。而我们，则是仙境中的过客。

走在湿漉漉的地面上，浓雾滋润着我们的脸庞，凉意在肌肤上滑动。太阳又透出云层，远处的雪山再一次从浓雾和云层中显露出来，突然到来的美景再一次震撼了我们的心……

与翻译家葛浩文见面

写于2015年6月6日，美国丹佛

今天仍然醒得很早，醒来之后写了一篇文章，题目是《雪漠的无奈》。

我一直有一种被裹挟的感觉，因为很多人强行在我身上贴了各种标签，我非常反感，但也非常无奈，因为我左右不了他们。我多次明确地表示自己的身份是作家和文化学者，也多次说明了自己作为文化学者的选择。我的目的是，拒绝一些人把我当成宗教人物，更拒绝一些人神化我，拒绝诸如此类的把我当成托儿的行为。于是，大约四点醒来之后，我写了这篇文章。

写完文章，时间还早，我就休息了一下。九点多跟陈亦新一起出去，吃旅馆提供的早餐。今天的早餐很特别，看起来像蒸鸡蛋，但味道不像，里面还有一些肉。我不太习惯这种味道，吃得很少，喝了点茶。这次出行，我带了很多茶叶，每次喝到它，我就会感受到一种家乡的味道。这是我最享受的时光。

大约十点，我们前往丹佛大学附近的一间酒店。它距离我们所在的丹佛市大概一个小时左右车程。

丹佛大学建立于1864年，是美国著名的私立大学，也是落基山脉地区最古老、规模最大的私立研究型大学。我与丹佛大学有过一点缘分。很多年前，我去西藏朝圣的途中，遇到了两位丹佛大学的学生，他们对我很感兴趣，希望我能稍微点拨他们一下，于是我教了他们简单的禅修方法。那时，我们在一个餐厅里一起禅修，他们忽然就产生了神秘的体验。从那时起，他们就对香巴文化产生了巨大的信心。后来，在上海我们还见过面。

不过，这次来丹佛，我要见的不是他们，而是翻译家葛浩文先生。

葛浩文很出名，因为他是莫言小说的翻译者。这次，他和夫人林丽君女士刚从欧洲回来，想请我们吃午饭。

前往丹佛大学的途中，风景仍然很美。除了有跌宕起伏的山脉和精美的建筑之外，还有一种不一样的东西。用中国传统风水学的话来说，就是这一带的风水极好，是个聚气之地。所谓的聚气之地，就是此地容易聚集天地之灵气，会诞生一些好的文化和人物。相反，如果一个地方不聚气，它就会比较贫瘠，而且当地人会比较浮躁，静不下心，读不进书，也很难深入地写作。在加拿大，我们就到过这样的地方。

我们已经在加拿大和美国之间穿梭了几个来回，每次从加拿大来到美国，我们都会感觉到一种不一样的气场。美国的气场有一种强大的生命力，这种力量是积极向上的。进入这种气场，我们才从加拿大那种慵懒的氛围中缓过来，焕发出一种全新的生命活力。

有一个非常有趣的现象是：踏上美国大地之后，我们总想做些什么事情，而且总觉得自己一定能成功，而在加拿大的有些地方，我们总觉得不想做事，一方面是没有做事的动力，另一方面是觉得很难成功。说不清为什么会这样，但确实就是这样。很奇怪。

许多时候，一个国家的民众心态和精神面貌会产生一种无形的力量，我们称之为民族之魂。当你踏上一块土地的时候，你也会感到这块土地的脉搏，这就是土地之魂。老祖宗常说的“福人居福地”，就是这个意思。

小车向前行驶着，路边的草原充满了吉祥的味道。这些草地既是草原，又不完全是草原，因为这里长了很多树，不过不算太高。我们在藏地的草原上很少看到树，卡尔加里的草原上树也不多。

这里的很多草原都很像牧区，因为有一些牛，还能看到远处用来划分区域的铁丝网，估计每个区域就是一户人家的牧场。但我们很少看到牧群，也就是成群的、大量的牲口。即便看到牲口，也只是零星的几匹马等，不多。也许是当地政府为了避免破坏植被，避免土地受到过度的开发，专门限制了放牧的数量。所以，这里的牧草都长得非常茂盛。也许当地人把放牧当成了情趣，而不是一种经济手段。

我们去巴丹吉林沙漠的时候，也看到了很多草原，还有内蒙古的其他一些地区。那些草原上都有大批的羊和骆驼，以及诸多其他的牲口，于是那片土地不堪重负，牧草也稀稀落落的。而且，那一带有很多草场已经变成了荒漠，非常荒凉，有一种触目惊心的味道，不知道当地人该如何生活。如果当地人也有美国人这样的意识，懂得在环境很好的时候节制欲望，或许那里的土地就不会变成那样了吧。遗憾的是，很多时候，当人有了“如果当时如何，也许就不会如何”的念想时，往往已经没有了选择的余地。

一路上我们经常看到骑单车的人，在这里骑单车非常好，蓝天白云，路边是美丽的草原，还有大山，一派惬意温馨的景象，而且一切都非常灵动。一边骑单车，一边欣赏路边的风景，估计心情会很好吧。

云层很低很低，不知道是不是丹佛海拔很高的原因。也因为云层很低，移动的速度看起来也特别快，昨天我们去埃文斯山，就时时看到云层像水雾一样扑面而来。

唯一让我们觉得不和谐的，是一些工厂。它们显得很突兀、很扎眼，就像钢筋水泥的怪物闯入了这块宁静的土地。看来，这里的大自然不喜欢工业化，整个氛围都在排斥那样的存在。

美国的许多乡村都保持着原始的味道，很少出现过度开发和人为的破坏。也许跟美国地广人稀有关，如此广袤的土地上只有三亿多人，跟印尼的人口差不多，人们根本不需要去侵略每一块土地。穿越中国大地时，虽然我们见到了很多过度开发的现象，但有时候那也是不得已的，中国人很多，人口密度很高，资源其实是相对短缺的。为了吃饭，人们不得不掠夺土地。尤其是西部，土地那么贫瘠，可以从土地上获得的资源本来就很少，如果想生存下去，又不想抛弃这块土地，人类就不得不“杀鸡取卵”。所以，我们也要理解他们。

在异乡的土地上，我们看到了很多以前看不到的东西，也反思了很多以前不曾反思过的事情。之后，我终于明白了一些华侨常说的那句话：“远离祖国的时候，才会发现自己原来如此热爱祖国。”因为，在他乡的土地上，每个人都更能感觉到祖国的文化和力量。当然，在感受那块土地的时候，我们也有深深的反思和悲悯。这些天，我们特别反感那些在网络上诋毁中国的人。

文韬有一个非常好的观点。他说，经过多年的观察和思考，他发现，在美国唐人街的一些地方，确实有很多华人在怀念过去。这些人有一个比较明显的特点，就是在西方活得并不如意，或者说看起来有些潦倒。这些人也会反思过去，并且怀念中国文化。没有离开中国的时候，这些人对中国的抱怨或许是最多的。只有当他们离开祖国，又遭遇了不如意时，他们才会觉得祖国也没有那么差，他们甚至会怀念中国文化中非常优秀的那些东西，比如那些温馨的、闪光的、能给人带来善美的东西，他们不会去回忆腐败现象和在国内遇到的不如意。而他们怀念的，正好就是中国儒释道文化中的精华。当然，儒释道中同样有很多糟粕，但他们不会去回忆糟粕。

文韬经常遇到抱怨大陆的朋友，但其中一些朋友即使移民到西方，也还是喜欢抱怨，只是抱怨的对象从大陆变成了西方而已。这时，有些人会回到大陆，但回去之后，他们又会重新开始抱怨大陆。所以，喜欢抱怨的人到哪里都会抱怨，跟环境没有关系。我们需要的不是抱怨，而是发现美、弘扬美、实践美，因为任何地方都有美好的东西，很多人缺的是一双发现美的眼睛。所以，最重要的不是在哪里生活，而是如何拥有一双能发现美的眼睛。

路过一个露台时，我们看到了一个非常具有感染力的场面：一群西方人在一个露天的舞台上唱歌，台下有人在快乐地欢呼。虽然阳光很灿烂，而且他们所在的地方没有遮挡，但没多少人打遮阳伞，大家都在阳光中尽情释放着热情。他们的欢呼声，小镇的建筑，以及周围的自然景观显得非常和谐。

到达跟葛浩文先生相约的酒店时，刚好中午十二点。

酒店很美，坐落在一座大山旁边，刚走进大堂，我们就看到了葛先生和他的太太林丽君女士，他们坐在大堂的沙发上等我们。我们看到他们的同时，他们也看见了我们，于是微笑着起身，朝我们走来。握手，问好，虽然都是些寻常的礼节，但看得出他们跟我们一样欢喜，也许因为大家都知道对方是真诚的人吧。

这次见面非常圆满，我们谈了一些翻译与合作的事情，内容很多——我都录音保存了，迟些会让志愿者整理成文字——结论也很多，最重要的结论是，他们愿意翻译我的“大漠三部曲”。

饭后，我们一起参观旁边的一个科技馆，据说，这个科技馆是一位著名设计师设计的。馆里放的都是一些科技性的东西，我们不太了解，也不太关心，所以粗略观赏了一下就返回了。

北美之旅进行到今天，我们觉得已经非常圆满了，因为，我们都感觉到一个巨大的世界已经向我们展开了它的怀抱，而且它的脸上是带着微笑的。从低层到高层，从文化到信仰，各个领域我们都有巨大的收获。

归途中，我收到了朋友发来的一条短信，有趣的是他将我的名字写成了“雪沫”，他自己很快就发现了，又发了一条短信向我道歉，于是我用幽默智慧的方式回复了他。以下是我回复的内容，就用它来做这篇游记的结尾吧。

呵呵，不要紧，好多人都会这样写，电视台也这样写过，我很喜欢这个错了的名字，它有点像佛教追求的无我。随性赋诗一首回赠与你：雪漠亦雪沫，甘霖润大漠。破得心头执，无我化为沫。世界原是梦，泡沫复泡沫。何不怜苍生，一笑成弥勒。呵呵，认识您非常高兴！开心快乐！雪漠。

Nevada-USA

内华达州—美国

美国赌城拉斯维加斯

写于 2015 年 6 月 7 日，美国拉斯维加斯

到达拉斯维加斯时，已是中午十二点多。昨天还在丹佛，一个绿草如茵的地方，今天却来到这个建于沙漠戈壁中的城市，我有一种时空穿越的感觉。

我看过拉斯维加斯的航拍图，虽然城市里充满了豪华的娱乐场所，丝毫觉不出沙漠和戈壁的荒凉，但围绕着拉斯维加斯的，确确实实是巨大的戈壁和荒漠，还有一千到三千米的高山。那里看不到一点清凉，充满了跟中国西部一样的焦黄，让人有一种绝望的感觉，但是，被这样一种巨大的存在所环绕的拉斯维加斯，却是如此繁华。有人说，它的存在就像梦一样，也有点像电影《了不起的盖茨比》中主人公盖茨比举办的派对——庞大、奢华、狂欢，却让人不由地有一种悲哀。说不清为什么，也许因为它就像一朵因为欲望而开放的昙花，很快就会凋谢——这是我来拉斯维加斯之前的一点感觉。置身于拉斯维加斯的时候，你是感觉不到这种悲哀的，这座城市充满了快乐和活力，当然，这里的快乐更多的是一种欲望化的享乐。

现在的拉斯维加斯是内华达州最大的城市，但最早的时候，这里只是一片小小的绿洲，是内华达州沙漠边缘唯一有泉水的地方，希望的绿洲。其生存环境之糟糕，让一位19世纪中叶路过这里的陆军中尉发出感叹，觉得这里再也不会有人来了。他怎么会想到，一百多年后，那片小小的绿洲，竟会发展成这么大的一座城市呢？航拍照片中的拉斯维加斯甚至看不到边缘。作为美国发展最快的城市，它的发展历程让人不能不好奇。

拉斯维加斯的英文是Las Vegas，它原本是西班牙语，意思是“肥沃的青草地”。发现它的是墨西哥商人，他们也是最早在这里聚居的人，随后来了一批摩门教徒，他们对这块土地进行了最早的建设。后来摩门教徒迁走了，美国士兵就把这里作为兵站，但人还是很少。1888年联合太平洋铁路渐渐通了，此后这里开始兴旺，这里形成了小镇。1905年5月15日，拉斯维加斯市正式建立，大量淘金者进入内华达州，其中也包括拉斯维加斯。大量淘金者的涌入，催生了当地的很多赌场和妓院，拉斯维加斯出现了短暂的繁荣，但随着矿藏被采光，淘金者就抛弃了这块土地。1910年1月1日，这里的赌场和妓院也被全部关闭。拉斯维加斯真正的“机遇”，出现在1931年，那时的美国进入了“大萧条”时期，经济非常萎靡，为了渡过经济难关，内华达州议会通过了赌博合法的议案。从这个时候开始，拉斯维加斯正式被定位为赌城，并朝着这个方向发展。因为赌场非常热门，来这里投资的人很多，包括美国各地的富豪、日本的富豪、阿拉伯王子和一些著名演员等。但大型赌场的出现，是十五年后——也就是1946年的事情。几年之后，这里开始转机，开始向博彩业之外的领域发展，并逐渐变成了一个以赌博为特色的旅游城市。很快，拉斯维加斯市内就出现了很多豪华的夜总会、酒店、餐馆和赌场，还有查尔斯娱乐区和峡谷国家博物馆等，郊区则有矿区和牧场，还建有规模颇大的内利斯空军基地、美国能源研究所和开发局的内华达试验场。1990年，这里还出现了中国城，也就是唐人街，拉斯维加斯很快成为亚裔美国人的聚集地。

现在，这个沙漠城市有着一千多万人口，每年有接近四千万游客来这里旅游，居全美之首。不过，其中的大部分人是来购物和享受美食的，少数人才是专程来赌博的。据说，它被誉为“世界娱乐之都”和“结婚之都”——拉斯维加斯的婚姻登记所全年无休、全天无休，无论人们什么时候想结婚，都可以在这里办理登记手续，非常简单，所以，平均每个月有大约十万人从世界各地来这里登记结婚。去年，拉斯维加斯还被评为全球最多新婚夫妇选择的蜜月旅行地。不过，据说中国人如果在拉斯维加斯结婚，还必须在国内办理认证，万一两人不合适，想要离婚，也会非常麻烦。但似乎还是有很多人喜欢到拉斯维加斯结婚。或许这也是一种风尚吧。

这次来，我们计划待上两天，看一看这里的生活，毕竟世界上只有一个拉斯维加斯。

白天的拉斯维加斯不怎么美，毕竟自然资源比较匮乏，没有其他美国城镇那么好的植被，水源估计也不会太丰富。我在这里看到的，几乎全都是人造的风景，比如建筑等。这种非常独特的生活，也许只有在这块土地上才能看到。朋友说，虽然白天的拉斯维加斯不太美，但到了晚上它就会变得非常璀璨，就像沙漠中的明珠，因为这里的灯光很好。这让我想到了能源的问题——在这样的土地上，我很容易就会想到能源和资源的问题。我的家乡有一座小城叫民勤，它跟拉斯维加斯一样，也在沙漠边缘，为了生存下去，它始终在跟大自然作斗争，跟附近的两个大沙漠作斗争。对它来说，自然资源显得格外重要。当地人珍惜水，珍惜能源，绝不会像拉斯维加斯这样大肆地使用能源——当然，它也不像拉斯维加斯这么富有、这么繁华——拉斯维加斯之所以有这种奢华的文化、享乐式的生活，或许也是一种无奈，毕竟它就是为了实现这种生活而诞生的，它的财政来源依托于这种生活。

朋友说，这里经常会举办一些活动。比如，5月初，这里的MGM（米高梅）大酒店举行了一场世界著名的拳击赛，梅威瑟VS帕奎奥。据说，比赛当天，拉斯维加斯的机场里停满了私人飞机。这种级别的拳击赛门票售价非常贵，都是几千美金一张票，有时还会炒到几十万美金。也只有拉斯维加斯这样的地方，才能吸引那么多疯狂的人。拳击赛在这里举办，对酒店业和博彩业都是一个有力的推动，新闻上说，那场比赛总价值达到五亿美金。听说，MGM大酒店经常举办类似的拳击赛。

我们住的不是MGM大酒店，而是附近的另外一家五星级酒店，同样非常豪华。虽说是五星级酒店，但因为这段时间是旅游淡季，来赌博的人不多，所以住宿费很便宜，一晚只要三十至五十多美金，比我们在北美入住的很多旅馆都要便宜。放下行李，安顿好之后，我们到酒店大堂里逛了一圈。这家酒店的大堂里就有赌场，但人不多。据说，在拉斯维加斯的任何地方，你都可以看到赌博的场面。登记入住的地方倒是有很多人，他们在排队等待登记。如果这样还不算人多，不知道旅游旺季这里会是怎样的状况？估计会很难订到房间。

从大堂出来之后，我们去参观了MGM大酒店。

这个酒店非常出名，是拉斯维加斯最大的酒店——听说还是拉斯维加斯的标志——也是世界上最大的赌场酒店，举办拳击赛的大厅也很大，据说可以容纳将近一万七千名观众。酒店门口立着一尊金色狮子的雕像，威风凛凛。朋友说，它是MGM大酒店的标志，在全世界所有的MGM大酒店门前，你都可以看到这只狮子。用百兽之王的狮子作为自己的标志，足以显示出MGM大酒店的霸气。附近的纽约大酒店也很霸气，它的门前立着一座自由女神像，大概有纽约那座自由女神像的一半大小。我跟两尊雕像都合了影，以作留念。

下午三点的时候，我们在MGM大酒店的自助餐厅里吃饭，这里的自助餐很有名，我原本以为会很贵，但实际上还好，一个人只要三十美金。如果点酒水要再加十五美金。这里有很多非常有名的食物，我们可以随便吃，其中最有名的就是拉斯维加斯大螃蟹。按这里的规定，我们可以吃到晚上八点，但我们吃了一会儿就饱了，再也吃不动了，索性离开，把位置让给别人，我们在酒店里随便参观一下。

梅威瑟和帕奎奥的拳击赛结束不久，酒店里还能看到比赛的海报，有人说泰森等拳王都入住过这家酒店，可见这家酒店有多么出名。令我们更加吃惊的是这里的赌场——它的面积太大了，有好几个足球场那么大，光是老虎机就有几千台，这里有各种各样的赌博游戏设备。不过我不太熟悉，不知道都有些什么项目。在这里赌博的人很多，比我们入住的酒店要多得多，不知道是因为住客更多，还是因为这里的设备更加先进。

拉斯维加斯真是一个热衷于享乐的城市，这里充满了娱乐所带来的快乐气氛。很多人都在休闲、游玩，大家看起来都很轻松，大多面露笑容。我在街头看到一位卖唱的大爷，他留着很长的白胡子，我也留着胡子，但是黑色的，而且没他那么长，不过跟他站在一起还是很和谐的。而且我也喜欢唱歌，于是干脆就和他一起卖唱。我听不懂他在唱什么，就跟着他的情绪和调调自己瞎唱，倒也非常好听，也许我前世也是卖唱的。想不到，我们初次见面，来自两个国度，竟配合得那么好。我们都很开心，我就叫陈亦新给我们拍了张合照。照片里的美国大爷笑得很和蔼，头戴草帽，彩色的上衣也充满了异域风情——当然，在他们眼里，我这身打扮可能才是异域风情——更有趣的是，他的眼睛望着镜头，手指还在不断地拨弄着琴弦，也许他太爱音乐了。这一点，我跟他很像。

回酒店的途中，我们遇到了一间名牌打折店，便进去看了一下，虽说很多人来拉斯维加斯都是购物和享乐的，但我并没有看到这里有什么值得买的东西，除了一个皮箱还不错，其他东西都是“大路货”，非常一般。可能我们没有找对地方吧。

拉斯维加斯的街头有很多人，到处都人头攒动。这还是旅游淡季，要是旺季，不知道这里会是什么景象？总的来说，这里还是赌场最醒目，看起来也最有意思，毕竟这里是一个以赌博起家、以赌博闻名的城市。

行走在这里的街头上，我总会忘记自己在沙漠里，这里跟西部沙漠边缘的城市太不一样了。唯一让我想起这里的地理位置的，是滚滚热浪。听说，这里是典型的沙漠性气候，正午的温度常常可以达到三十八摄氏度左右，最高甚至可以达到四十五摄氏度左右，晚上相对凉爽。但现在天都黑了，市内的气温还是很高，属于那种干燥的热，不知道郊区怎么样。西部的沙漠戈壁白天很热，我们称之为“晒驴湾”，意思是能把驴给晒死，但一入夜，气温就会渐渐凉下来，没有足够的准备，人会冻死在沙漠里。我的长篇小说《大漠祭》中，有个孩子就被父亲带进沙洼里冻死了，人们发现她的时候，她全身都是紫色的，缩成一团，非常可怜。那个细节让很多人都非常心痛，我自己每次读到那里，也想流泪。这就是西部的沙漠边缘城市——当然，那是过去的西部——而眼前的拉斯维加斯灯火辉煌，非常繁华，美出了一种魔幻的色彩。我感到了一种巨大的冲突。如果家乡的父老乡亲来到这里，他们会有怎样的心情呢？

富人的天堂，穷人的人间

写于2015年6月9日，美国拉斯维加斯

吃过早餐，我一个人在街头散步，顺便感受一下白天的拉斯维加斯。

这座城市的白天跟夜晚截然不同，虽然仍然是那些建筑物，仍然是那条公路，但夜晚的它充满了一种奢靡的魅惑力，白天的它却朴实很多，就像童话故事里的灰姑娘，白天时朴实无华，夜晚却艳丽无比。

街上有很多酒店，我随便走进一间参观，想看看是不是说真像人们说的，拉斯维加斯的酒店都有赌场——果然有。不过，这只是我见过的第三间酒店，即便它设有赌场，也不能证明当地的所有酒店都设有赌场，因为这里实在有太多酒店了，而且都是顶级酒店，就连世界闻名的希尔顿酒店，在这里也有点黯然失色。包括我参观的这间酒店，虽然我不知道它叫什么名字，但它也非常豪华，还有一个装饰得很像安徒生童话世界的大超市，它看起来很像西方动画电影里的童话小屋，孩子们肯定会喜欢，超市里卖的也大多是孩子的玩具，看起来，这里不但是大人的天堂，也是孩子的乐园。美国人实在太聪明了，酒店知道孩子是一个庞大的消费群体——当然，真正消费的不是孩子，而是他们的父母，但是对现在的父母来说，孩子的意愿是非常重要的，有些父母可能不舍得在自己身上花钱，却肯定愿意在孩子身上花钱，给孩子买他们喜欢的东西，让孩子体验非常好的生活。不过，那个大超市里的东西非常贵，一个小玩具就要十多美金，普通收入的父母估计是买不起的。我只能说，这里是富人的天堂。

让我有点惊讶的是，这里竟然有专门看电视节目的地方，而且空间很大，放了很多椅子，看起来有点像股票交易所。因为墙上“镶”着很多荧幕，每个荧幕都在放映着不同的节目，不同的画面同时晃动着，看久了有一种眼花缭乱的感觉，但这里的大部分人都盯着墙上的某个屏幕。不知道他们是习惯了，还是仅仅在发呆，并没有真的在看电视，也就谈不上眼花缭乱。

不过，我没有继续考察下去，因为跟大家会合的时间快到了。走出酒店的时候，我有一种魔法突然消失的感觉，因为奢华的场面消失了，眼前是色彩相对单调的拉斯维加斯街道，很多汽车在公路上呼啸而过，但行人不算太多。朝远处望去，还能看到几座光秃秃的、黄色的高山——那是拉斯维加斯的边缘，一看到它，我就会产生一种浓浓的梦幻感。那才是这块土地的真相。但这恰好是人类不愿在乎的。人类在乎的，是如何在这块荒芜的土地上发展经济，这也是对的。正因为如此，美国才从最初的十三个殖民地，变成了今天这个强大而独立的国家。

路边有一间酒店很有意思，它的造型很像童话堡垒，屋顶是红蓝相间的，而且尖尖的，孩子们肯定很想住进去。听说威尼斯人酒店也很有意思，从外面你看不出它的独特　　虽然它的建筑本身就非常豪华美丽，但在这么多美丽的建筑物中，它很难跳脱出来，让人关注到它——但一进到里面，你就会眼前一亮，因为它是模仿水城威尼斯建造的，很多威尼斯有的东西，尤其是那些标志性的存在，威尼斯人酒店都有。不过，这只是一种据说，而这种据说是可以立刻得到印证的。所以，我们上午的考察目标就是威尼斯人酒店。

威尼斯人酒店非常豪华，2007年之前一直是全球投资最大的含赌场和综合娱乐设施的酒店，加上新酒店大楼，共有四千多间客房，有一种庞然大物的感觉。据说，它是由一个比较大的财团做起来的，那个财团有很多股东，财力惊人的强大。国外有很多这样的大财团，因为国外的财团有很好的信用和商业品质作为保障，合作者的成功率很高。国内有点不太一样，国内的很多富翁联手组成财团，将企业做大之后，就容易在诚信方面出现问题，换句话说就是出现内讧。所以，生意一旦稍有起色，就预示着他们该散伙了。不过，近几年，一些国内财团开始吸取经验和教训，逐渐扭转着这种局面。

酒店的外形是一个开口很大的Y字，整体设计以现代感为主，融入了文艺复兴时代的风格。更特别的是，酒店内部完全再现了威尼斯的风光，设有叹息桥、圣马可广场、钟楼、小运河、运河商店街、威尼斯特色拱桥、石板路等。你很难想象，在一座理应封闭的建筑物里，怎么可能有这样的一片天地。那种感觉，很像在衣橱里发现了纳尼亚的冰雪世界。旅客们甚至可以乘着威尼斯式的小船游览“沿途”风光，船夫还会一边摇着贡多拉，一边唱意大利歌曲给你听。这里还有二十分钟变化一次的人造天空，时不时发出叫声的人造动物，比如大象、鳄鱼等，几可乱真。我时不时就会产生一种身处意大利的错觉，而忘掉了自己其实在美国的拉斯维加斯。当然，这仅仅是一瞬，因为他们模拟不了大自然的清风，模拟不了自然开阔的味道，也无法消解封闭空间带来的独有的氛围。人造之物跟大自然始终还是有区别的。而且，接下来的风景也会提醒我们，这里是美国的赌城，不是真正的意大利水城。

这里让我想起了电影《楚门的世界》。主人公楚门生活在一个被安排好的道具世界里，但他自己完全不知情。他看见的天空是假的，他生活的城市是假的，他身边所有人都是导演安排的演员，他却奋力地在这个世界上生活着。但我们又有什么不同呢？我们每个人都是演员，每个人的角色都是“面具”。我们都以某种被设定的身份出生，被带上各种不同的面具，然后上演不同的戏，相同的是，哭泣多于欢喜。每个人都是这样。那么，到底是谁在编剧？

威尼斯人酒店的赌场非常大，走进去就像进入了一个巨大的迷宫。各种各样的赌局，各行各业的人，各种喧嚣的声音，都会向你扑来。酒店里有很多老虎机，有些老头老太太在上面玩，他们看起来很投入，但赌注一般不大，估计只把它当成一种娱乐方式而已，并没有赌博的心理。有些老人看起来都快走不动了，却仍然在这里享受着赌博。不知道他们是在享受赌博的刺激，还是在享受人群中的那种热闹？也许，他们不在乎赌局，不在乎时时变化的结果，不在乎有可能得到的财富，只想让赌场的热闹消解内心的寂寞。人一旦害怕独处，将会多么难受啊，因为，在这个世界上，每个人都是注定孤单的。

酒店里还有一些小商贩所设的摊位，一般以卖饮料为主，一瓶水大概五美金，同样的水，外面只要一美金多一些，差别有点太大了。如果再换算成人民币，那么这瓶矿泉水都显得更加昂贵了。所以，在这里，你不能对比，也不能换算，只能把它当成赌场的享受之一，不然就是自己给自己找不平衡。

“圣马可广场”正在上演意大利歌剧，“天空”“路灯”“拱桥”“绿树”“人群”，整个场景让人迷醉。置身于这里，我觉得自己像在梦游，但真真假假都在飞快地消失。没有什么好执著的东西。当然，我一直都是这样，活在一种如梦如幻的觉受里。

听说这里是世纪拳王的最佳赛场，起初我还有些不信，但无论走到哪里，哪怕不是MGM大酒店，也可以看到拳击赛的海报。有些商店的墙上还挂满了梅威瑟和帕奎奥的照片。威尼斯人酒店也有专门的拳击大厅，因为这里也有举办拳击赛的传统。

今年的拳击赛，我在国内也有关注，结果让我多少有些遗憾。我多么希望代表亚洲的拳王帕奎奥可以获胜。虽然地球人本是一家，但少有亚洲拳击手可以冲击国际拳王宝座，所以，我对帕奎奥还是充满了期待的。只是，不管这场比赛的赛果如何，我都为帕奎奥感到自豪，不管他是不是中国人。在我眼里，他只是一个凭着自己的努力和毅力，完成了一个看似不可能完成的目标的年轻人。

当然，这样的比赛我不常看，也并不那么喜欢，因为它的精彩背后隐藏着一种罪恶——它在激发着人类心中的残暴。在观看这些比赛的人中，不乏一些因为喷溅的鲜血而感到兴奋的人，他们跟那些热衷于西班牙斗牛的人一样，都在享受一种暴力倾向得到满足所带来的快感，这样的心，实际上已经异化了。

走出这个帝国般的酒店，一股热浪伴随着寻常的景象扑面而来，人间的味道把我拉回了现实。

威尼斯人酒店用珍贵的水源模拟威尼斯的小运河，无数热衷于境外豪赌的富翁疯狂地挥霍着财富，一夜之间输掉上千万甚至上亿者比比皆是。在这座由欲望堆砌的、幻觉般的城市中，每天不知道有多少财富被当成娱乐的赌注……他们知不知道，就在自己用巨大的财富追逐一点情绪和冲动的时候，世界上有无数贫困的人类正过着怎样的生活？

今天，我看了一些报道，其中一篇报道中说，非洲和亚洲有七亿五千万人缺乏足够的安全饮用水，一些地方的妇女和儿童每天都要顶着二十升左右的水桶跋涉数公里路——有时甚至更远——到有水源的地方去取水，而且每天不止一次。

还有一篇报道提到非洲的“巫童”：在非洲，如果家里遭遇不幸，巫师就会将这家人的某个孩子指为巫童，说他身上有不吉祥的东西，这个东西导致了家庭的灾难。父母们往往会相信，还会给巫师一笔钱，让他帮助自己将孩子带来的魔鬼驱走。这笔钱往往很多，相当于一个家庭整年的收入。更残酷的是，被指为巫童的孩子，大多是被家里人亲手虐待或杀害的，因为，减少一个需要供养的人，家里的负担就会减轻一点。于是，有些贫困家庭会以“巫术缠身”为借口，将孩子赶出家门，让孩子自生自灭。甚至，有些孩子被亲生母亲淋了腐蚀性液体导致毁容，有些孩子被爸爸用钉子钉入头颅，有些孩子被亲戚活埋……据统计，光是在尼日利亚的两个省里，过去十年就有一万五千个孩子被认为是巫童，其中至少有一千人被杀害；英国广播公司（BBC）也在一篇报道中指出，光是刚果这个国家，就有五万儿童被认为是巫童，而且数量一直在增长。在很多地方，驱逐巫童形成了一条环节复杂且利润可观的经济链条，孩子们的悲剧给巫师们带来了巨大的利益。有人认为，持续的战争、内乱和贫穷不是巫童现象唯一的原因，教会斗争才是其最主要的原因——非洲有太多不同派别的教会，为了扩张自家教会的势力，牧师们就会利用当地人愚昧和迷信，通过指认巫童、进行驱魔来建立权威、吸引信徒。也许是这样，但其根源还是贫穷所导致的愚昧，以及贪婪所导致的丧心病狂。

另一篇文章还谈到了一种叫“陪睡”的非洲习俗：在大多数非洲国家，如果妇女死了丈夫或少女死了父亲，村民们就会请来一个被称为“性清洁工”的男子，让他陪这个寡妇或少女睡上一晚。他们认为这样可以清洗女人身上的不吉祥。但事实上，这些所谓的“清洁工”往往是最肮脏的人，他们往往携带了艾滋病毒，跟他们发生关系的妇女很可能会感染艾滋病。一些国际援助组织的人说，在非洲，每十个艾滋病患者中就有六名是女性，她们大多是因遭到强奸或“性清洁”这样的陋习才会染病。

贫穷、迷信和愚昧正在摧残着我们看得见或看不见的世界，那么多富人却在拉斯维加斯这样的地方醉生梦死。如果他们能转换一下娱乐方式，将钱用于帮助国内外那些生活在绝境中的孩子和大人，该多好。这样，他们的财富就会给人间带来温馨的色彩，而不是洋溢着一股铜臭。因为，钱既没有味道也没有属性，它不是高尚的，也不罪恶，让它看起来有了某种味道和属性的，其实是使用者的行为。

此时已接近正午，阳光非常强烈，拉斯维加斯弥漫着一股热浪。同样充斥了这座城市的，是一种穷奢极侈的气息。

不过，这里虽然是富人的天堂，倒不至于是穷人的地狱，只能说是穷人的人间，因为这里的穷人过得并不差。从当地乞丐的气色就可以看出，他们并不缺少营养，可见他们的收入还是不错的，起码能让他们吃饱肚子。这一点跟印度的乞丐不一样。印度不是富人的天堂，但绝对是穷人的地狱，那里的穷人实在太穷了。很多乞丐都很瘦，明显是吃不饱肚子，营养不良。当然，这跟印度有很多职业乞丐也有关系，僧多自然粥少，乞讨的人太多，每个人的收入就会减少。

从威尼斯人酒店出来之后，我们去了附近的永利酒店，据说它是拉斯维加斯造价最高的酒店，也是世界上最奢华的酒店之一。这间酒店有一条很美的花园大道，还有一个巨大的圆形水池舞台，每天晚上都会上演一场叫《梦幻秀》（Le Veve）的水上表演，集合了杂技、体操、戏剧、跳水等艺术形式，据说非常好看，售价很贵，我们没有去看。来这里吃自助餐的人也很多，似乎来拉斯维加斯的游客都喜欢在各大酒店吃自助餐，不过这里的自助餐确实很好吃。

拉斯维加斯的很多酒店都很有特色，也很舒适，似乎都在追求感官体验、视觉意境上的极致，怪不得有那么多新婚夫妇会来这里度蜜月。毕竟，喜欢享受的人总是比喜欢大自然的人更多，被奢华生活所打动的人，也总是比陶醉于乡村的质朴者更多。但真正能给人带来幸福，让人的灵魂感到舒适安宁的，是哪一种生活呢？

拉斯维加斯是典型的亚热带沙漠气候，四季非常分明，这里的夏天白天很热，晚上凉爽一些。所以，白天街头的人不算多，一到晚上，人就渐渐多了起来。夜空很美，再加上拉斯维加斯的灯光，和一些城市独有的设施，整个城市真的就像沙漠明珠一样璀璨。只是，这座不夜城看不到皎洁的月光。

漫步在狂欢的街头

写于 2015 年 6 月 9 日，美国拉斯维加斯

晚上，朋友请我们吃牛排，这是我们在拉斯维加斯的最后一顿晚饭。

我们吃牛排的餐馆是一家连锁店，在美国有很多分店。我们一路过来，经常可以看到他们家的牌子。沿途我们光顾过的分店也都是一样的品质，一样的装饰，一样的格局，一样的价格，一样的情调，一样的味道。可见，他们成功地完成了经营方式的复制。

美国有很多这样的连锁店，印证了“复制”的有效，他们成功的一个重要原因就是复制。美国的企业非常强调复制，当然也强调创新。精英层面要求创新，非精英层面、执行层面则需要复制。这是对的。我看过基督教的传播教材《差传学》，里面分析了所有的传播模式，知道哪种模式是有效的，哪种模式是无效的，每一种

结论都有科学依据。后来，基督教和天主教的传播就复制了有效的模式，规避了无效的模式。从它们的成功可以看出，复制确实很重要，可以避免很多人重新在黑暗中摸索。实际上，复制的本质就是进行标准化的运作。

我平时一般不吃含有大量淀粉的东西，包括主食，但今天吃了土豆，所以我打算多走点路，把多余的热量给消耗掉。

漫步在拉斯维加斯的街头，我们都为辉煌的灯火而陶醉。这个纯娱乐的城市有太多的美景，到处都是娱乐化的元素。这里可以看到埃菲尔铁塔、凯旋门等，都是按比例缩小的雕塑，还有各种表演。人潮像水一样流动。似乎，人们经过整个白天的等待，迫不及待地想要出来放松一下。城市里充满了狂欢的味道，各个角落都传来狂欢的音乐。在这里，人们不需要节日或结婚的名义，也会肆意地狂欢。

时不时有警车呼啸着经过，发出母夜叉一样的怪叫声。当然，我没有见过母夜叉，也没有听过母夜叉的叫声，但我一听到这个声音，马上就想到了母夜叉。我们还看到了很多摩托车。美国不禁摩，所以美国有很多人骑摩托车，即使在美国一些大城市的街头，你同样会看到很多摩托车。国内不是这样，国内的大部分城市都禁摩，比如东莞。在樟木头，要是你骑摩托车上街，警察收你的车。

街头有人在卖唱，也有人在表演一些吸引眼球的节目，比如悬空而坐。表演者化装成很夸张的样子，很多人都在好奇地看他，给钱的人也很多。接到人们递来的硬币时，他的脸上会出现非常开心的笑容。

街上还有一些跳街舞的孩子，他们晒得很黑，黑不溜秋的，貌不惊人，但他们跳的舞蹈都是高难度动作，而且很是危险。我们看着就觉得惊险，他们却每次都能成功完成。能达到今天这个程度，不知道他们付出了多少努力，吃过了多少苦头。遗憾的是，当他们完成舞蹈，将收钱的帽子递向观众时，很多人却走开了，他们的脸上现出了失望的神色，但也无可奈何。我和陈亦新给了他们一美金，也有另一些人给了他们一些钱，但不多。国内也是这样。记得有一年圣诞夜，陈亦新和陈建新想体验一下街头艺人的生活，于是跑到樟木头的街头卖唱，他们穿得干净整洁，卖力投入地表演了好半天，却只得到了一块钱，好像还是认识的人捧场给的。这些孩子辛辛苦苦地表演了这么久，不知道有没有得到十块钱。这个场面让人很是心酸。也许，很多人看他们表演就像看猴戏，根本不觉得应该尊重他们的劳动。

附近一些身怀绝技的孩子也差不多，他们都表演得很好，却没什么人看，也没什么人给钱。比如一个表演反关节的孩子，他的很多骨节都能随意地折来折去，非常厉害，但他表演了好半天，都没什么人搭理，当然也没人给他钱，他只好无聊地停了下来，坐在一边发呆，不知道心里在想什么。也许他什么都没想，也许这样的事情每天晚上都会发生。如果真是这样，他们靠什么填饱肚子呢？

虽然我们跨越了半个地球，来到了西半球的美国，但整体来看，社会还是一样，非常冷漠。

这里有世界上最美的酒店，有世界上最奢华的生活，也云集了世界上最富有的人，但这里的街头艺人却生活得如此艰难。他们可能还不如乞丐赚得多。这是很奇怪的事情，也很令人心酸。也许，有钱人没空看表演，习惯在遇上乞丐时顺手给钱。至于那些有时间看表演的人为何不给钱，仍然是个很微妙的问题。

街上还有很多人装扮成各种电影角色，比如蜘蛛侠、超人、变形金刚、印第安女郎等，游客可以跟他们合影，但必须给钱。有些女孩很有意思，她们被超人抱着照了几张相片，过了一把被超人搭救的瘾。

有些女孩子在街头转来转去，装扮得就像是半裸的孔雀——她们身上只穿着比基尼，头上戴了一顶孔雀尾巴一样的帽子，比基尼的裤子后面也缝着一个孔雀尾巴般的东西，非常大。有人说她们是跳舞女郎，有人说她们在拉客，也有人说她们在等着别人跟自己照相，不知道她们到底是做什么的。一路上，我们还遇到了一些人在发女孩子的照片，上面留着电话号码。但我不懂英语，不知道发照片的人在说些什么。

昨天，我在天桥上遇到了一个发卡片的老头，他非常辛苦地在发卡片，却没有人愿意接，我想帮他减轻一点负担，就要来了几张卡片，结果一看，是各种各样的色情广告——上面都是美女照片，而且那些美女都半裸着身体，摆出各种风骚的姿势，怪不得没有人接。我也马上就扔掉了。

20世纪初，大量淘金客涌入内华达州的时候，拉斯维加斯开满了赌场和妓院。20世纪30年代内华达州宣布赌博合法时，大量赌徒涌入拉斯维加斯，更是让这块土地充满了暴力和罪恶。据说，当时的拉斯维加斯黑帮云集，罪案频繁，甚至有人将它誉为罪恶的代名词。这里还有世界上第一座黑帮博物馆，而提议并促成其建立的，就是拉斯维加斯的前市长、前黑帮头目辩护律师奥斯卡·古德曼。建市至今的八十多年中，拉斯维加斯看起来变了很多，但本质的东西始终没有改变。我的意思是，不管这里有多少漂亮的酒店，有多少让人乐而忘返的享受，它都是一座欲望之城。这么多年来，它所做的一切努力，仅仅是进一步刺激和满足人们的欲望，以此获得财富。作为一个除了利益没有其他目的的城市，它是悲哀的。因为，假如一场巨大的灾难突然降临，它将什么都留不下。

到处都是人，到处都是欲望，到处都是灯光，到处都是狂欢的情绪。拉斯维加斯的街道炎热而拥挤。我们于是上了一座天桥。天桥上人稍微少一些，但喧嚣的声浪仍时时扑来，灯光在疯狂地闪烁，其目的同样是吸引眼球，因为灯光所在之处，几乎都是商家的广告。这座城市充满了眼球经济，只要你能吸引别人的眼球，就能或多或少地得到一些利益。

在这里的街边，我们看到了很多正在睡觉的流浪汉，其中有一大部分是老人和黑人。这里气候暖和——冬天也不会太冷，白天的平均气温在十五摄氏度左右——睡在街上一般不会很冷，但他们的生活肯定不会太好。看到他们，我就想起了加拿大，因为加拿大的救济金据说是终身的。虽然有人说加拿大在养懒汉，但相对美国的只发半年救济金，我觉得还是加拿大更温馨一些。毕竟并不是所有人都能在这个城市里找到工作的。有一位朋友开玩笑说，如果我在这里沦落到流浪汉的地步，或许还能靠卖唱来挣钱吃饭，陈亦新就很难说了。即使是他这样的年轻人，如果语言不通，找不到工作，也可能流落街头，那么生存就会变得非常麻烦，何况老年人。

这时，我接到一个朋友的电话，他说自己正在附近的某个地方等我们，他是开车来的，想带我们去看一看这座城市的夜景。于是我们加快脚步，匆匆穿过喧嚣的人群。离开最热闹的地带，人就渐渐少了，虽然还可以听到一些人讲英语的声音，却更像是在听广播节目。因为吃了土豆需要多运动，我走了很远的路，现在已经出汗了，幸好拉斯维加斯的夜风不凉。

有一辆很好的跑车与我们擦身而过，朋友说那是法拉利，很贵。我在国内没见过这种车，在美国却能经常见到。这里的公路上有很多豪车呼啸来去。望着这个充满欲望的城市，我突然想到了一个问题：这个城市有没有书店？很可能没有。当然，也可能有，也许它就在附近的某个角落，只是我们没有看到。但是，这个城市可能很少有人会看书，因为这里到处都是娱乐元素，人们的心早就被裹挟了，他们是读不进书的。

我又想到了这些事情。无论到哪儿，无论在干什么，我都会想到这些事情，沿路也一直在录音。陈亦新听到我的录音报道时，认为我在说着流水账，他哪里知道，这是一双眼睛在记录一个城市给他的感觉。千年之后，人们通过这些声音和记载，就会明白它们所记录的城市。

去大峡谷途中的畅想

写于 2015 年 6 月 10 日，美国亚利桑那州

离开拉斯维加斯之后，我们前往亚利桑那州的科罗拉多大峡谷。据说，这个大峡谷是由科罗拉多河的下切作用形成的，原因是当地非常干燥，难以形成径流。它全长四百四十六千米，平均宽度十六千米，最深处两千一百三十三米，平均宽度超过一千五百米。很难想象，河流竟能在大地上冲出这么大的一个峡谷，大自然真是不可思议。1919年，那里建立了大峡谷国家公园，后来，大峡谷国家公园被联合国教科文组织列入世界自然遗产之一。

走了一个多小时之后，沿途开始出现戈壁滩，但这片戈壁滩上有很多草，跟西部的戈壁滩不太一样。再往前走，出现了雅丹地貌——一块块山丘光秃秃的，形状怪异地立在地面上，像是一些泥土做的雕塑。准确地说，是地面经过风蚀作用、风化作用、间歇性流水冲刷之后，形成的与盛行风向平行、相间排列的风蚀土墩和风蚀凹地。这些山丘就属于风蚀土墩。

类似的地貌在河西走廊的魔鬼城里也有。之所以叫它“魔鬼城”，是因为风吹过各种风蚀土墩时会发出怪声，状似鬼哭狼嚎，非常神秘恐怖。但这里跟魔鬼城不太一样，因为魔鬼城是真正的满目黄沙、寸草不生，这里却有草地，只是不那么茂盛而已，而且这里还有树，但树不多也不高，奇形怪状的，像是放大了若干倍的盆景。

沿途还有一些村庄，不知道那些村民靠什么为生。很可能不是种植业，因为这里的土质看起来不像能种庄稼的。估计是畜牧业。因为这里毕竟有草。

越往前行驶，这里就越像河西走廊，只是这里的建筑物跟河西走廊不太一样，小小的，矮矮的，是典型的西方建筑。远处的大山隐隐约约地现出它的身影，看起来非常像祁连山，光秃秃的，不是很高，山上也看不到什么绿色。

渐渐地，沿途的草地多了起来，有了一种草原风光的味道。有些地方围着铁丝网，估计是个公用的牧场。但这里的草似乎不是牧草，而是西部常见的野草，我们叫臭蒿子，形状有点像梭梭，但不是臭蒿子，也不是梭梭。在西部，牲口是不吃这种草的，不知道这里的牲口吃不吃。

来到北美已经二十多天了，我们仿佛经历了一个世纪。从刚刚到波士顿，到今天前往大峡谷，我们见识了很多过去没有见过的东西。面对陌生的世界，我们的思路和定位渐渐从模糊变得清晰，也结交了一些朋友，其中一些人甚至是非常出色的一流人才。现在，我们已经能够完全把握这块土地的脉搏，也知道该如何在这块土地上传播文化，如何缩短文化传播的周期了。接下来，我们会借助网络的力量，迅速地让中国文化走向世界。

网络时代出现了很多奇迹。过去，诞生一个亿万富翁需要几代人的努力，而且必须是成功的努力，但是在网络时代，诞生亿万富翁，甚至百亿万富翁，有可能只需要短短的几年。网络实现了一种原子弹爆炸般的裂变效应。所以，我们的文化传播也必须依托网络，借势而为。传统中那种手工作坊式的传播，以及苦行僧式的传播、佛陀式的行脚，还有修建寺院等，都已经不符合这个时代的势了，因此几乎失去了大力。网络才是这个时代最大的神通，谁能占领网络，谁就能占领世界。

天边出现了一道彩虹。在沙漠戈壁地区，这不知道算不算是奇观。似乎，每当我们畅谈文化传播方面的设想时，天边都会出现一道彩虹——无论当时是雨天还是晴天，无论是在海边还是在干旱沙漠地区。在佛家文化的传统说法中，这是一种瑞相，希望我们的西行之旅能时时有瑞相相伴，也但愿中国文化能像彩虹一样，贯通中西，贯通古今，为这块土地带来新的基因。

这一带的地貌一直相对平缓、干燥和荒凉，虽然时时可以看到草，但仍然看得出土地非常缺水。和西部的很多土地一样，这里也是干旱缺水的地区，毕竟是戈壁地带。但行走在这里时，我们心中却荡漾着清凉。当然，这份清凉并不来源于这块土地，它是我们所承载的文化本有的力量。

在我们途经的许多城市，无论是人文之都波士顿、金融之都纽约，还是赌博之城拉斯维加斯，亦或是其他城市，我们都能读出那个城市的味道。它们之中，有的偏重于人文，有的偏重于经济，有的偏重于欲望，但无一例外地缺少一种来自东方佛家文化的滋养，也就是破执、清凉的力量。整个西方都缺少这个东西。基督教文化虽然非常强势，但若是没有破执的基因，物质的富有就未必可以带来心灵的安宁。

物质的疯狂发展，人类的疯狂享受，以及诸多扩张性的欲望，其实不能给世界带来真正的滋养，人们仍然需要深入古老的东方文化，寻找一种能够滋养当下世界的营养。但是，不可否认，两千多年前，东方文化尤其是佛家文化的经典，以及两千多年来诸多圣贤们的经典，都因为名词、糟粕、习惯、陋习等各方面原因，没有对世界产生实质性的重大影响。我不是否认它们已经造成的影响，我所说的，是实质性的重大影响，就是说，它必须进入现代生活。所以，东方文化的与时俱进，其实是必然的。

一路上，我们都在思考传播模式，思考一种介入西方的最佳模式，以及诸多的可能性。当然，我们谈到的每一种可能性其实都是必要的，因为世界是多元的，文化也需要多元。所以，我们的诸多构想其实没有对错之别，无论哪一种构想都有它存在的意义，因为，不同的城市需要不同的传播方式——有些城市需要你将文化像钉子那样钉在那块大地上，有些城市需要依托大学平台传播文化，有些城市需要依托翻译进入学界，有些城市需要依托出版，有些城市则需要依托网络……总之，这个时代已经不能用单一模式进行传播了，它需要一种综合性的传播。

越往前走，地貌的变化越大，渐渐出现了连绵不绝的小丘陵，上面散落着一块又一块的土石。这种地貌非常像西部的土丘陵，也就是土和石头混杂在一起形成的丘陵。这种地貌在美国不多见，因为美国的自然条件非常好，植被一直都很茂盛，只有在通往大峡谷的途中，我们才见到一种明显近似于中国西部的荒凉。

其实，中国也有不少大峡谷这样壮美的景点和地貌，但因为受到传播力度的局限，世界并不知道它们。比如，魔鬼城的雅丹地貌很是壮美，但知道它的人不多，大多是中国人自己。文化也罢，什么也罢，都需要一种更大的传播力度，才能让更多的人了解到它。

一种黑色的小鸟在山顶上盘旋着，它们非常像乌鸦，但比乌鸦小很多。此外，这里看不到什么鸟。

公路右边出现了一片非常像麦田的黄色草地，上面卧着几头瘦嶙嶙的牛。这里的自然地貌不是很好，很少看到村庄，很像中国西部的一些地区。这里的牛也是西部常会看到的黄牛，不大。

小车行驶在寂寥的天地之间，宁静的自然留给了人类无限的思考空间。突然，我想到了图书的发行。一路上我们都在谈传播，但一直考虑的都是其他方式的传播，现在，我才发现我们忽略了一条非常重要的图书发行渠道——新华书店。新华书店有非常庞大的发行网络，我们完全可以借助新华书店的力量，将发行做大。

我们开始讨论新华书店发行渠道的运营方法，一旦掌握了新华书店的运营方法，图书的发行就会进入一个飞跃式的阶段。

渐渐地，地貌和植被又变了，我们看到一大片枯黄的草地，那是秋天才有的景象，但现在还是夏天。在中国西部，只有秋霜落下的时候，草才会变成这种颜色，也许这是一种特殊的草吧。

汽车沿着高速公路一直前行，路边的植物飞快地后窜，世界也是这样，总在飞快地变化，就像我们的诸多念头。但我们的方向和目的地没有变，我们一直朝着既定的方向和目的地前进着。途中虽然发生了无数的变化，但那些小的目的却一个个地达到了。我们实现的东西远远超出了策划和愿望本身。这些都是在不知不觉中发生的，突然回首，竟经历了一个世纪。

再往前走，我们看到了一个非常有意思的景观：一座大山横亘在我们的前方。当然，公路是通畅的，而为了实现公路的通畅，人们凿断了山体，将一座完整的大山分成了两部分。按中国古代说书人的说法，就是“逢山开路，遇水搭桥”。我们的文化也需要这样，无论多大的困难出现在面前，也要把它给打通，让文化发展之路畅通无阻。

继续往前，草也就多起来了，而且是绿色的。这一路上，我们只见过那么一块黄草地，不知道它们属于什么品种。

天上仍然有彩虹，而且是两架非常美丽的彩虹。看到它们，我们的心中充满了诗意，希望吉祥也像这与我们一路相伴的彩虹，一直伴随中国传统文化的传播，让它发扬光大。

再有十分钟就到大峡谷了，沿途的地貌又变了，出现了一个典型的绿洲。这里的草很绿，树很多，空气也比较湿润，远处的山上长满了绿树。一路上都是萧索的景象，突然见到绿洲，让人觉得格外清凉。但仍然看不到人家。这一带的人烟非常稀少。

大自然的奇迹——科罗拉多大峡谷

写于2015年6月10日，美国亚利桑那州

大峡谷美得让我失语。

面对很多东西，你可以分析，可以叙述，可以做各种各样的表述，但面对大峡谷这样的存在时，除了惊叹，你再也说不出别的东西。你觉得什么语言都不对，什么语句都说不清那种味道。也许，唯一的办法就是留下照片，让画面呈现它的美。

不过，画面也有无力的地方。因为，它仍然无法告诉你，我站在此处的感受——此刻，大峡谷方向吹来的风拂动我的头发，耳边传来的风声就像有人在低语。你听不清它在“说”什么，但你觉得自己能懂它。你感觉到的是一种无法用言语来传递的东西。你只能静静地品味心中涌动的东西。

朋友说，亿万年前这里是一片汪洋，科罗拉多高原因造山运动而崛起，美国最深、水流最湍急的科罗拉多河——当然，那个时候还没有美国——经年累月地流经此地，也一直冲刷着这块土地。因为这里的一些岩层比较坚硬，没有被流水侵蚀，百万年后便形成了桌状高地，顶部平坦而侧面陡峭；一些岩层的石质比较松软，百万年后便形成了低谷，科罗拉多河仍在谷底奔流。之所以桌状高地的侧面显得五彩缤纷、层层叠叠，是因为前寒武纪结晶岩的基底上覆盖了厚厚的各个地质时期的沉积，这些沉积物颜色各异，于是形成了我们现在所看到的景象，而科罗拉多大峡谷也被认为是“活的地质教科书”。懂地质学的人，可以通过岩壁观察从古生代到新生代各个时期的地层。不过，如果看到这么美好的景象，想到的却

是“红色的地层属于某某时期，褐色的地层属于某某时期”，这将多么乏味啊。我更喜欢扔掉所有知识和概念后的简单与直观。

阳光的强弱在变化，大峡谷的颜色也在变化，它一会儿是褐色的，一会儿是红色的，一会儿是黄色的，一会儿是棕色的……我不知道它为什么能变化出那么多颜色，也无法用言语来传达我感受到的壮美，我只能告诉你，我被深深地震撼了。此刻，我唯一的想法就是，如何让自己的长篇小说也有这样的气势——这样跌宕起伏，这样充满色彩，这样瑰丽无比，这样充满鬼斧神工之妙，这样雄浑博大？但转念一想，似乎世界文学史上还没有这样的作品。也许托尔斯泰的作品有一点这个味道，但他的作品更像长河，缺乏一种变化。科罗拉多大峡谷却充满了变化。所以，要是我的小说能有一点科罗拉多大峡谷的神韵，它就必然是文学史上伟大的杰作。但是，这需要通过情节、思想、结构等诸多东西来实现。

下午，我们回到了住处，一路上仍然处于失语的状态。我们都被一种巨大的震撼所笼罩着，很久都出不来。这就是大自然的奇迹对人的震撼。

拉斯维加斯虽然也很美，但它的美不能跟科罗拉多大峡谷相比。前者就像人工美女，也像“楚门的世界”，是一个美丽的谎言。它的美充满了世俗的气息，充满了欲望的气息，让人快乐，但也让人热恼。后者则是大自然打造出的奇观，它充满了大自然中最震撼人心的东西——雄浑、壮丽、大气，又是那样的充满了变化。在我见过的所有景观之中，它是令人很难忘怀的景观之一。也许，多年后我想起这次北美之行，还会想起它，还会想起它给我带来的震撼，但拉斯维加斯注定是我生命中的一个过客。它用尽全力去满足人们的私欲，以此吸引人们来光顾它、关注它，却注定是每个人生命中的过客。它是一个多么悲哀的城市啊。假如最初的它没有被开辟成一个淘金地，最初涌入这里的人们不是赌徒和投机者，最初在这里滋生的不是赌场、妓院和黑帮，它会是什么样子呢？其实，它所在的戈壁也很美——当然，假如没有拉斯维加斯作为背景，我们还会不会觉得那片戈壁很美，这说不清。很多东西都是多种因素组成的，包括拉斯维加斯的命运。当然，拉斯维加斯也是幸运的，同样在戈壁沙漠旁边，它却不会遭到风沙的侵袭和恶劣气候的干扰，这也算是一种得天独厚吧。

连续吃了几天西餐，我们都有些上火了，下午路过一间超市的时候，我们就买了一些咸菜，作为今大的晚餐。

美妙的一天又过去了，明天我们将会离开亚利桑那州，准备前往西雅图，略作考察，然后回国。归途就在眼前，但是对于收获满满的我们来说，它何尝不是另一个起点呢？

前往西雅图

写于 2015 年 6 月 11 日，美国拉斯维加斯

完成该做的事情后，我们略作休息，大概在上午十一点时沿着来路返回拉斯维加斯，再从拉斯维加斯前往西雅图。沿途，我们路过胡佛水坝，就下车参观了一下。

胡佛水坝是美国最大的水坝，也是当时世界上最大的水坝。它的蓄水池米德湖很大，是世界上最大的人工水库，也是西半球最

大的人工湖。据说，胡佛水坝除了灌溉、发电、航运和供水之外，还有防洪的作用，因为科罗拉多河沿岸经常发生水灾，胡佛水坝建成之后，情况才得到控制。不过，即使胡佛水坝是美国一个非常重要的水利工程，我们的兴趣也不大，随便拍了几张照片就离开了。因为我们昨天刚参观了大峡谷，心里有了一种参照系，这时再来看胡佛水坝，感觉就没有那么浓了。所以，人们常说“没有对比就没有伤害”，这是有道理的。

这一带很热，土地也很干旱，除了个别山上有零星的草木，别处都是光秃秃的。这里的植物都是耐旱型的，也说明这里的水源很少。在这样的地方，却有一条充满野性、水量充足的科罗拉多河，也真是奇怪的事情。不过，既然有科罗拉多河，拉斯维加斯在用水方面的奢华也就可以理解了——毕竟这里并不缺水，不像民勤。但这里的地貌却很像西部，沿途有很长一段路都有一种荒原的味道。

只是下车走了走，照了几张相片而已，我们就觉得酷热难当了。附近的很多游客却显得不太怕热，既不打遮阳伞，也不戴遮阳帽，有些女孩子的脸晒得通红。

途中，我和陈亦新仍然谈到了传播。这二十多天来，我学到了很多东西，几乎是一路走一路学的。不说别的，光是这次的录音整理成文字，就大概有二三十万字了，出一本书是没有问题的。其中的诸多感悟，一定会给想向西方传播中国文化的朋友一些启迪。因为，我们毕竟感受到了不一样的东西，这些东西是在中国大地上感受不到的，也是在书本上、官方文本上感受不到的，它是一种接地气的经验，或者可以说是一种商业经验。但愿我的记录所提供的这种不一样的文本和思路，能让日后向西方传播文化的人少走一些弯路。

当然，即使前辈们走了弯路，我们仍然对他们充满敬意。他们是真正的拓荒者。同时，我们也理解了秋阳创巴仁波切，他之所以用惊世骇俗的方式在美国传播文化，是有道理的，如果他用传统的、含蓄的、悄声悄气的方式传播文化，是不会有任何回应的。

一路上，我们见到了很多很胖的西方人，估计是当地人。这里的食物热量太高了，我们吃了几顿，就觉得身体有了负担，体重明显上升，他们却吃了一辈子。要是我们也吃上一辈子，就一定会是大胖子。我们住的宾馆里有个游泳池，我们时时会看到大象般健壮的人，带着大象般健壮的老婆和孩子，在那里游泳。他们喜欢狠狠地跳进水里，溅起无数的水花。在那个游泳池里游泳的时候，我们总是害怕自己会被砸伤。

渐渐的，沿途出现了一些村庄，它们零零星星地散落在群山之间。村子不大，仍然是常见的那种一层或两层的建筑，都是木质的。也渐渐出现了一些植被，说明快要到拉斯维加斯了。大约还有半个多小时，我们就到拉斯维加斯机场了，在那里，我们将乘飞机前往西雅图。

今天的天气很好，晴空万里——天上也有云彩，但很少，质感很强，它们点缀着蔚蓝的天空。这说明这一带的空气很干净，没有污染。

时不时地，我们还会看到一个个超市。在这一带，哪怕比较小的集镇也会有很大的超市，这让人觉得有点奇怪。因为，单从经济效益的角度来看，一个小小的村庄和集镇很难养活这么大的超市，不知道他们是如何维生的。不过，这里的很多超市都是连锁性质的，也许他们在乎的不是经济效益，而是市场份额吧。可见，他们更注重未来，而不是一时一地的收益。

State of Washington-USA

华盛顿州—美国

充满活力的吉祥之地

写于 2015 年 6 月 12 日，美国西雅图

昨天晚上，我们差不多当地时间凌晨一点多才到西雅图，住在文韬为我们租的小区里。小区在金县，微软总部所在的小镇。

小区很像农场，有大片的草地和树林，一栋栋房屋掩映在绿树丛里。来这儿的时候，我们找了很久，才找到那栋等待我们的房子。房子不大，有一个相对较大的客厅，还有卧室和卫生间，麻雀虽小，五脏俱全。这样的房子，在当地一般要三百美金一天，但我们很幸运，只要一百二十美金一天。

昨天夜里有点冷，好在没有蚊子——我们还专门准备了驱蚊设备，这里却没有蚊子。也许是我们不开窗户的原因吧。

晚上我准备继续吃青菜。前些天一直吃当地那些高热量的食物，肠胃不太舒服，所以连续吃了几天青菜，专门清理一下肠胃，现在好多了。吃完早餐，我们一如既往地出去散步，顺便看看周围的景色，感受一下人文风情。

西雅图的自然环境很好，景色非常美，空气非常好，阳光也比别处更加灿烂，也许因为这里的污染特别少。这里的植被也很好，有非常高大的树木，漫山遍野都是绿色。许多小区都坐落在山峦之间，高低跌宕。与之前一样，这里的房子大多是独立的美式木质小屋，一般有两层，一楼作为客厅、餐厅或会客厅等，二楼则是卧室。

慢慢地，我们走到一个当地人称之为“西湖”的地方。所谓的西湖，其实是华盛顿湖。它很大，而且是碧蓝色的，看起来有点像大海，非常美。清风拂面，湖面随风荡漾，树林里传来小鸟的叫声，空气里充满了一种怡人的香气，可能是周围的花香。整个氛围让人心旷神怡。很多人都在湖边跑步。我们在湖边的长椅上坐了一下，聊了会儿天，看到了很多不太一样的面孔，估计是外国人。朋友说，很多外国人都喜欢到这里来。可以理解，这里的风景那么好，风水也特别好，是一个聚集人气的地方。不过，即便有很多人在这里休闲，也没有打破这里的宁静，不知道是大家都沉浸在一种静谧的氛围之中，不忍心打破它，亦或是这种氛围包裹了所有的人，将一切响声都融化了，只剩下一片巨大的宁静。

该说此处是公园吗？或许也不是，它不像严格意义上的公园，只能说是一处开放的、让所有人都能在此活动的场所。

西雅图是个非常年轻的城市，生机勃勃，而且地貌很好，山势高低起伏，湖水随处可见，是个山清水秀的美丽城市，洋溢着一种积极向上的气息，充满了年轻的活力。难怪这个地方有许多非常大的公司，比如微软、波音公司、亚马逊等。这里还是星巴克的创始之地。所以，此处的地脉很厚，能承载一些东西。所谓的地脉厚，其实仍然是一种人文底蕴，是一种长期积累形成的文化氛围。因为有着这样的一种底蕴和氛围，西雅图的自然很美，人文也很美。

微软总部就在金县，也就是我们落脚的这个小镇。选在这里地方落脚，其实也是想参观一下微软总部。所以，我们游览过华盛顿湖后，就一路走到了微软总部。微软总部跟西雅图的很多建筑一样，非常朴素，不怎么华丽，一点都不张扬，非常实在，微软公司的职工也是这样，他们的穿着都非常朴素。这里的氛围让我想起了美国精神。

我想找一个标志性的建筑照一张相片，找来找去却找不到，后来终于看到一个牌子上有微软的标志，于是就站在牌子旁边照了张相。这是一个指引牌，除了微软的标志之下，下面还写了一串英文，估计是说明它代表的建筑有什么功能。朋友说，上面写的是“总裁会议中心”。

西雅图的感觉跟波士顿很不一样，波士顿的人文味道很浓，尤其在哈佛一带。而西雅图除了人文之外，还有一种经济的元素，是人文和经济的结合，它可能比波士顿更有活力。所以，波士顿可以诞生哈佛大学这样的高校，而西雅图能承载微软、波音、亚马逊等公司——它似乎能承载它想承载的一切——因为，这里的山川地貌非常独特，所有元素都显示出它是一片富饶之地，而不是贫瘠之地。在西雅图，你只要有足够的智慧和经济基础，就很容易发展起来，因为这里有一种蓄势待发的东西，那是一种积极向上的因素。

文韬有一个非常形象的比喻：波士顿像一个六十多岁的老人，西雅图像一个二十多岁的年轻人。他比喻得非常好。在波士顿，我们更多地感觉到一种历史的积累，那个地方如果想在经济方面振兴，似乎少了一种西雅图那样的气势。而且，按照地貌来看，西雅图随处都是绝佳的风水宝地，按中国传统风水学的说法就是容易聚气，而波士顿好像很少看到这样的地方。哈佛一带是另一种气象。

我们一次又一次为这块土地的美丽和富饶所惊叹。这真是人杰地灵之地。中国古代有句话是："物华天宝，人杰地灵。"意思是，某块土地上有诸多的珍宝和人才，西雅图就是这样的土地。

特定的地貌确实是能承载一些东西的。比如，如果一个地方的地皮硬，或是符合其他的一些说法，就代表这个地方是一片贫瘠之地。贫瘠的土地上是长不出大树的，就像戈壁滩上长不出大树一样。只有非常茂盛的原始森林里，才可能产生栋梁之才。这就是土地和人才之间的关系。

我们还谈到了婚姻和爱情。我告诉文韬等人，区别善缘和恶缘有三个标准：第一，看对方是在奉献还是在索取；第二，看对方在追求欲望和享受，还是在追求积极奋进的东西；第三，和对方在一起更多的是贪图享受，还是更加积极发奋。判断对方是不是你生命中的善缘，就看这三个重要标志。

以男性为例，婚姻和爱情分为以下几等：第一，对方是"空行母"型的，能成为你生命中一个积极向上的助缘，琼波浪觉遇到司卡史德就是这样；第二，同舟共济型的，你们可以携手前进，当然这里指的是行为而不是语言；第三，对方可能不如你，但不要紧，你可以用自己的正能量来影响她，最后把她变得积极向上；第四，你改变不了她，但她也影响不了你；第五，你改变不了她，她却可以改变你，让你堕落。最后一种是最可怕的，它就像你想下海救一个人，结果不知不觉地被她拽进海里，慢慢淹死了。这是最糟糕的缘分。这几种情况对于女性亦是同样。

西雅图的唐人街

写于2015年6月12日，美国西雅图

我们到了西雅图的唐人街。

每到唐人街，我们都会会心而笑，因为中国人实在太厉害了，无论什么地方，他们都能将其变成中国式的小镇——由此可见中国文化的某种强韧性和影响力——在西雅图也是这样。西雅图的唐人街，完全就是非常典型的中国小镇，里面有很多中国老人。

据说，移民到西雅图的中国人有二十万，而且层次比较高。我们在西雅图的唐人街就看到了很多中国人，也看到了很多中国小店。不过这里不像其他地方的唐人街，它不叫“中国城”，而叫“中国城—国际区”，据说是因为这里除了中国人还有日本人、韩国人等亚裔华侨，当地政府认为不能只突出华人。不过，这里仍然建了那个标志性的“中国城”牌坊，也充满了各种中国元素。

唐人街在很多城市里都是一个不可忽视的存在，一方面它靠近市中心，占据了比较重要的地理位置；另一方面它保持了一些中国元素，有着非常明显的中国味道，但正是这个原因，让很多华人始终在一个小圈子里自娱自乐，融不进主流社会——或者说，他们始终觉得没必要融进主流社会。毕竟，人的生存空间是非常有限的，一个人可以面对的人并不多。有人做过一个实验，最后得出的结论是：哪怕是一个非常重要的人，一辈子可以经常联系的人也不超过六十个，甚至更少；人在非常困难时能开口借钱，还可以借到钱的人，不超过十五个。后一种说法，我在过去贫穷的时候就验证过了。当时，我们家里装修楼房，需要两万块钱，我跑了很多地方，问了很多人，能借上钱的除了亲戚，就只有一个朋友。许多人平时跟我关系很好，但一提到借钱，我们之间的味道就变了。后来，陈亦新开公司时需要筹款，我就坚决不允许他向我的学生们伸手，只允许他向他的同学借钱，最后好像只有十个人愿意借钱给他。我更少，朋友里只有一个，说明他的人缘比我好。

在西雅图的唐人街，我们发现了一个让我们有些遗憾的小细节。

就是我们仍然是找不到中文书店。我们向一位中药店的老板打听中文书店，他给我们指了一个方向，但是，当我们非常开心地走过去时，才发现那里只有不到十本古龙小说，和一些万年历之类带点迷信色彩的读物，就连这类读物也不多。我们问询那里的老板，想知道西雅图有没有中文书店，老板说没有，因为没有人读中文书，开中文书店吃不上饭。他还说，这里有日本书店，问我们想不想去看看。西雅图的日本人很少，没有中国人那么多，在西雅图也没有日本城，却可以养活日本书店。西雅图有二十万中国人，却连一间中文书店都养不活。这是多么可悲的事情。书店老板告诉我们，读书人越来越少只是没有中文书店的其中一个原因，另一个原因就是网络和电子书的冲击。西雅图的实体书店也在死去，或已经死去。

在整个北美之行中，我们无论在哪里都会发现这个事实，而且不但中文书店越来越少，就连英文书店也很少看到。一个又一个事实都在提醒我们未来的一种趋势，那就是实体书店和纸质书可能会衰亡。

不像市中心的市中心

写于 2015 年 6 月 12 日，美国西雅图

西雅图的市中心就在唐人街旁边，但我们一点都看不出它是这座城市的市中心，因为它不像其他地方的闹市区那么豪华，非常朴素、质朴。跟其他市中心一样的是，这里的人也很多，尤其是派克市场，据说它很有名，星巴克的创始店也在里面，但顾客实在太多，有很多外国人都在往里走，我们进不去。

派克市场的商品很多，有各种各样的好东西，看起来以水果、鲜花、海鲜之类的商品为主，非常像中国的贸易市场。我还看到一些老外在买甜心饼。当然，我们眼中的老外，很可能其实是本地人。

星巴克的创始店就在市场外面，我们可以看到它。看起来它很有小资气氛，充斥着一种浪漫的文艺气息。这样的文化能在这块

土地上受到欢迎，进入主流，说明这块土地还是比较浪漫的。有个朋友也跟我说过，西雅图是个罗曼蒂克的城市。我觉得也是，如果这块土地没有一种浪漫的气息，就不会出现《西雅图夜未眠》《北京遇上西雅图》这样的浪漫爱情电影。

我们经过星巴克的时候，有很多人在外面排队，很多人看起来很像游客。不知道他们是想进去喝咖啡，还是进去参观？很多年前，星巴克的创始店就成了西雅图一个著名的旅游景点，很多游客来到西雅图，都会到那儿去参观，看看第一间星巴克是什么样子。

看起来，这间店并不大，很难想象它会走向世界，成为一个世界级的连锁品牌。这说明他们的运营做得非常成功。实际上，他们的成功还是那两个字：复制——找到很好的经营模式，然后进行复制，建立标准，在世界各地按既定的标准来运作每一间分店。当然，在此之前，他们必须保证自己的产品有很好的质量。所有的经营，都是以成熟的产品为前提的，如果没有很好的产品，再好的经营模式也没有意义，起不了应有的作用。

其实，比起城市，尤其是市中心，我还是更喜欢乡村。我尤其喜欢美国的郊区和农村，那里总是宁静而富有诗意，充满了一种远离红尘喧嚣的意蕴。城市里却到处都是人，到处都是欲望，到处都是高楼和车流，有时，真让人有点喘不过气。西雅图的城市好一些，因为这里非常朴素，没有那么多张牙舞爪的东西，一切都让你觉得很舒服，但我仍然更喜欢它的小镇，比如雷蒙德小镇，还有华盛顿湖。那里的幽静就像母亲的子宫，让人非常安心。

华盛顿湖就在附近，我们可以远远地看到它。湖边有很多人在玩耍。水面倒映着阳光，向我们发出一阵又一阵清凉的电波，仿佛在召唤着我们，让我们到那里去。当然，我知道这是不可能的，它不会召唤我们，大自然不会召唤任何一个人。大自然只是静静地待着，华盛顿湖也只是静静地待着，它享受着自己的境界，但不介意将自己的清凉分享给需要的人。我们所谓的召唤，其实是灵魂在向我们的肉体发出召唤，它在提醒我们，还是远离喧嚣，到那个宁静的地方去吧。灵魂总是诚实的，它永远都偏爱宁静、偏爱纯净，偏爱那些远离造作的东西。

停车不方便，我们不能直接到华盛顿湖去，只好继续行驶。下午四点，我们游览了所有有标志性意义的所在——比如电视中经常出现的那座太空针塔，据说它是西雅图的地标性建筑之一，我们在那里照了张相就离开了——然后停好车，到华盛顿湖边散步。此时，正好是北京时间早上四点，也许很多人还没有睡醒，还沉醉在梦乡之中吧。

晚饭前，我们回到住处，自己炒了点菜和鸡蛋，还下了点面条，简简单单地吃了一顿，肚子反而更加舒服。吃完饭，我们出去散步，正好赶上太阳快要落山，这时的阳光是最美的，摄影师称之为魔幻时刻。金黄色的阳光照在远处的一棵树上，整棵树一片辉煌，非常美。我很想过去照相，但文韬阻止了我，他说那是别人的房子，属于别人的领地，按照美国的法律，如果你不经允许进入别人的领地，又让对方觉得危险的话，他就有权开枪打你。

昨晚，我们差点就经历了那一幕。

当时是深夜一点多，我们刚到，周围漆黑一片，即使打了电筒也找不到路，我们没有办法，只好去别人家里问路。谁知，房主一听到响动就开门出来了，但没等我们说话，就示意我们停在原地，不能过来。他的一只手放在门背后，不知道是不是拿了枪，如果这个时候我们不理他的警告，继续往前走，他是有权开枪朝我们射击的。幸好我们没有这么做，而是停在原地跟他解释了一下。这才没有发生不必要的意外。回想起来，其实非常危险。这是美国给我们留下的一个不那么好的回忆，但也能理解。

西雅图的“富士山”

写于2015年6月14日，美国西雅图

西雅图周围有很多雪山，其中一座远看特别像富士山，叫瑞尼尔雪山。天气晴朗的时候，在西雅图的很多地方都能看到它。它很洁白，很神圣，要是在中国西部，就会被当作圣山，受到人们的朝拜。这次去，我们也把它当成了圣山。我一直对雪山情有独钟。记得在一篇文章中我曾经说过：“那个雪山是我生命激情的来源。”当然，我所说的“那个雪山”，并不是特指自然界的某一座雪山，而是我心中某个不可动摇的东西。就像《奶格吉祥经》中所说的：“上师功德如雪山，信日朗照流出加持源。”临行前，我们按照惯例做了供养，祝愿雪山永远这么美丽，然后带着憧憬的心情启程。

去雪山的路上有一个很美的湖，不知道是不是奥尔德湖，它非常蓝，湖水也很清澈，站在湖边，可以看到水里游动的蝌蚪。湖畔是一片碧绿的草地，草地上长了很多我们从未见过的植物，据说这些植物是不允许践踏的，如果你践踏了，就要被罚款。我看到旁边的牌子上写着罚款金额五十美金。看得出，这些植物是专门移植到这里的。其实，即使没有这些人工移植的植物，这里也已经很美了。远远望去，可以看到隐在云雾中的瑞尼尔雪山，周围有很多高大的树木，有郁郁葱葱的草坪，还有鹿和松鼠之类的小动物时常出现，看起来非常像是童话仙境。

我们看到了一片非常茂盛的原始森林，植被很好，有些树很高很宽，树龄估计有好几百年了。森林里有很多死去的树，其中一些树不像老死的，因为看起来并不老，不知道是不是死于虫害，还有一些树是枯死的。不管死于什么原因，都没有人砍伐它们。当地人宁愿让它们自然死亡，也不会随意把它们砍掉卖钱，除非政府允许。这一点让我们非常欣赏。在国内，森林是一种材料和资源，树木一旦成材，就会被人砍掉卖钱，甚至，很多树还没成材就会被砍掉。我居住的樟木头就是这样，我们小区旁边有一座林场，里面有很多人乱砍乱伐，还有人在林子里造坟，把好好的一座原始森林搞得不像样子。但我们也无可奈何。这里之所以不会发生这种事，是因为美国的森林公园属于国家，任何团体和个人都不能私有。所以，这里才可以保有这么多上百年的古树。这么壮丽且茂密的森林，我只在俄罗斯大画家的油画上看到过。我们还看到了很多珍稀植物，感觉上这里更像是一座珍奇植物博物馆。

这片原始森林有一部分划入了瑞尼尔山森林公园，瑞尼尔雪山也在公园里面。行驶了一段时间之后，我们来到森林公园的大门口。公园的门票不贵，一辆车十五美金，而且一周内有效。就是说，如果你想攀登雪山，又没有带上合适的装备，可以一周内另选一个日子再来一次，不用重新买票。

瑞尼尔雪山离公园门口大概有四十多英里，沿着山路一直开，就可以到雪山脚下。有点像我们在嘉峪关看到的七一冰川，终年积雪，即使现在是夏天，山顶上依然白雪皑皑。我们看不到冰川，但据说瑞尼尔雪山上有大量的冰川，由几十万年的坚冰构成，终年不化。瑞尼尔雪山是北美洲最主要的山脉喀斯开山脉的最高峰，喀斯开山脉沿线有十多座活火山，瑞尼尔雪山便是其中之一，还被认为是世界上最危险的火山之一，被列入“十年火山”之列。因为，它每隔五百到一千年就会爆发一次，距离上一次爆发已经有五百年了，不知道下次爆发会是什么时候。因为庞大的冰川和积雪，它一旦爆发，就有可能形成规模极大的火山岩浆流，对周边城镇造成毁灭性的伤害。到了那个时候，沿途这片茂密的原始森林，那些美丽的湖泊，还有小镇、农场，甚至西雅图市，将会怎么样……忧患意识让眼前的一切有了另一种味道。但这就是真相。它不但是瑞尼尔雪山的真相，也是世界的真相。我们每一个人，我们每个人的家园，我们每个人的国家，命运中都有一座“活火山”，说不定什么时候就会爆发，任何存在都无法逃避。

很多人带着成套的装备从山上下来，有雪地靴、登山包、登山手杖、头盔等，还有一些我叫不上名字的装备。他们也许是专业的登山队。听说，因为瑞尼尔山常常被笼罩在云里，游客看不到云后的峰顶，很多登山爱好者都喜欢来这里登山，想要征服这座神秘的大山。

但我们没有上山，一来没有专业的登山设备，爬雪山还是有危险的；二来气温比较低，我们穿的衣服厚度不够；三来考虑到时间，从这里回西雅图要两个多小时。所以，稍微爬了一会儿，我们就下山，踏上归途了。

回程的途中，我们谈到了在卡城遇到的那些不如意的华人，他们并不是华人中最悲惨的，最悲惨的是那些“黑”在美国、再也不能回国的华人。因为他们没有身份，一旦回国，就再也不能到美国去了。所以，即使他们的亲人逝世了，他们也无法回去奔丧。这样的人据说有很多。移民到国外的华人有很多故事，很多时候，移民生活并不像我们想象的那么美好。这次北美之行，让我们发现了一个和过去不一样的美国，也让我们拥有了一个跟过去不一样的祖国。我发现，网络上的很多宣传都在过度地美化和宣传美国，同时贬低和诽谤中国。发现了这一切之后，我也就理解了一些华人常说的："只有当双脚踏在国外的大地上，身边人的母语不是中文的那一刻，你才知道自己的根不在这里，也才知道你是多么爱自己的祖国。"

我和陈亦新还谈到了中国文化的传播问题，我们都认为，想要将中国文化传播到西方，成为西方的主流文化，需要几代人的努力，但其中有个巨大的悖论：很多华侨的下一代都会被西方人完全地同化。比如，前天有些温哥华读者来见我——温哥华北京书店的经理李平先生经营有方，在书店里建立了我的作品专柜，所以温哥华就有了我的一大批读者，这些读者开了两个多小时车，专门到西雅图来见我。当时，我们也谈了一些东西。其中有个读者是带着自己的孩子来的。他的孩子大概十六岁，是一个小女孩，对中国话已经不太熟悉了，她的母语就是英语。据说，很多华侨的第二代都不熟悉汉语。

这次来，我发现了很多过去一直没想过的问题。这两天，只要没有安排，我们就待在这座郊区的小别墅里，静静地反思这段时间的经历，谈论一些相关的问题，对很多问题都有了新的认识。

关于移民小说的构思

写于2015年6月14日，美国西雅图

今天早上，我忽然想写一部或一批关于移民的小说，将途中遇到的一个个有故事的人物写下来。其中一些人的故事让我心中疼痛，也让我有了很多感悟。我可以用笔记体短篇小说的形式来写，也可以用长篇小说的形式搭建一个平台，让他们在小说的舞台上演绎自己的故事。比较好也比较容易的写法，是《米格尔大街》的那种类型，也就是将每个人物的故事写成一部独立的短篇小说。我可以将故事的背景设定为唐人街，也可以设定为某个特定的环境，通过描写他们的行为，来展示他们的故事。

在跟我聊过天的朋友之中，有几个人是比较典型的，我可以着重描写他们的灵魂和心理，将每个人的故事都写成一部独立的短篇小说。

比如，其中一位女士曾经是清华大学的学生会主席，她经历过很多次思潮，开过培训公司，也见过很多大师，有着很好的教育背景，而且还有一个外交官父亲。这样一个人物，移民之后却变了，我一想起她，就觉得一言难尽。

再比如，有个女孩曾经在北京电视台、中央电视台做过栏目主管。辞职移民之后，自己一个人待在加拿大带孩子，老公至今还在国内。期待和现实的落差非常大，她有点失落，但她还有追求，还没有丢掉梦想，每天还在坚持写日记。

还有一个人曾经在卫生局里当公务员，辞职移民之后找不到对口的工作，不得不从头学习护理技术，到养老院工作。她之所以来到加拿大，是想改变命运的，因为她不想一辈子过公务员的生活。她是那种整天跟诗人、艺术家们在一起，寻求一点快乐的女子，她对生活有一种诗意的追求。

相比之下，有一对夫妇比较成功，他们在国内受过良好的教育，出国之后也能积极地融入这个时代，甚至想改变这个时代。丈夫在国内有过一些工作经验，移民到加拿大卡城之后，就在当地的一家石油公司里工作了几年，慢慢地拥有了自己的人脉，就辞职出来，开了自己的公司。

还有一位宗教人士，他被某位仁波切认为是他们教派很好的继承人，而且用四十年经营了一个道场，但现在却极力地否定自己的过去。他的侄子的故事也很耐人寻味。

还有纽约的一位医生和他的家人。

有一位老太太的故事也很典型。她一辈子都在读某位大师的书，即使清楚知道那位大师家族的内幕，也知道许多信仰的内幕，却仍然在执著地苦修。她的博士生儿子的故事也很好。

在宣化上人创建的寺院里修行的尼姑，以及那些护持寺院的医师们，他们的故事对我的触动也很大。

另外，还有形形色色的人，比如一些积极寻求解脱，却依然在迷茫中摸索的信徒；很多被家庭问题所困扰，想要寻求解脱的男男女女……

我们发现，移民中的成功者大多是年轻时在国内受过苦，到国外之后愿意打碎自己，重新接受国外文化的训练和教育，改变生活方式的人，这种人已经蜕变为纯粹的美国华人或加拿大华人了。在我接触的华人移民之中，能做到这一点的人一般都会成功——或许，在所有的华人移民之中，能做到这一点的人，成功的几率都会比较大吧。但华人移民中更多的是无法打碎自己，无法融入国外生活的人，他们大多活得很潦倒。包括一些在国内当过高管的人，他们曾经有权有势，但移民到国外之后，却沦落到不得不送外卖的地步。他们被迫从零开始，被生活完全打碎了梦想、信仰和自信。我认识的一个大学教授就在国外送外卖，有一个博士也在国外送外卖。

文韬还告诉了我一个故事：一位先生在国内获得了博士学位，并且当上了高级主管，但他抛弃一切移民到加拿大卡城。他以为迎接自己的会是更加幸福的生活，却不得不到餐厅里当服务员。在打工的过程中，他一次一次地遭到冷嘲热讽，一次一次地受辱。而侮辱他的，大多是一些地位远远不如过去的他的打工仔。他的尊严一次又一次地受到打击，渐渐地就形成了一种力量，完全地摧毁了他的自信。他唯一的心理安慰，就是新移民中一些很优秀的人也过着这样的生活，比如一位曾经的名牌大学教授跟他一起送餐，还有一个硕士也跟他一起送餐。每当想到这些，他的心理才会略略平衡一点。生活已经完全摧毁了他身上优秀的东西，包括他的自信，也包括他的清高。他的一切都被击碎了。如果有一天，他摆好笑脸，端着菜走到某个包厢前面，结果一推开门，发现用餐的是他过去的下属，他会怎么样？他心中会有怎样的屈辱、震撼和疼痛？

昨天，我还认识了一位先生，他有三个硕士学位和一个博士学位，却仍然找不到工作，靠他的律师老婆养活——在国外，律师是很好的职业，收入很高——他的老婆一直在抱怨老公没有用。他的心中应该是有一种疼痛的，但他却告诉我，自己正打算考第二个博士学位，要花几万美金，仍然需要老婆供养。那么，他为什么要这么选择?

我见过的很多移民中，只要是有追求的、精英层面的华人，大多不愿去唐人街，他们追求西方的生活——实际上，这是所有移民到西方世界的人的共同梦想，包括那些去唐人街生活的人。至于能不能实现这个梦想，就是另外一种命运性的东西。

最值得深思的是，很多人在国内已经发展得很好了，他们为什么会选择从零开始，到国外生活？他们的选择背后隐藏着什么样的东西？他们是如何作出这种选择的？他们为什么宁愿放下尊严，留在一块陌生的土地上？他们究竟在追求什么？如果我要写移民小说，就一定要把这些东西写出来，包括他们在作出每一个选择时的思考。一旦能写出这种思考，小说就会有一种巨大的力量。

当然，我也知道华人移民的主要理由：第一，有钱人为了安全感而移民；第二，很多人为了让孩子得到更好的教育而移民；第三，为了孩子的健康而移民；第四，追求自由，信仰自由，想寻找一个理想中自由的国度；第五，想要换一种活法，寻找生活的另一种可能性；第六，开辟一种文化上的全新领域。当然，移民的理由还有很多，不仅仅是这六种，但这六种是最常见的。而我的小说想要写出的，是这些理由背后的灵魂和心灵。只有写出每一种灵魂和心灵，我的写作才有意义，因为，这样才能展示出触动了我的那些灵魂。

从此只当艺术家

写于2015年6月14日，美国西雅图

在我的生命中，有两股力量一直在撕扯着我：一股是佛陀的力量，它一直期待我当一个圣者；另一股是艺术家的力量。前者相当于佛力，后者有点像魔力。这两股力量始终在纠斗着，忽而你占上风，忽而我占上风。当艺术家的力量占上风时，我就能写出《大漠祭》《猎原》《白虎关》《西夏咒》《无死的金刚心》《野狐岭》等书；当佛陀的力量占上风时，我就放下文学，写出"光明大手印"系列作品。不过，我的内心其实是个艺术家，只因为我向往佛陀，才有了修行的理由。也正是因为有了向往，一些人就把我当作成就者、大德之类的人物来对待，给我造成了很大的压力，让我不得不用圣者的标准来要求自己。但是，我渐渐觉得还是当艺术家更为轻松。因为，你一旦成为圣者，就会有无数的棒子抡向你。

当我写出"光明大手印"等著作时，有些人就给我贴上了"佛"的标签，也有一些别有用心的人用"正与邪"的标签来对待我，让我很累。因为，佛教中总有一些附佛外道和邪教，他们用佛教的名义，做了很多不符合佛教教义的事情，实际上，他们不仅不属于真正的佛教，而且在糟蹋佛教，让佛教界变得鱼龙混杂、一塌糊涂，但外界不知道。于是，一些无知之徒就拿脏水为武器，疯狂地泼向佛教。有时，他们也会将脏水泼向我。比如，他们会制造流言，将一些莫名其妙的标签贴在我身上，对我进行人身攻击或者诽谤。这都是因为我有向往，向往让我跟佛教产生了一种关系，而人们对佛家文化有极大的误解对佛家文化中的人也非常不宽容，哪怕他们有一丁点毛病，也要大肆渲染，无论他做了多少利众的事，建立了多少功德，都难逃这种污蔑。所以，人们不会宽容跟佛家文化沾边的我，但如果我只是艺术家，人们可能就会对我宽容一些，因为人们对雨果和海明威都很宽容。

最早的时候，因为信仰，我对佛家文化进行过研究，也获益良多。在我眼中，佛家文化是中国文化的一个非常重要的组成部分，我承载的一些文化又是佛家文化的一个非常重要的组成部分，但是，由于历史的原因，它们可能会被掩埋，所以，在很长一段时间里，我都有一种责任心，想弘扬这些文化，传承这些文明，为世界带来一种善美。但是，我发现，我的这种行为反而成为很多人诽谤我的原因，他们因为我的奉献而造了很多谣言。他们或许更希望一个艺术家堕落，而不希望一个艺术家有向往。我偏偏是一个有毛病，却有向往的艺术家。多年来，我的向往总会招致一些莫名其妙的东西，于是我不得不反思，并重新为自己定位：我要当一个真正的艺术家，绝不当圣徒，也不希望自己当圣徒。我宁愿当一个有缺点、有毛病、有个性、有欲望、有一点嗜好和习气的艺术家，也不愿当一个完美或不完美的、被人贴着这种标签或那种标签的、被人认为正或者邪的教徒。这是很久以来我一直想说却没说的话。当这个社会流行“我是流氓我怕谁”时，任何一个向往圣徒，或者期望成一个真正的信仰者的人，都反而会遭遇更多的指责、质疑甚至诽谤。当然，我已经到了知天命之年，没时间去在乎一些东西，无论说我好也罢，说我不好也罢，都不能改变我的生命本身。但是，到了这个时候，我觉得我应该真正地说几句话了。

所以，我在这里明确地告诉大家：我最大的希望是当一个艺术家，以后也永远只会当一个艺术家，希望我的读者、朋友、亲人和学生，都不要再用圣人或佛陀的标准来要求我，而是用对待一个艺术家的宽容来对待我。我也期望有一些艺术家的享受，有一些艺术家的毛病，有一些艺术家的追求和艺术家的逍遥自在。当人们以艺术家的角度看雪漠时，雪漠身上的很多东西都会出现一种新的色彩。而且，如果从艺术家的角度来看，我甚至算得上是一个好艺术家。从此，不要再对我指手画脚、说三道四，不要再对我善意地或别有用心地提出各种要求，我只想当一个艺术家。

我之所以写这篇文章，源于陈亦新的某次提醒：北美之行的某一天，陈亦新在网上看到了一些东西后，就对我提出了一些要求，其中不乏一些警戒性的表达，非常精彩。他说："你可以做一些不好的事情，甚至可以敛财，但你不要标榜你是佛陀或者圣徒。如果你标榜自己是圣徒和佛陀，就必须要有圣徒和佛陀的行为。人们对雨果之类的艺术家往往非常宽容的原因在于，他们是艺术家，而不是圣徒。"陈亦新平时经常对我说一些诸如此类的话，这样对我说的人还有很多，他们都在提醒我，该如何做好一个圣徒，我曾经也非常想当一个像佛陀那样伟大、像佛陀那样完美的信仰者，我有一种向往、拒绝和坚守。但是，无论我如何努力地完善自己，总会招致一些莫名其妙、无事生非、别有用心的、标签性的定义。渐渐地，我感到有些疲惫了。过去，我的信仰仅仅是我创作上的营养，是一种我对自己人格的追求，是一种我对自己灵魂的重铸，换句话说，它仅仅是我自己的事情，跟社会没有关系。没想到，我的很多分享自己经历的著作，给自己带来了那么多的束缚。那些善意的指责和恶意的诽谤，已经把我压得有些喘不过气来了。所以，今天刚洗完澡，我心中就诞生了这个标志性的宣言。在这个西雅图的深夜里，我想告诉世界：从此，雪漠只当艺术家，至于我自己有没有信仰，信仰如何，智慧如何，都是我自己的事情，和社会没有关系，希望我的读者、朋友、亲人都以艺术家的标准来看待雪漠，把雪漠当作一个艺术家，宽容我的缺点，允许我的毛病，让我存留一点人的习气、人的烦恼和人的痛苦，允许我在生活中表现出一个有毛病的雪漠，不要期待雪漠有多完美，也不要指责他有什么毛病。

这也许是一个转折性的表白。我会记得西雅图的这个深夜，记得自己刚洗完澡、浑身还湿漉漉的这个时刻。因为，在这个时刻，我对世界作出了某种表态。我的表态就是，从此我不当圣徒，只当艺术家，这样，我生命中出现的那些向上、向下、向左、向右的撕扯之力将会从此消失，我所有的东西都跟世界再无关系，只是我自己的选择。我宁愿做一个不完美的艺术家，为世界贡献一些虽不完善但真诚的艺术品。

为了纪念这个时刻，我写了一首偈子，也收录在这里。

我本艺术家，调心而信仰。
多年得大益，分享有虚名。
或视我为佛，称我成就者。
遂有诸粉丝，渐渐成一景。
便有好事者，指手而画脚。
常以圣徒尺，乱量雪漠足。
更有恶心人，胡乱贴标签。
别有用心者，胡乱放厥词。
而今得大悟，遂告世界云：

雪漠毛病多，只当艺术家。
不再当佛徒，更无成就事。
只愿静悄悄，写点小文章。
勿再要求我，勿再期待我。
勿再教育我，勿再神话我。
勿再妖魔我，勿再糟蹋我。
我若有信仰，跟你没关系。
我若有欲望，也是自己事。
我若多情时，那是寻常的。
我是艺术家，毛病大大的。
他年若性起，找个女朋友。
也勿大瞪眼，您当为艺术。
别人当流氓，当然不怕你。
我当艺术家，更不怕攻击。
人间是戏场，我也嘻嘻嘻。
信仰若有错，咱就搞艺术。

西雅图的最后一天

写于 2015 年 6 月 16 日，美国西雅图

今天中午采访了一位谷歌公司的白领。她是编写程序的，她谈到了中国员工和印度员工的不同之处。

她发现，谷歌以及一些比较好的网络公司或大企业里虽然有中国员工，但中国员工大多有自己坚守的东西，比如文化底蕴，所以很难融入西方。相对来说，印度员工没多少执著，很容易接受西方的游戏规则，并且和他们玩游戏。所以，在一些企业——尤其是谷歌公司里，印度人占了管理层的三分之一，但中国员工很难进入管理层。当然，中国员工在大公司里的收入还可以，每年大概有十几万美金，有些人甚至可以拿到二十万美金。这些人都属于计算机领域。除了计算机领域，其他专业很难找到工作，尤其是在人文科学方面。但很多计算机领域的精英也想回国，觉得回国发展会更好。包括我采访的这位白领。为了避免一些麻烦，他们回国发展之前，会先入美国国籍。我问她，只拿绿卡不行吗？为什么还要入美国国籍呢？她说，因为拿绿卡比较麻烦，必须满足最低居住年限的要求，反而不方便。而且，有了美籍华人的身份，在国内就可以享有一种特权。

今晚十点多，我们赶往西雅图的机场，坐飞机离开美国，回到中国。没有人指引，我和陈亦新两个不懂英文的人自己摸索着坐了地铁，过了安检，找到了登机口。朋友曾经对我说过，如果你不懂英语，又实在找不到方向，就拿着机票和登记卡去问别人，那时自然会有人给你指路。所以，事情其实没有我们想象的那么可怕。

这次北美之行虽然只有短暂的一个月，我们却好像经历了一个世纪。因为我们经历了各种各样的文化，遇到了各行各业的华人，了解到华人的一些生存状况，也体验到各地不同的自然景观和民俗风情。我们就像在北美大地上切了一刀，看到了它的横断面上的诸多景象。在文化传播方面有了更适合当代西方世界的全新想法，这让我们有一种满载而归的感觉。似乎，我们也经历了脱胎换骨的变化。从刚刚踏上美国时的热血澎湃，到现在的冷静思考，我们对未来的文化传播有了清晰的思路，也找到了一些可行的措施。因此，我们更加自信了，也从盲目的、想当然的境况中走了出来，知道还有好多功课要做——其中最重要的还是学习语言。此外，我们准备开发电子书、有声书和APP，以此为开端，进入这个世界，对这个世界进行一种全新的、属于中国文化的解读、交流和对话，当然，也包括传播。

很少有人像我们这样，进行纯民间、纯乡野、多方位、多角度、多层次和多阶层的考察，这让我们更加接近真实的北美。

几个小时之后，我们将登机去台北，然后转机到香港，再到蛇口。明天，北京时间十点左右，我们就能到家了。在那里，还有很多重要的事情在等着我们。我相信，中国文化之光必将照亮它应该照亮的地方，成为世界文化宝库中非常重要的基因，对这个时代和未来产生不可估量的影响。

–对话篇–

留一个最好的译本

——与翻译家葛浩文/林丽君谈翻译计划

◎林丽君：你们这个翻译计划是要通过中国的英文出版社吗？

●雪漠：不一定，如果这边有更好的出版社，我们就推荐给这边的出版社。由出版社支付葛老师版税之类的费用。这个书稿（《野狐岭》）很好，在当当网卖得非常好，刚开始发行的几个月就卖了两万多本，现在仍然卖得很好。

◎葛浩文：我不是要泼冷水，但是我想给你们举个例子。前段时间，国外一个文学翻译组织找到我，请我翻译一位中国作家的作品。我看到中文版封面说在中国卖了两百多万册。出了英文版之后，直到现在还卖不到一百本。我很惊讶。

◎文韬：是读者群不一样。

◎葛浩文：当然是读者群不一样，但我还是很惊讶，也非常失望。我以为，能在中国卖到几百万册的书在英美应该可以卖个几万册，结果却是这样。不过，我们常常会预测错误，我们认为某本书可以畅销，但事实上在英美卖得不好；我们对这本书不看好，反而在英美还挺受欢迎的。

●雪漠：很多时候都不好说。

◎林丽君：您对中国的书籍在英美的出版情况了解吗？

●雪漠：目前，我还是从葛老师在大陆的很多讲话中了解这方面情况的，他在国内的演讲内容报纸上都有报道。这是我第一次到美国，对这边的出版情况还不太了解。

◎文韬：我在美国生活了差不多二十多年，雪漠老师的作品我也看了很多。我觉得，雪漠老师表现的东西都是中国西部的、西夏的，包括藏区文化。我认为，西方市场对这个话题是非常感兴趣的。很坦率地说，我没有在国外做出版的经验，很多东西都要向两位学习。有说得不对的地方，还望两位可以指教。刚才说的青年作家的作品很多都是针对中国国内的很多现状进行评论，对美国人来说，这不是他们感兴趣的话题。美国人感兴趣的是文化和历史，而这方面在雪漠老师的作品里体现得非常纯正。

◎葛浩文：你说的没错。一般的美国人对蒙古很好奇，所以《狼图腾》很受注意，我想他们对甘肃也会同样有兴趣。这一点是比较占优势的，这方面书籍英美国家的读者看得不多，所以比较好奇。

八九十年代的中国热在美国已经渐渐开始退了。美国人的眼光开始关注别的地方了，这是理所当然的事情。

◎文韬：这是很正常的。

◎葛浩文：（葛浩文拿出《大漠祭》给雪漠老师）这些黄色的标记都是我太太看了这本书之后做出的标记，她已经看完了，我还没有看完。您看看，她标出的很多都是地方话，我们看不懂。

●雪漠：不要紧，我会专门进行一些解释。我觉得过去葛老师对一些作品的修改非常好，比如莫言的作品。我都看过。

◎葛浩文：其实都是出版社的意见，我是不会随意改动的。他们了解市场与读者，提出修改的建议后，我肯定要跟作者商量（出版社一般没有人懂中文，所以得透过我和作家联系。有几个作家懂英文，他们就直接与出版社沟通）。像莫言的《天堂蒜薹之歌》最后一章，当时他写到最后大概已经开始构思下一本了，出版社的编辑觉得结尾写得有点松散。出版社问我是否可以请作者把结尾稍微改改，我把他们的想法告诉莫言。不到几个礼拜，莫言给了我全新的最后一章，我赶紧翻译了送交出版社，编辑非常满意。目前这本书的中文版本也是改动后的版本，和英文版本一样，而不是按照第一版发行的。

●雪漠：这是对的，我们也愿意做这样的改动。我没有想到您会对《大漠祭》做这么认真的批阅。《大漠祭》是我的成名作，但是不一定好看。写《大漠祭》《猎原》《白虎关》花了我二十年的时间——我从二十五岁开始写，三十七岁《大漠祭》才出版，《白虎关》出版的时候，我已经四十六岁了。最初的我，是一个农民的儿子，没有老师带着我写作，我只能一边写作一边禅修，让自己能有些智慧。所以，这个过程，也是我自我修炼的过程。当时，我重写了很多遍，不行就重写，现在这本书是最后一个版本，是在我开发出智慧之后写出来的，过去的很多版本都废了。我非常看重这本书。

◎文韬：我们沿途其实也见了不少翻译家，他们很多人是直译的，这样就把原作的味道减弱了。

◎葛浩文：其实没有什么直译和意译，只有好译，把小说翻译好就行。

●雪漠：前些天，我们见了一位教授，他试着翻译了《西夏咒》的一个章节，我发给一位朋友，请他帮忙看了一下，朋友给我的回复是，这位教授是个非常好的学者，翻译得没有任何毛病，是完全的直译，但没有灵气。我们商量了一下，觉得这样的翻译我们暂时不需要，我们目前需要的是合适西方读者，有灵气、有创造力的翻译作品，而不是死板的、机械化的翻译。葛老师的翻译就有这个特点，我的朋友都特别欣赏。

◎林丽君：你是不是有话要说？

◎陈亦新：对，我是有话要说。那位教授翻译的风格属于考证式，没有任何的语法错误，但文学作品不是学术专著。文字就像杯子，你可以把这个杯子里面的水倒入另外一个杯子里面，杯子不一样没关系，水是那个水就可以了。我的意思就是，葛老师说的是我们一直以来非常认同的。由于中西方巨大的差异，对于小说的看法是不一样的。所以，我觉得葛老师说的好译是非常重要的。

●雪漠：我在国外有一批自己的读者群，在国外的很多地方也有一定的影响力。所以，我觉得出版和发行不会有大问题。至于具体的方式，我们可以依托中国的译文出版社和西方的出版社联合。我们有自己的出版社，但我们总觉得自己的出版社实力可能不够，不一定能把作品很好地推广出去。我们可以依托现有的平台，文韬住在西雅图，西雅图有亚马逊，我们可以依托亚马逊等平台，以及一些西方的出版社。在作品方面，我有一般作家没有的优势，因为我的作品非常独特。我的《大漠祭》《猎原》《白虎关》以及后面的作品，都有别的作品没有的独特性。国内的很多作家对这方面的生活不太了解，西方作家更不了解。所以，我觉得，无论在文化层面，还是在文学层面，我们都有着不可替代性。在这个时代，当你具有不可替代性时，剩下的就只是推广的问题了。

◎林丽君：我看到《大漠祭》中讲述的主人公的生活，感觉非常悲惨，一点希望都没有。

●雪漠：那已经算是比较好的生活了。老顺一家还可以喝酒，还吃得到兔肉，在那个时代的西部，这样的生活其实不多。比起《大漠祭》，葛老师可能会更喜欢《白虎关》，因为我在《白虎关》中写到了葛老师一直谈到的灵魂的深度。它可能是我最好的作品。其中讲述了三个女人的命运，也写到那块土地的疼痛，写出了一个消逝的时代，写出了那个时代的疼痛和焦灼。很多作家的作品达不到这种深度，过于平面化了。葛老师对中国作家的很多看法，我都是认同的。很多作家只能写一些平面的东西，灵魂的深度和人物心灵的深度都不够。但《白虎关》够了，《西夏咒》也够了。因为，我一直在自己的灵魂上下功夫。我一直是有信仰的，我所有的生命，都用来升华自己的人格和灵魂。所以，我写出的很多东西都打动了大陆的很多读者，在大陆，文韬这样的读者有一大批，非常多。

◎林丽君：当你要翻译一部作品的时候，就不能只关注作品本身了，我们也要非常实际地看看这个作品有没有市场。虽然同样都是英语国家，但英国和美国的读者在读书方面的喜好还是有区别的。在美国的读者中，只有小众读者懂得欣赏文学，欣赏文学作品中对人物的塑造，大众读者一般只会接受一种固定的模式。当然，作品要写得深刻、写得好，这是前提。在美国一般受欢迎的小说，故事的模式一般都是刚开始有很多困苦，中间会发生很多冲突，最后这种冲突一定要得到解决。就是说，刚开始主人公可以很悲苦，最后虽然也不一定要像中了大奖等情节那样，突然变得非常幸运，但结尾还是要多少带着些光明和希望的。这是美国读者内心深处一个很大众化的期待。所以，我看《大漠祭》看到后来，就觉得大部分美国读者可能接受不了这样的结局，因为小说人物的命运太悲惨了，就像进入一个悲惨世界，看不到希望。读者能够同情这些人物，觉得他们的生活非常悲惨，但也许只有小众读者可以接受这样的结局。

◎文韬：冒昧地说一句，我觉得我找到知音了。呵呵。

●雪漠：对。文韬也有同样的感受。

◎葛浩文：我们认为中国最不缺的就是人，中国的小说最缺少的也是人。因为，中国小说对人物心灵的描写太少了。人与人之间不是只有皮毛的我爱你、你爱我，我恨你、你恨我，还有为什么恨，为什么爱，但这些东西中国小说里不常见。当然，我不是说自己是老大哥，什么都是我说了算，可是，作为一个读者，我希望能更深刻地了解这个人物——不是只了解他做了什么，而是要了解他为什么要做。我们只看了您的第一部作品，后面的《白虎关》和《猎原》我们还没看，但我相信您有您的写法。

●雪漠：您谈这些的时候，我也觉得找到了知音，因为我的文学追求正是这样。我注重描写人物的灵魂，所以书中的人物都是活着的。您继续看《白虎关》，《大漠祭》的结局就是《白虎关》的主要内容之一。

◎葛浩文：《白虎关》是第二部吗？

●雪漠：是第三部。

◎林丽君：我想问您一个问题，这三部曲是各自独立的，还是相互关联的呢？

◎文韬：老实说，《白虎关》这本书我还没有看，因为雪漠老师的作品太多了，工作之外的时间，我都在看他的书，但我看他文化方面的书籍更多一些。小说，我看了最近新出的《野狐岭》，还有《无死的金刚心》《西夏咒》和《西夏的苍狼》。我也同意林丽君女士的看法，或许西方人不太接受这种结局很悲惨的故事。

◎林丽君：就给你说一个非常肤浅的例子吧。英籍华人女作家虹影写了一部作品叫《饥饿的女儿》，出版社在发行这本书的时候，甚至不敢用“饥饿”两个字，于是把书名改成《河的女儿》（Daughter of the River）。

◎葛浩文：也就是说，出版社认为连“饥饿”两个字，美国人都无法接受。

◎文韬：雪漠老师的书真的把人性黑暗的一面说得非常深刻而且细致。《白虎关》正是葛老师期待的作品。

◎葛浩文：我跟美国出版社接触的经验是，第一本书是最重要的，第二本也非常重要，甚至比第一本更重要。因为，第一本书出来之后，大家都喝彩，很受欢迎，但第二本书写得不怎样的话，读者以后就不看您的书了。所以，前三本书出版的顺序很重要。我们还没看过您的第二三本书，不好评价。不过，如果出版社认为哪一本最好，最能引起众多读者的喝采，那么不管怎么样，都要先出这本书，第二本书也要好好考虑，不能随意选择。当然，这些作品都是您的孩子，您大概不容易选择。

◎林丽君：雪漠老师，您自己觉得呢？

●雪漠：我自己觉得，从可读性、文学功力等各方面整体地看，可能《白虎关》最适合做第一本书。《西夏咒》的艺术价值最高，但一般人不一定能读得进去。所以，最适合的是《白虎关》，这本书通过写三个女人的命运，把她们的灵魂写得非常深刻。

◎林丽君：其实现在有很多出了续集的作品都是先讲完一个故事，下一本再回到上一个故事之前，讲述之前发生的故事。所以，我觉得先出第三本也没什么问题。

●雪漠：那就很好。我觉得《白虎关》有多种优点：第一，小说中真正出现了灵魂饱满、个性鲜明的人；第二，小说对人物灵魂描写之深刻，在中国作家中是绝无仅有的，中国作家协会的专家在研讨会上专门提到了这一点，因为《白虎关》让他们非常吃惊，有专家都认为，《白虎关》必然能在中国文学史上留下去。

◎葛浩文：我介绍一下我们的翻译方式。刚开始从事翻译，是我自己一个人做。过去二十年，我们两个人一起翻译。我太太的母语是中文，我的母语是英文，所以由她做第一稿，然后给我，我对照原文做第二稿。当然，我们时常有不同的看法。然后，我把改过的翻译给她，她再认真地看一遍，再改一下，然后给我；或者我们一起做第三稿，我念英文，她看中文，有需要商谈的，就停下来讨论，找出我们认为最恰当合适的表达方式。然后做第四稿，这次我就不看原文了，因为我想从英文读者的角度来看自己的翻译，尽量客观一点。如果时间充足，我就把稿子搁在一边，隔一段时间再回来看一遍，看看是否有需要调整的地方。这就是第五稿了。如果我自己翻译的话，一本厚厚的书七八个月可以翻译完，而我们两人合作则至少要一年。很多人说，两个人合作应该速度更快，但我们不是这样，我们合作反而会更慢。

◎林丽君：因为要两个人都满意才可以。只有一个人翻译的话，就是一个人说了算。

●雪漠：这是最完美的翻译方式（两个人合作的方式）。

◎文韬：雪漠老师，作为读者，我有一个自己的观点。您刚才强调的人性的描述、灵魂的深度挖掘是从艺术角度来说的，但是从市场的角度来说，我更注重故事性。这个故事能否吸引人，能否让那些有一点文化又不是很有文化的人喜欢，这可能更重要。到目前为止，在我看过的您的小说之中，从市场的角度来看我更推荐《野狐岭》，但我回去之后还是会立马看《白虎关》。

◎林丽君：你说的没有错，故事是很重要的。但是从翻译的角度，结合长久的经验，以及与出版社打交道的经验来看，中国作品绝不缺乏故事性，每一位中国作家都会说故事，中国作家真正缺少的，是人物心理的描写。所以，我看《大漠祭》的时候，很欣赏书中对灵官心理活动的描写，还有他和嫂子之间关系的描写。灵官的心情一直很复杂，一方面他觉得对不起自己的哥哥，另一方面他也爱他的嫂子。我觉得中国作家一般很少可以写得这么深刻。

对美国读者来说，故事性很重要，但人物的心理描写也很重要。我有一位出版社的好朋友，我曾经推荐了一部书稿给他，他看了之后，很不客气地对我说："我没有办法和这个人物达成认同。"他的意思是，他无法进入人物的内心世界，只能看到表面，因此没有办法和人物达成认同。我在美国教过十几年书，学生都在十七八岁左右，他们看小说也有这个着重点，需要认同人物的内心。所谓的认同，就是理解，能理解人物。比如说，一部电影里有两个人抢银行，这难道不是犯法的事情吗？难道不是应该反对的吗？当然是。但是看到最后，很多人都非常同情这两个抢银行的人，希望他们不要被警察抓住，这是为什么呢？因为，电影里的情节发展把我们吸引了，我们一步步开始同情这两个银行抢匪，反而不去捍卫正义了。你说这是好莱坞模式也可以，但我们既然要把一部作品翻译给美国读者，就不能忽视市场的重要性，不能忽视一般读者心里所接受的模式。我有一些朋友是理想派，他们说，既然前面有一堵墙，为什么我们不能把这堵墙砸碎，然后跨过去呢？这堵墙就是美国读者对中文小说或者英文小说在模式上的一种期待。那些理想派的朋友希望我们把这种模式给打破，但这太难了。

●雪漠：《白虎关》就非常符合这种打破模式。它让中国的一些批评家非常吃惊，包括吴秉杰和雷达老师，他们看开头的时候，就说，雪漠用这种直指人物灵魂的笔法，也就是心理描写的笔法，究竟能坚持多久？他们说，一般作家深入不了人物灵魂，体悟不到人物的疼痛。所以，他们看完《白虎关》之后非常惊讶，因为我用这种笔法写了一整本小说。吴秉杰和雷达老师都说，这本书里的很多章节都无可替代。在人物灵魂的深度以及对人物内心疼痛的描写方面，我觉得自己达到了托尔斯泰和陀思妥耶夫斯基的笔力程度。因为，我在灵魂修炼及其他诸多方面的努力，与他们不相上下，他们内心的痛苦我都经历过，他们在灵魂方面付出的努力，我也都付出过。

我和别的作家不一样，我有两个方面必须做到：第一，我要待在一个地方很多年，才能写出这个地方。就是说，土地的脉搏和人物的灵魂进入我的血液之后，我才能写他们。第二，写作的时候，我一般要与世隔绝。写《大漠祭》的二十年，我几乎是与世隔绝的，边修行边写。写之前我跑遍了那块土地，了解了那块土地的疼痛，让那块土地上的人都变成我自己，然后再从自己的心中流出他们。写最后一稿的时候，不是我在写，而是文字在往外喷涌，所有人物都活了。我就是他们，他们的疼痛，仿佛我也在承受着。

◎林丽君：我可不可以问一个问题？等您回答之后，我会向您解释我为什么要这么问。作为一个作家，到目前为止您已经发表了这么多作品，那么您觉得自己是一个什么样的作家？您的写作还有哪些不足，需要继续努力的？还是说，您觉得自己发表的每一部作品都很不错，虽然不能说完美，但已经很好，不需要改进了。您是哪一种？像我们，常常翻译完一部作品就不再看了，因为一看就会发现，咦，这个字用错了，不该用这个字的，用另外一个比较好。

◎葛浩文：有一次我看自己翻译的书稿，第一页就看到了一个不该用的字，我用的不够贴切。那天晚上我就没有睡好。不过，对作者来说，作品一旦完成，就不是自己的了，而是读者的，翻译家也是这样，作品一旦翻译完，就不是你的了，也是读者的。有什么问题他们就批评，想赞扬就赞扬，我也不再看了。有人夸我翻译得非常非常好，听了之后我不会特别开心；也有人说我翻译得太差，我也不会伤心了（其实还是会伤心的）。

●雪漠：我在《大漠祭》之后的所有作品，都是自己喷出来的。当时我的内心非常饱满，文字就像火山深处的岩浆一样，自己喷涌而出。它是一种自然流露的状态，不需要我绞尽脑汁。那时流出的东西，正是我生命深处的岩浆。最初，我觉得这样就很好，不需要改变什么，后来才慢慢地发现，太不在乎世界也不好——写《野狐岭》之前，我完全不管世界，单纯让灵魂深处的东西喷涌而出，让人物活起来，把他们的灵魂世界挖掘出来，展示给世界。后来，我发现这样还不够，于是，我开始关注如何让自己的心和另一颗心嫁接起来，关注世界需要我怎么表达。所以，从《野狐岭》开始，我的写法就开始改变了。我开始注重表达方式，注重将自己的心和世界上不同的心灵对接起来。这是我的变化。有了这种意识之后，我一直在朝这个方向努力，一直想看一看，西方作品中有什么我需要学习和借鉴的地方，西方作家身上有什么我可以汲取的营养。最近，我们一直在聊这个话题，想找到一种既保持自己，又能够与世界沟通的方式。这是我此次来北美最重要的一个任务。换句话说，这次来，我主要想看看这块土地上的人需要什么，看看如何和他们的心灵连接起来。在这个方面，《野狐岭》做得比其他作品更好一点。

◎葛浩文：作家写作时不能顾虑外文翻译版的读者，因为作家完全不知道他们的作品会翻译成哪些语言，会翻译成什么样子。

◎林丽君：我之所以问您这个问题，是因为我们和不少中国作家合作过，翻译过他们的一些作品。葛老师跟他们合作的过程我也看到过，有些作家，我们以后都不会再和他们合作了，因为合作的过程很不愉快。可能您在中国也会有所了解，有些作家是非常自大的，他们觉得自己很了不起，有时出版社提出一些建议，让他们在原作基础上做一些变动，他们一口拒绝，完全不考虑出版社的建议是否有道理。

●雪漠：这是一种愚蠢。

◎林丽君：别人的意见可以不接受，但不可以一口否决。一个作家写作当然有自己的理想，可一旦进入出版的流程，就会出现一个非常现实的情况，那就是市场。你也许真的对自己的写作非常满意，不在乎读者的看法，不在乎市场，但你的书准备翻译，准备走向世界时，你就不能不管市场，不能不管读者。这是一个非常现实的现状。美国出版社也是非常现实的，他们不会做赔本生意。所以，一部作品一定要有人愿意看、有人喜欢。艺术追求和市场追求之间一定要找到平衡点。这很难，翻译的小说就更难了。当然，我谈这个不是说中国小说都得改成好莱坞式的，而是因为接触过很多中国作家之后，我们有些失望了。见您之前，我们也在讨论，不知道雪漠作家是一个什么样的人？可以合作下去吗？会不会像之前合作过的某些人那样呢？

●雪漠：这次来，我最重要的就是学习。我接触较深的是佛家文化，但这一路走来，我一直告诉同行者学习任何能在世界上生存下去的文化。在我眼里，所有人都是我的老师，从一个小孩子身上，我都能发现值得我去学习的地方。刚开始我生活在西部，二十多年里，我一直自己待在一个小黑房里，自己成长，自己实现灵魂的升华，所以生活中缺少老师，非常希望能有一个了解世界、了解西方的人，告诉我该怎么做，让我能够和这个世界沟通。这是我一直以来的期待。所以，到任何地方，我都在寻找一个可以向他学习的人。因此，我会时时打碎自己，想在废墟中长出一朵新的莲花。而我的人生，就是一个不断打碎自己的过程。所以，我很欢迎你们提出建议。如果你们能真诚地提出指点性的建议，不但有助于作品的传播，更有助于我未来的创作。我今年才五十多岁，我觉得自己可以写到八十多岁。

◎葛浩文：你们大概知道有一位作家在《纽约时报》上发表过一篇文章，说，现在中国文学只有几个词，不是“抓”就是“干”，要么就是“搞”。中国语言原本的美，已经因为另一个目的而改变了很多。但这个问题不要紧，因为英语的用词种类比中文多。比如，“吃惊”用中文只能这么表达，但英文可以有很多种表达方式。所以，我们在翻译的过程中，可以让用词多样化，但是，有关小说人物的灵魂深度，我们就爱莫能助了。

●雪漠：今天非常高兴，我很希望能和两位老师合作，更希望能从两位老师身上汲取世界文学的营养。我始终在不断打碎旧的自己，将来您看《猎原》，就会发现它跟《大漠祭》不一样，看《白虎关》又会发现它跟《猎原》不一样，再后来的《西夏咒》《野狐岭》更不一样。原因就在于，我总想敲碎自己，寻找一种新的可能。我觉得葛老师会喜欢《白虎关》的，这本书您肯定不会白看，因为，它是我创造的另外一个世界。

◎葛浩文：作为一个翻译者，看一部作品的时候，首先会以读者的角度去看，然后会以译者的角度去看，这时，你的关注点就完全不一样了。当读者的时候，你是去看一个故事，你会非常欣赏它，但当你把身份转换为译者时，就会去注意语言表达，考虑英文读者的接受能力等。另外，中文字可能只有一种，但翻译成英文就要有很多种，所以我必须研究准确，把它原来的意思表达出来。比方说，刚才提到“搞”，中文中经常会用到这个字，比如“搞计划生育”“搞卫生”“搞现代化”等，但翻译成英文，就有很多种表达方式，因此一定要和作者沟通好。有时，我们翻译一个作品时，会提出二十几页的问题，当然，中国作家都很乐意一一作出注解。再打个比方，有一个作家很喜欢用“呆”字，像“呆呆地”“呆住了”“呆了一下”等，无论什么样的情况，他都喜欢用这个“呆”字。不同的语境之下，“呆”字的含义是有所不同的，所以要花很多心思去研究。当然，我们也可以不负责任地直接翻译出来，但是，为了能更好地、更准确地呈现出这个作品特色，我们还是会把这类问题提出来，和作者做沟通。类似的问题会非常多。提前告诉您这一点，是因为我不希望让您觉得这个译者的中文有问题。

●雪漠：这正是我尊重您的地方。这样的人才是真正的翻译家。所以，我在发给您《大漠祭》等书稿之前，会提前用黑马软件把方言部分选出来，然后对它们进行标注——所有方言，在黑马软件看来都是病句——这样就能减少您在阅读上的麻烦。我觉得，翻译就该是一种重新的、更好的创造，这才是真正的翻译。

◎林丽君：一般的中国作家都会非常乐意回答我们的提问，但他们是不是明白我们为什么要问得那么仔细，很难说。就算有些人明白，但这部分人有多少，也说不清。实际上，我们需要作者说明清楚，我们翻译时才能用最恰当的词语，把作者的意思准确地翻译出来。比方说“笑”，它可能是哈哈大笑，也可能是微笑，或者是窃笑等，可能性有很多，如果你搞错了，就会让读者理解错误。所以，翻译的第一步是把原作的含义准确地翻译出来——不仅仅是字面的意思——接下来是让英语的用语、语句更加流畅，让读者的阅读没有障碍。很多时候，我看到的情况都是可以把意思翻译出来，但语言不够生动，无法完全表达原文的含义。再给个例子，有一个台湾作家写他小时候的事，他的原籍是广东，他就问自己的奶奶，为什么不留在广东，要搬到台湾去呢？他奶奶回答他说：“住不下了。”这句话可能包含两个意思：第一，人太多，住得很拥挤；第二，生活太贫穷了。这时你该怎么翻译呢？有些人可能不管这么多，直译出来就算了，或者简单地做一个注释，说“这句话有两个含义……”这是最容易的，也是最偷懒的方式，但我们一般情况下不喜欢这么做，又不是写学术论文。所以，如果是我看到这句话，就会考虑到这两种情况，而且一定要想办法把两种意思都表达出来。至于能不能做到，是另一回事，但你一定要想办法，不能偷懒。把这些东西跟中国作家说清楚，让他们明白翻译的步骤，明白我们为什么要把问题问得那么细，是一件很麻烦的事情。

●雪漠：我的注解只是帮助翻译者更好地理解这个词，小说中间最好不要有注解。

◎林丽君：您的作品还没有请其他的翻译家来翻译吗？

●雪漠：没有。我的作品分为两部分：一是文学作品，二是文化作品。后者的影响力超过了前者。我的很多读者都是看了我的文化著作才认识我的，国内国外都是这样。认识我之后，他们才会去读我的文学作品。我的文化著作已经找了翻译家翻译，但文学作品还没有——除了短篇小说《新疆爷》，英国有一位翻译家翻译了《新疆爷》，刊登在英国《卫报》上。这次北美之行中，有很多翻译家对我的文学作品感兴趣，但我最终没有授权给他们，因为，我一定要找到一位最好的翻译家，我想留下一个最好的翻译文本。所以，我一直在期待与葛老师见面。如果葛老师有时间，可以请葛老师来翻译我的作品。如果葛老师没有时间，推荐他认可的朋友也行。我不想轻易给别人，因为这些作品花了我很多年的时间，凝聚了我的很多心血。还有一点是，我的书不要考虑出版和卖不卖得动的问题，因为，西方各地都有我的粉丝，他们一直在等一个很好的英文版本。有些基金会也在等。很多人都在期待我的作品出英文版，我的作品中，有一种打动灵魂的力量。那是一种信仰的力量。我更看重的不是写作本身，而是自身人格的修炼。如果我到不了那一步，不能完完全全进入人的灵魂世界，开启那种信仰的力量，我宁可不搞文学。换句话说，我更多的时候是在用一种修炼的心态写作，也是在用一种写作的形式修炼。

◎林丽君：那您对您的小说在英语世界出版有一种怎样的期待呢？

●雪漠：英文世界中，只要有一个真正的读者读了我的作品，我的作品就不会被埋没。因为，从我的作品中，他会读到在其他作品中读不到的东西。无论从生活层面、内容层面、灵魂层面，还是从人物层面，他都会拥有一种全新的高度。如果有一个在英语世界有话语权的读者读到我的作品，我的作品也不会被埋没。因为，我不是编故事的，也不是卖故事、卖产品的，我在用生命和灵魂写作。像我这样写作的人，这个时代没有多少，不仅仅中国不多，西方也不多，西方也缺大作品。我看过很多西方翻译到中国的作品，都不太满意。

◎林丽君：我觉得不一定是西方没有大作品，问题主要是把外文翻译成中文的人水准不一定够。这是外文中译的一个很大的问题。我有时也会向中国的读者和作家介绍一些英文作家的作品，但他们看过之后会说，这有什么好的？他们之所以觉得不好，其实不是这部作品的原文不够好，而是译者没有把作品中最传神的部分翻译出来，他仅仅翻译了故事，恰好这个故事又很平淡，讲的只是一家人的生活，这本书最好的可能是语言。比如，去年加拿大一位获得诺贝尔文学奖的作家爱丽丝·门罗，我非常喜欢她的作品，她只写短篇小说，很少写长篇小说。很多人都问我，为什么你那么喜欢她的作品呢？我说，因为她的语言和呈现方式让小说看起来很像一壶开水正要烧开但还没烧开的状态——表面看来好像很平静，但水底已经有很多水泡在滚动了。那么，译者怎么才能将这种感觉翻译给中国读者看呢？很难。所以，很多时候，看到很好的英文作品，我就会好奇它翻译成中文之后读者会有什么反应。前一阵子，我就看到了这样的作品。但我觉得，可能会有百分之九十的中文读者读不懂，不知道为什么这样的小说会在美国获得大奖。

●雪漠：除了翻译的原因，还有读者的原因。中国的很多读者都很浮躁，他们已经读不进书了。因为，他们老是埋头看手机，老是进行浅表性的阅读。不仅读者，中国的一些批评家也是这样，他们的心就像波涛汹涌的大海，根本平静不下来。而深阅读需要心与心的沟通，需要沉静的心境，现在的读者根本没有这种心境。

（根据录音整理，葛浩文、林丽君老师已审阅）

与海外华人的对话

——众生群相

1. 她在卡城当护士

◎陈女士：听说您明天就要走了，下一站去哪里？

◎文韬：下一站去美国的西南部，中文好像叫科罗拉多州。

◎陈女士：中国人说地名必须翻译成汉字，所以养成习惯了。你说英文，我反应不过来。

●雪漠：这里的老人院大不大？

◎陈女士：有三百多个病人。

●雪漠：那不错，怎么收费的呢？

◎陈女士：每个月大概要三千多加币。

●雪漠：哦，那一般人家根本住不起。

◎陈女士：住老人院的基本上都是有积蓄的本地人，他们在这里长大，国家会给他们一些退休金，一个月大概一千多加币。

●雪漠：这些人都有孩子吗？有没有没有孩子，孤身一人的老人？

◎陈女士：有，太多了。即使有孩子，很多人的孩子也离得很远，很少去看望他们。

●雪漠：老人在养老院里生病的话怎么办？

◎陈女士：生病的话都是国家免费治疗。

●雪漠：加拿大医疗都是免费的吗？

◎陈女士：是的。生病的老人需要签一种书面证明，证明他一旦生病了，希望别人如何护理他。比如，有些老人生病时希望去医院，有些老人不愿去医院；有些老人甚至不希望在病危时接受抢救，哪怕他是可以救回来的。对于抢救，声明书上也列举了好几种情况，比如插管抢救、心脏复苏抢救等，都写得很清楚。这份声明书会作为老人的病例保留下来，当他真的生病时，就根据他的意愿来处理，也就是说，事先说明希望住院治疗的，就会送他去治疗，但有些选择了不希望抢救的，政府也就真的不管了，非常现实。

●雪漠：这是对的，有些人确实不需要抢救，因为就算抢救了，也救不活他，反而会给他带来痛苦。尤其对一些修行人来说，临终接受抢救，反而是一件坏事。你是这间老人院的护士吗？

◎陈女士：嗯，是的。

●雪漠：当护士必须要有职业证对吗？

◎陈女士：是的，必须有证。

●雪漠：培训麻烦吗？

◎陈女士：很难学。

●雪漠：需要学几年？

◎陈女士：有的是两年，有的是四年。这个专业的市场并不大，而且这类学校一般都是私立学校，为了赚钱，他们会一批一批地招人，但刷人也比较厉害，到了最后，可能只有百分之四十的人能毕业。

●雪漠：其他人是不学了，还是被学校淘汰了？

◎陈女士：被学校淘汰了。我们学完所有课程之后，学校会给你两次实习机会，如果第一次没有通过，你还有第二次机会，但如果你第二次仍然没过，就会被淘汰，那么之前的一切就都白费了。

●雪漠：那很严格。

◎文韬：我真的不知道这边的学校这么严格。

●雪漠：收费贵吗？

◎陈女士：贵，尤其是护士专业，更贵。

●雪漠：学费是多少呢？

◎陈女士：没两万多加币下不来。我那时候挺幸运的，没有交学费。因为我们是政府召集来的，都是有护士背景的人，同时也过了英国的语言关。政府从我们这批人中选出一些人，之后办了一个班，统一培训，所以没有交学费。

●雪漠：你原来在大陆学什么的？

◎陈女士：我在国内也是学护士的。

●雪漠：这里不承认在大陆得到认证的专业技能吗？

◎陈女士：不承认。到这里需要重学，因为英语不行。如果英语行的话，你可以不上他们的培训班，直接考这里的证，但很少有人能考下来。哪怕除了英语什么都通过了，英语不行也考不上的。

●雪漠：重新接受培训的这段时间里，你主要还是学英语，对吗？

◎陈女士：要先学会英语，才能学专业课嘛。专业的东西校方很重视，尤其是表面上的一些手续、文件，都必须齐全，干活的时候你疏忽一点可能没事，但需要的资料必须具备。

●雪漠：这就很好，这就非常规范。

◎陈女士：是的，非常规范。您还会在北美待多久呢？

●雪漠：大概还要待半个月吧。先去拉斯维加斯，再去西雅图。

◎文韬：你这个工作现在很缺人手吧？

◎陈女士：不缺。

◎文韬：不缺吗？美国好像很缺具备这方面专业技能的人。

◎陈女士：这只是对外的说法，实际上是制度不好。医院为了节省福利，按工时给员工福利，工时少福利就少。而且，不仅工时少，轮班制度还非常统一，所以大家很难和谐地在两个地方工作，两份工作的时间经常发生冲突。还有一种比较随机的上班制度，就是不正常班。不正常班的意思是，医院如果缺人了，就临时打电话，请求调人过去。因此，很多人现在只能上一种限时的班，也就是一周固定上几次的晚工，然后接一些电话通知的临时工作。

◎文韬：你的意思是他们其实不缺人，而是在减少成本。

◎陈女士：是的，他们不是真的缺人。我的家乡是吉林长春，长春有几百万人口，但这里的护士比长春市的护士总数还要多。

◎文韬：我真的有点惊讶。

●雪漠：平时辛苦吗？

◎陈女士：辛苦。这个工作不好做，我一个人要管四五十个人呢。

●雪漠：那很辛苦。

◎陈女士：每个疗区有大约八十个老人，只分配了四个护士，其中有一个主管护士，三个分区护士。差不多每个老人都要定时服药，我们一天要发四遍药，还要处理一些别的杂事。

●雪漠：这里的养老院是不是相当于医院？

◎陈女士：不是的，养老院和医院不一样。这里的老人如果生了重病，还是要往医院送的。如果是普通的身体不适，护士就会给医生打电话，医生会告诉护士老人该吃什么药，然后护士就照着药方给老人发药。但这里的护士不给病人打吊瓶，如果老人需要打吊瓶，养老院就把老人转到医院里去，等老人病好了，医院再把老人送回来。所以，对养老院来说，医院相当于应急机构。

●雪漠：我发现养老院在这里是很好的项目啊。

◎陈女士：这里的养老院接受政府资助，很赚钱的。如果想投资，在这里开一个养老院会是很不错的选择。这里的养老院很正规，不像国内，国内的养老院经常会跟家属闹纠纷——当然，很多纠纷是家属不讲理——但这里不会这样，因为院方非常重视家属的一切投诉，总会非常认真地解决问题，绝不让事情扩大，这里的人也不胡搅蛮缠。如果真的出现胡搅蛮缠的人，院方就有权联系警察，请警方帮忙解决问题。比如，有一位老人的儿子总是投诉，三天两头地挑毛病，说护士没有好好照顾他母亲，后来医院就给警察局打了招呼，警察局开了一个限制条，不允许这个儿子去探望他的母亲。于是，老人的其他亲朋好友都可以去探视她，唯有她的儿子不能探视她。

●雪漠：哦，还可以拒绝儿子探望。

◎陈女士：对，不允许他无理取闹。警察那边也备案了。这边的法律是很正规的。

●雪漠：养老院里面的中国老人多吗?

◎陈女士：不少。这边有一间专门的中国养老院，是基督教办的。

●雪漠：这边的中国老人也是移民过来的吗?

◎陈女士：是的。很多都是广东人。1982年国家有个支援性的政策：针对曾经的老移民，比如修建铁路的老华工，政府允许他们的家属移民过来。这些移民都说广东话，他们的孩子在这里长大，但直到1982年，国家制定了这项政策，他们的孩子才真正合法。当时来了一大批人，都不会说英语，现在这批人年纪都大了，都是老人了，就进了老人院。

●雪漠：这里人老了之后都会进养老院吗?

◎陈女士：不一定。家里条件还可以，儿女愿意照顾，老人腿脚也方便，不用依赖别人的，一般就不进老人院。很多华人都不进老人院。养老院的目的是给老人一个很好的晚年。我目前工作的养老院，有些老人已经住了十几年，都是因为家里没有人照顾他们。

●雪漠：如果孩子不愿意照顾自己的父母，就可以把他们送到养老院吗?

◎陈女士：是的，但他们必须有一定的经济能力。当然，老人一般都有自己的积蓄，比如房子，他们把房子租出去，每个月就可以用房租支付养老院的费用。政府虽然也会给予一定的资助，但毕竟不会支付全部。

●雪漠：而且，这里的养老院费用比较高，每个月三千多加币。

◎陈女士：移民为什么这么累啊，就是因为他们不能只考虑目前的生存，还要攒钱养老，很惨的。像我们这样的，养老钱根本就攒不出来。很多移民赚了钱之后，都会把钱放在银行里一部分，用的时候再一点点拿出来。

●雪漠：这里有没有社会保险？

◎陈女士：有的。只要你工作，政府自动就会给你。

●雪漠：现在的养老保险够不够你退休之后支付养老金？

◎陈女士：不够的。有的单位福利好，就可以帮你支付养老金；如果单位不好，直接就没有这项福利。最基本的一些保险每个公司都有，但太少了，根本不够支付将来的养老费用。

●雪漠：你在长春不是发展得很好吗？

◎陈女士：是的，我在长春时很好。

●雪漠：说不定你还能成为作家呢。

◎陈女士：我可以成为作家吗？

●雪漠：你不是说过你很喜欢写东西吗？

◎陈女士：希望借老师的吉言，我以后真的可以成为作家。我一直想当作家，因为我很喜欢写小说，但是现在没有时间，要糊口。

●雪漠：孩子上学不要紧吧？

◎陈女士：孩子不要紧，马上要上大学了。

●雪漠：学费是政府出吗？

◎陈女士：我们家可能要贷款。要是现在就帮他出钱的话，我们会有些吃力，而且贷款没有利息，可以先贷款，等他毕业之后，再把贷款还掉。

●雪漠：大学学费一般是一年多少钱？

◎陈女士：如果是本地人，连吃带住四年下来要七八万加币，如果是留学生的话，还要加三倍的钱。

◎陈亦新：为什么这么贵？

◎陈女士：因为他们赚的就是留学生的钱。

●雪漠：你们基本上都不免学费吗？

◎陈女士：大学是不免学费的。我们是本地人，所以不用多交学费，留学生跟我们的收费不一样，每年至少要十万加币——生活费就要三万，还要掏三倍的学费。

●雪漠：就是说，留学生四年下来要掏四十万加币。

◎陈女士：我们七八万加币，加上三倍就是二十八万到三十二万，每年的生活费三万，四年下来就是十二万，那么总共就是四十万到四十四万。

◎陈亦新：四年下来就要两百多万人民币，很贵。

◎陈女士：所以留学生很惨的。

●雪漠：而且毕业了还找不到工作。

◎陈女士：本地人都找不到工作，留学生能找到工作的就更少了。我不知道留学生中有多少人能留下，但还是有人能留下的。

●雪漠：能留下来的应该都是非常优秀、专业也学得很好的人。

◎陈亦新：本地人的专业也可能学得很好。

◎陈女士：政策总是变。今年的政策是，如果有留学生在这里找到工作，并且工作了两年，政府就允许他转成移民。比如，如果你是学工程的，那么你要是拿到工程师的工资标准，而且工作了两年，政府就给你转正成移民。如果条件不符合，政府就不给你转。但政策每年都在变。

●雪漠：有些留学生毕业之后，可能想要回国。

◎陈女士：好多孩子读完本科还要留在这里上研究生，就是希望回国之后有竞争力。

●雪漠：大陆更糟糕，因为大陆的毕业生更多。等他们读完书回到大陆，可能已经没有工作机会了。有没有人后悔移民到加拿大？

◎陈女士：天哪……大概有百分之九十八的人都会后悔吧。我们这一代人后悔是非常有理由的，因为我们这一代人最有福气，在单位有铁饭碗，退休之后又有退休金。到这里来之后，全都变了。

◎陈亦新：这批人都是精英和中流砥柱。

●雪漠：陈亦新对我说过，爸爸，你在国内是甘肃省作协副主席，一旦出国，就什么都不是了。

◎陈亦新：在国内，他是中国国家一级作家、中国作家协会会员、甘肃省作家协会副主席等。

◎陈女士：理工科的人来加拿大可以，搞文科的估计是没有活路的。

●雪漠：你可以把你的感受好好地写一部小说。

◎陈女士：我真的很想写小说，我的经历很适合写小说。

◎陈亦新：中国人还不知道国外的境况，还拼命地想移民。

◎陈女士：知道也没有用，因为每个人的追求不一样。我刚开始选择出国的时候，很多人都告诉我加拿大找不到好工作，只能到餐厅里刷盘子、洗碗，但我说，就算刷盘子我也要来。

●雪漠：为什么呢？

◎陈女士：当时觉得只要能满足生存需要，刷盘子也没关系，可以慢慢奋斗，而且我相信自己能奋斗出来，但奋斗出来之后还是不开心。

●雪漠：你是一个非常真诚的人。

◎陈女士：我经常想发文章给国内的同胞看，告诉他们一些真实的情况，因为我现在还是有点名气的，我发文章，可能很多人都能看到。但是，当我真的发了文章之后，很多人就开始暗示我，“你出国了就开始说外国的不好，我们中国人在国内又忙又累的，你这算什么。”

●雪漠：我有一个新浪博客，而且关注者很多，我可以在我的博客上转发你的文章。

◎陈女士：加拿大本地人的一些文章我都很想转载，给国内的同胞们看一看。

●雪漠：你可以以微信的形式给我多发一些文章，这样也许能真正地帮助一些人。

◎陈女士：像这里的一些关于移民或留学生的政策，我有时真的很想发给国内的同胞看一看。就好比前段时间，加拿大一所高校里有几个学生自杀，其中就有三个中国留学生。

●雪漠：他们为什么要自杀呢?

◎陈女士：原因有很多。这几个中国孩子已经上了三年本科，马上就要毕业了，但他们学不过去。

●雪漠：什么是学不过去？是跟不上学校的进度吗?

◎陈女士：不是跟不上。中国孩子普遍很努力，而且很聪明。有的时候可能是因为老师缺德，或者是他们自己触犯了什么规则。这个说不准。但我在这边的学校里待过，知道有些老师真的是缺德。我曾经和这里的老师干过仗。因为他们对中国学生有歧视，看不顺眼，还会专门卡你，让你过不去。有时，一个城市里只有一所学校，你不学也没有办法。如果赌气走人，你就太吃亏了。真的。我就遇到过这样的老师，差点没把我气疯。所以，留学生在这里真的不容易。国内的老师一般不会这样对待学生。我现在还常常和以前的老师联系。我喜欢和老师保持联系，但一到国外，就全都不是那么回事了，感觉全变了。可能这就是文化冲突吧。这里的老师看不上你，因为你的好多行为和他的观念不一样，所以他对你就有成见。

◎陈亦新：这里人买房子是不是大多会按揭？

◎陈女士：一般都会按揭。也有些中国人会付全款，但这样的人很少。

●雪漠：按揭利息高吗？

◎陈女士：比国内低。在这边贷款回国内还是挺合适的。买房子还是有压力的。

◎陈亦新：二百多万的学费也很高。

◎陈女士：国内的孩子来这边读书，四年大概就是三十多万加币。

◎陈亦新：还要来回机票呢。

◎陈女士：市场太小了，工作机会太少了，留学生又太多了。

●雪漠：这里才一百多万人，华人也就十几万。你们长春都有几百万人口。

◎陈亦新：在我们老家西北，三四级的县城都两百多万人口。

◎陈女士：我刚来的时候这里只有八十万人。

●雪漠：现在新移民多不多？

◎陈女士：这两年少了。最多的是2004年和2005年。政府放了一大批人过来。那时候是经济抬头，有个投资移民的政策。

●雪漠：现在也有投资移民吧。

◎陆雪晴：现在对投资移民的要求很高，以前买个房子就可以移民。

◎陈女士：我还真没有研究过这个问题。

●雪漠：你刚到这里来的那两年孤独吗？

◎陈女士：哎，那个时候谈不上孤不孤独，还行吧，有活干就行，没心思想别的。在国内的时候，别人都说住在地下室便宜，来这儿之后，我就联系了一位朋友的姐姐，请她帮我找一个地下室，当时我都不敢问别的地方。结果，地下室里不透气，我住了三天就受不了了，于是就搬到了楼上，也就多花了七十多块钱，并没有贵到哪里去。大概有一个月的时间，我一直在那个房间里待着，很少出去，因为语言不通，工作也找不到。后来才好了一些，因为我每次在街上看到华人，都会留下对方的电话，然后大家保持联系，互相帮忙。刚好当时来了一大批华人，有人找到工作，就会互相通知。我因为看不懂英语，不知道哪里招工，所以只能靠别人告诉我招工信息，一得到信息，我就会赶紧过去。

●雪漠：那时候你结婚了吗？

◎陈女士：结婚了，我带着老公和孩子一起来的。我觉得那两年真是挺好的，因为大家都互相帮忙。但后来就不行了，因为我发现这样没有发展前途，想要继续学习。结束学业出来之后，我又开始找工作，也找到了工作，但忙来忙去还是觉得没什么意思。

●雪漠：你还算成功的，至少在这里有一份稳定的工作。

◎陈女士：一般来说，来这里五年就可以闯出一条路了，因为前五年英语不好，工作不好找，做什么都不行。我觉得，那五年就像活在地狱里一样，一点也不开心。

●雪漠：那时候你老公做什么工作？

◎陈女士：上学，一开始打了两天工，后来拿了奖学金上学。他上学，我去学英语。我学英语是从零开始，但学得还可以。

●雪漠：那你还真不错。

◎陈女士：老公上学那两年我特别高兴，因为我也可以学英语了。如果他在另一个地方打工，我就只能跟着他打工，也就没机会学英语了。所以，那两年我挺开心的。

◎文韬：你来的时候有孩子吗？

◎陈女士：有孩子，孩子当时四岁了。

●雪漠：你带着孩子学吗？

◎陈女士：孩子在幼儿园可以学。在家，我们不敢和他说英语，一句都不敢跟他练习，就怕他把汉语给忘了。很多朋友都说，当你把孩子教得一句汉语都不会了，你还是不会讲英语，因为你来得太晚了。我来的时候年龄确实大了一些，超过三十岁，学习能力就不强了，二十几岁来是最好的。一会儿有一个女孩过来，她的年龄正好，接受能力很强，英语也相当好，你说什么她都不用反应，直接可以给你翻译过来。

●雪漠：那很好。她上的什么学？

◎陈女士：好像是MBA吧。她学过好多专业，在国内她学的是英语，然后上了两年班，就到这里来了。

●雪漠：她现在做什么工作？

◎陈女士：她去年把工作辞了，现在专门在家带孩子。

●雪漠：MBA毕业在家带孩子，太浪费了点吧。

◎陈女士：前段时间听她说有一个回国做事的计划，但也没见她回去。

●雪漠：她老公做什么工作？

◎陈女士：她老公自己开公司。

●雪漠：在国内吗？

◎陈女士：在这里。

●雪漠：在这里开公司怎么样？他成功吗？

◎陈女士：不知道怎么样，但是看他们的生活状态还可以，应该是挺成功的，起码是有收入的，而且住的是豪宅。

●雪漠：那还不错。这里的华人开公司成功的多不多？

◎陈女士：其实不少。

●雪漠：主要是开什么样的公司？

◎陈女士：开石油公司的人有很多，其他人——比如一些老华侨——开什么公司我不太清楚。

◎文韬：老华侨接触油田的很少。

◎陈女士：对，他们之中搞技术的人很少，可能倾向于商业。

◎文韬：老华侨就是开餐馆。

◎陈女士：特别有意思的就是唐人街里那些开服装店之类小店的人，他们的店平时几乎没什么人光顾，可是一旦回国，别人就会觉得他们很了不起。有一天我去唐人街的一间小店，老板塞给我一叠照片，其中有一张相片是某位领导人接见他和市里的其他华商。我当时就开玩笑地跟他说，你还被列在华商之内了，你要是回去，国家还以为你们这些华商做了多大的贡献呢。

●雪漠：太有意思了。

◎陈女士：那天我想把您加到我们的群里，有时候我们群里谈论的事，可能会比您看到的要深入得多。

●雪漠：你为什么不加我呢?

◎陈女士：我加了，就是那个写作群。

●雪漠：哦，很好，多谈一些。

◎陈女士：我把你们都加上了。还有一个群，你们要偷偷进去，不然大家就沉默了。因为平时他们都吵吵闹闹的，大师一进去，他们就不好意思了。

●雪漠：我不说话。我们就谈一些真话，聊聊天。我觉得这个地方别的都挺好，但是可能会挺孤独的。现在也就不孤独了吧?

◎陈女士：怎么不孤独啊，这里没有什么娱乐活动。

●雪漠：娱乐活动太少了。

◎陈女士：洋人可能有一些娱乐活动，但是我们和洋人基本上不在一个圈子里面。

●雪漠：你们为什么不和洋人交流呢?

◎陈女士：我走到哪里都能遇到比较聊得来的洋人，但时间一长就不来往了。

●雪漠：什么原因呢?

◎陈女士：可能因为我们没有共同的兴趣。比如，他们爱锻炼但我不爱锻炼，他们爱爬山但我不爱爬山，他们喜欢和朋友一起喝酒但我不喜欢喝酒。当然，最本质的原因可能是相处的时间很短，彼此之间不信任吧。那种隔阂和咱们绝对不一样。我告诉别人，刚来的时候，我一遇到华人就会问他们要电话，请他们帮忙找工作，但我的朋友不相信，他们都疑惑地问我，那些人敢给你电话吗？在他们的世界里，人与人之间总会有一种防范性的东西存在，但他们跟国内的自己人会处得很好。我学英语的时候，班里有各个国家的人，学习的时候互相之间的关系都很好，但毕业后就不怎么联系了，这仍然是因为不信任。我对他们不是不信任，但我不是一个会经常和人联系的人，因为没有时间。但是，我经常跟国内的老师联系。我已经毕业十年了，但还是一直跟老师们联系，他们都记得我。前一阵子，因为要翻译东西，所以要建立一个翻译网站，我找到了国内曾经的老师，想拜托他们帮忙，他们都很高兴，很喜欢跟我聊天。

●雪漠：这很奇怪。中国人和西方人之间有隔阂，彼此不信任。不知道是什么原因？

◎陈女士：可能还是交往得少。但一会儿来的那个女孩不是这样，她英语很好，跟洋人关系也比较好，您可以看看她怎么说。

◎文韬：一个是语言障碍，还有一个就是文化背景不一样，但语言起码占了百分之七八十吧。

◎陈女士：我现在的英语水平还是不错的，可以和他们聊得很深入，什么都可以聊，但以前不行，只能说有限的几句话，人家就没有办法和你聊得太多。

◎陈亦新：今天早晨我看到了一个笑话，有个人给另一个人讲了一件自己小时候的趣事，但他讲了半天那个人都听不懂，不笑。

◎陈女士：是的。现在别人讲笑话，有时我也听不懂，别人都笑了，我也只能跟着笑，其实我根本不知道他们在笑什么。呵呵。偶尔有些笑话我也能听懂，但总的来说还是不行。过了这么多年，上班和别人讲的都是英语，但还是不行。

●雪漠：我发现，很多国内很成功的人，出国之后过得都不太好。我认识的一些人就是这样。他们在国内都发展得很好，一过来，就像龙离开了水，被困住了似的。当然，也有过得很好的。

◎文韬：也不一定。有些做生意的人就过得很好。

●雪漠：对，做生意的就很好。

◎文韬：其实，无论在哪里，靠的还是自己。

2. 她是个学习达人

◎张女士：雪漠老师您好！

●雪漠：你好，怎么称呼你？

◎张女士：我姓张。

●雪漠：她一直在夸你的英语，说你的英语很好。

◎张女士：我喜欢学习，很多年一直在学习。雪漠老师，您这次离开卡尔加里之后，还要去哪些城市呢？

●雪漠：我已经出来将近一个月了，去过波士顿、华盛顿、费城、纽约等地，接下来准备去拉斯维加斯。

◎张女士：哦，都集中在东北部。东北部很好，是文化集中地。我准备今年夏天带孩子去波士顿待两个月。我原来也在加拿大东部生活过。

◎文韬：哦，你在哪些城市住过呢？

◎张女士：蒙特利尔等地。你对这边比较熟吗？

◎文韬：我在多伦多住过。

◎张女士：那你原来移民过来，然后不要那个身份了？

◎文韬：我要。我还拿着美国护照。

◎张女士：双栖，很好。那这一趟旅行你们很辛苦啊。

●雪漠：不要紧，这几天休息得很好。

◎张女士：雪漠老师，您的照片照得很好，把您的气质都照出来了，很像卡尔·马克思。

◎陈女士：我就很想这么说，但没敢说。真的是。

●雪漠：你和洋人的交往比较多对吗？

◎张女士：我在中国的时候是在深圳工作，您知道深圳那边的蛇口吗？

●雪漠：知道。

◎张女士：蛇口那边有一个洋人区，是外国人的别墅中心。那个区是封闭式的，设有国际学校，还有教堂，配套非常齐全。当时，在南中国海钻油的外国石油公司中总裁级别的人都住在那里。那个地方很难进，但我还是进去了。那个时候我刚刚毕业。

●雪漠：那你很厉害。你毕业于什么学校？

◎张女士：合肥工业大学英语专业。我的工作就是在现场和外国人打交道。在国内做管理做了五年之后，我就到加拿大来上学了。

◎陈女士：你说的现场是什么意思？

◎张女士：那里属于招商局的地产，自己的房子。外国石油公司给他们提供服务。到加拿大之后，我在六所大学里上过学。

●雪漠：你都学了什么？

◎张女士：我都不好意思说这个事情。有一次和一个基督徒聊天，不知不觉中谈到了教育背景的问题。我一开始过来学的是工商管理，然后又学了计算机和统计，后来因为要去外国的石油公司上班，于是我又学了物流。就这样一个大学一个大学地上。中国人都很勤奋。那个基督徒听完就说："哎呀，太可惜了，你应该献给上帝。"他的意思是，你这么贪婪，学这么多东西，你应该把你的贪婪献给上帝。

●雪漠：那你应当献给上帝。

◎张女士：雪漠老师，一个人这么好学，是不是并不太好？

●雪漠：要看这辈子学的东西对你有没有起到升华的作用。你确实是太好学了。不过，年轻时多学点东西没什么坏处，应该是活到老学到老的。我也好学，但我这辈子有一个非常重要的目标，从小学到老，围绕的也是这个不变的东西，所学、所做的一切，都在为这个目标服务。明白了吗？我无论学什么，都永远盯着这个目的地。你可能也是这样，你的目的是让自己大起来。

◎张女士：我的目的是心灵。无论怎样，到最后你都想要寻求心灵的满足和平安。

●雪漠：心灵的东西就是信仰的东西。

◎张女士：心里的东西很重要，因为人最后就是要修心。佛家文化不是也说要明心吗？

●雪漠：你这样真好，学了这么多东西。

◎张女士：我现在还在学，我家里有很多古书，多到吓死人。中国古代的所有经典，比如《孙子兵法》《大学》等，我都有收藏。每当晚上睡不着的时候，我就拿出来看一遍。

●雪漠：那很好。

◎张女士：它们都放在我的床头。

◎陈女士：我说你的文章里怎么会有那么多内容，看来还真是有原因的，你是读书读出来的。

◎张女士：我练瑜伽也练了十几年了。只要是向阳的东西我就喜欢，而且一旦喜欢上就不会放过。比如，我练瑜伽练了一次之后觉得特别好，就一直练了十多年。和别人相处时，我也善于看到别人的优点，一看到别人的优点，我就觉得很开心，我喜欢欣赏别人向阳的地方。每个人身上都有另一个方面，就好像是一种天性。

●雪漠：我和你一样，我也总是看到别人的优点，然后学习他们。

◎张女士：这真的很好，就像海绵一样的。

●雪漠：我像一个黑洞，把路过的天体全部吸到了自己体内。

◎张女士：区别是，你学习别人的优点，他的优点还是他自己的。

◎陈女士：关键是聪明，所以学什么都不觉得吃力。

●雪漠：对。你在这里几年了？

◎张女士：我是1999年过来的。

●雪漠：你过去是一个这么优秀的高管，过来之后你寂寞吗？

◎张女士：刚过来的时候，觉得自己这辈子活了好几次，因为在深圳的时候确实很顺，也赚了很多钱。当然，那都是我辛苦赚来的钱。但一到加拿大，你就什么都不是了。我在这里第一次写论文的时候，老师把我的论文扔掉，说不行，我当时就跟他拍了桌子，说，我在中国是作家，为什么不行？后来我在报纸上看到一篇文章，里面有句话的大概意思是，你要把自己“打碎”，重塑一个自己。看完这篇文章，我就告诉自己，到了该打碎自己的时候了。几个月后，我再写论文，就得了五分。加拿大人只能得三分，我却得了五分，他们都问我是怎么做到的。所以，刚来的时候就是不行，一次次不行，一次次被打碎，就像一次次地被人扔进火炉里炼。就是这样。

◎陈女士：到这里之后的感觉就是，在国内拥有的一切都没有了，必须重新建筑自己。因为，即使你已经很好了，别人也会挑你的问题。你改变不了任何事，只能改变自己。

●雪漠：对，一切都要重新来。

◎张女士：我这辈子炒过太多老板了。别人都说换工作太纠结了，我一点不觉得纠结。我的先生只有一个，十八岁认识他，就没有换过，但是我的工作换过太多了。一开始是没有办法，为了生存，忍气吞声地经过了那个阶段。那个阶段过完之后，你就完全知道他们是怎么回事了，他们互相传递一个眼神，你就知道他们在想什么。这时候他们的游戏你也可以和他们玩。人家的也是游戏。中国人有中国人的文化，西方人有西方人的文化，你要懂它。

●雪漠：你可以进入他们的游戏吗？

◎张女士：我在中国是经理。来到国外，在石油公司也当过领导，去年辞职回来是为了照顾我的孩子。他现在五岁。他不吃饭，我妈妈也不在，没有人会烧饭。我花了一年时间学习做饭，现在学会了。在这个阶段，照顾孩子是我最想要的。

●雪漠：对，现在孩子小，需要照顾，过一段时间再做别的事。

●雪漠：我觉得你真是不容易，以后可以好好写写东西。

◎陈女士：老师主要是想了解北美的文化。

●雪漠：主要是想和你们交流一下，感受另一个世界。我也非常喜欢学习，刚才在过来的路上，我还在和他们说如何学习别人身上的长处，比如基督教等。基督教有他们的规矩，而且，有时我们不得不承认，他们的许多东西是非常优秀的，不然他们不会做得这么大。

◎陈女士：他们确实有优秀的东西。

◎张女士：一定要进入他们的生活，看看他们到底是什么样子。我就是把什么东西都过了一遍，所以知道他们有什么好东西。

●雪漠：这也是我们到北美来的目的。这次的北美之行，相当于把北美大陆“切了一刀”，我们一路来来回回地去了好些地方，这几天在卡城休息，缓一缓，接下来还会一直往前走。最后一站是西雅图。

◎张女士：你们有没有自己开车？

●雪漠：就是自己开车。

◎张女士：太棒了，你们去中部了吗？

◎文韬：没有，我们只去了东部，然后从纽约直飞这里。明天我们到科罗拉多，然后到拉斯维加斯，还打算去看看大峡谷，结束之后在拉斯维加斯坐飞机到西雅图，然后在西雅图租车，在当地转一转。如果整个旅途都开车，就太远了，我们没有那么多时间。

◎张女士：你们这次北美之行大概多长时间？

◎文韬：我们是5月12号出来的。今天已经快一个月了。

◎张女士：感觉怎么样？

●雪漠：和你们一样。我们的心灵也经历过许多的变化。刚到波士顿的时候，我们很喜欢美国，想在当地定居。来到卡城之后，我们觉得自己好像被困在了这里似的。在卡城有一种被困的感觉。但是因为跟你们的交流，我们忽然又有一种爆发的感觉，因为另一个世界又打开了。我们在想，如果自己没有任何背景，像你们刚开始那样，一切归零，重新开始，该如何在这里生存？

◎张女士：您不是有很多粉丝吗？

●雪漠：现在当然没问题。但如果我没有那么多粉丝呢？我的意思是，假如我在拥有现在的一切之前，像你们这样，直接跑到一个陌生的地方，直接面临生存困境的时候，我会怎么样？我在思考这个东西。而且，我还不会英语。

◎陈女士：她一开始就会英语，所以开头开得比较容易，我最开始那一步走得非常艰难。难到什么程度呢？洋人跟我说话，我都听不太懂，一和他们办事就觉得他们在刁难我，其实他们只是在和我交流，是我自己听不懂而已。但那时我不知道，所以气得不行。因为英语不好，我当时总是特别生气，觉得人家在欺负我，现在想一想，人家真的不是在欺负我。

●雪漠：如果现在重新选择，你还会选择出国吗？

◎张女士：我会的。

●雪漠：对，我觉得你会的，因为你学了很多东西。

◎张女士：虽然现在还没有找到我最终感兴趣的东西，但是我不后悔，因为，即使吃苦，苦中也有甜。而且，就像西方人所说的，越能吃苦，就说明你越是强大。这与你的财富、经历和拥有的东西没有关系。

●雪漠：是的。你在国内学的就是外语专业，你现在精通外语了吗？

◎张女士：还可以。我的最后一份工作，您知道是做什么的吗？我天天写合同，而且要把合作公司的负责人叫过来，跟他们谈判。他们都是外国人，而且都是副总、总经理级别的，我是采办。我还要负责招标以及招标后与合作伙伴之间的谈判等，这些都属于我的工作范畴。在这个过程中，我要对对方提出的合同条款逐字审核，生怕里面有……

●雪漠：陷阱。

◎张女士：对，陷阱。所以，这份工作我做得很辛苦。

●雪漠：这真的很辛苦。

◎文韬：这份工作真的很辛苦。我现在非常怕看合同，都让助理去看。

◎张女士：我已经看上瘾了，我管理了几百份合同，因为熟了，现在一看就知道别人有没有耍花样。我也会咨询专属律师。有任何疑问的时候，我都会约律师出来，一边喝咖啡，一边商讨，很有意思。

◎陈女士：你老公生意上的合同全都是你负责的吧？

◎张女士：是的。我经常当他的助手。很多时候，我刚把孩子安顿好，他太忙顾不上一些会议，我就换上工作服，替他去。

●雪漠：你老公是做什么工作的？

◎张女士：我老公自己创业，做石油生意。他和我一样，都是自己打拼出来的。他一开始在石油公司做经理，后来觉得没意思，就重新上学。男士的大脑好像特别擅长搞事业，所以他毕业之后就去做生意，而且一做就很成功。我觉得这可能是中国人所说的福报。

●雪漠：没错，财富是一种果报。

◎张女士：中国人对富人好像有一种仇恨心理，但西方人不会这样。他们看待富人的时候，会思考这个人为什么会这么有钱，他们觉得人家成功一定有人家的理由。而西方的富人也确实有过人的地方，比如比尔·盖茨这些人，他们常常会将财富裸捐，还有Facebook的创始人马克·扎克伯格，他虽然拥有巨额财富，但他生活得非常节俭低调。

●雪漠：这里面有多种原因，第一就是腐败问题。这是一个非常重要的原因。中国的官场从古代就有腐败问题，比如和珅；第二，从古到今，中国最富有的人中，有很大一部分获取财富的手段并不正当，那些努力拼搏的人觉得很不公平。所以，中国的老百姓就说他们“为富不仁”；第三，很多富起来的人不懂如何处理财富，他们没有很多西方富豪那样的慈善观念，不懂得如何善用财富。如果不把财富用对地方，仅仅用来满足自己的欲望，让自己有很好的享受，就不是运用财富，还是挥霍。老百姓不会随喜这样的富人。

◎张女士：那就是我们所说的土豪，就是指没有文化的，通过某种手段掠财的人。

●雪漠：对，他们首先是为富不仁，有钱之后又不知道怎么花，将财富拿来挥霍、享受，生活过得非常奢靡。老百姓看了之后，就觉得这些钱肯定是用不正当手段得来的。

◎张女士：会不会还有一种原因，就是中国这几年有钱人太多了，很多人都不希望这么高调？

◎陈亦新：中国的富人是改革开放之后才富起来的，到现在也就三四十年。中国现在还没有百年企业。

◎张女士：李鸿章的招商局有一百年了。

◎陈亦新：但百分之九十的富人都是改革开放之后富起来的。我们在美国看到的杜邦家族有百年企业的文化和传统，也有很好的家族教育，但中国的很多富人都不具备这些东西。所以，他们就会自我膨胀，给整个社会带来很多不良的影响。

◎张女士：文化和风气非常糟糕。我和其他人聊天的时候，就听很多人说中国的佛教一直在堕落。谈佛的人中不少是有钱人。他们是真的信佛，还是希望佛祖能保佑他们发财平安呢？

◎文韬：有相当一部分人其实信错了，他们把佛当作利用的对象，贿赂佛，利用佛，以信仰为工具谋取个人利益。

◎张女士：其中是不是也有寻找心灵安慰的因素呢？

◎文韬：也可以这么说。见雪漠老师之前，我信佛已经二十多年了。我过去所在的那个团体，在全世界可能有六七百万的成员，但其中有百分之九十九点九的人不是为了升华，不是为了文化，也不是为了解脱，而是在寻找一个可以保佑自己的神灵，为自己找一个后台。

●雪漠：这些都是佛教从婆罗门教继承过来的，佛教诞生之前，印度就有这种说法。也正是因为印度人相信这些说法，所以佛教才会把它们继承过来。事实上，佛教认为解脱之后就没有轮回了，不能实现超越的时候，才会有这种精神上的定性。它是人类心灵的阴影。解脱之后，人心之中充满了光明，也就不再有阴影了。

◎陈女士：很多人都认为佛家文化是中国文化的主流。

◎文韬：佛家文化现在根本不是中国文化的主流。

◎陈女士：但很多古代经典里都有佛家文化的影子。现在的佛教，在我看来，好像和文化脱离了。我以前并不知道民间流传的一些东西不属于佛家文化，而是迷信，我还以为那些说法都是佛家文化的说法，因为我没有接触过真正的佛家文化，外界关于佛家文化的宣传也很少。

●雪漠：以后我会给你们寄一些书，或者发给你们一些电子书。

◎张女士：我特别喜欢看书，常常半夜都还在看书。来之前，我不知道雪漠老师研究文化包括佛家文化。我大学毕业之后就一直在读书、写东西，工作上和外国人接触得很多，所以很了解国外的情况。

●雪漠：你可以把邮箱地址告诉我，我把我作品的电子版发到你邮箱里。

◎陈女士：好的，谢谢。这边太难找到好书了。

◎张女士：我们家什么古书都有。

◎陈女士：你是怎么找到那么多书的?

◎张女士：我回国之后，除了书什么都不带。有时半夜醒来，就会看看这些书，和古人聊聊天，非常开心。今年夏天，我原本打算回国完成我的一个想法——雪漠老师，佛家文化不是提倡忘我利人吗？但我崇拜的是利人利己。我不知道这个观念和忘我利人有没有什么冲突?

●雪漠：一样的，利人就是最好的利己，没有冲突。

◎张女士：我本来想今年夏天回国做一些善事的。我觉得中国人没有排队的意识，想在这方面帮一帮我们的同胞。有一次，我和家人一起到北京火车站坐车去八达岭，刚到火车站，就听到喇叭里一直在播放这趟列车的信息，而且还是循环播放，内容大概是在提醒旅客们自觉排队买票。我觉得这个声音很吵，就找到车站的负责人，问他觉不觉得喇叭的声音太大太吵，他说自己也觉得很吵，但不用喇叭通知旅客，怕旅客们不知道。于是我就向他提议，说可以立一个牌子，或者喇叭的播放频率可以慢一些，不要像制造噪音一样。那位负责人听了我的这番话，笑了好一会儿，可能我的认真让他感到很意外吧。让我欣慰的是，没到两分钟，喇叭声就停止了。从这件事，我明白了一个道理：中国人其实不是不想改变，只是不知道还有更好的方法而已。如果有人告诉他们，他们是愿意配合的。

●雪漠：文韬专门为此次北美之行准备了我的作品的电子

版，给你们看一下。

◎张女士：我今天晚上就看看。

◎陈女士：我跟雪漠老师说过，我没有信仰，因为我觉得很多人的信仰都不纯粹，都是有了心魔然后寻找解救的方法，才相信某种东西。我的心魔自己已经解开了，而且我做人有自己的原则，那就是善良和真诚。我觉得，自己虽然不信佛，但并不比学佛的人差。我最信的就是善良。

◎陈亦新：这不就是信佛吗？

◎陈女士：呵呵，但是我听了雪漠老师的一席话之后，开始对佛家文化感兴趣了，我一定要好好研究一下。因为我发现，佛家文化并不像表面看到的那样，充满迷信色彩，而是有它非常深奥的地方，挺吸引我的。

●雪漠：信仰的精髓就是善良。

◎陈亦新：一切善法，皆是佛法。

◎张女士：真善美。

◎陈女士：我看到的教徒都是抱怨型的，他们一到教会就会去诉苦，我总会觉得很奇怪，不知道他们为什么有那么多苦可以诉。其实，随着经历的增加，你对世界的很多看法都会改变，以前不懂、不明白的地方，你也就慢慢理解了。所以，自己是可以解开很多内心问题的。到了最后，你就会越来越明白，做人一定要正。何为正？就是善良，真诚。拥有这样的人生态度，你才会幸福，很多烦恼也就不存在了。

●雪漠：真理的基础就是善良，而且世界上的任何事物都改变不了你的善良。当你可以把这份善良传播出去，让别人受到影响时，你就是信仰者。

◎陈女士：我之所以那么欣赏雪漠老师，是因为您是作家，您把传统文化的精华通过实修实证融入了文字之中，让别人也能受益。您传播的一切都不是假的，不是装出来的，而是从真心里流露出来的。我真的很佩服您这一点。

●雪漠：回头我可以把我作品的电子版发到你们的电子邮箱里。

◎陈女士：太好了。这里太难买书了。

●雪漠：我的作品太多了，这次出行，拿的行李有限，所以没有随身带上书，只好发电子版了。

◎陈女士：我出国的十四年来，只回过两次国，根本没有机会带书过来。

◎张女士：我这次来没有拿任何东西给您，因为我来之前还犹豫不决，不知道给您带礼物是否合适。

●雪漠：只要你带上真诚就是最好的。

◎张女士：可是您还送东西给我们，真的很感激您。要不我邀请您到我住的地方参观一下，看一下加拿大不同的风景。

●雪漠：那很好。

◎陈女士：我给您发过一条微信，不知道您有没有看到。我写诗的时候，总是写着写着就没有东西可写了。

●雪漠：原因在于你的灵性智慧没有打开。

◎陈女士：我想把我的人生哲学以及我对人生的态度融合到诗里，可是无论怎样都融不进去。

◎陈亦新：这样写不了诗。这个出发点就错了。

●雪漠：让陈亦新给你讲讲，他是专门教写作的。

◎陈亦新：我给你打个比方。气球装满水的时候，你拿针扎它一下，水就会喷涌而出。你怎么扎它，拿什么扎它，都不重要。最关键的是气球里要装满水。写诗也是一样，你的心中要充满诗意，不要刻意地想去表达什么主题、什么思想，这些东西都不要。写诗的写是最后一步，第一步是让自己心中充满诗意，而且这个诗意要非常饱满，充盈你的整个灵魂和身体。这时，你一旦落笔，就会像孩子扎破了气球一样，承载诗意的文字喷涌而出。你不需要思维和思辨，也不可以有任何刻意的东西，要明白，“文章本天成，妙手偶得之”。这时的你，应该是笔和灵感的结合。一旦心中出现了思维和思辨，你写出的就不是诗，就没有灵性了。灵性是思维之外的东西。不要管生活智慧，更不要将它融入你的诗，这些都不要考虑。你要做的，就是自己心中充满诗意，然后落笔。

◎陈女士：怎么才能做到这一点呢？

◎张女士：我觉得你写的文章挺有感觉的，而且你不用喝酒就写出来了。

◎陈女士：那种感觉是无意识的，它是怎么出现的我还没有总结出来。

●雪漠：无意识的就是最好的。有意识就不对了。

◎陈亦新：写诗不需要思辨。写诗和写小说完全不一样，写小说还要考虑结构技巧等，写诗不需要。

●雪漠：我出了一本诗集，当时没有任何想说的话，只是有感觉，它们就自己流出来了，一个星期就写了很多。

◎陈女士：这就是您说的灵感吗？

●雪漠：对，它不是写出来的，而是喷涌出来的。

◎陈亦新：得到这个灵感是有方法可循的。

◎陈女士：什么方法呢？

●雪漠：很短的时间内可能做不到，它需要一个过程。你要像禅修那样，慢慢地训练。

◎陈女士：我的灵感好像不会经常出现。

●雪漠：不要紧，以后还有机会。以后我们在加拿大办一个灵性写作班。

◎张女士：当我喝了点酒，有些微醉的时候，我的灵感就会出现，这时的写作感觉最好。这时，我就像脱衣服那样，把生活中扮演的各种角色一件一件地脱去，还原了最本真的自己。

◎陈亦新：她说的喝酒，其实和我刚才讲的是一样的，只不过她需要借助酒精，将思维和思辨都去掉，同时催化自己的情感。当情感浓烈到一定程度的时候，心中就会充满诗意。所以，这时不能理性，一旦出现理性的东西，诗意就会中断，情感性的东西就会受到伤害。文学和诗是情感性的东西，只有在理性消失的时候，它才会自然流淌。喜欢喝酒的人，可以借助酒精催化自己的情感，让情感发酵，让理性暂时退隐，让感性的东西放大。达到这种状态时，你当然能写出好东西。

◎陈女士：你说的是抒情诗吗？

●雪漠：不一定，什么都行。

◎陈女士：也可以写哲理诗吗？

◎陈亦新：都是一样的。李白斗酒诗百篇。

●雪漠：所有的都一样。

◎张女士：佛家文化和基督教文化有很多交集。

●雪漠：后者是金字塔的塔基，要求你做个好人，学会博爱；前者是在这个基础上升华，实现自由。如果没有打好基础，不去像基督徒那样追求人格的完美和博爱，根本就不配谈进一步的升华，也不配信佛。基督教追求人性中最美好的那些东西，其实佛教也追求，佛教只是更为超越而已。

◎张女士：它们是相通的吗？

●雪漠：不仅仅是相通，它们之间还有一种递进的关系，相当于上楼梯。佛家文化中最基础的追求人天乘，和基督教是一样的。不同的是基督教教导人们如何上天堂，不要堕落；人天乘教导人们如何做天人，不要堕落。这两种追求在本质上是一样的，仅仅是目的地的名字不一样而已。如果你不满足于这种追求，还想再进一步，就会追求解脱。这时，就相当于小乘佛教。不但想自己解脱，还想追求度众，帮助众生解脱，就相当于大乘佛教和密乘佛教。这种追求处于金字塔的顶端。所以，佛家文化中最基础的教育和基督教是完全重叠、完全一样的。

◎张女士：它们确实有很多重叠的东西，比如它们都追求善和美。

●雪漠：它们都追求真善美。

◎张女士：世界上有不同的人种，他们是怎么产生的，人是怎么来的，直到现在我们都不知道。一滴水里面有三千世界，我们生活在哪一滴水中，我们也根本不知道。

●雪漠：基督教文化是世间法，不是出世间法。只有超越出去，才叫出世间法。佛家文化就是出世间法，因为它有超越的部分。因此，信仰佛法的人想要解脱，最起码也要做到基督徒能做到的，为人生的金字塔筑好塔基，做个好人，才谈得到进一步的超越。当然，基督教也很了不起，它同样是一个非常伟大的宗教。

（本文由王韩梅根据录音整理）

关于电影的闲聊

◎陈亦新：我们谈谈电影吧。文韬的意思是英文版的题目直接叫《圣僧和女神》，这样立马就形象化了。如果叫《无死的金刚心》，谁都不知道它是讲什么的。但大家一看，这个故事写的是当圣僧遇上女神，立马就想知道里面的故事。以后我们所有的东西都要朝这个方向发展，一定要接地气。

◎文韬：因为《无死的金刚心》太过宗教化了。

◎陈亦新：要立的我们已经全部立起来了，所以，在某种程度上说，我们应该出一批没有宗教名相、不深奥的作品。精神在故事里面。

◎文韬：不知道雪漠老师能不能再创作一个版本？我希望这个版本是能写成剧本的。因为，原来那个版本中的很多心理活动电影是描述不出来的。如果您能改一下，把题目也改成《圣僧和女神》，我们就可以和中国的一些影视公司或好莱坞联合起来，把它拍成电影。

●雪漠：你们知道迪士尼怎么卖自己的文化吗？他们首先做了一部动画片，主人公是米老鼠和唐老鸭，这部动画片火了之后，他们就创立了迪士尼的品牌，然后把品牌卖给各国的经销商，只抽取百分之十五的版税，随便他们开发相关产品。迪士尼总部的任务，仅仅是每年研发新的动画片和电影，永远吸引孩子们的眼球。

◎陈亦新：现在的人看电影比看书多。迪士尼刚刚出了一个电影，我来北美之前刚刚看完，名字叫《超能陆战队》，超级火爆，在国内有六亿的票房。迪士尼每年都有这样的电影。我有一个想法，在您的新作中，我们可以加入中国传统文化，包括佛家文化甚至可以加入基督教和其他教派，将一切都形象化地编成一个寓言故事，为人类设想一个美好的未来，让所有不同的信仰都和睦相处。我们还可以将这部作品拍成电影，展示未来的另一种可能性，让人们看看另一个世界是什么样子的。因为，对于宗教的过去，人们好像并不特别在意，他们只关注未来会是什么样子，只向往未来的世界。所以，我们的作品应该带给人们快乐和正面的影响。这部电影的第一个特点是超越时空，展现过去、现在和未来。首先展示人们以前是怎么活着的，然后展示现在，接着再到未来，把三者联系起来。第二个特点是融合各国宗教文化，包括天主教、基督教、伊斯兰教、萨满教和印度教等。第三个特点是最重要的，就是要描述未来这几个宗教文化如何和平快乐地生活在一起。另外就是这部电影的主角。主角设定为什么样的人物？他可以是无形的，也可以是变化的，总之就是一个智慧体。

●雪漠：类似于幻身。

◎文韬：对。比如，某个镜头的画面是虚空在说话，过了一会儿，虚空中化现出佛陀。

◎陈亦新：不要用“佛”字。

◎文韬：还可以有一个配角，比如一只鹰，鹰可以在主角身边跟主角对话，真正的主角是贯穿过去、现在和未来的智慧体，始终以第一人称说话，引导剧情的发展。当然，我只是提供一个思路给您。

●雪漠：对，这个我可以写好。

◎文韬：剧情中还会讲到各个国家的人民是怎么生活的，最后实现了大一统。主题是推崇和平的观念。这是目前各国都在推崇的。

◎陈亦新：其实，我们应该从好莱坞的电影里汲取成功经验。比如《黑客帝国》，导演通过科幻和艺术的手段表达了佛家文化，而演员也很好地演绎出来了，他们把佛家文化的智慧换了一个很好的容器。

●雪漠：还有一部印度电影叫《我的个神啊》，也很好。

◎陈亦新：我觉得，这个时候我们应该有一种东西既有境界、有智慧、有思想，又能吸引眼球，还能说服别人。我们在形式上要发生变化，我们要有“催眠”的意味。想要成功“催眠”，最重要的就是不能让被“催眠者”产生防范之心。一旦他生起防范之心，就无法被“催眠”了。所以，我们一开始就不能说教，一旦说教，就会被排斥。我们只管讲故事，让人看完自己去反思。一部好的电影不用说教，只讲故事，观众自然会思考其中的含义。它也不会妄自给你一个结局，结局是需要你自己去想象的。这样的电影就是一首催眠曲，结束之后，你会发现里面的旁白、画面、插曲等细节，都停留在你的脑海里，让你久久回味。

●雪漠：我们可以将寻找灵魂的外星人作为故事的框架。

◎陈亦新：不能太直白。如今我们有智慧，有境界，有象征的寓言，需要的仅仅是载体。所以，一开始不要下结论下定义，只要把我们想要告诉读者的内容融入故事就行了。那部叫《狩猎》的电影就什么都没有说，它没有谴责任何人，只是在讲述发生了什么事，但看完之后你会思考为什么，因为这部电影里没有一个是坏人，每个人都很好，但整个小镇都毁了。可能每个人的一生中都会发生一些类似的故事，或大或小，将它们用电影的语言讲述出来，就成了电影。看完之后，你会陷入一种强烈的情感冲动，久久不能自拔。那种强烈的情绪会感染你，把你整个裹挟进去。好莱坞这一点做得很棒，包括《超体》。

●雪漠：你想一想还有什么好故事。

◎陈亦新：好故事很多，像我们这种框架的故事也有很多。《无死的金刚心》完全可以写成世界级的畅销小说。所以，我们现在需要整体规划，出一系列这样的作品，高层次低层次、高境界低境界的都要有。现在的平台很好，很容易成功。故事不要复杂，一定要吸引人，不要阻碍别人阅读。好电影很多，有一部叫《睁开你的双眼》的电影就很好看，但没有名气。凡是轰动的大片，故事结构必然非常简单。中国传统文化之中就有这个东西。《西游记》《封神榜》这些电视剧年代非常久远，却一直很受欢迎，原因就在于它们的故事很简单。不过，这一个个小故事，却能把佛家文化的内涵讲得清清楚楚明明白白。去年，中国出品了总投资大概十多亿人民币的影片，其中关于《西游记》的题材占一半以上，我们要仔细研究一下，为何这些经典可以经久不衰。

●雪漠：迪士尼既有童话故事，又贴近现实生活。

◎文韬：从儿童的角度看，《西游记》是一部失败的作品，因为它宣传的都是暴力，有无数的打斗场面，而且故事有很强的重复性。从西方人的角度看，《西游记》也是一部失败的作品。太重复，太雷同了。之所以关于《西游记》的电影那么多，是因为中国现在没有好的故事题材。

◎陈亦新：但是它毕竟风靡了这么长时间，我们一定要从中找到它受欢迎的原因。

◎文韬：风靡只是在国内范围，几百年了，在西方从来没有红过。

●雪漠：迪士尼成功在什么地方？

◎文韬：快乐、平和、爱、贴近生活。

●雪漠：《猫和老鼠》中的故事都是日常生活中发生的事，他们将所有力量都用来在生活中找故事。

◎文韬：对，他们在生活里挖掘素材，把这些元素融入电影里面，这是他们成功的原因。当然，神奇的故事最受关注，他们也在积极地寻找这方面的素材。我刚才冷静地思考了一下，我们先把第一步做好，从《无死的金刚心》入手，因为这个故事的意境很棒。不过，这个故事可能要根据我们之间的讨论做出一些修改，修改的过程中，甚至需要到世界各地去考察。但是，从我经商的角度看，这个故事是一个现成的果子。您不是说要活在当下吗？这个故事现在的意境就很圆满了，但我一直担心《无死的金刚心》太高端。

◎陈亦新：《圣僧与女神》就很好。我发现书名很重要，要形象化、勾人。比如说，整部小说可以提炼出三个关键词：圣僧、女神、诅咒，这三个关键词组成书名就是《圣僧、女神与诅咒》，以后起书名时都可以从书中提炼关键词。西方所有流行的东西，包括迪士尼、好莱坞等，都有一个共同的特点，就是独特、有个性，甚至可以说达到了这个题材的极致。我们以后写文章也要抓住这个特点，否则读者就得不到阅读的快感。太平和的文章不吸引人。所有艺术创作都必须达到极致，能火起来的东西必然达到了极致。还有一种情况是，在某个别人不了解的领域表现到极致，但是，在极致之外，还要有一种人性化的、贴近人心的东西。此外，我总结了他们所有电影的共性：一个在天上，一个在地下，天上地下都要掌握。意思是，你可以很高，但还要下得来，接得了地气。他们可能会侧重于表达失去亲情或失去亲情之后如何战胜自己的过程，《超能陆战队》中的一个天才少年就是这样，他是个天才发明家，但他最爱的哥哥突然去世了。这时，他非常痛苦，影片就展示了他如何战胜自己的痛苦。这个故事虽然简单，但大人小孩都很喜欢，因为他们把所有幻想和超能力都结合在一起，这样就能吸引孩子们的眼球。但是，这一切的背后还有爱。影片最重要的主题就是学会如何去爱，如何成长。我觉得，我们要着重避免达到某个高度、做到极致之后下不来，这是很容易出现的情况，我们一定要接地气。

◎文韬：《无死的金刚心》这部小说不是给小孩子看的，借鉴《超能陆战队》不一定合适，我们可以参照电影《美丽心灵》。这部电影非常有文化、非常高端，但又拍得非常感人。这也是它的格调。

◎陈亦新：我们应该把《无死的金刚心》里面的元素抓出来，一定要有标签和元素，因为我们要靠这个来敲鼓打锣地吸引别人。如果你单纯给别人讲一个关于信仰的故事，没人会感兴趣的。包括《美丽心灵》这部电影，西方人可能很喜欢，但它在中国的影响不太大。它是一部不畅销、算不上大片的经典。因为，能正儿八经静下心来看它的人并不多。

◎文韬：但是它在美国很畅销、很轰动。

◎陈亦新：我知道它在美国很轰动，但是在中国它不轰动，并不是每个人都知道它的。相对来说，《超人》《蜘蛛侠》《蝙蝠侠》在美国很轰动，在中国也很轰动，每个人都知道。

◎文韬：它们不一样。

●雪漠：前者是文艺片，后者是通俗片，怎么能一样。

◎陈亦新：我们现在就是要通俗的东西。《超人》《蜘蛛侠》等电影都有打斗场面，但西方人老老少少都爱看，《西游记》最大的致命点是雷同。我们需要定好位，一定要找到自己靠什么来吸引别人的眼球。对普通观众来说，《无死的金刚心》中最主要的卖点不是琼波浪觉的心路历程，而是本波文化中的诅咒与藏传佛教里的神灵鬼怪，第二个卖点是情书。一定要形象化。如果写爱情，爱情题材那么多，观众为什么要看你的作品？如果写圣僧的心路历程，证悟者那么多，关于证悟者的传记也那么多，为什么一定要看你的？所以，我们要给人家一个看的理由。我们一定要有神秘莫测的、蒙着面纱的、模棱两可的东西，像古老城堡。

◎文韬：我和你的观点可能不太一样。可能因为你年轻，喜欢这种新奇的东西。作为成年人，我们更喜欢看他朝圣的过程，看他心里的挣扎，看他怎么在爱情的纠缠中走向超越。

◎陈亦新：这个一定要有。我说的是标签，是噱头，是专门吸引别人的东西。就像马戏团敲的那个锣。这几声锣响不是节目，而是背景音乐。我们一定要有标签。比如，那天有翻译家说，现在西方人对西藏的兴趣超过了中国的其他地方。为什么？因为神秘，他们不了解。神秘未知，才会产生好奇，产生好奇才会想要了解。那么，我们就把神秘未知的东西拿出来，让他们了解。比如穿越的东西。促使人们接触文学艺术作品的第一驱动力，就是好奇心。

◎文韬：《圣僧与女神》中神秘未知的东西有很多，比如朝圣过程中的经历，女神的境界，也可以出现一些神秘的恶魔，但不要有龙蛇之类的东西，最好抽象化。一弄动物进来，就有点不伦不类了。

◎陈亦新：小说里的诛法也罢，本波文化也罢，藏传佛教文化也罢，都是真实的，都是历史上最宝贵的素材。尼泊尔的那些节日也是别人不知道的，都是神秘的、让人感兴趣的东西。它虽然不是主题，但必须要吸引别人。我们一定要确定我们的作品针对什么群体。现在有两个群体读书最厉害，不是四五十岁的成年人，而是孩子和年轻人，年轻人中包括大学生和小白领。我们一定要吸引这帮人，因为目前是他们在读书。

◎文韬：我们中年人也会被朝圣的内容所震撼，我觉得这个题目和说明太棒了。我觉得您还可以把这本书儿童化。

●雪漠：我已经把它儿童化了，孩子不喜欢说教和道理，所以我把小说中所有的道歌和教义都删掉了，只剩下故事，大概有十二万字左右。儿童版也很好。

◎陈亦新：我跟很多人聊过这本书，总结出了《无死的金刚心》的几个卖点。读过这本书的人绝对记不住里面的道理，也记不住里面的道歌和境界，只可能记住几个情节，比如魔桶，比如诛法，比如真假奶格玛等。这些情节他们都忘不掉。

◎文韬：虽然道歌的文字我不能完全记住，但道歌流露出的境界我是记忆深刻的。每个人读书的角度不一样。

◎陈亦新：不，我想说的是，小说中人们印象最深的，永远都是情节和细节。

●雪漠：光“魔桶”就是一个好故事。

◎陈亦新：文韬您刚才说道歌的境界您记忆深刻，但您怎么和别人描述它呢？您描述不出来的。

◎文韬：很难，也很难用电影描述出来。

◎陈亦新：但故事是可以描述的，我这会儿就可以把魔桶的故事讲一遍。把道歌改编成歌曲就很容易记住了。

●雪漠：把魔桶的故事扩展开。

◎陈亦新：魔桶的故事完全可以展开，题目就用《魔桶》。

◎陈亦新：还有，我们手头有很多《无死的金刚心》中的这种素材，为什么我们不把它们提炼出来，写成畅销小说？

●雪漠：你举几个例子。

◎陈亦新：比如阿甲，他是一个被驱赶的神灵。题目可以直接叫《被驱逐的神灵》。在一般人的观念中，神灵是受到膜拜的，那么这个神灵为什么会被驱逐呢？好，接下来我们就开始讲细节。

◎文韬：我对《西夏咒》的印象反而比较模糊，让我印象深刻的是《西夏的苍狼》，里面有几个情节非常浪漫，还有里面的那个歌手。如果能把他的那些歌唱出来，再加上浪漫的情节，我觉得会非常好。我们要人家唱出来，而不是背出来。

◎陈亦新：所有小说中最容易从故事层面展开的，就是《西夏的苍狼》。不过，要把里面的现代部分删去。等我把我的小说写完，就来改这部小说。我要把它改成黑喇嘛、黑将军、黑歌手、黑戈壁、女人和苍狼的故事。这些元素在《西夏的苍狼》中都一笔带过了，但是如果扩展开，在好莱坞就可以拍成大片。

◎文韬：这也是一个很棒的故事。真的是大片。

●雪漠：黑歌手远离家乡去寻找娑萨朗，找到之后，一群人前来迎接他，他却发现那些都是凉州人，而他找到的娑萨朗其实是另一个凉州。这是一个多好的故事啊。

◎陈亦新：最重要的是它是一脉相承的，我们可以从黑将军、黑喇嘛、黑歌手、城堡山等写起。这些内容完全可以变成故事。

◎文韬：西夏的历史是被埋没的。

●雪漠：我有很多好小说，你们还没有看完。《猎原》也是很好的小说。

◎文韬：这些素材好莱坞都会抢着买。

◎陈亦新：而且，这些东西别人都没有。我们要把这些故事和素材编成一个系列。如果想让人家记住你，一定要系列化。这样，人家要是想找相关素材的话，也会到你这里来找。

●雪漠：这些素材都可以进行再创作。比如，《西夏咒》中琼的父亲希望琼当强盗，琼的母亲希望琼出家当圣僧，这种纠结的剧情就是很好的电影题材。而且，其中有非常丰富的细节，比如他的父亲为了让他当强盗，就让女人去勾引他，想让他堕落，而他的母亲则让他的舅舅教他如何升华自己。这个故事既通俗又经典，人性中所有的善与恶其中都有了。

◎陈亦新：我已经开始构思了，比如月光下的黑歌手、远去的背影、被驱逐的神灵、被囚禁的本尊、得龙病的女人等。

●雪漠：还有破戒的僧侣、真假娑萨朗……

◎陈亦新：我觉得那个得麻风病的女人的素材实在太好了，可以把雪漠老师的故事改写成电影。每个故事写十万字，写成一个系列。

●雪漠：还有猎人、牧人的打斗等。把这些素材通俗化和畅销化，重新写，十万字到十二万字都可以。我们就用这套作品走向世界。

◎陈亦新：改剧本很容易。

●雪漠：让他以剧本的形式写小说。

◎陈亦新：我写小说有一个特点，就是画面感很强。

●雪漠：小说不要太长。

◎陈亦新：这一系列的小说其实很好写，故事大纲都已经有了，只是改编而已。这样几乎一个月到两个月就可以出一本书。

●雪漠：写成孩子们也能读懂的。

◎陈亦新：没问题。大家都会喜欢的。这个系列太棒了，精神也有，境界也有，智慧也有。比如得麻风病的女人、魔桶等。故事都是现成的。

●雪漠：把魔桶故事展开会特别好，真假奶格玛的辩论也可以，还有寻找灵魂的外星人。

◎陈亦新：还有《博物馆里的灵魂》，我已经写了五千字，这个故事是很容易火的。魔桶故事也很容易火，读者们聊《无死的金刚心》时都会提到魔桶。

●雪漠：一提魔桶，任何一个读过《无死的金刚心》的人都知道。

◎陈亦新：前几天，有一个女孩子在微信好友圈上说："哎呀，我最怕我掉入魔桶当中。"另一个人留言说："你怎么和我一样，我也在魔桶当中。"

●雪漠：魔桶成为一个意象了。

◎陈亦新：这就是“名片”，我们需要的就是这种东西，能让别人记住的也是这个东西。

●雪漠：能把这个故事展开是最好的。我觉得，你写的时候要注意几个方面：首先要面对孩子，要知道自己是在给孩子们讲故事。你写的时候，就把自己变成孩子，这样孩子就能看懂你写的东西。不要局限于成人，既要值得成人阅读，也要让你的女儿喜欢，比你女儿大一点的青少年也喜欢。所以，不要太深奥，要好看。如果不是孩子的话，迪士尼很难这么有名。

◎文韬：我分析一下，因为成年人没有时间看书，他们大部分休闲时间都用来看电影了。而父母希望孩子能多看书，所以会帮孩子买很多书。但是，如果一本书又能让成人喜欢，又能让孩子喜欢，就会很像万金油。从经商的角度来看，一个产品如果成了万金油，就一点特色都没有了。

●雪漠：我的意思是强调故事，让孩子能看懂，还要能够拍电影。

◎陈亦新：让孩子能看懂，不代表成年人就不会喜欢。您可能不知道，初中生看《野狐岭》看得如痴如醉。还有，您知道《魔戒》三部曲吗？它是世界顶尖的文学作品，虽然成人不一定都会觉得很好，但我的学生里有很多六年级的孩子看得如痴如醉。他们中有些人把《野狐岭》当成悬疑小说看。

◎文韬：我同意你的说法，但是你不要混为一谈。每本书你都必须有一个清晰的客户定位。我是担心作品会变成万金油，这样就麻烦了。所以，我建议《野狐岭》可以针对高中生、大学生，但《无死的金刚心》你必须要针对能够谈论爱情的这帮人，《西夏的苍狼》你可以针对动物爱好者之类的人。要有这样的一种客户定位，不能用迪士尼的味道写《无死的金刚心》，那样就不好了。

◎陈亦新：我的客户群就是高中生、大学生和已经进入社会的年轻人。

●雪漠：成年人可以去看我的书。

◎陈亦新：这次出来讲课，和别人聊天，我发现了一个问题：百分之九十的人更喜欢通俗易懂的东西，高深的他们看不懂或是不愿看。我举一个很简单的例子，前段时间《狼图腾》拍成了电影，而且已经拍得非常通俗易懂了，但电影院里还是有人看到睡着了，还说“这是什么破电影”。其实，《狼图腾》已经不算深邃了。

●雪漠：因为他们没有能把人的心勾住的故事。我研究过好莱坞的电影和剧本。电影一般分为三个部分：开端、高潮、结尾。开头一般只有二十分钟左右，而且要用三到七分钟告诉观众谁是主人公，他会面临什么样的困境，接下来他打算做什么。影片中必须出现这些内容，才能把观众的心提起来。接下来就是剧情的发展。剧情中必须出现一个干扰元素，比如一个跟主人公作对、阻碍他完成目的的人，然后他们发生冲突。第一次冲突必须在开头就要出现，然后讲主人公是如何克服苦难的。剧情进行到中间部分时，要出现正邪之分，并且充满了焦灼感和紧张感，主人公要战胜一个一个的难关。比如，《无死的金刚心》中，莎尔娃蒂和诅咒琼波浪觉的人，都在阻碍琼波浪觉寻找奶格玛。而且他俩带来的阻碍，是两种不同性质的阻碍，一种是情的阻碍，一种是魔的阻碍。情也可以被视为魔，那么莎尔娃蒂就代表了情魔，她虽然深爱着琼波浪觉，但她的情书在本质上阻碍着琼波浪觉到达他的目的地。所以，她的情，就成了琼波浪觉成就过程中必须克服的障碍，也推进着剧情的发展。这时，高潮还没有出现，但已经出现了很多充满危机感和冲突感的细节，比如遇到麻风女等。高潮是什么时候出现的呢？琼波浪觉遭遇魔桶的时候。很多空行母出现，考验琼波浪觉时，剧情的中间部分就结束了，随之高潮出现，琼波浪觉遇到了魔桶，并且进入了魔桶。进入魔桶之后，紧接着又出现了另一种冲突：真假奶格玛。从这里开始，冲突不断出现，包括琼波浪觉的儿子和另一派的一个女子互相诅咒等。这个情节的出现，将整个剧情推向了高潮。当琼波浪觉发现他找到的奶格玛不是真正的奶格玛时，观众也会有一种如遭雷殛的感觉。这个情节预示着高潮的结束，剧情进入结尾部分。在剧情的结尾部分，琼波浪觉再一次踏上了寻觅之途，也再一次陷入心灵的困境。最后，他终于找到真正的奶格玛，得到妙法，然后苦修，实现了最终极的升华，也终于发现，原来他一直寻找的奶格玛——包括他遭遇的所有奶格玛，都是他自己。整个故事就是这样布局的，剧本就可以这样写。

每个冲突的描述文字不要超过一万字，剧中大概有十个冲突，大概就是十万字左右。每一个冲突之间必须层层递进。高潮部分可以长一些，甚至可以比原来的版本更早进入魔桶，大概在电影的第四十五分钟左右。因为，魔桶里有大量的精彩细节，比如假奶格玛与另一个假上加假的奶格玛之间的较量、空行母的诅咒、娑萨朗的较量还有对孩子的爱等。这些故事都发生在魔桶里。最后二十分钟用来讲最后的升华和超越。写小说则必须根据人物的心理暗示，来安排什么地方出现什么剧情。我写这部小说时，就是按照这个节奏来写的。

◎文韬：在剧本的开头部分，要不要带出琼波浪觉是本教教主的儿子这个信息？

●雪漠：要带出来，因为他要面临第一个选择。

◎文韬：那就是以辉煌的法王背景作为开头。

●雪漠：如果改编成连续剧，也一定会很好看——还有一种写法：把前面和后面都删除，只选取其中一个精彩部分来描写，比如琼波浪觉是如何进入魔桶，在魔桶里经历了什么样的故事，最后是如何走出魔桶的，所有精彩剧情都在里面交织着，这就是一部最好的电影。

◎文韬：它完全可以拍成一部电视剧。

●雪漠：前面的剧情，比如主人公的身份，之前的经历和魔桶故事的背景等，都可以用回忆的形式交代。第三种写法是，只写女神莎尔娃蒂出现，跟琼波浪觉相恋，她和她的家族都想把琼波浪觉留下来，但琼波浪觉还是挣脱了爱情的捆绑，继续寻找奶格玛，这也会是一部好电影。

◎文韬：这部小说可以拍成三个电影。

●雪漠：就是三部曲。《圣僧与女神》是第一部，《魔桶》是第二部，《诅咒》是第三部。

◎文韬：我觉得《诅咒》应该放在第一部。第一部出现情魔和诅咒，这个剧情就非常充分了。第二部是《魔桶》，第三部是《寻找奶格玛》或者《空行母》。真是太丰富了。陈亦新你可以先按原来的想法写，然后再分成三个剧本。

●雪漠：写小说的时候就要用剧本的形式去写，但语言要更美一些，必须要有画面感。

◎陈亦新：我的小说就是画面感很好。

●雪漠：电影剧本的秘密在于结构。在一段有限的时间之内，你必须要交代一个完整的故事，必须要有一个主人公克服重重困难考验的线索，必须要有不同时间点该出现的人物。找到这些元素之后，就构建冲突。然后，一定要注意两点：第一，拍摄支点和画面诗意。有了故事、结构、拍摄支点和画面诗意，它就既是小说，又是剧本。你看《无死的金刚心》里有多少精彩的东西。

◎文韬：我们来北美这一趟太值了。一接触世界，灵感就被激活了。

●雪漠：字数不要太多。

◎陈亦新：节奏紧凑，情节推进得快一些。

（根据录音整理）

中国移民和印度移民的不同选择

——和谷歌公司白领的对话

●雪漠：到现在为止，你来这儿多长时间了？

◎谷歌女白领：我2000年过来的，十五年了。

●雪漠：哦，十五年了。你看起来很小嘛。

◎谷歌女白领：事实上也不是很大，我快四十了。

●雪漠：你们这批留学生中成功的比率有多少？

◎谷歌女白领：我们不算成功。

●雪漠：也属于。

◎谷歌女白领：要看什么叫成功。

●雪漠：你们这批留学生的收入一般有多少，在美国？

◎谷歌女白领：在美国的话，一般超过十几万。

●雪漠：一年十几万美金？

◎谷歌女白领：如果单位比较好，比如我们单位这种，有二十几万。

●雪漠：每年二十几万。这算不错了啊。

◎陈亦新：这已经很好了。你们这批移民和我们之前看到的那些不一样，首先，你们在国内受过很好的教育。

◎谷歌女白领：在大学里确实受过很好的教育。

◎陈亦新：计算机专业，而且几乎都是名牌大学和一本。

◎谷歌女白领：对。

◎陈亦新：在国内就属于精英，又赶上了互联网发展这个浪潮。

◎谷歌女白领：对，他们正好需要人量的人。

◎陈亦新：你们移民过来，他们又需要大量的技术人才，正好是一个供一个需。

◎谷歌女白领：美国把人才吸引过去了。

●雪漠：大概有多少人？

◎谷歌女白领：好多人呢。

●雪漠：好几万？有没有？

◎谷歌女白领：好像不止。你想，现在有多少大公司？几万人肯定是有的。

◎陈亦新：你们公司，华人占多大比例？

◎谷歌女白领：我们那儿不多，但百分之十应该还是有的。

◎陈亦新：有啊？

●雪漠：百分之十。

◎谷歌女白领：印度人更多。中国人大概是印度人的五分之一左右吧。

◎陈亦新：哦，印度人这么多啊。

◎谷歌女白领：嗯。印度有一个专门的技术学校，专门培养这方面的人才，叫Indian Technology。

●雪漠：教程序?

◎谷歌女白领：嗯，程序学院。

◎谷歌女白领：他们发现印度人的教育跟西方的需要更接轨一点。

●雪漠：主要是语言问题。

◎谷歌女白领：他们比较实际。在那里教书的，应该是西方人吧，所以它跟西方比较接轨。

●雪漠：思维的问题。毕竟它曾经是英国的殖民地。

◎谷歌女白领：嗯，他们的英文很好，而且上学的时候就做project，也就是做项目。毕业的时候项目已经做得很好了。国内的大学里不做项目，就是读读书什么的，所以过来就很不适应。印度人读书的时候就做项目，过来就会比较适应。微软的CEO就是印度人。我们公司的老板也不管事情了，我们的那个“二皇帝”也是印度人。

●雪漠：哦。

◎谷歌女白领：中国人还是比较难于融入那个系统的，所以很多人都在下面打工，真正做到管理层的很少。但是印度人做到管理层的很多，像我们公司在加州的那个分部，我觉得印度的高管大概有三分之一吧。

●雪漠：那员工里有多少印度人?

◎谷歌女白领：员工大概占三分之一吧。美国人跟中国人的思维不一样，普通的美国人不觉得一定要做管理者，他们喜欢做下面的事情，比如编程。印度人的脾气又比较好，比较能容忍，能受得了夹板气，而且各方面都能运筹，所以，印度人中做高层管理者的人有很多。

●雪漠：很多？

◎谷歌女白领：是。其实印度人挺适合管美国人的，因为美国人都很有主意，而且很倔，所以需要一种很柔性的管理者。

●雪漠：以柔克刚。

◎谷歌女白领：很民主、很柔性的那种。印度人做这个特别好。所以谷歌CEO的下一个接班人可能也是印度人，微软已经是印度人接班了。

●雪漠：现在，谷歌西雅图总部里面，印度人有没有占三分之一啊？

◎谷歌女白领：没有，西雅图总部里好像没有印度人。

●雪漠：没有？那有没有中国人呢？

◎谷歌女白领：有一些中国人。但我们那边基本上住的都是白人。西雅图很有意思，它是印度人、中国人住在东边，白人都住在西边。东边是新区。

●雪漠：印度人和中国人来自东方，白人来自西方。

◎谷歌女白领：我们那里都是白人，一个印度人都没有。大概有几个中国人吧。

●雪漠：谷歌给你们这些员工提供住宿吗？

◎谷歌女白领：没有。现在Facebook（脸书）都提供住宿了。房子还挺大的。

●雪漠：那谷歌的员工都得自己有房子？

◎谷歌女白领：对啊，就是自己有房子。

◎陈亦新：一年十几万的话买个房子很轻松。

◎谷歌女白领：是的，公司比较愿意付出，觉得员工很重要。如果公司觉得主要还是靠做生意来赚钱的话，可能就会对员工吝啬一点。

●雪漠：对。

◎谷歌女白领：有一本书讲的就是谷歌是如何运作的。谷歌觉得公司是依靠人才的，这些人才既有做生意的头脑，又有实际编程的本领，还有艺术家的品味，非常完善，公司就得靠这一个个非常完善的人才。所以，公司不会干预他们，一般都是放任自由，让他们自己完成该做的事情。因为有这样的理念，所以公司愿意慷慨地对待下面的员工。

◎陈亦新：谷歌员工的自由程度在全球是很出名的。

●雪漠：今天你不就出来了吗？说明你很自由。

◎谷歌女白领：呵呵呵。我是很忙的。我老公说，谷歌的自由是资本主义的表象。

●雪漠：下班之后有时也要工作的，对不对？

◎谷歌女白领：我不用，因为我有小孩，而且我没有太高的追求。

●雪漠：你觉得，中国人和中国文化想要融入谷歌，或者融入西方，主要需要处理什么问题？

◎谷歌女白领：我觉得中国人最大的特点是，我们觉得自己就是一个中心，很少观察自己所处的环境，对这方面不是很注意。这是最大的问题。印度人也好，白人也好，都会首先观察自己周围的环境，然后才可能是自己。他们对周围的环境非常注意。中国人刚好跟他们反过来。在中国人的眼里，自己是这个世界上最重要的，主观愿望非常强。弄得好的话，其实也是好的，是对的，但他很容易变成一种毛病。比如，给他一个东西，他做得不是很对，或是水平不到，这个毛病就会凸显出来。我再举个例子，演讲的时候，印度人或白人都能跟观众交流，很注意观众的提问或别人在想什么，但中国人不会，中国人很容易说“I have a dream……”然后说我要怎么怎么样，好像跟环境有一点脱节。

●雪漠：融入不了。

◎谷歌女白领：其实中国人有自己要守护的东西，对吧？

●雪漠：对。

◎谷歌女白领：但就要因此付出代价，可是又很难改变。

●雪漠：打碎自己。

◎谷歌女白领：打碎自己很难。西方人的方式是，你做得不好，就是有问题的，他会说你。他觉得实际上是怎么样就是怎么样，或者看环境怎么说，完全接受环境对你的反馈。如果处理得不好，有的人在心理上就会变得特别脆弱。如果处理得很好的话，应该是你知道自己是怎么想的，又能跟环境完全地融入。处理得最好的人都是这样的，他们是通融的。如果你做不到这一点，就肯定是哪里出了毛病。

●雪漠：谷歌的管理层中国人多不多？

◎谷歌女白领：极少极少。我一直说，印度人就像一个谜，他们好像没有自我，但中国人和外国人都是属于有自我的，就是说，他们都在坚持一种东西，所以，中国人跟白人就会……

●雪漠：就会产生冲撞。

◎谷歌女白领：是的，就会冲撞。但印度人一直强调没有自我，所以就和西方人融合得比较好。西方人的关注点主要在具体的东西上面，但中国人的关注点主要在人上面，而印度人的关注点主要在精神或没有自我的那个东西上面。所以，印度人既可以跟中国人融合，也可以跟外国人融合。

●雪漠：印度人的执著很少啊。

◎谷歌女白领：比如说，你平时去参加一个社交活动或是什么活动，就会发现中国人好像都比较holdback，也就是会比较有障碍。中国人觉得你是白人，你有你的一套，我也有我自己的一套，那么我们就很难交流。但是印度人很放得开，别人怎么样，他就照着别人那样做，见面就说“嗨，你好啊”，然后说他们的语言，做他们的事情。印度人可以做到这一点，但咱们中国人做不到，中国人总觉得，哎呀，我有我自己的传统，我有我自己坚守的东西。这就很难融进西方人的世界。

●雪漠：这批中国人之中，有多少人觉得移民的选择是对的？多不多？

◎谷歌女白领：不多，其实想回国的人很多。

●雪漠：比例大概有多少？

◎谷歌女白领：嗯……比例是多少我不知道，但这是一种风气，不断听说有人回去。

●雪漠：是不是因为西雅图这边开始感觉到中国的强大？

◎谷歌女白领：嗯，我不知道，我说的只是我自己的看法，具体怎么样我不太清楚。但是，很多男性华人还是比较想回去的，他们的亲戚在国内，回国更能施展拳脚。

●雪漠：那是真的。

◎谷歌女白领：不像印度人，印度人好像基本上都挺满意这里的生活，他们中有很多人混到很高层之后，会把很多东西挖出来，交给印度人去做。

●雪漠：哦？

◎谷歌女白领：也就是外包。比如，前几天有新闻说一个印度人被控告了，因为他做了管理者之后，让白人员工训练印度人，然后把活儿交给印度人干，后来就被别人告了。

●雪漠：为什么要告他呢？

◎谷歌女白领：美国其实有一种法律，专门保护本国公民的工作机会。

●雪漠：哦，对。

◎谷歌女白领：要外包给别人也可以，但你必须提供证明，说明是美国人不肯干，或者你没有办法让美国人干，否则你就不能把项目外包给外国人。但一般公司都是受利益驱动的，总归是哪里便宜就想叫哪里干……我周围有不少人想回国，我也开始找工作了，因为我老公有一个机会可以回国。

●雪漠：嗯，也好。反正我们这次过来之后，考察了大概一个多月，发现国内的精英来到西方之后，成功的人不多。

◎谷歌女白领：很少很少。

●雪漠：像你们这样成为白领的都很少。

◎谷歌女白领：啊？

●雪漠：是的，你们已经算是很成功了。

◎谷歌女白领：啊？

●雪漠：真的，很多人都在社会底层。

◎谷歌女白领：是吗？

●雪漠：是的，我在加拿大卡尔加里就见到很多这样的例子。你不是南京大学毕业的吗？

◎谷歌女白领：对啊。

●雪漠：一个大学的教授移民到加拿大之后在送外卖，还有一个博士和一个硕士也在送外卖。

◎谷歌女白领：哦，他们为什么要送外卖？

●雪漠：因为找不到工作。

◎谷歌女白领：那可能是专业不好。

●雪漠：人文的可能找不到，像你们读计算机的可能能找到。

◎谷歌女白领：对啊，人文的很难找，就是计算机好找工作。

●雪漠：别的都不行？

◎谷歌女白领：很难。

●雪漠：你认识的其他专业的华人呢？

◎谷歌女白领：要不就是做生物的也好找一些。

●雪漠：文化层次比较高的人移民过来会怎么样？找到工作的多不多？

◎谷歌女白领：嗯，我认识的人很少。

●雪漠：哦，其他专业不行。

◎谷歌女白领：专业不行，对。

●雪漠：除了计算机。

◎谷歌女白领：那个送外卖的教授为什么不回国呢？

●雪漠：他和老婆已经移民过来了，他怕留下老婆一个人，所以不回国。

◎谷歌女白领：因为移民，所以要待在那儿。

●雪漠：对，他已经移民了。你是办的绿卡，没有入籍吧？

◎谷歌女白领：之前办的绿卡，后来因为打算回国，就入籍了。

●雪漠：入什么籍啊？

◎谷歌女白领：美国籍。

◎陈亦新：入籍方便回国？

◎谷歌女白领：是这样，如果待在美国，其实是不用入籍的，绿卡就很方便。

◎陈亦新：是啊。

◎谷歌女白领：如果要回国就不一样了，一来这里的绿卡会保不住，二来就是……国内有个非常可笑的现象，你有了外国国籍之后，在国内反而会更容易混，或者说有更多的好处。

●雪漠：这太滑稽了。

◎谷歌女白领：是很滑稽。比如，如果你的父母没有美国国籍，有的学校你就进不去。在北京还有一些医院，没有美国国籍你也去不了。所以，为了回国，很多人反而会去入美国国籍。当然，你不一定要这么做，但如果你拿的是绿卡，回国几年，绿卡就失效了。

◎陈亦新：拿绿卡的人每年不得离开美国超过一百八十天，有这样的说法。

◎谷歌女白领：对。

◎陈亦新：如果超过一百八十天会怎么样？

◎谷歌女白领：绿卡就没了。

◎陈亦新：被没收了？

●雪漠：所以很多人为了回国而入籍。

◎谷歌女白领：嗯。

●雪漠：哎，我第一次听到这种事。

◎谷歌女白领：如果有美国国籍，在国内就会更加方便，想回美国也比较方便。

●雪漠：对。

◎陈亦新：入了美国国籍之后，就可以美国和中国都不失去，如果你想回美国，还能随时回来。如果你不入籍的话，绿卡一百八十天后就没了，以后想回来就难了。可以这样理解吗？

●雪漠：不，现在主要是工作麻烦。

◎谷歌女白领：工作签证的政策一直在变，情况一变，它就会变。有些签证还是一直卡着的。就像你刚才提到的那个教授，他在加拿大应该没有问题，但是在美国，除了计算机，其他工作都很难拿到工作签证。美国不允许你在这里工作。

●雪漠：哦。

◎谷歌女白领：除非你是新移民。有了身份，你才能在这里工作，否则很难的。而且，以前的工作签证有很多限制，有时你的配偶是不能在这里工作的。比如，过去有一个规定，你刚拿到工作签证的五六年内，你的老婆都不能在这里工作。现在变了。

●雪漠：哦。

◎谷歌女白领：而且小公司不能给你办工作签证，因为办一个工作签证要很多钱，只要大公司才会帮你办。

●雪漠：入籍之后有没有后悔？

◎谷歌女白领：后悔？

●雪漠：做美国公民不是太麻烦了吗？又要报税，又要全球征税，好像有很多类似的东西。

◎谷歌女白领：其实中国的税比美国的还高。

●雪漠：没有吧？

◎谷歌女白领：是的，中国是百分之四十的税率。

●雪漠：好像我们老百姓感受不到。

◎谷歌女白领：感受不到？

●雪漠：中国的税不高，销售税一般百分之四，不是四十。

◎谷歌女白领：我说的是收入税。

●雪漠：收入税百分之二十。

◎陈亦新：最高百分之二十。

◎谷歌女白领：个人的？

●雪漠：个人的，最高百分之二十，我经常上税。

◎陈亦新：个人所得税最高百分之二十，没有百分之四十的。

◎谷歌女白领：真的？那怎么所有人都跟我说……

●雪漠：而且你要知道，中国的个人所得税有很多种类型，并不是所有人都要交这么多税的。

◎谷歌女白领：这样不是很贵。

◎陈亦新：对。

◎谷歌女白领：不对吧？

◎陈亦新：我跟你讲，如果我中了一千万的彩票，税只交百分之二十。

◎谷歌女白领：这么少？

●雪漠：百分之二十。

◎谷歌女白领：美国要抽你的百分之六十。我们这里税收基本上是三分之一吧。

●雪漠：你觉着，如果中国文化要传向西方，最大的问题是什么呢？

◎谷歌女白领：中国文化传向西方嘛，最有效的一个手段，就是让很多西方人都娶中国女人做老婆。

●雪漠：呵呵，这是一个。

◎谷歌女白领：而且他们在家要吃中国菜，小孩子也得上中文学校。

●雪漠：除了这个呢？

◎谷歌女白领：除了这个，我觉得其实每种文化都有好的地方，也有不好的地方。西方有个不好，就是非常讲究规矩，从小就告诉你应该怎么做，把你看得很紧。当然，这也是有好处的——因为有了这些规矩，这个国家才会比较发达，这里也会更加干净。但是对人性本身，我觉得是一种压制。比如，一个男人从小就被灌输“你应该做什么”“你应该怎么做”等，很多人可能受不了，想要更大的自由，而且会产生一种“我知道该怎么做，你不要来管我”的想法。所以，这里有很多人讨了中国老婆，觉得中国老婆也许能给他一种比较宽松、比较温暖、比较包容的环境。

●雪漠：你说的这种人性受到压制的环境是在中国，还是在美国？

◎谷歌女白领：在美国。

●雪漠：美国有这种环境吗？

◎谷歌女白领：没有，我说的是美国人家里的小环境。

●雪漠：你觉得是中国更好呢，还是美国更好？

◎谷歌女白领：这个很难说。美国人在某个方面把自己压得很低，什么东西都要以规矩为上，中国人好像有点把人放得太大了。

●雪漠：放开了。

◎谷歌女白领：没有敬畏，没有规矩。不过，美国人其实也生活得很痛苦，有人说他们的心理质素并不是很好，比顽强、应对逆境、应对挑战什么的，他们会表现得比中国人好吗？我觉得不一定。

●雪漠：对。

◎谷歌女白领：他们把现在的系统维护得很好，把所有规矩都建立得很好，在现有的规矩之中，一切都已经发展得很好了，他们容不得任何变数。不能有混乱的东西进来。其实基督教文化就是这样的。他们在自己的规矩里可以作用得很好，但是他们容不得跟他们不一样的东西。

●雪漠：我还发现了一点，中国反而有很多的资源。这儿有太多的约束。

◎谷歌女白领：是的，是的。

●雪漠：法律，各种税法，各种规矩。是不是这样？

◎谷歌女白领：是。

●雪漠：每年还得报那么多税，填那么多的报表，很麻烦很麻烦。

◎谷歌女白领：是是是。我其实也适应了很久。这些东西真是很讨厌，但现在都习惯了，习惯了反而觉得这些是一定要做的。

●雪漠：你发现了没有，有一个非常有意思的现象是，很多人都追求自由。我这次过来发现，对于个体生命来说，中国反而有很大的自由度。

◎谷歌女白领：中国其实有自由度。

●雪漠：对，在中国，个体生命其实没有那么多的麻烦，尤其是税法，美国的税法太麻烦太麻烦。

◎谷歌女白领：是，还要请律师。

●雪漠：对，请律师，专门的会计师和他报税，这些东西都很麻烦。国内对老百姓没有这些要求。

◎谷歌女白领：嗯，是。他完全可以很自然地找到一种合适的生存方法，但美国的系统不是这样的。

●雪漠：对，太有秩序。

◎谷歌女白领：什么事都要根据一个一个的规矩来做。但它其实是有好处的，最基本的好处就是人会比较有敬畏，比较愿意遵守规矩。这是最最基本的一点。如果公民缺乏敬畏心的话，社会就会乱七八糟的。所以他们很多人就讨中国人做老婆，这样最起码家里的小环境会比较有营养，比较自由，也比较滋润。

●雪漠：西方人最喜欢中国的什么东西？他们最关注、最愿意了解的是什么？

◎谷歌女白领：就现状来看，我觉得他们其实挺排斥中国的东西。为什么？因为，他们的东西跟中国人强调的东西正好是相反的。他们可能还没有意识到，相反的东西其实也是需要强调的。就是说，他们强调在社会生活中把自己收缩、收缩再收缩，去遵守社会的规矩，这已经成了他们的潜意识。他们从内心深处抗拒中国人讲究的东西，觉得这个东西是对既成规矩的一种破坏。你知道吗？就像为什么谷歌接受不了国内的很多做法，因为国内的很多做法跟谷歌的做法是相反的。

●雪漠：哪些地方相反？

◎谷歌女白领：比如说，在国内，基本上你是跟着领导走的嘛，但是在谷歌，你最最底下的那一层才是最最要紧的，这跟国内是完全相反的。

●雪漠：对对对。

◎谷歌女白领：说实话，我不是很喜欢谷歌，我觉得这个公司其实挺危险的，因为他们本质上是在否定人。

●雪漠：对，他们把人当成工具。

◎谷歌女白领：他们不是觉得人是工具，而是希望把人取代掉，simple，他们觉得计算机能够取代人。

●雪漠：呵呵呵，如果计算机真能取代人类，最后人类就会消失。

◎谷歌女白领：对，他们有这种倾向，一直想把自己给取代掉。现在，很多搞计算机的人都在研究怎么自动写程序。

●雪漠：自动写程序？有没有这种可能性？

◎谷歌女白领：我跟我的同事谈过这个问题，我觉得不可能，但他觉得可能，这也许是一种信仰上的差别。

●雪漠：嗯。

◎谷歌女白领：跟他们说很久也说不通，他们就是觉得值得去研究。

●雪漠：他们认为可以实现。

◎谷歌女白领：总有一天是可以的。

●雪漠：也许可以。用更高的程序左右一些小程序。

◎谷歌女白领：对啊，就是通过程序来形成程序。比如，现在那个程序都可以自己学习了。你随便给它一个游戏，它就能学习怎么打，过上一两天，它就能打得比人都好。

●雪漠：哦。

◎谷歌女白领：随便什么游戏都行。以前，那个程序只能做一件事，要么会写，要么会下象棋，对吧？但现在，那个人工智能可以学任何东西。

●雪漠：哦。

◎谷歌女白领：比如说它可以认图片，可以说出图片上是一只猫，或者图片上是一头牛，都可以。它可以学习很多东西，可以总结很多规律。很多程度上，它确实能算出人能思维到的东西，可以把人物理上的思维给取代掉。

●雪漠：哦。

◎谷歌女白领：但是，人还有一种空性状态，就是什么都没有的状态，我觉得计算机肯定没有，因为它是从里面发出来的东西。

●雪漠：对对，智慧的东西计算机没有。

◎谷歌女白领：对啊。那种空性的东西。

●雪漠：是的。

◎谷歌女白领：计算机能把外面的——比如说你脑子里的一个想法、你看到的东西，包括所有感官上的、物理上的东西都算出来，甚至能超过人类。外在的东西，计算机全部都能超过人类。

●雪漠：思维可以超过，知识也可以超过，但智慧不可能啊。

◎谷歌女白领：所以，我觉得那些西方人从来没有接受过空性这个概念，不承认这个东西的话，他当然觉得计算机可以彻底取代人。因为，除了这个东西之外，在所有方面，计算机都确实可以做得比人类更好。

●雪漠：对啊。

◎谷歌女白领：因为没有这个概念，他们就觉得自己终于找到一个东西可以把“我”全部超越了。所以，我觉得我们单位很疯狂，在这个方面他们确实很疯狂，挡都挡不住。

●雪漠：有一天有可能实现。

◎谷歌女白领：他们只要相信，就会不断去钻研，钻研到最后肯定还是会有结果的。

●雪漠：嗯。

◎谷歌女白领：不但会有结果，还可以做得很好。现在已经有了无人驾驶的汽车和飞机。

●雪漠：无人汽车成功了吗？

◎谷歌女白领：研究好多好多年了，已经上路了嘛。但是，无人驾驶的汽车还存在一个关键问题：如果路上不全是无人驾驶汽车，还有人类在驾驶汽车，怎么办？你不知道人会有怎样的反应和行为，所以就有可能出事故。如果路上全是无人驾驶汽车，那么一切都可以预测出来，就不会有事故。

●雪漠：要看人坏不坏吧？

◎谷歌女白领：人和机器一起开车，事故率就会比较高。所以，如果进入停车场，你就可以让机器开车，你不用管。或者，将来如果有了无人驾驶汽车的专用路，你也可以不用开车，只要坐在车上，机器自然就会把你带到你要去的地方。这还是挺方便的，算是这种技术的一个好处吧。

●雪漠：有意思……你们平时有没有任务？

◎谷歌女白领：有。

●雪漠：具体点。

◎谷歌女白领：我没有做人工智能，我不大想做人工智能，但现在有好多好多很牛的人都在做人工智能。我做的是一种新型的东西。这么说吧。以前，所有跟计算机有关的东西都在本地做，比如，你要开一家公司，公司要配备一个网站，那么你就要在本地做一个服务器——存储也在本地——别人才可以访问你们公司的网站。但现在有了cloud，也就是云计算、云端，所有东西都要放在云端里管理，你只要把数据传到云端上，云端就会把你的数据散分到很多机器上面，然后，你就可以很快地搜索到你的信息。这些东西你在本地做是很难的，因为没有资源把它集中，没有那么归拢的调度。我就是做这个东西的。我一开始在谷歌的广告部门做。广告部门做什么呢？我们为大客户做报表，比如他们在谷歌买了很多广告位，想知道那些广告到底效果怎么样，哪个广告更赚钱，哪个广告不赚钱，要怎么调整，我们的报表上就会提供这些方面的数据。谷歌百分之九十九的收入都来自网站上的广告。

比如，我们的视频网站上的广告有很多数据，我们要从那些数据里提炼有用的信息。它的很多数据库都是围绕广告建立起来的。现在，安卓在做，微软也在做，你也能用我们的搜索引擎。比如说，你要开一间公司，要办一个雪漠网，只要在我们的网站上开一个账号，我们就可以给你host一个网页，很简单的。再比如，你要做一个小应用，这个小应用是用于投票的，那么你不用去请会计算机或其他什么技术的人，大家都可以运用谷歌的计算能力来做自己的东西。

谷歌有一点很好，它做的东西那些做小生意的人也能用。比如，如果你是一个做鞋的，你同样能很容易地把自己的广告放到谷歌上，然后人家就可以通过谷歌搜索来买你的鞋。

●雪漠：哦。

◎谷歌女白领：谷歌把这一套工序做得很简单，以前做广告起码要请专门的广告机构，或者请懂做广告的人，等等。想在大报纸上做广告，那多难啊，要花很多很多钱，但谷歌把这个变得很容易。现在，如果你自己开一个网站，一切也很难，你自己做一个应用也很难，你必须懂很多计算机方面的东西，还要自己计算一些东西。现在，谷歌把一切都帮你处理了。你只要会编程，懂一点点东西，就很容易做出一个可以影响到很多人的应用，比如灾难报警系统之类的东西。如果你做一个地震预警的应用——在谷歌的平台上很容易开启这样一个应用——那么就会有很多人都可以用。比如说，它会告诉用户，“马上要地震了，震级多少”，然后很多人就会开始有所准备。就是说，你很容易就可以在谷歌的平台上做一个有着某种意义的应用。谷歌已经实现了这些功能，不过还没有公开，还属于内部信息。但他们现在要开放这个东西。我现在做的就是这一块。

●雪漠：在广告的推广营销方面，你觉着谷歌最成功的是什么？

◎谷歌女白领：推广？

●雪漠：谷歌自己的营销推广。

◎谷歌女白领：谷歌现在已经不用自己打广告了。

●雪漠：那么它最早的时候是怎么做广告的？

◎谷歌女白领：最早的时候……关键是他的搜索结构比别人好很多很多，所以它不用广告。刚开始的时候，科技界其实很小，如果你真的做得好，很容易就会被人知道。我觉得它不需要做广告。

●雪漠：那谷歌有自己的营销手段吗？策略之类的。

◎谷歌女白领：没有，大家用得好就好。现在这个互联网科技时代，很多传统的中介机构或者出版社可能都会被取代，所以更应该以内容为王嘛。

●雪漠：对。

◎谷歌女白领：就是说，谁都可以发表自己，你如果真的好的话，别人自然会来跟随你。比如说，我要找一个汽车网站，就要输入“汽车”，然后再输入汽车的品牌等。做搜索引擎的人很多，但没有一个人做出的搜索引擎能搜出真正的好结果。再比如说，你搜一个“猫”字，可能会出现上百万条结果，每一条结果都跟猫有关，那么你怎么知道哪个网页最有权威性呢？后来谷歌想出了一个算法：通过计算每个网页的认可度，来选出他觉得最权威、用户最需要的网页——当然，里面还有很多内容。所以，他做出来的结果要比别人好很多。

●雪漠：谷歌现在有没有那种排名的推广？比如给他钱，他就可以把你的链接排到前面。

◎谷歌女白领：有。谷歌会在最上面放三个广告链接，后面写着这是我的广告人链接，就是说这是别人给我钱让我放在这里的，真正的搜索结果在广告后面。它旁边还有一排也是广告链接，所以它真正的结果还是在广告后面。

●雪漠：他们靠什么盈利啊？

◎谷歌女白领：就是靠那些广告。

●雪漠：只有这些广告？

◎谷歌女白领：他们还收购了一个视频网站，YouTube。国内有很多YouTube的视频。不过，YouTube主要靠的也是广告。所以，谷歌的收入百分之九十二都是广告，基本上就靠广告。

●雪漠：谷歌的盈利高不高？

◎谷歌女白领：我觉着他们就不在乎盈利啊。

●雪漠：但是他们养着这么多人啊。

◎谷歌女白领：谷歌有很多钱啊，他们现在还在买一些很奇怪的公司，都是那种高科技公司。

●雪漠：他们的主要资金来源是什么？投资吗？

◎谷歌女白领：一开始可能是别人的投资吧。但是互联网很大，用户很多，每个人每天都在搜索很多内容，每天都有很多人点击他们的广告。

●雪漠：哦。

◎谷歌女白领：我进了谷歌以后就觉得，其实他们有很多产品都可以赚钱。

●雪漠：日本人在这里混得好不好？也不行吗？

◎谷歌女白领：日本人？英语都说不好。

●雪漠：哦，日本人英语。

◎谷歌女白领：日本人骨子里是服西方人的。

●雪漠：服西方人，不服中国人。印度人是他不在乎服不服，反正我尊重你的规则。

◎谷歌女白领：对。他到哪里都行。

●雪漠：这是对的。印度人的文化中间有这个东西。强调随缘。你怎么看唐人街？

◎谷歌女白领：它这么多年来一直是这个样子。

●雪漠：每个城市都有唐人街，每个城市都有中华门。

◎谷歌女白领：是。

●雪漠：他们就是那样生活着。

◎谷歌女白领：我们到哪个城市都会去唐人街走走，每个城市的唐人街还真的就是那种感觉，就是那种……

●雪漠：中国小镇的感觉。

◎谷歌女白领：是的，就是能够很随意、很轻松、很悠闲的那种感觉。这里的唐人街就没有那种感觉了。

（本文根据录音整理）

寻找文化自尊与自信

——对美国书展的一点思考

陈彦瑾

参加2015年美国书展是笔者第一次走出国门看书展、看世界，虽然只有一周时间，而且只在纽约考察，所感受的文化冲击力还是很大。毕竟，置身其中去看美国这一世界最发达资本主义国家，和以前仅仅通过电影、美剧、文学作品等文化产品去想象这个国家，所感所得肯定是大不一样的。可以说，身临其境的“看”，打碎了以前对美国的很多想象和美化，也激发了对自己国家的民族自信心，和近乎血缘关系的一种爱国情怀。

来到纽约，第一反应是“失望”。首先是机场设施。肯尼迪机场狭小破旧，和咱们的首都国际机场相差太远了，甚至连昆明长水机场、天津滨海机场都不如。出机场后，再看道路设施也远不如国内。行驶在路面的出租车大多是黄色丰田，样子有点像90年代国内流行的小面的。路面修补的痕迹多，远望一些居民楼，也大多老、旧、小，不像国内，新、大、阔。当然，导游说了，人家是一百年前就这样了，一百年不变，我们是拆了建，建了拆，几年不见，故乡就变了模样。这话有一定道理。以前，对国内到处拆了建、建了拆，三年一小变，五年一大变的城市建设也曾不满，这次看到一百年不变的城市，却深深感到，还是变化好，不变是一潭死水，没有鲜活感，变则带来活力、丰富和希望。尤其坐过纽约地铁之后，就更为自己国家的现代化进程自豪了。曼哈顿是纽约最繁华区了，曼哈顿地铁却既脏且破，污水横流，和我们的地铁、高铁，差距太大了。比较之后，一种满满的自信就会油然升起。

以前对美国的想象，大多来自好莱坞大片。繁华都市、现代化高科技、美丽乡村、超级跑车、时髦男女、个人英雄主义……构建了世界最发达资本主义国家的完美形象。于是，很长一段时间，我们总认为，美国的月亮比中国圆。但实际上，美国的现实并非如此，美国人在通过好莱坞大片输出自己的文化、价值观时，是已经将自己梳妆打扮、粉饰一新了的，他们只讲自己好的一面，把自己的文化偶像化。反观我们在输出民族文化时，如一些电影，和一些作家的作品，总是拿自己的贫穷落后、历史创伤记忆和地方陋习说事，放大文化的阴暗面，把中国文化塑造成阴郁、压抑、扭曲的文化，实在是愚不可及。也许是为了投想象中的外国人所好？实际上，西方对中国的兴趣，真的只在于这些创伤记忆和民族陋习吗？他们究竟需要什么？不需要什么？这些问题，值得研究。而美国是怎样利用好莱坞大片构建和输出美国文化、美国价值观的，这一课题也值得研究。笔者觉得，在“走出去”的过程中，中国第一应该学的，就是怎么在国外成功介绍自己。现在，我们在国外的很多文化展览、孔子学院等，更多是一种一厢情愿的文化输出，或者是主要针对海外华人华侨的输出，并没有透彻研究过，真正的美国人和西方，他们需要什么，我们在他们面前，该是怎样的形象。

到美国后感受到的第二个冲击，是看到国人疯狂购物。在美国的奥特莱斯，无数国人在烈日下，站在品牌店门口排队等待进店抢购，场面甚为壮观。国人所到之处，整个货架整个店都会被扫空，这一场面以前只是听闻，此次才算眼见为实。导游说，中国游客在美国人均购物四千美金，如今，很多美国导购都要学汉语，以便更好地把东西卖给中国人。回国时，在机场看到大包小包的中国人，往自己国家搬运美国购买的商品，心情很复杂。一方面是自豪、自信，咱们中国人现在有钱了，敢花钱了，说明中国经济确实强大了，甚至强大到足以让美国人害怕了；另一方面又觉得，这么大的消费力为什么不放在国内惠及自己国家呢？很多商品，上面都写有“MADE IN CHINA”，在美国的价格却比国内至少便宜三分之二，所以国人只好到美国狂购。为什么同样的商品，又是在国内制造，却要比美国贵得多呢？笔者不懂经济，想不明白。

在纽约街头，很少看见老人，更不可能看到带小孩的老人，孩子都是年轻父母自己带。纽约大街年轻人很多，少男少女，青春蓬勃，来到这里，才理解纳博科夫为什么能写出《洛丽塔》。这是一个近乎少年的年轻国度，不像我们，上下五千年，背负了太沉重的历史。如今，我们已经是老龄化社会，街头最多的就是老人，跳广场舞的大妈，打牌闲逛遛狗的老人，而我们的育儿传统一直是隔代养，年轻父母因为都要上班，孩子就只能由老人抚养。美国等国家的福利、医疗、慈善等政策，却能保证全职妈妈安心在家带孩子，这一点，是我们难以企及的。所以，表面看，硬件设施上，我们似乎已经超出美国了，医疗、福利、慈善等软件上，国民素质上，却还远远不如人。

纽约曼哈顿的哈德逊河、自由女神像、中央车站、中央公园、第五大道、上东区、华尔街、苹果旗舰店等，都是美国的文化地标，以前只在电影、美剧等影视作品里看到，现在终于亲眼目睹了。但笔者发现，大多数国人对这些文化地标的兴趣，更多似乎仍出于观光购物需求，比如去第五大道买奢侈品，到苹果旗舰店买苹果手机。实际上，两国文化的隔膜是如此强大，正如国人对美国文化并不太关注也不需要而只关心购物一样，美国人对我们的文化同样也不太关注、不需要，他们只关心输出自己的文化，卖出自己的商品。这一点，在美国书展表现尤为突出。

书展现场可以说是冰火两重天。国外展区热火朝天，人流涌动，几乎每个展台都有人在谈版权或作家签赠，咱们的展区，虽然是主宾国，却很少看见外国读者光顾，多数是自己人在自娱自乐。我们举办的一些活动，听众也主要是华人华侨，其次是参展方自己人，真正的西方读者愿意来倾听交流的很少，少数的金发碧眼也是作为嘉宾出席活动的。到书展后才发现，原来老外对我们的文化并没有自己想象的那么有兴趣，很多美国读者对汉字、汉文化极其陌生，对中国作家作品也鲜有兴趣。我们所认为的那些国内著名作家在他们面前，也就是普通一小兵，而我们所认为的不太著名的作家，却可能因为翻译缘故而更受关注。因此，文化交流和输出，翻译至关重要。但翻译恐怕也正是我们的软肋。我们缺乏中西贯通的翻译家，一些作家的作品要想谋求在国外出版，只能通过国外汉学家和国外译者翻译。正如德国汉学家顾彬指出的，“中国最近才发现翻译的重要性，成立翻译中心，在大学开始有翻译理论教授。这个决定是对的，但是来得晚了些。可能中国还需要几十年才能在翻译学上赶上德语国家，在翻译实践上能跟日本相较。无论如何，为了‘走出去’，中国需要自己的葛浩文、卫礼贤。如果没有的话，‘走出去’不一定会很成功。”

书展活动中，中国作协副主席何建明的讲话很好，他说，美国人现在只看到中国经济的飞速发展，却没有看到经济飞速发展过程中中国人的情感变化和文化激变，而这些，恰恰是中国当代文学所能表达的。但是，我们的当代作家们，究竟有没有写出能够表达这一巨变下中国人情感和文化激变的作品呢？而且设身处地想想，美国人凭什么要来关心中国人的情感和文化激变呢？他们的制度、信仰、价值观和我们如此不同，他们根本不需要我们的情感、文化、价值观，他们或许只是对我们高速发展的经济感兴趣，而这兴趣的背后其实是警惕和敌意。所以，虽然我们觉得文化软实力的输出和“走出去”的任务如此迫切，但这也许是一厢情愿的幻觉。和“走出去”相比，解决好自己的现实问题和文化问题也许更为迫切。因为，中国经济的高速发展的确带来了一系列的社会、文化、伦理等问题，只有这些问题解决了，才有可能找到文化上的自尊、自信，并赢得他人的尊敬，才有足够的“走出去”的理由。还是那句老话，越是民族的，才越是世界的，或者说，越是自尊的、自信的，才越是世界的。中国当代文学也是如此。作家们与其绞尽脑汁从历史和新闻资讯里找材料“讲述中国故事”，不如老老实实深入当下生活，挖掘巨变时代下中国人的情感和伦理关系，写出现实的当下中国，才是中国当代文学最迫切的任务。而这份直面当下和深入现实的勇气，才是一种文化的自尊和自信，才有可能赢得别人的尊重，才是“走出去”的前提。

（完稿于2015年6月28日）

（附注：陈彦瑾为人民文学出版社编审，是《野狐岭》《深夜的蚕豆声——丝绸之路上的神秘采访》《匈奴的子孙》等雪漠作品的责任编辑。）

跋·一本迟来的书

到北美去考察是2015年的事，至今已经过去三年了。本来应该在两年前出版这本书的，但初稿出来之后，我又进行了几次修订和补充，花了一些时间。因为，最初的稿件只是我的一些随兴的录音整理成的文字，它们就像定格路线的小石子，激发着我关于那段旅程的回忆。《匈奴的子孙》等游记，还有我的文化著作，都是这么出来的。

回想起来，也真有趣，明明只过去了三年，却像恍如隔世了。这三年中，我又出了很多书：《一个人的西部》《深夜的蚕豆声》——这本书的缘起，便是北美行与一位女汉学家的见面，为了向她介绍我的作品，我有了写这本小书的想法，想不到，它竟比北美游记出版得更早，真是有趣——《空空之外》《老子的心事》《黑话江湖》《匈奴的子孙》《真心——心学六品》《慧心》《文心》《见信如面》《前言后记》等，这本游记里谈到的很多计划，如今也正在实施了。比如翻译计划。两年前，我们在北美与一些翻译家见面，商讨翻译合作事宜，而三年后的今天，我们的一些作品，比如跟翻译家柯利瑞签约的《无死的金刚心》和《空空之外》，已经完成了。葛浩文先生和林丽君女士合作翻译的“大漠三部曲”也完成了两部。还有我的一些小说的改编计划等，也在进行之中。如此看来，修订这部书稿的过程，竟像是对自己的一种考核了。当时跟我一样下定决心做某事的朋友之中，有多少人真正将计划付诸行动，而不是让美好的愿望成了空想呢？一般来说，如果三年后还没有开始行动的话，很多过去的计划都会落空。这是我的经验。所以，我做什么事都不喜欢拖，一有想法，马上执行。否则，这三年里我也不会出了那么多书。而且我不仅仅是在写作，还开了不下二十场讲座，考察访问了中国台湾，俄罗斯、匈牙利、意大利等地，创立了沂山书院，启动了亲子阅读教育项目，本书中谈到创意写作班的构思，我也早就付诸实践了。至今，雪漠灵性创意写作班已经举办了七期，每次都大获好评，很多孩子因为参加了这个培训，从完全不会写文章，到精通写文章，有些人甚至出版了诗集，并且正在写长篇小说。最重要的是，他们有了另一种思维，开启了另一个世界，这个世界是独立于红尘世界之外的，是一个关于心灵、灵魂、信仰和梦想的世界。有了这个世界，不管他们在红尘世界中有怎样的际遇，如意还是不如意，他们的心灵都是富足的，他们的生命都是圆满的，他们的生活都是快乐的。

只是，不知道两年之后，我在这次北美之行中接触的很多人，都有怎样的改变呢？他们的生活有没有因为我们的相遇，而产生一些变化？他们的人生是否还在继续那种令他们厌倦的轨迹？他们是否开启了一个新的世界？

很多时候，我回顾过去经历的很多事，相遇的很多人，都有一种恍如隔世的感觉。我不断在变化着，我的计划也一个一个在实现着，我人生轨迹中的每一步，都走得踏踏实实。就像有些人所说的，真是一步一个脚印。回顾每一个脚印时，我的脑海中都会浮现出无数相关的记忆，浮现出无数张陌生或熟悉的面孔，他们都跟我的生命有过交集，但不一定仍然留在我的生命之中，有些人也许只是我生命中的过客。我们匆匆在对方的生命中经过，然后道别，继续着各自的人生之路。本该像云烟一样消散了的片段，却被我的书给定格了。正如我在《一个人的西部》《匈奴的子孙》等书中定格的那些相遇和片段。他们是否知道，自己因为进入了我的作品，在我的生命中——也许还会在历史上——留下了一道剪影呢？当然，在我的生命中，他们不仅仅是他们自己，也代表了进入我生命的一种营养。因为，跟他们相遇、交流时，我的知识体系在变化，我的想法在变化，我此后的行为、选择和经验也许都会有所变化。这就是他们在我生命中留下的痕迹。这样看来，其实每一段相遇既像梦一样易逝，却也像是一个无法改变的烙印。过去的每一个片段都在消失，但它同时也以某种形式留在了我们的生命之中。

在这本书中，我谈到了大量对中国传统文化特别是其中的佛家文化的思考，我去北美考察最重要的目的，就是看一看中国传统文化在北美的传播情况。正如我在本书中多次提到的，那个情况是不容乐观的，而让我感到遗憾的是，虽然过去了三年，我的生活发生了很大的变化，我的生命中又多了很多新的内容，但中国传统文化对外传播的局面却没有大的变化，至少没有大的、方向性、本质性的正面变化。从这个角度上看，我很希望自己的这部书能早点出来，那么我在那次考察中得到的很多经验，或许就能成为一些人的参考，激发他们在传播方面产生一些灵感，或者帮助他们规避一些可以提前规避的弯路。当然，这只是我的一个美好的愿望，能不能实现，看因缘吧。但我只要做了该做的，自己也就踏实了。

我是那种不愿把很多经验和智慧留下私藏的人。但凡我有一点好东西，就喜欢与他人分享。有人觉得我很傻，因为我把压箱底的东西都拿出来了，真是掏心掏肺。但我自己倒觉得没有什么。这么多年来，我一直是这样，也没有损失些什么，倒是收获了很多。那些喜欢藏私货的人呢？很多人不小心死了，一辈子的心血就白费了，他的智慧也罢，人生中所有的收获也罢，都像梦一样消失了，本该给世界带来更大的贡献，并且不断为世界创造价值的，却因为一个“私”字戛然而止。因此，老子提倡无私，无私反而能成就大私。用佛家文化的话来说，“利众就是最大的利己”——我就是一个很好的例子。我只为记录和定格一些对社会、对世界有益的东西而写作，却出了一本又一本的书，还成了人们所认为的“知名作家”，真是有趣。

这经历，不知道能不能给很多人一点启迪？

能与不能，也随缘吧。正如本书中所说的，我是在以随缘的心做着积极的事。正是这样的态度，让我完成了人生中的很多梦想，走到今天这一步，并且还将继续走下去。

——2018年3月11日修订于沂山书院雪漠文化网